MEMORY HOUSE
记忆坊文化

我有个暗恋想和你谈谈

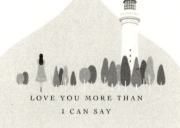

LOVE YOU MORE THAN
I CAN SAY

花清晨 ——

著

江苏凤凰文艺出版社
JIANGSU PHOENIX LITERATURE AND
ART PUBLISHING, LTD

[*Chapter 1* 熟悉的陌生人]

俗话说得好，没有丑女人，只有懒女人。所以，只能算是长相清秀邻家女标准的我，一直在顽强拼搏，勤奋钻研，不断提高化妆技术，改变发型和服装搭配，再做一点就可以秒变网红。然而在审美功能极具障碍年代出生的母上大人眼里，永远都是隔壁家的"妖艳贱货"最美，而我这不叫时尚，叫"瞎作"。年龄产生的鸿沟就是这么难以跨越。身为D大建筑系公认"三朵花"中的末流狗尾巴草，我怎么也得在这条康庄大道上坚忍不拔地走下去。

"吃饭了！吃饭了！别在那儿瞎作了！你看你那好好的一张脸涂得跟吊死鬼似的。明知道要吃早饭，还涂口红。知道的是口红，不知道的还以为你一大早刚喝了血。"这就是我的母上大人王佳人女士。每天早饭前，我的必修功课就是要聆听她老人家的教诲。

"哎，佳人小姐，恭喜你猜对了，这就是最近流行的姨妈色。"我习以为常地摇晃着脑袋坐在餐桌前，用餐巾纸抹下刚涂好的口红。

"姨妈色？去你的大鬼头！你一天到晚从哪儿学来的这些歪门邪道？""姨妈"二字成功挑起佳人小姐的怒火，她瞪着喷火的双眸训斥我，"你们这些脑子有病的人居然将大姨妈抹在嘴上作为流行时尚，简直像入了邪教一样天理不容。"

于是接下来的早餐时间又成了一场批斗大会，从幼儿园穿开裆裤起到现在年方二十八依旧孤家寡人，什么眼高手低、挑剔……然而我的心思却放在刚买的纪梵希小羊皮口红上。今晚八年同学聚会，当然不能让自己看上去太寒碜。可是望着留在餐巾纸的红色唇印，我不禁惋惜，果然我这奇葩特质还是比较适合非洲色小粉红。

因为有佳人小姐唾沫星子横飞的催化剂，我提前用完了早餐。

"佳人小姐，我吃完了，恭喜你可以收拾碗筷，提前跟你的小姐妹去压马路了。"

"你一天不作死，一天就皮痒得难受，是吧？"佳人女士操起筷子就要抽我。

我连忙跳开，关切地问："佳人小姐，最近你是不是有点脾虚？看在母女的情分上，作为女儿的我不得不善意地提醒你，没事多健健脾。"

"什么脾虚啊？"佳人小姐显然不明白我的用意。

一旁早已吃完早餐，跷着二郎腿正在看报纸的老爸呵呵呵笑了起来："脾虚……没听过一句老话叫脾虚的女人老得快吗？你整天像个斗战胜佛一样，看谁都不顺眼，气多了自然伤身，伤身当然老得快。"

"许晶晶，你这个小兔崽子！现在胆肥了？敢拐着弯地骂老娘！"

在佳人小姐操起脚底板的拖鞋抽我前，我用热乎乎的嘴唇在她的脸上重重地亲了一口，然后拎着包包，哼着歌，开着我的二手小MINI奔向了公司。

即使每天早上还没起来就能听见佳人小姐的咆哮狮吼功，即使每天被佳人小姐这样训斥着，可每天永远不变的都是可以通过汽车后视镜，看见佳人小姐送我出门的温暖身影。看着镜子里她那张嘴一张一合的，即使听不见声音我也知道那是：注意安全，小心驾驶，记得吃饭，早点回家……

也许，世界上再幸福不过的事，就是一家人在一起。

到了公司，我屁股还没有坐热，就接到一个令人吐血的电话："许小姐，我们老板看了设计方案和报价，觉得你报的价格……比其他设计师贵。"

挂了电话，我就开始跟隔壁的Maple姐吐槽："Maple姐，你知道吗？盛世嘉廷刚才来电话，要求修改样板房装修图纸，跟我说他们老板说了，样板房预算价格太贵，每平方不能超过3000块。我去！3000块还叫贵？3000块不是行业最低标准了吗？舍不得花钱，卖什么精装修，干脆卖毛坯房得了。"

Maple姐笑了笑，道："别气啦！盛世嘉廷的老板抠门早就美名远扬了，上厕所还要跟员工借卫生纸。"

我无力地翻了个白眼："不是吧？连厕纸都要跟员工借，这么抠门？也是没谁了。"

坐在对面的徐刚说："借厕纸算什么！你这是才接手，在你之前被调去S市的小赵，之前专门负责他们公司的楼盘，那时候更夸张，听说他们老板很早之前包过一个二奶，天天在家吃青菜，后来二奶扛不住青菜，主动退出走人啦。"

"噗！"我口中的一口水直喷向电脑屏幕，"哈哈哈……"

整个办公室的人都跟着一起哄笑起来。

"晶晶！"老板之一兼师兄之一的李银河忽然从办公室里走出来。

我正笑得嘴巴合不拢，赶紧用手往上推了一下下巴，说："哟！师兄！"

身为D大建筑系高才生的李银河师兄，大学毕业之后并没有走上桥梁设计专家的康庄道路，而是和另一位肖乾师兄合开了现在的装饰公司，觉得我是可造之才，于是将我也招安了。

"呃，有个单子，需要你去跑一下。"李师兄给了我一张纸条，上面记着一串手机号码，和一个地址。

我一看地址，不禁拧了眉头："奥美？御景江岸？这不是乾师兄之前跟的单子吗？"

"肖乾有其他任务，从现在开始你去跟奥美的样板房。好好表现，努力将整个楼盘拿下。"李师兄一脸庄严，满脸都写着"Fighting"。

"那乾师兄……"

"我跟肖乾说过了，只要你能接下来，绩效都算你的。"李师兄伸手拍了拍我瘦削的肩头。

师兄啊师兄，你可真是我肚里的蛔虫，一眼就知道身为小民的想法。我伸手比了个OK，满脸堆笑："师兄，您放两百个心，我一定会将奥美拿下！"

其实我手中的设计已经很多了，而且还有盛世嘉廷这个磨人的小妖精，但我还是毅然接下了这单。奥美，那可是大公司大企业，看在年终奖的分儿上，我决定拼了！

李师兄意味深长地看了我一眼，两道八字眉难得地向上挑了挑，满意地进了办公室。

我弹了弹纸条，眉飞色舞。将一些琐事快速处理完，我拎着包包，赶去奥美。

到了奥美，我在接待区域等了近半个小时，喝了四五杯水都没有看见联系人蒋小姐。之前肖乾师兄跟此单的时候，就常常听他回来抱怨奥美的人难相处，别说见上面，就连下面接头的人能见着就差不多是万幸了。

突然，我感到小腹一阵不适。我用力收紧腹部，夹着双腿，小碎步走上前台，问："请问工程部的马经理什么时候能下来？"

前台漂亮的小美女刚好接完电话，抬起头笑眯眯地看着我说："请问是许晶晶小姐吗？"

"是的。"

"工程部的马经理说由另一位蒋小姐接待你，蒋小姐刚才来电话，说她这会儿正忙，恐怕没时间下来接你，麻烦你直接上去。"

"没问题，谢谢。"

前台小美女拿出门禁卡刷了电梯楼层，我瞄了一眼楼层，竟是顶层。根据以往的经验，工程部一般不会在顶层。我正纳闷着，突然我的肚子开始咕咕翻滚，腹部绞痛加剧，我不由得咬牙：姐姐我便秘了三天，要不要在这么重要的时候奔腾啊？该泄的时候不泄，不该泄的时候别给我乱泄！

我深呼吸，咬着银牙，握紧了拳头，一副英勇就义的模样。

到了顶层，电梯门打开的一瞬间，宽敞明亮又现代感十足的办公区域令人眼前一亮，但我更加疑惑了，这里怎么看都不太像是工程部，反倒有点像总裁办公区域。不知怎么的，我脑子里莫名出现了《五十度灰》的画面，肚子也不痛了。因为工作性质，我经常会接触到什么总裁、副总裁，所以死党陆小白和王佳遥常常YY我像《五十度灰》里的女主一样，遇见帅气的"霸道总裁爱上我""霸道总裁抽打我"等情节。刚入行时，我还真的像她们俩一样YY过，殊不知在眼球经过强烈冲击和洗涤之后，立马回归残酷的现实。帅气的霸道总裁？呵呵呵，全是霸王龙的"肿裁"。所以，奥美的总裁"肚大腰圆"的形象在我的脑海里自动生成。

迎面走来一个穿着职业套装、妆容精致的女人，年纪约莫和我差不多，头发梳得一丝不苟，完全服服帖帖地别在耳后，这样的精英气势让我莫名紧张起来，小腹又是一阵收缩。

"许晶晶小姐？"精英的眉尾一挑，尖尖的下巴微微上扬。

想着主任将光荣艰巨的任务交给我时的炯炯目光，想着我的年终奖，输人也不能输势，我也微微扬起我的下巴，但是腹痛却让我的声音自带颤音："嗯……是的。请……请问蒋小姐在吗？"

精英看了我一眼，眉心微锁，目光质疑："我就是。"

原来精英就是蒋小姐！我的气焰陡然灭了下去，就差没说我不是结巴。我连忙从包里摸出名片，狗腿地递给对方，铆足了劲，道："蒋小姐，这是我的名片。关于贵司的样板房设计，以及后期所有楼盘的精装修设计，从现在开始都将由我来负责。"

蒋精英接过名片看了看，锐利的目光从上至下将我仔细扫了个遍，一度让我怀疑她的眼球自带扫描仪功能。

"我们公司并没有决定要和你们公司合作，说负责有点太早。"一盆冷水直接扣在我的脸上，让我的腹痛更加剧烈。

我努力活动我的脸部肌肉，挤出微笑，道："我知道。所以我今天来的目的，就是努力促成双方合作的意愿。之前我们公司的肖乾已经将相关资料递交过一次，为了防止资料有所遗漏，今天我又特地准备了一份。"我从包里拿出一摞厚厚的资料，并不是为了防止资料遗漏，而是防止对方说没有收到。

蒋精英并没有接过我手中的资料，只是冷冰冰地道："资料已经收到，不需要备份。"

"哦，那太好了。"我将资料塞回包里。

"我们总裁只有五分钟的时间。"

"总……总裁？"我有点蒙，什么时候咱这种小角色需要总裁亲自接见了？不是工程部的老总就可以了吗？

"怎么了？"蒋精英挑眉。

"哦，没事没事。我的意思是五分钟足够了。"我微笑着回道。总裁就总裁吧，也许这位总裁与众不同，什么事都喜欢亲力亲为呢。不过五分钟真的太少了，五分钟的时间可能只够介绍完我们公司。

我脑子开始总结怎么样能在五分钟之内将我们公司的特色表达清楚，这时，一个不雅的声音从我的身体里豪迈地迸发出来。

蒋精英华丽转身即将为我打开总裁办公室大门的步伐也陡然僵住了。

"噗噗噗……"一连串豪迈的声音接连从我身体里迸发出来。

蒋精英神情狰狞，眉心就快要拧到一起合起来。我想，此时此刻，如果可以，她一定希望自己的两个鼻孔也能拧到一起合起来。

我真的很想挖个地洞钻进去，但是已来不及，我迫切地需要洗手间。我只好鼓足勇气，问道："不好意思，请问，洗手间在哪儿？"

蒋精英眉毛一挑，指了指我身后。

"谢谢！"我转身就向洗手间奔去。人有三急，因为太急，我完全没有听见蒋精英在我华丽转身后的语气转折："但是女洗手间正在维修，要下楼……"

当看到"正在维修"四个字时，我内心狂奔而过的一万头羊驼就快要像我体内的水一样狂泄而出。顾不得羞耻，我冲进对面的男洗手间，眼看着两位男士拉着裤子拉链惊恐逃出，我毫不客气地锁了门。可我怎么也没有想到这羞耻的画面，让我此后进出奥美时被打上了"女变态"的名号。

走出洗手间，我感觉我的灵魂终于又归了位。

走廊的尽头，一行人神色匆匆地走向电梯，为首的男子身形高大，侧脸轮廓分明，鼻梁十分坚挺，稳健的步伐俨然犹如T台模特一样优雅，浑身散发着一种难以言喻的威严架势。

以我这个长期混迹男人堆的颜狗判断，单凭侧脸，此人属于舔屏级帅哥。我好奇什么样的人有这样的架势，能让这么多人跟着，只可惜来不及看清他的脸，他已经走进属下为他打开的电梯里。

当一行人全数进了电梯，我突然反应过来，猛掐大腿，立即冲到蒋精英的面前，努力挤出一个笑容。

谁知，蒋精英冷着一张脸，冷冰冰地道："对不起，五分钟已经过了，我们总裁有事外出。"

我去！晴天霹雳！

女人的第六感向来很强，看着那一行人我就预感到不妙，果不其然，被我料中！我居然把决定命运的五分钟给了拉屎……

"蒋小姐，"我深吸一口气，"蒋小姐，不好意思。我想问一下刚才出去的那位是你们的总裁吗？"

"是的。"

"可你们总裁不是姓刘吗？"

"刘总是我们的总裁，康总是我们副总裁，上个月刚刚上任。"

"康……康总？"听到熟悉又陌生的姓，我的喉咙微微一紧，可还是没忍住，傻傻地追问，"什么康？康师傅方便面的那个康吗？"

蒋精英双眉拧起，看着我的双眸里是满满的难以置信："健康的康。"

果然还是康师傅的康……

这个姓让我陷入沉思，回忆起刚才那个离开的身影，我竟然有种莫名其妙的熟悉感。我抬眸看了看墙上奥美的LOGO，在心中自嘲：康这个姓虽然少，但还是有一大把的，而且若真是那个死小子，知道是我，不可能连五分钟都不给我……

可是刚自我安慰完，心底另一个小人就尖锐地跳出来："不给你五分钟又怎么样？八年前人家不是也照样什么都没说就离开了吗？连一秒钟都没有给你。"

"许小姐？"蒋精英冷冽的声音终于将我拉回神。

"蒋小姐，我不想多解释我刚才浪费的五分钟，我只想你给我个机会，能允许我去工地现场先做个测量。"

蒋精英望着我一脸欲言又止，我自顾自说："我知道这不符合规矩，但是我真的很想奥美能将楼盘的设计交给我们公司来做。我保证测量完，我就回去将图纸赶出来，就算康总没有时间听我介绍，哪怕他只有路过的时间、坐电梯的时间，只要他肯扫一眼我的图纸就可以了。之后不论你们康总做什么决定，我都能接受。求求你，给我一个机会。"

蒋精英微微叹了口气，道："你等我两分钟。"

"哎？"

"我跟你一起去工地。"

我愣了一下，没想到蒋精英这么爽快就答应了，待反应过来，我立即说："那个……我自己去就可以了。"她穿着高档的制服，踩着尖细的高跟鞋，实在很难想象她下工地的样子。而我今天是有备而来，穿了双平底球鞋和一身便服。

"不用客气。"蒋精英转身之时，还说了一句，"这是康总交代的。"

总裁交代的？我总觉得是我幻听了。

可是她又补了一句："图纸不用那么急，一星期之后再发过来都没有问题。"

蒋精英的回答，让我目瞪口呆，完全在我意料之外。

两分钟后，我看着蒋精英换了一身工作服，除了那一丝不苟的发型和脸上精致的妆容外，俨然一副工地工人的模样。她递了一个安全头盔给我，我讪讪地接过，和她一同去工地。

哦，对了，蒋精英有个很好听的名字，叫蒋婉，不像我土气的名字许晶晶一样……

从奥美的工地赶回办公室已经天黑，手机上一个接一个的夺命追魂call，是死党陆小白和王佳遥。今天是高中毕业八周年聚会，陆小白这么急着call我，无非是因为时间到了却不见我人影。

不是我不想去，而是我先前在蒋精英的面前夸下了海口，我觉得我今天晚上不加班都难以说服我自己。我是个很有责任心的人！可是，以陆小白的个性，我若不回电话，明天一定会在家门口死得很难看，想想头皮都发麻。

我刚拨通电话，就听见陆小白的河东狮吼："许晶晶，你在哪儿？"

"我在单位加班呢。"虽然蒋精英说不急，但是我必须认真对待。所以我跟陆小白说我要加班赶图纸，结果遭到陆小白的一顿猛喷。

"加班？你得了吧。你加的哪门子班？昨天是谁无聊地拉着老娘一起逛街买衣服，要今天一起霹雳登场同学会？早上还通过微信告诉我纪梵希的口红不适合你。你现在说你加班，你骗谁呢？"

"今天下午去见了一个大客户，真的要临时加班赶图。"

"你是不是知道高湛和徐婧婧他们也来，所以你就打了退堂鼓？"

"我去！"我没想到陆小白会抬出高湛和徐婧婧，"陆小白，你什么时候见我在他们俩面前怯场过？我真的是临时要加班，跟他们半毛钱关系都没有。"

"我不管，为了八年聚会，我忙前忙后地忙了一个月，你要敢不来，你在哪儿加班，我都会杀过去揍你！"

身为宣传部长的陆小白为了这个聚会的确忙前忙后，心力交瘁，我内心开始挣扎："小白……"

"人家高湛特地从北京赶火车过来见你，容易吗？还有同学从大洋彼岸飞过来，容易吗？"

"大姐，我为了讨口饭吃，大热天的跟民工兄弟们一起上工地也不容易啊。"

"时间都是挤出来的！你能把乳沟挤出来，就别跟我说挤不出时间。你自己想办法，赶紧给我滚过来。"

陆小白前后唠叨了快十分钟总算挂了电话，我望着电脑上密密麻麻的数字，脑子里乱成糨糊，今天晚上看来是别想安心画图了，也许参加完同学聚会，回来就有灵感。我为我粉碎的节操感到羞耻。我索性关了电脑，换上漂亮的衣服，化了个淡妆，直奔饭店。

到了饭店，在服务员的指引下我摸索到了包间，刚推开门，就听砰砰砰几声巨响，眼前尽是漫天飞舞的彩带。我一脸惊吓地望着满屋子欢乐的人，接着就听到四面八方好几个声音在叫唤：

"哎哟，许晶晶，可终于把你盼来了，你知不知道就差你一个了？"

"许晶晶，你不来，小白都不让我们开饭啦。"

"来晚的人必须自罚三杯酒。"

王佳遥挺着个大肚子一见着我，立即扑上来，小声地说："叫你来得晚！等着受死吧。我和小白今天是帮不了你了。"

"大肚婆，你慢一点，动了胎气，我可不负责。"

我还没从惊吓中回过神，就被一干人等围着灌了一杯白酒、一杯红酒、一杯XO，还有一杯……竟然是醋加啤酒加芥末！这谁调的啊？这么缺德！姐以为是可乐呢，一口气灌下，那叫一个酸爽……眼泪啪啪啪地向上涌。

"啧啧啧，许晶晶，才一阵子没见面，我怎么觉得你又变漂亮了？越看你越像个香瓜了，甜蜜蜜的，真后悔我当年没有坚持住呢。"

忽然，我的肩头被人用力一拍，我瞥了一眼调侃我的人，是熊帅。因为他是个自带扩音器的大嘴巴，所以外号"熊大"，但那时候还没有《熊出没》什么事。熊帅的身材比起高中时期更加健壮了，身上的肌肉一块块的，没事就冲着女生撩衣服，让我们瞅着他性感的八块腹肌。提起当年他向我告白的情形，我更加泪眼婆娑。

我弹开他的熊爪，一边抹着因芥末呛出来的眼泪，一边道："甜蜜的香瓜？你真是好会比喻，那我以前是苦瓜吗？"

"妹子别哭啊，以前最多是个小黄瓜。"熊帅哈哈大笑，"爽口小黄瓜。"

陆小白道："别听他的。他是因为最近又投资了水果连锁超市，看谁都像水果，刚还说我像火龙果呢。"

我瞅了一眼陆小白前些日子千挑万选的玫红色小洋装，一下子没忍住喷笑出声："不说不觉得，一说还真像。"

陆小白气得瞪我一眼，又给了熊帅一脚，然后走向舞台忙活了。

"难怪最近没见你，你又跑去投资水果超市了？给！"我连忙从包里掏出名片，"熊大老板，是吧，有生意记得照顾我，那个水果超市就不用找我了，买了别墅一定要找我啊。"

"哎哟，你这大设计师还损起我来了？"熊帅弹着名片对其他同学嚷道："来来来，谁要装修房子的，赶紧过来啊。"

熊帅这一吆喝替我吸引了不少同学的目光。

有人问："哎？许晶晶，我记得你当年不是报考D大的建筑系吗？搞建筑的出来不应该是去盖楼或者造桥修路吗？怎么突然转室内装修设计了？这不是大材小用吗？"

我笑着道："谁规定学建筑的就要去盖房子造桥啊？亏你们都还说现在室内设计赚钱，现在房价这么高、行情这么好，当然是哪行赚钱多干哪行啊。你看熊帅，当年还是学计算机的呢，也没见他成为'挨踢狗''程序猿'啊，瞧人家现在，自己当老板，这都开起水果连锁超市了。"

熊帅嘿嘿笑了起来，对我贫嘴道："当了两年程序猿，一年办公室的单身狗，再做下去老婆都找不着，这不赶紧趁机跳出来，指望卖水果找老婆呢。你要是当年同意当我女朋友，我不也就不那么费劲了吗？"

"哎哟喂，你还好意思提当年？当年因为你，我吸了多少厕所的臭气啊。你赶紧给我闪开吧。"我冲着熊帅挥了挥手，继续发名片，"来来来！各位有钱没钱的赶紧买房啊，装修房子记得找我啊。买房必涨保险啊，炒股一路绿啊，来来来，加个微信！"

我厚脸皮地发了一圈名片，绝不浪费同学圈这么好的业务市场，效果显著。

"许晶晶，你做设计太可惜了，你这等才华应该去卖楼啊，现在咱N市的房价都飙上天了。"

"许晶晶，我刚买了一套房子，正愁设计装修呢。"

"许晶晶……"

一位男生忽然插话："许晶晶，我听说你们设计师除了设计费以外，还有很多外快，只要是客户看中的砖啊家具啊什么的，你们都能跟商家要返点，真有这回事吗？"

看着这位同学习惯性地拧了拧他浓粗的眉毛，我愣了半晌才想起来他叫罗云飞。我正要回答，孰料身旁的魏雪替我接了话："你老婆当导游，不也要靠顾客买东西提成发工资吗？哪一行都有行规，又不是什么稀奇的事。人家设计师不仅要设计出图纸，还要陪着你一家家店跑，挑家具买材料，拿点提成又怎么了？要是你嫌这嫌那，她给你在图纸上随便改改，多浪费点材料，你花钱花得更多，而且还不知道这钱花什么地方去了……人家吃点回扣又算得了什么。"

魏雪看我的目光一如当年一样不屑，眼神中还夹着"我可不是在帮你"的意味。我知道她本意是好的，却偏偏引来周围同学的一阵唏嘘。原来设计师装修拿回扣是事实啊，原来这里面的门道这么深啊，难怪我这么热情，敢情我是准备坑他们的钱了。

她一下子急了，道："你们一个个怎么就这么喜欢曲解人呢？"

我冲着她弯了弯嘴角，脸上挂着和善的微笑，开始和陷入沉默的同学们解释："我主要以工装为主，偶尔会接家装，家装的客户会比较琐碎一些、麻烦一些。正如魏雪说的那样，装饰行业的确存在这种情况，很多客户也都是知道的，这并不是什么稀奇的事。我个人认为价格很重要，但房子的装修质量更为重要，找对装饰公司和设计师很重要。一个好的设计师，不仅能帮你省钱，还能替你解决很多隐性的问题。我也保证，大家都是老同学，你们要是有什么需要，尽管找我，我保证给最低的优惠价，不从厂家那儿赚一分外快。"

话说完，终于看到大家的神情有所松动。

"荔枝晶，还是跟当年一样，爽快人！"

……

通常同学聚会不仅是联络感情，也是互相发展业务的绝佳时机，当然也有人说是培养奸情的温床。不管哪一种，八年不见，都恍如隔世，藏在心底美好纯真的回忆，此时此刻如老电影一般一帧帧回放于彼此心间。一个个看过去、摸过去，我的心情无比激动，互相拥抱问好。

几杯浑酒下肚，我的头莫名开始眩晕，找了个空位刚坐下，却听到一个熟悉的温柔声音："许晶晶。"

我偏过头一看，是高湛。

"嗨，高湛，好久不见。"我开心地摆了摆手。

高湛，人如其名，高大帅气。白色衬衫随意地挽至袖口，配着黑色的西裤，俨然是精英模样。时隔八年，虽然他眉宇之间多了几分成熟男人的魅力，可是在我眼里，他依旧如当初唇红齿白的少年一样，干净舒服，让人喜欢。

高湛一双黑亮的眼眸看着我，笑容柔浅如风，道："你喝多了。哪里有好久不见？上个月我才来过。"

"哦……对！胖子龙虾。"我迟钝地笑了笑。上个月这家伙刚好来N市出差，还请我和小白、佳遥吃了一顿小龙虾，然而我只记得小龙虾，忽略他路过的事。

高湛笑了笑，说："你这记性，都不知道你当初成绩是怎么上来的。"

思绪微滞，我端起面前的茶水，呷了一口，思绪又转回来："我那叫开窍，你不懂。你怎么坐在这里半天也不跟我打招呼？"

"我这不看着你一路发名片找不着机会插嘴吗？"

"喏，发你一张。"我塞了一张名片到他手里，"咱们还是感情深厚的，肥水不流外人田，给你九五折，不要告诉其他同学哦。"

高湛笑了起来，唇红齿白，甚是养眼："我之前听小白在电话里骂你。你今晚本来要加班？"

"嗯，下午见了个客户，临时要加班，可是坐在电脑前并没什么灵感，所以还是过来了，也许见了老同学后就有灵感了。"

"那看见我有灵感吗？"高湛突然双眸晶亮放光，熠熠生辉。

我刚好一口茶入口，差点喷出来。我伸手摸了摸高湛的额头，又摸了摸自己的额头，道："你头还没有我头烫呢，怎么好好的又说胡话呢？"

高湛拿下我的手，目光深沉，道："你真的不知道我在说什么吗？"

我怎么能不知道？我呵呵傻笑。

这时，一道窈窕的身影走过来，盛气凌人般地压下来："许晶晶，你坐错位置了，这是我的位置。"

是谁这么趾高气扬？好不容易组织起来的八年同学聚会还这么不平和？我抬头看她，竟是徐婧婧——这个从小到大一直压在我心头到高中毕业才挥去的雾霾阴影。八年光阴，真能彻底改变一个人，又或许她从未变过，变得那个人只是我吧。

我缓缓起身，微笑着道："哎哟，是咱们班的大美女婧婧啊，出国留学多年，好久不见，你真是越来越漂亮啊。刚还想着怎么没见着你，瞧我这记性，看到高湛，我就该知道这是你的位置啦。"

高湛的面色沉了下来，欲言又止。

徐婧婧也并没有因为我的夸奖而开心，脸色反而越发阴沉。

"都怪我，来晚了，又喝了几杯酒，头开始发昏，不好意思啊。"我朝旁边的空位挪了一下。

谁知徐婧婧不放弃："这个位置是谨承的。"

"谨承……是谁啊？"我一脸茫然，下意识地扫了一眼桌上摆着的名帖，突然"康谨承"三个字跳进我的视线里。看到"康"字，我的心跳本能地漏了一拍，指着名帖上的"康谨承"问高湛："这个康……谨承是谁啊？我们班有这个人吗？"

熊帅走过来，道："当然有啦，就是你的老相好康家伟啊。你是有了校草高湛，就忘了人家小草康师傅啊。"

方……方便面？！

我面部肌肉微僵，很快恢复正常，道："什么老相好，胡说八道什么？大学以下不许谈恋爱知道吗？我们那是纯洁的革命友谊！"

熊帅说："哎？小白没跟你说老康从美国回来了吗？没跟你说他今天要来参加同学聚会吗？"

小白知道？这家伙为什么不跟我说？我看向小白，小白假装摸头发，一副"别问我，我什么都不知道"的模样。

"哎，说曹操曹操就到。"熊帅望着门外，吆喝一声走过去，"老康，这边。"

我回头，一个穿着裁剪精良的黑色衬衫的男人从门外走进来，站在我背后。

再见到康家伟的时候，我胸口那颗八年不曾萌动的心脏，居然怦怦怦跳个不停。无论是气质还是相貌，总而言之，眼前的男人和那个一直刻在我脑海里的"方便面"相比，显得有些陌生。不，他现在叫康谨承，我却不知道，然而我并没有失忆。

自下而上，我仰面看着高大的康谨承，记忆里模糊的脸与眼前帅气的脸已经重叠不上，但是印在他脸上熟悉而又陌生的笑容，让我知道，眼前的这个康谨承，就是当年那个曾经跟我海誓山盟要一起追别人的康家伟同学。

忽然，康谨承笑了笑，伸手摸着我的脑袋，亲昵地说："晶晶，好久不见。"

好久不见！今天这四个字出现的频率可真是高啊。有多久？八年这么久。我以为我花了八年的时间足够忘了眼前这个臭小子，可是记忆比我想象中的要牢固，越是一心想要忘却的事情，越是记忆中记得最牢的事情。

"哎呀，方便面，你这是后来又跑去韩国整形了吗？整个人都大变样了。我差点没认出你来。"陆小白这座位排得可真有水准——康家伟、徐婧婧和高湛三连座，徐婧婧夹在两人中间，非常巧妙地把我安排在别桌，这一定是替我的身心健康着想呢。

"除了老了，皱纹多了一些，哪里大变样了？要说整形大变样，那不得要谢谢你嘛，高二那年不就变过了吗？"他的脸上依旧挂着温暖如春的笑容，伸手捏了一下我滚烫的脸颊。

这个熟悉的动作让我本能地抬手弹掉他的手。我起身，视线刚好扫到一旁的徐婧婧，她的脸比刚才更黑了。

我咧开嘴调侃："你们这对小冤家，连坐个座位都这么计较。不行，走之前我要喝杯你们桌的水，这便宜得占。"为了不那么难堪，我抓起高湛面前的玻璃杯，猛地一口将其中的液体喝下。

入口的辛辣让我一惊，我怎么也没想到高湛面前的不是白水而是白酒。更怪异的是，我明明可以在喝进第一口酒的时候吐出来，但也不知道我脑子哪根筋搭错了，在看到康家伟的时候，我一口气顺不上来，血气上冲，跟自己较劲，一股脑将满满一杯酒全喝了。

"晶晶！"高湛惊叫出声，夺过我的杯子，手却被我拍掉。

喝完酒，我拍了拍高湛的肩头，示意他我没事，然后站起身看向徐婧婧和康家伟，哦不对，人家现在叫康谨承，道："对不住啊，占了你们的位置。"

我僵着脸从这个位置离开，走向王佳遥的方向。我刚想在王佳遥的身旁坐下，谁知两眼开始发花。我甩了甩头，这是要醉倒的节奏，不行，我一定不能醉倒在这大庭广众之下。

我拿着手机，趁着意识还很清醒，直奔洗手间。进了洗手间，找了个坐便器坐下，我便拨通了佳遥的手机号，没一会儿佳遥接起："你搞什么啊？又跑去哪儿了啊？"

"我喝多了……不行了……"

佳遥不可置信："什么？这酒席才开始你怎么就醉了？"

"嘘，我在洗手间……"说完，我咚的一声靠在隔板上失去了意识……

即使我喝醉了，回忆依然像是被打开的秘密匣子，所有存在记忆深处的东西像流沙一样一点点渗透出来。

康谨承，原来并不叫康谨承，原来长得也并不这么帅气……

[*Chapter 2* 半路杀出个"康师傅"]

"你看看人家小婧，人长得漂亮，舞又跳得好，刚拿了市一等奖。你再看看你，也是一起学舞蹈的，你都学的什么？以前表演都站最后一排，现在连最后一排都站不上了。"

"因为我现在根本不用浪费时间跳舞啊，所以不用站最后一排。"

"你还有理了？学习也没见你多用心啊，刚开学摸底考试你说说你考了几分？"

"妈，我上学去了！"

对于母上大人王佳人小姐的老生常谈我早已习惯，每天早上出家门前训斥一遍的家规一直延续N年，至今都不曾改变。

小婧是谁？"隔壁家的小孩"徐婧婧是也。人如其名，舒妙婧之纤腰兮，肤白貌美身材好，被全校男生奉为女神级校花。虽然我们连名字的发音都差不多，但是"徐婧婧"三个字看起来就比"许晶晶"三个字要高级一些。

同样从小学舞蹈，她永远是站在最前方的白天鹅，而我连做未成年的丑小鸭都不够格。其实，我资质愚钝，本身就不是一个学舞蹈的料，可是偏偏有个争强好胜的母上大人，一见到隔壁邻居的孩子跳舞跳得棒、身姿优美，哎哟那个心痒的，于是硬拉着我也去少年宫报了舞蹈班。谁知舞蹈班的人数满了，母上大人为了不输势，硬把我塞进了对门的武术班，因为"舞"和"武"同音。就这样，我被各种翻滚拉筋摧残了两三年，伤痕累累。母上大人就算意识到我不是个武学奇才，也不肯大发慈悲地将我领回家。等我好不容易适应了武术界，谁知母上大人又斗志昂扬地将我转送进了舞蹈界。于是，对门的武术教练一脸伤感地遥望着我，唉声叹气直摇头，默默地关上大门，师徒从此不相见。到底这两三年的武术功底没有白学，我在舞蹈上表现得极为突出，舞蹈老师为了不打击我幼小的心灵，从此默默地让我站在了比板凳还要冷的最后一排……

综合以上，母上大人对于我的嫌弃，从幼儿时期就开始根深蒂固。换句话说，谁的童年中没有一个隔壁家讨厌的小孩？如果这世界上每个人都是隔壁家小孩，没有一个废柴出现，又怎么能体现隔壁家小孩的优秀？我坚信天生我材必有用，每个人都有自己该走的路，没有人能替你从一开始就画好了这一路的风景。所以我不介意自我牺牲，甘愿做一枚环保低碳的绿叶，衬托那朵隔壁家的娇艳红花。我有一颗无比强大的内心和一张比城墙拐弯还厚的脸皮。我快乐，所以我骄傲！

"晶晶啊，你快点！比赛快要结束了，再磨蹭我们就看不到啦！"陆小白和王佳遥焦虑的催促声传进洗手间。

"给我十秒钟！"说到做到！提裤子加洗手，走出洗手间我只用了十秒。

我和陆小白、王佳遥三个人一路狂奔至操场，因为这里有一场激动人心的篮球比赛即将接近尾声。

激动人心的不是比赛，而是打比赛的人，尤其是在这个看脸的世界，高、帅、霸是成为男神毫无争议的三大特征。而我们高二（1）班的班长高湛刚好具备这三大特征，自然成了全校女生心目中的男神，和让全校男生眼红的男生。

"高湛加油！高湛加油！高湛加油！"

谁的年少没几个男神女神？除了爱好运动的男生们，小小的篮球场四周早已围满了一个个捧着自己小心肝的花痴少女们，少女们不停地放声尖叫。

我凭着孔武有力的臂膀挤进了圈内，加入战队为高湛摇旗呐喊。不负众望，在即将要结束的短短两分钟里，高湛连得了十多分，场外的少女们更加激情澎湃了，那兴奋的尖叫声划破天际穿入云霄，惊起一群——麻雀！

眼看着决定胜负的篮板球即将被高湛抢在手，谁知，高湛突然被对手犯规一撞，手一滑，那篮球径直向我们这边飞来，啪地一下狠狠地砸在了某个人的脸上。

我嗷地发出杀猪般的号叫，撕心裂肺。

人群中的呐喊声暂停了，裁判也吹了暂停哨，所有人齐刷刷地向我看来。

高湛迅速地跑过来，紧张地道："你没事吧？"

与男神如此近距离地面对面接触，男神如此关心我，我内心无比澎湃，如同小鹿乱撞，完全忘了某个部位的疼痛，摸着我完好的脸，我激动地说："我……我没事！"

高湛将视线强行从我右前方投在我身上，嘴角抽搐地说："我当然知道你没事，球又没有砸到你。"

"……"一群乌鸦从我头顶上飞过，我顿时觉得我的心碎成渣。

按照小言定律，这一球一定是砸在我的脸上，然而等我回过神，才发现事情并不是这样。这一球重重地砸在我右前方的一个矮胖的男生脸上。矮胖男生不是别人，正是我们班上前几天刚转学来的一个新生，叫康××。对不起，之所以称呼他为康××，是因为我还没有记住他到底叫什么。

我瞪了矮胖兄一眼，其实他不算矮，甚至比我高上一个头，跟一米八二的高湛比起来几乎不相上下，可是偏偏他的脸圆圆的、他的身体圆圆的，加上那一头自来卷跟方便面似的头发，视觉效果上自然成了矮胖。鲜血正从他那还算挺直的鼻子里流出来，像是挂了两条血红色的虫子。

矮胖兄，你要是个女生我也就认了，可你一个男生跑出来抢什么镜？怒刷什么存在感？！就算是强行凑耽美CP也不是你这颜值的好吗？

"给你！"旁边一位漂亮的长发女生递过一包面巾纸给高湛，是徐婧婧。

"谢谢。"高湛感激地接过面巾纸，想给那个矮胖男生擦鼻血，可是又觉得不妥，只好将面巾纸塞给了矮胖男生："对不起，康家伟，我不是故意的，我送你去医务室吧。"

矮胖男生一边用面巾纸擦着鼻血，一边直摇头，道："不关你的事，我没事，我自己去就行了，你接着比赛吧。"

"我陪他去吧，"徐婧婧自告奋勇地道，"你赶紧继续比赛吧。"

另一位男生熊帅也自告奋勇地站了出来："高湛你先比赛，我和徐婧婧送康家伟过去。"

高湛点了点头，抹了一把脸上的汗水，带着歉疚和欣慰的眼神看了一眼徐婧婧，转身走向赛场。

此时此刻，我仿佛看到爱神丘比特之箭嗖的一声，从徐婧婧的胸前直接穿过了高湛的胸口……所以机会永远只给有准备的人，而我这样的人，只配是站在旁边眼巴巴地看着的那个路人甲。

不过正是这场篮球比赛过后，我深刻地意识到母上大人每天唠叨的事实，我和徐婧婧之间的距离，是女神经到女神难以跨越的万丈鸿沟。

慢慢地，路人甲被人群挤了出来。

陆小白和王佳遥也随着人群退了出来。

"晶晶，你流血了！"陆小白突然叫了一声。

"啊？哪里？"我回过神，摸了摸鼻子，"没有出血啊！球没有打着我啊！"

王佳遥指着我的脚，急道："你的大脚趾啦！天啊！你右脚大脚趾的指甲盖都翻过来了，你不痛吗？"

我低头一看——

我去，我的右脚岂止大脚趾的指甲盖翻过来，就连二脚趾的指甲也断了流血了。我右脚的凉鞋里全都是血。我顿时感到一阵锥心的疼痛："妈呀！痛死我了……"

虽然刚才高湛那一球没打在我的脸上，而是打在了矮胖男生的脸上，但是矮胖男生在受到撞击的时候狠狠地踩了我一脚，所以我才会在那一球飞过来时发出杀猪般的号叫，后来因为高湛突然跑过来，我只顾着花痴，而忘了伤口疼痛。

想到高湛刚才对我冷冰冰的眼神，我委屈的泪水一下子就飙了出来："我有事啊！我流血了啊！我的脚好痛啊……"我的心更痛啊！

陆小白一脸嫌弃地道："色字头上一把刀！你刚才就光顾着跟高湛面对面说话了吧，连被人踩了都不知道。现在才知道鬼哭狼嚎，这神经究竟得有多迟钝啊？"

王佳遥补刀："她神经大条也不是一天两天了，要是不大条，能主动跳出去说自己没事吗？瞧当时高湛的表情，那就是一个行走的表情包，配字：一副见了鬼的样子！"

"求你们俩别乱说了，赶紧陪我去医务室啊！痛死我了！"我尝试着向前走一步，但脚刚落下，一阵锥心的疼痛袭来，痛得我嗷嗷叫。

王佳遥说："能走去医务室吗？"

陆小白道："显然她不能。两条腿走路，不能走，用跳的嘛！"

就这样，我瘸着一只脚，在陆小白和王佳遥的搀扶下，一跳又一跳，像个断腿的僵尸一样一路跳进了医务室。

路上的同学都记住了我那丑态，心塞！

医务室内，徐婧婧和那个矮胖男生都在，熊帅不知去向。矮胖仰着头坐在病床上，徐婧婧用纱布捂着他流血的鼻子，他张大着嘴呼吸，看上去挺难受的。

徐婧婧看着我一瘸一拐地走进来，惊讶地道："许晶晶你怎么也受伤了？

呀！你的脚流了好多血。"

矮胖男生仰着头，听见徐婧婧的声音，下意识地看了我一眼，又看了我的脚，然后面无表情地又仰起了头。

本来我还不想计较，看着他这么漠视我，我一口老血顿时塞在胸口处。

"刚才在篮球场上，被一头猪踩的。"我找了个凳子坐在矮胖男生对面，直盯着他。

矮胖知道我说的是他，一张圆圆的脸顿时红了起来，一直红到了耳朵根。

徐婧婧忽地惊道："哎呀，刚才你的血已经止住了，怎么又流血了？没有多余的纱布了，赵医生和熊帅去拿了，你忍着点啊。"

矮胖男生望着徐婧婧的黑眸熠熠生辉，憋着气哼出三个字："我没事……"

原来可以说话啊，明知道踩破了我的脚居然连一声对不起都没有？我紧抓着陆小白，深吸了一口气，平复心情。

陆小白不明所以，紧张地说："哎哟，晶晶，你怎么了？疼得厉害？"

我拼命地点头。

陆小白又道："你看清楚踩你的那头猪了吗？真缺德！两个脚趾甲盖都被踩翻过来了。"

陆小白的那一声猪让整个医务室都安静了下来，所有人的目光一致看向了坐在病床上的矮胖男生。徐婧婧替矮胖男生止血的手明显颤抖了一下，矮胖男生的脸更加红了，血又流了出来。

这时，赵医生拿着一包纱布从外面走进来，熊帅搬着一箱东西跟他一起进来。赵医生一看见我便笑眯眯地道："哟，许晶晶，你怎么又来了？前天肚子疼，昨天摔了膝盖，今天又摔了哪儿？敢情你是打算在我这里扎寨了。"

赵医生有个很好听的名字，叫赵允泽。赵医生不仅名字好听，还幽默风趣，关键是人年轻，长得高大又帅气，脸颊两边还有两个浅浅的酒窝，一笑起来，特别迷人。据说自从他来了我们学校当校医之后，这每天光顾校医务室的女生比中午食堂排队打饭的还要多。

当然，我接连三天到医务室报到，可不是因为贪恋赵医生的盛世美颜，而是前几天大姨妈大驾光临，我不想上体育课，昨天摔破膝盖，那也是因为被校门口的一条恶狗追赶着摔了一跤……

我撇了撇嘴，委屈地将脚伸给他看。

他瞅了一眼，道："啧啧啧，伤得可不轻啦。不过你得等一下，我先处理前面那位同学，再来给你清理伤口。"

他口中的前面那个同学，就是矮胖男生。

徐婧婧将染着血的纱布从矮胖男生的鼻子上拿下来，扔进垃圾桶内。赵医生开始为矮胖男生清理血迹。

我一瘸一拐地走过去，看着矮胖男生青肿的鼻子，故作惊讶地道："赵医生，这位同学被篮球砸得好严重啊。你看，除了鼻子，这两边脸颊，还有眼睛这一圈都青肿了，你可得给他多包几层纱布啊。"

赵医生疑惑地看了我一眼，眉尾上挑，然后一脸严肃地点了点头，看着矮胖男生道："放心，我肯定会给你包得好好的。"

没多久，赵医生的杰作完成。

"这两天，暂时不要洗头了，忍一忍。口服药记得每天晚上临睡前服，药膏早晚各搽一次。"

"可是我怎么搽药膏，药膏搽在哪儿？"矮胖同学的头整个被结结实实地缠了几层纱布，一张脸只有一双眼睛、一对鼻孔和一张嘴是露出来的，活脱脱一个木乃伊的样子。

赵医生收回药膏，道："搞错了，搞错了，这药膏不是给你的。"

熊帅瞧着，顿时哈哈大笑起来。陆小白和王佳遥两个人也跟着捂着嘴直笑。而女神级别的徐婧婧则是想笑，却不得不维持女神形象。

我毫不掩饰我夸张的笑声："哇！赵医生，你这手艺可真好，你一定去过埃及，对不对？哈哈哈——"

赵医生灿烂一笑，露出洁白的牙齿，道："哟，连我去过埃及都被你看出来啦。"

矮胖男生两只眼透着哀怨的目光，扫了我一眼，愤愤地离开了医务室。

然而轮到我的时候，明明伤了两个脚趾盖，他却给我把整只脚都缠上了，还免费送我一根拐杖。

"赵医生，我只伤了两个脚趾甲……"

"很严重的。不这样包好，你整个脚都会废的。"赵医生不停地说自己用心良苦，然后将我这个伤残人士推出了医务室。

我离开时，望着赵医生嘴角扬起的漂亮弧度，总觉得哪里不对劲。我终于知道为什么医务室的纱布用那么快了，原来这么帅的赵医生竟然是个庸医。

第二天早上，因为脚受伤不利索，我差一点没赶上公交车。好不容易一瘸一拐地到了校门口，刚好遇见被缠成木乃伊的矮胖男生。

真是冤家路窄！

他瞅了我一眼，目光落在我的右脚上，嘴巴费力地努了努，好像在说什么，但我没有听清楚。我白了他一眼，懒得理他，向教学楼的另一边楼梯一瘸一拐地走去。

忽然，一阵急促的上课铃声响起。我想起今天第一节课是我们魔鬼班主任一块五毛的语文课，连忙跳着向教室奔去。

就在铃声要落下的那一刹那，我以为我就要冲进教室，谁知被卡在了教室门上……

不！准确地说，不是我一人被卡在了教室门上，而是我跟矮胖男生同时被卡在了教室门上。当我冲进教室的同时，矮胖男生从另一边冲过来，我们两人就这么砰地一下撞在了一起，卡在了门框上，动弹不得。

班主任习惯性地做课前发言，刚要开口，就被突然出现并卡在门上的矮胖男生和我吓了一大跳，嘴巴张得老大合不拢。

全班同学的视线直射在我们两人身上，下一秒，集体发出杠铃般的笑声："哈哈哈哈哈哈……"

我下意识地瞄了一眼坐在教室最后一排的高湛，他的嘴角微微上扬，脸上露着淡淡的笑容，并没有如大家一般那么夸张地笑。

昨天今天接连在他的面前出丑，我的脸颊顿时跟火烧了似的滚烫，恨不得找个地洞钻下去，而矮胖男生的脸被纱布缠着，完全看不出表情。我恨恨地直咬牙，要不是因为这个胖子这么胖，我这瘦弱的身板能卡在门上吗？我用力向前挤了挤，终于和矮胖男生一前一后地分开来。

班上同学们夸张的笑声丝毫没有减弱的意思。

班主任理了理他的中海式的发型，又拍着胸口处的小心肝，镇定下来，道："你们俩这一大早唱的是哪一出啊？卡门吗？"

同学们的笑声好不容易止住，又因为"卡门"二字，再一次爆笑出来。

班主任厚重的眼角纹褶子暴露了他也在强忍着笑意，借着这事，他开始了他"爱的教育"。

"放学有时间就早点回家做作业，别在学校里逗留看什么比赛。什么对面的女孩看过来，寂寞男孩情窦初开，都是浮云。一场篮球比赛看把你们整的，一个整成了卖拐，另一个，知道的晓得这是被篮球砸伤了，不知道的还以为去埃及盗了胡夫金字塔呢。咱国家文明很多，不缺木乃伊。"

我也是奇葩，明明羞耻又悲愤，可是在班主任"爱的教育"下，我居然没有憋住，扑哧一声也跟着笑出了声。

班主任难以置信的目光直射向我："许晶晶同学的心理素质相当好啊！这一点很值得大家学习。希望明年高考的时候，大家都能保持像许晶晶同学这样良好的心理素质。你们两个，赶紧回座位吧。"

我羞愧地咬着嘴唇，低下了头，在全班同学的笑声中回到了座位上。

斜前方的陆小白冲我挤了挤眼，用口形道："爱情不过是一种普通的玩意儿，一点儿也不稀奇……"

要不是上课，我一定会冲上去掐死这个小妖精。

就这样，我得了个"卡门晶晶"的外号。虽然囧态万千，不过却换来下课的时候，班主任故作不经意地走到我面前，说："这几天腿脚不方便，听到上课铃声响也不用那么着急，慢慢走就好了。"

我望着班主任光秃秃的头顶，那里莫名地闪着一片耀眼圣洁的光亮，我顿时觉得这位傲娇的小老头不仅可爱，而且很和蔼慈祥。

再回想昨天赵医生那神秘莫测的笑容，我总算明白了他的用心良苦。

[*Chapter 3* 孽缘，如影随形]

"只剩下两年不到的时间，不要一天到晚想着谈恋爱，你们要为了明天而奋斗。恋爱，等到了大学尽管谈。但是现在，你们唯一的目标就是要冲进那个可以尽情谈恋爱的大学。"临近放学时，班主任又在台上进行他"爱的教育"。

我目光焦虑地盯着黑板，抖着左腿，盼着快点放学。

这时，口袋里的手机突然震动起来。一块五毛曾经三令五申：禁止带手机、iPad及任意电子产品到学校，一经发现一律没收。所以偷看手机跟上课偷看小说漫画一样，都是门学问。

我瞄了一眼正前方正在进行"爱的教育"的一块五毛，趁他背过身时，迅速将手机拿出来藏在桌肚里偷看，原来是王佳遥偷偷用手机在群里发了一条信息："晶晶，我刚才听高湛跟熊帅、大鹏他们几个约好放学之后去先锋书店逛一逛，我们要不要去'邂逅'？"

我还没来得及回复，陆小白先插话："邂什么逅？没听一块五毛说'邂逅'是指两个完全不认识的人碰见，卡门跟高湛能叫邂逅吗？最多叫偶遇。"

差点忘了，班主任因为地中海式的发型被同学们爱称为"一块五毛"。

王佳遥："就你知识渊博，我文盲行了吧。偶遇就偶遇，就问晶晶去不去吧？"

陆小白："上次篮球比赛她那么丢人，她还有脸去偶遇吗？"

王佳遥："也是，前几天还当着全班的面来了个'卡门'。想想'卡门'就好笑，哈哈哈哈……"

王佳遥肆无忌惮地发出一连串嘲笑的表情。经历了这几天全班同学的掩唇窃笑，两个人这么直白的嘲笑，已经对我造成不了任何杀伤力。我无比淡定地回了一句："你们俩知道我母上大人每天都会夸奖我一遍的优点是什么吗？"

王佳遥和陆小白同时发了个好奇的询问表情："什么？"

"就是脸皮比城墙拐弯还要厚！"

"噗！"

"阿姨真是犀利！佩服！"一连串的抱拳表情。

终于迎来一块五毛的总结性言辞："我知道你们一个个蠢蠢欲动，我也就不多说什么了，还是那句话，今天是周五，放学早点回家，不要在外面随意逗留，都听明白了吗？"

"听——明——白——啦！"同学们拖着长长的尾音，一个个蓄势待发，就等着一块五毛一声令下，随时冲出教室。

"下课！"

教室里顿时发出电闪雷鸣般的欢呼声。一块五毛收拾好了书本，迈着挺拔稳健的步伐走出教室。

陆小白、王佳遥和我收拾好了书包，欢快地偷偷跟在高湛一群人身后，奔向先锋书店。

一路上我们三人不敢离得太近，生怕被高湛他们发现我们在偷偷地跟踪。眼睁睁地看着高湛他们上了公交车，我们也只能等下一趟。

王佳遥忽然说："晶晶，你真的没想过跟高湛表白？"

我刚喝进嘴的奶茶一下子喷了出来，连忙摇了摇头。

陆小白说："得了吧，不用表白都已经被拒绝了，要是表白了，估计比她冠名'卡门晶晶'还丢人，虽然这货就没有停止过丢人。"

"我哪有？"我抗议。

陆小白白了我一眼，继续说："这才过多久啊，你都忘了月饼情书事件了吗？"

提到情书，我一下子陷入了回忆。

前几天月饼节，高一一个小学妹，将情书包在月饼里送给高湛，结果高湛没吃，将月饼丢给了熊帅，熊帅吃着吃着，吃到一封情书，于是将情书念出来，高湛那个脸黑得……当场将月饼丢垃圾桶里去了。我对这位高一学妹表示五体投地，简直就是朱元璋月饼起义的爱情版啊。当时这个月饼情书在我们班引起了不小的轰动，搞得其他有意送月饼给高湛吃的女生，都没敢拿出手就自己默默地吞掉了。可是也不知是谁不怕死，第二天将一封情书直接塞进了高湛的抽屉里，恰巧又被熊帅发现。是不是觉得熊帅简直就是台情书自动挖掘机？于是这货当场又将这封情书念了出来。

情书的内容是用英文写的泰戈尔的诗句：

The most distant way in the world

is not the way from birth to the end

It is when I stand in front of you

but you don't understand I love you

这首经典的《世上最遥远的距离》，但凡是个文艺青年都知道，作为情书表达也没有什么特别的，特别的是这封情书的署名却是：Xujingjing。

班上很多同学都知道我喜欢泰戈尔的诗，书包里还有一本笔记本，全是泰戈尔的英文诗抄，所以书写这封情书的帽子自然也就扣在了我的头上。事实上这封情书并不是我写的，我知道有人在背后故意恶作剧。

王佳遥拉着我说："话说，那封情书真的不是你写的吗？"

"大小姐，你都已经审问了千百遍了。我都说了多少遍了，那情书真的不是我写的。不知道哪个李鬼这么缺德，非要落款'Xujingjing'。你们怎么就不怀疑是徐婧婧呢？徐婧婧三个字的拼音也是'Xujingjing'啊。"

"可是人家光明磊落，不像是干这种事的人啊。"王佳遥摊了摊手。

光明磊落？！我差点没一口老血喷在佳遥的脸上。所谓光明磊落就是，大家都指认我是写情书的人时，我极力否认，而追问徐婧婧时，徐婧婧则公开说："还没来得及写情书表白就被人捷足先登了呢。如果上天可以给我一个机会再来一次的话，我一定会认真写好这封情书，如果非要在这封情书上落款三个字，一定是'徐婧婧'而不是'Xujingjing'。好了，请求大家别再追问许晶晶了，就当这封情书是我写的好了。"

她当她是至尊宝呢。旁观者都感觉她是在替我解围，然而事实是她这么公开一说，反倒坐实了我就是写情书的人。我就是跳进黄河也洗不清了，所有人都认定了那封情书就是我写的。从那天后，似乎我就不能多看高湛一眼，多看一眼，都会被同学调侃情书事件。以至于期末考试结束，高湛一看见我，就像看见了洪水猛兽一般绕道走。好在我是个脸皮极厚的人，并没有被这件事影响，依旧我行我素花痴般地暗恋着高湛。甚至有时候，我都不禁要怀疑我是不是做梦的时候写了那封情书，然后第二天梦游将情书塞进了高湛的抽屉里。瞧！好基友到现在都还在怀疑我呢。

陆小白说："其实我觉得那封情书不太像是晶晶写的。"

"还是小白最了解我，"我冲着陆小白竖了个大拇指，然后鄙夷地看向佳遥："你多学学小白。"

我刚夸了小白一句，结果她接着说："以她那盛不了四两油的狗肚子，要是写了情书还不立即说出来，生怕别人不知道。她现在就是不写情书表白，是个人也应该能看出来她喜欢高湛吧。"

"有你这么说好基友的吗？"就知道不能太高估这人，我翻了个白眼，"其实高湛喜不喜欢我，我一点儿不在意，我喜欢的只是那种暗恋的感觉而已，所以我是不会表白的。"

王佳遥说："不是，你们俩误会我的意思了。我的意思是，如果晶晶表白失败了，不就死心了吗？然后我们三个人，以后不就再也不用像中二病少年一样，干这种放学后跟踪男生的蠢事了吗？"

面对如此损友，我无力地翻了个白眼："王佳遥，还能友好地做朋友吗？今天可是你提议要跟踪高湛的好吗？"

王佳遥说："我知道啊，因为我今天的确要去书店买教辅啊，刚好听到就顺便提点你一下嘛。"

陆小白冲着王佳遥竖起一个大拇指。

"我真是谢谢你的提点哦。等你老了之后，慢慢回忆，你要反过来感谢我，是我给了你年少轻狂的机会，你才能追着男生屁股后面跑。现在，友谊的小船已翻！"

陆小白又冲着我竖起一个大拇指，表示赞同。

王佳遥嘴角抽搐，道："你赢了！那就继续中二少年般的轻狂吧。友谊的小船翻回来。"

我一直认为，喜欢一个人，并不一定非要他也喜欢你。暗恋，追求的不过是心中的那份朦胧美。在情窦初开的年纪遇上一个让自己心动的人，是件只有自己知道有多美好的事情。等到美人迟暮的年纪，再回味这段朦胧的美好，就会明白年少轻狂的岁月无比绚烂多姿，而不是没有回忆，味如嚼蜡。

所以，年少不轻狂，老来何以话秋凉？

只要去过先锋书店的人，都会被它的文艺气息吸引，进而爱上它的独特。

通往书店的斜坡两旁垂满了迎春花的枝条，春天的时候一朵朵黄色的小花缀满枝头，黄绿相间，让你还没进入书店就感受到大自然最真实的气息与色彩。顺着斜坡走下去，进入书店大门，又是一个长长的斜坡甬道向下，两边成阶梯式的书堆延伸到通道尽头，向左拐，是一个两边堆满了书堆的斜坡向上。回头看，上方墙面上挂着一个两米多高的十字架，让人在进入这里的刹那间仿佛置身于庄严肃穆的教堂一般。这里，也的确是书的天堂。

我和陆小白、王佳遥三个人顺着斜坡下去，一路摸着各种各样精美的书籍，享受着指腹下各种纸质带来的满足触感，早已把跟踪高湛的事情抛诸脑后。

另一边的休闲区时不时传来美食和咖啡的香气，陆小白和王佳遥抵不住引诱，挑了一两本书便奔向了休闲区，准备点一杯咖啡享受人生，而我顺着书架一路前行。

泰戈尔的诗歌一直让我心醉，现实与浪漫的交融，即使神经大条，却也总是幻想着生如夏花之绚烂、死如秋叶之静美的人生。所以，即使我已经珍藏了一套，但每当在书店里看见他的诗集总还是会忍不住打开翻看。我正要摸向那本《生如夏花》，可是手指却忽地一转，落在了旁边的《三言二拍》合集上。

嗯，前一阵子翻看了家中书架上的一本古典名著，它是一本奇书，其中一个个短小精悍毁三观的故事一下子打开了我通往新世界的大门。古人的思想有时候比我们现代人还要奔放，可是当我看到最精彩的部分的时候，那本书消失了。然后，某夜，我听见我敬爱的母上大人跟父亲说：以后"小黄书"不要到处乱放。而被母上大人称为"小黄书"的正是我心心念念很久的《三言二拍》合集，明明就是跟《聊斋》一样的古典名著，可我们的大人总是用世俗的眼光去看待，这种思想要不得。

摸着《三言二拍》，我下定决心，哪怕这个月省吃俭用，也要买一本回去仔细研究研究。拿着书走了没几步，我连忙缩脚又退了回来。隔着书架，我意外地看见高湛正捧着一本书站在对面。

天花板吊顶的白炽灯灯光照射下来，刚好笼在高湛的周身，形成淡淡的光晕。他捧着教辅材料认真的模样，就仿佛像是电影中经常出现的镜头一样：一阵清风吹来，吹着素色的窗帘不断飘动着，映出窗台边坐着的一个安静的翩翩少年的身影，正在阅读着手中厚厚的书籍，心无旁骛，令人垂涎……

一时之间，我难掩一颗冒着粉红泡泡的澎湃少女心，生怕被高湛发现我在偷窥，我下意识地用手中的《三言二拍》盖住半个脸。这时，一个圆圆的身影不知从何处移过来，刚好挡住了我的视线。我毫不犹豫地将挡在我前面的圆圆的男生往一旁用力挥了挥，却不慎将他手中的书挥落，刚好砸到他的脚。

"对不起，对不起，我不是有意的。"我连忙道歉，弯身捡起那本全英文的 *AP World History* 准备要还给这位男生。当看到一个纱布绷带贴着鼻梁的熟悉面孔时，我惊恐地合不上嘴："怎么又是你？！"

矮胖男生居高临下地凝视我，眼神坚定地透露着在我没来之前他就一直站在这里的讯息。虽然矮胖男生不再是纱布缠满头，像个木乃伊一样，但是横在鼻梁上的纱布让他看起来依然很滑稽。

虽然我在背地里称呼他矮胖男生，可是实际上他略高我一个头的身高让我有些压力，我挺直了胸昂着头，意图不被他的雄壮气势压下。

他看着我还给他的书，目光向下略沉，道："我刚才看的不是《三言二拍》，是你左手上那本。"

我望着我伸出去的右手，握的正是我准备买下的那本《三言二拍》。我脸一热，连忙将手缩回来，换左手的书给他："喏，还你。"

我在心中拼命祈祷他没有看过《三言二拍》。

谁知，他在接过书时，故作不经意地道："我劝你不要买这个版本的《三言二拍》，是删节版的。"

抚额……

耳根滚烫，仿佛烫手山芋一般，我将《三言二拍》扔向一边的书堆，瞪了他一眼，道："谁跟你说我看这个了？我是要买《生如夏花》，拿错书了而已。"

我几乎信了我自己一本正经的胡说八道，可是矮胖男生一副"明明想看却说不要"的表情让我羞愤，我从一旁的书堆里强行将《生如夏花》抓在手里，不忘再瞪他一眼。真是倒霉，到哪儿都能碰到这个衰神。算你狠！我换地方。

刚要转身，谁知，他又轻轻戳了戳我的手臂，道："哎，这本是双语版的，比较好。"

我回头，望着他手中双语版的《生如夏花》，又瞥见他另一只手中握着先前被我打掉的那个全英文的 *AP World History*，恼道："看全英文书了不起啊？"

我向前走了几步，没了遮挡视线的书架，高湛正好就站在我的正前方，然而只是短短几分钟的时间，他的身边就多了一个人，是隔壁家的那个徐婧婧。两个人对着同一本书交谈甚欢，徐婧婧的脸上正绽放着如春花般的笑容，高湛浅浅地笑望着她，目光柔和，如沐三月春光。

父亲没事的时候喜欢用卡带放一些老歌，被母上大人评为"靡靡之音"，然而在那个没什么娱乐的年代，这些"靡靡之音"如春风徐徐不着痕迹般唱进了我幼小的心间，深入肺腑。徐小凤有一首歌叫《心恋》，非常适时又恰巧表达了我此时的心境：

> 我想偷偷望呀望一望他，
> 假装欣赏欣赏一瓶花。
> 只能偷偷看呀看一看他，
> 就好像要浏览一幅画。
> 只怕给他知道笑我傻，
> 我的眼光只好回避他。
> 虽然也想和他说一句话，
> 怎奈他的身旁有个她……

我迅速回转头，不想被身后的一个障碍物绊了一脚，就这么直直地向前方的书堆扑去。那个障碍物伸出一只手，意图通过拉住我身后的书包来拉住我，可是我在栽下去的时候，勾起的脚刚好绊住了他的小腿，于是他那庞大的身躯随后也跟着一起扑进了书堆，砸在了我瘦小的身板上。

"嗷……"我发出凄厉的惨叫声。那一瞬间，我仿佛听到我全身的骨头咔嚓咔嚓直响，被压成了闪着光的骷髅。不用看，我也知道这个庞大的障碍物是谁。

周围的人不明所以，惊悚地望着眼前发生的一切。离得近的几个好心人迅速反应过来，上前拉我们一把。

我趴在书堆里，脸、胸、胳膊……全身都硌着硬邦邦的书籍，疼痛不已。矮胖男生笨拙地从我身上爬起来，他的每一下动作，都像是有人用千斤顶狠狠地抡我一下。

我终于被人从书堆里拉了起来，以前是右脚疼，现在是全身上下都痛，尤其是我那胸无几两肉的胸部。我心中委屈万分，眼泪忍不住唰地一下夺眶而出。

"对……对不起……"矮胖男生手足无措，看着我的泪眼婆娑，不知道如何是好。

陆小白和王佳遥闻声赶过来："晶晶，刚才我们到处找你呢。"

"哎呀，这是怎么回事？"

高湛和徐婧婧也从对面赶过来，徐婧婧瞧着我狼狈的模样，问："怎么回事？晶晶，你怎么好好的摔倒了？"

和徐婧婧一直很要好的魏雪挨近她，在她耳边私语。魏雪即使用手挡着半张脸，都难掩脸上想笑又不好意思笑的神情。

熊帅、周大鹏等几个男生也一起出现在面前。

工作人员也赶了过来，询问情况。

矮胖男生十分紧张内疚，不停地道歉："许晶晶，对不起，我不是有意要绊倒你……我带你去医院。"

眼前全是熟悉的同学，我一言不发，默默地擦了擦眼泪，蹲下身，开始整理被我压倒的书堆。

刚才矮胖男生一直跟在我的身后，忽然间发现自己的鞋带散了，于是蹲下系鞋带。而我急着回头完全没有留意，被他结结实实地绊了一跤。他本想拉住我，却没想到被我一起连带着摔了下来。整件事情，我没有任何可以责怪他的理由，如若真要怪一个人，我应该怪我自己，如若不是我自己不小心，疏于观察，也不至于被绊倒，害得最后两个人都摔了个狗啃屎。王佳遥说得对，我神经不是一般的大条，别人不会自作多情，我会；别人不会卡在门上，我会；别人不会跌趴在书店的书堆上，我会。

书店工作的工作人员见我已经跌得很惨，不忍心地道："算了，我们来整理吧。"

我摇了摇头，继续整理书堆。

矮胖男生也蹲下身开始跟我一起捡起被我们两人弄乱的书本。接着陆小白、王佳遥、高湛、徐婧婧，以及在场的同学都帮忙收拾残局。没一会儿，书堆又恢复了原样。

我提出要赔偿那些被我压皱的书籍，矮胖男生抢着说损失全部由他承担。书店的工作人员笑了笑，只是将压皱的书收了起来，并没有要我们赔偿。

本来好好的，却因我而起了风波，大家都没了在书店看书挑书的心情。陆小白和王佳遥扶着我出了书店，关心我有没有伤着。我摇了摇头，之前止住的泪水一下子又忍不住滚了出来。

王佳遥抱着我，拍着我的后背，安慰我，说："没事了，没事了，不哭，乖。"

陆小白也拉着我的手道："不就是摔一跤吗？人没事就好。没伤着吧？"

我哽咽着说："没，就是觉得很丢脸……"

陆小白叹气说："你丢脸是一天两天的事吗？不丢脸你都不是'卡门晶晶'了好吗？你其实是觉得在高湛和徐婧婧的面前摔倒，刚好被康家伟压着丢人吧。"

"根本不是因为那两个人好吗？"不提这两人还好，一提我的眼泪更加凶猛了。

王佳遥憋了很久，终于忍不住扑哧一声笑了起来，道："我说你怎么好好的被康家伟压在底下了？你们俩真是冤孽啊。上一次卡门，这一次叠罗汉，哈哈哈……我觉得事不过三，搞不好你们俩还有第三次'合作'。"

陆小白道："已经'合作'三次了好吗？你忘了篮球场上的事了吗？"

"对哦！哈哈哈——"王佳遥猛地拍了下大腿，忍不住哈哈大笑起来。

"你们俩真是够了！禽兽尚且有半点怜悯之心，而你们俩一点都没有，简直是禽兽都不如！"我羞愤地道。

"哈哈哈！晶晶，你就是我们的快乐来源！"

"没有你，我们俩会形如枯槁，哈哈哈！"

两个人从真诚安慰我变成肆无忌惮地嘲笑我。

有这两个损友在，我有再大的悲伤都能在瞬间变成了笑料，搞得我自己哭笑不得，眼泪全缩了回去。

这时，一群人从书店门口出来了，是高湛他们，还有矮胖男生。

矮胖男生走到我的面前，再一次真诚地道歉："许晶晶，对不起，我不是故意的，请你不要往心里去。"

今天这件事不能怪他，可是前几天被踩伤和"卡门"事件到今天都还被当作笑料，让我怎么不往心里去。我负气地扭过头，打心眼儿里不想理他。

熊帅见我负气不作声，于是道："哎，晶晶，刚才我问了家伟，这事还真不能怨他，只能说是不凑巧。他不是有意要绊倒你压着你，你就原谅他吧。"说完，还忍不住哈哈笑了几声。其他几位男生也跟着笑了起来。

我就知道是这样的结果，这哪是安慰人呀？明摆着是来找乐子的吧。我咬着牙，双手拉紧了书包带，转身就走。

这时，一直沉默的高湛忽然开口叫住我："许晶晶，你的胳膊肘流血了。"

我低头一看，果然，左手肘的位置被划了一道浅浅的口子，渗出了血丝。一定是我刚才跌在书堆上时，不小心被锋利的书页划破了。一定是我最近丢脸的事干太多，心累，完全迟钝得都不晓得痛了。

"晶晶，我这儿正好有创可贴。"徐婧婧看着我的伤口，立即从书包里摸出一个小布包，从中拿出一个创可贴撕开，细心地贴在了我手肘的伤口上，"好啦！我跳舞经常容易受伤，所以我妈都让我随身带着创可贴。"

徐婧婧冲着我浅浅一笑，那笑容甜美可人，然后又冲着高湛他们比了一个"OK"的手势。我终于明白，为什么那么多男生会喜欢她，这样温柔体贴又善良暖心的女生谁不喜欢？

听上去，婧婧和晶晶并没什么区别。因为从小一起长大，而她又是被大人经常提起隔壁邻居家的孩子，所以一直以来，内心深处我挺讨厌她的。说是讨厌，其实更多时候是嫉妒。我忽然为自己的小心眼儿感到很可耻。母上大人从来没有批评错，明明是我自己懒散不思进取，却还要拼命地找借口。

"谢谢你，婧婧。"我诚心地道谢。

"谢什么呀，举手之劳，你弄得我都快不好意思了。"徐婧婧摆了摆手。

男生们一个个露出爱慕和赞许的眼光。

有了徐婧婧做对比，我觉得自己不能做一个小气的女生，于是我转向矮胖，道："不关你的事，是我自己不小心。你没有伤着吧？"

矮胖微微一怔，没有想到我会主动关心他，有些傻傻地摇了摇头，道："我没事。"

"好了，误会解除了，走，我们去前面的星巴克吃一点东西，"熊帅激动地拍了拍手，勾着矮胖的肩，"走走走。"

陆小白和王佳遥撞了撞我的胳膊，示意我跟着一起去。我本想拒绝，孰料，高湛经过我的身边时，淡淡而笑，道："一起去吧。"

望着他温暖而富感染力的笑容，心脏在我的胸腔内怦怦地跳个不停。

陆小白和王佳遥拉着我的手，咬着耳朵说："别矫情了！你那火辣辣的眼神已经出卖了你。"

唉，在这两个小妖精面前真是别想有点个人隐私。我冲着高湛的背影说："刚才谢谢你……提醒。"

高湛没有回头，但我看见他和熊帅他们交谈时侧脸的微笑，那笑容就代表了他要说的话。

[Chapter 4 孔雀乱开屏]

自从那天在星巴克一起喝过咖啡之后，似乎能看见高湛的地方，就能看到徐婧婧的身影，就连放学之后，经常有人看到徐婧婧出入篮球场，为高湛送东西。

王佳遥这个八卦又敏锐异常的小东西，不禁怀疑这两人是不是偷偷在一起了。陆小白则觉得不太可能，毕竟一块五毛早就三令五申过，禁止高中毕业前谈恋爱，除非两个人吃了熊心豹子胆。我则不以为然，篮球场本来就是公开的场地，谁都可以去，就算徐婧婧放学后去篮球场，也没碍着谁。

王佳遥和陆小白许是无聊到了极点，甚至为此打起了赌，赌注是不管谁输，我都会请客吃饭。

"凭什么你们俩打赌，我要请客吃饭？"不管徐婧婧和高湛两个人有没有在一起，我都不想参与这个赌注，看着两人如影随形本来我心里就已经很难受，偏偏陆小白和王佳遥这两个妖精还要这般折磨我。

"因为我们俩是为你下的赌注啊。"

"哦，照你们俩这样说，那些赌徒在赌场里赌输了，都应该由赌场来买单咯。从未见过像你们俩这样的无耻之人。"我收拾好书包准备回家，只听啪的一声，我的抽屉里掉出来一样东西，是个包装精美的礼盒。

我不禁一怔，还没反应过来，陆小白已经抢先一步捡起那个礼盒，并按住我，跟打了鸡血似的亢奋道："我去！太阳打西边出来了，这圣诞节还没有到，居然有人偷偷送礼物给你？你老实交代，你是不是偷偷藏人了？"

"我天天跟你们两个妖精在一起，有点风吹草动全班都知道了，我能藏谁？还我！"我也好奇是谁送我礼物。

王佳遥从陆小白手里把礼物抢过来，摇了摇，道："这么大，这么重，不像是巧克力，会是什么东西？"

我伸手夺回礼盒，两个人催促我快点拆开。除了过生日会收到礼物之外，我还是第一次收到包装这么精美的礼物，心情其实也是无比激动。我小心翼翼地拆开包装，打开盒子，当看到里面的礼物时，我啪地一下迅速盖上。

陆小白和王佳遥没有看清，不依不饶，道："肯定有幺蛾子！快给我们看看。"

我将礼物护在胸前，死活不给她们俩看，可是我寡不敌众，礼物还是被两个妖精扒了去。

两人一打开盒子，道："咦？不就本书吗？你捂那么严实干吗？"

"呵！《三言二拍》！"这时，刚好经过的熊帅一看到书的封面，立即从陆小白的手中拿过来翻了翻，很快就是又一次惊叹，"哎哟！不错哟！还是未删节版的。谁的书啊？我找了很久，借我看看。"

周大鹏也围了过来，道："什么未删节版的？给我看看。我去！《三言二拍》！好东西啊！"

我咬着牙，明显感受到额头两旁太阳穴的位置青筋直跳。放眼全校，会送我《三言二拍》的，除了那个该死的矮胖康家伟，再不会有其他人。

"拿来！"我恼羞成怒地从熊帅手中拿回书。

熊帅追着道："唉，卡门晶晶，看不出来你竟然还有未删节版的，别小气嘛，借我看看嘛。"

"卡门你个头！看你个头！走开！"我将书放进礼盒里。

陆小白和王佳遥不解地问熊帅："喂，《三言二拍》书店里都有卖的，你们干吗那么稀罕？"

熊帅嘿嘿嘿笑道："《金瓶梅》听过吗？"

陆小白和王佳遥相继露出鄙夷的神情："正经点！"

熊帅道："我很正经了。《三言二拍》在文学界的地位那可是与《金瓶梅》相媲美啊，因为有些章节内容猎奇，加上重点情节描写……你懂的，所以长期被列为禁书。现在书店里卖的那都是删节版的，而晶晶手里那本是未删节版的。"

陆小白和王佳遥一脸不可思议地看着我。

"我什么都不知道！"我知道，她们俩好奇究竟是谁送我的这本书。

陆小白和王佳遥看出来我很生气，也知道我很生气的状态下是绝对不能开玩笑，所以两个人很默契地收口不再追问。

教室里，同学已经走了一大半，矮胖也不在座位上，估计已经离开学校了。我背起书包，和小白、佳遥招呼都没打，直接抱着那个礼盒冲出教室。我一路奔跑，双眼不停地四处张望，果不其然在马路对面的车站，见到了那个该死的矮胖。

这时，刚好一辆公交车过来，眼见着矮胖就要上车，我毫不犹豫地冲过去。因为是下班高峰期，公交站台上挤满了人，隔着人群我没法冲过去拽住他，只好大喊一声："变态方便面！"

所有人都向我看过来。他仿佛感受到我那一声叫的人就是他，寻声转过头，当看到张牙舞爪的我时，微微一怔。

我终于顺着人流挤到了他的面前，一把拉住他："你给我过来！"

我将他拖到站台的背后，用手中的礼盒将他抵在了站台指示牌上。

矮胖怔怔地看向我，错愕茫然的神情中竟然带着一丝不可思议。这样的画面换作陆小白或者王佳遥在场一定会认为，我壁咚了矮胖，但这绝对不是壁咚，如果将我手中的礼盒换成一把刀，那这把刀就架在了矮胖的脖子上。可是我手里拿的毕竟不是一把刀，而是一个礼盒。所以不管是矮胖，还是来来往往的行人，看我的眼神和架势就好像我强行要矮胖收下这个礼盒似的。

"你……你要干什么？"矮胖紧张而结巴。

我放弃了这个霸道的姿势，松开他，将礼盒砸在他的胸前："还给你！"

矮胖没有接住礼盒，礼盒就这么摔在地上散了开来，包装古朴的《三言二拍》合集也跌了出来。

他盯着地上的书看了几秒，算是明白过来，蹲下身捡起。

没给他说话的机会，我怒斥："你是不是变态？你下次要再敢往我抽屉里乱塞东西，我一定劈了你！听见没有？！"

矮胖双眉深蹙，幽黑的双眸深处闪过一丝不解和受伤，他抿了抿唇，道："我送书，是想为篮球比赛那天踩破你的脚，害你卡在门框上，和在书店里压着你三件事向你赔礼道歉。"

"赔礼道歉？赔礼道歉你送什么不好，偏偏送我这本书？还是未删节版的！你到底几个意思？"以熊帅那个大嘴巴，明天铁定全班，不，全校都要知道我有本未删节版的《三言二拍》了，不知道实情的人还以为我想怎么呢。

矮胖一脸认真地说："那天在书店里我看到你拿着这本书，我以为你喜欢它。"

我啐道："我那天还拿了泰戈尔的《生如夏花》呢？都跟你说了，我要买《生如夏花》。"

矮胖静静地看了我一会儿，然后从礼盒里费力地拿出来另一本书，正是那天他推荐我看的双语版的《生如夏花》。

望着他手中的《生如夏花》，我的大脑突然之间卡机了，不知道该说什么。

"如果你觉得这个未删节版本的《三言二拍》合集毁三观，那么原版的《聊斋志异》《阅微草堂笔记》《百家公案》中的某些故事，甚至古代神话都同样毁三观。冯梦龙和凌濛初之所以编写这些个短篇故事，目的就是在于劝谕、警诫和提醒世人，多行善事，而反映我国古代白话短篇小说最高成就的也就是《三言二拍》。很多时候，并不是书籍本身污秽，而是看书人的内心污秽。"

我被他说得脸一阵红一阵白。他这一番说得没错，我会想要读这本书的确是将它当成了猎奇的小黄书。

他见我不作声，将《生如夏花》递给我，道："这个版本的《生如夏花》，比你那天拿的那个版本的要好，你收下吧，不然我不知道要跟你怎么道歉……"

他的声音柔柔浅浅的，听起来并不让人讨厌。

虽然他长得圆圆的，脸颊胖嘟嘟的，但是他有一双特别好看的眼睛，幽黑晶亮、明净清澈，睫毛也特别纤长。都说眼睛是心灵的窗户，他这双漂亮干净的眼眸让他看起来特别睿智，可我却在这黑色晶亮的瞳仁里，看到折射出来自己的身影，那样狭隘又自以为是。

我的脸颊再一次发烫，为自己的思想感到羞耻。我迅速地从他手里拿下两本书，倔强地道："两本书我都收下了，道歉和心意我也都收下了，你不必再内疚了。"

"谢谢。"他如释重负地松了口气。

"你不准跟任何人说你送书给我，尤其是这本《三言二拍》，知道吗？"

"哦，放心好了，我不会说的。"

"还有，以后，你最好离我远一点。你都胖死了，上次在书店，我差点没被你压死。从现在开始，你要始终跟我保持三米以上的距离，听见没有？"

他的神情一黯，低声道："我知道了。对不起。"

我冷哼一声，快速转过身走到站台前，刚好来了一辆公交车，我看都没看，直接冲了上去，仿佛身后有什么可怕的东西追着我似的。

车子缓缓开动，隔着玻璃窗，我望着站在站台上那个胖胖圆圆的身影，心跳得很快，并不是害怕他追过来揍我，而是有种莫名的内疚自责的情绪上升。

车子前行了好一阵子，忽然从直线变道向右转弯，我才惊觉，我居然坐错回家的车了……

我匆忙下车，换乘另一辆公交车，下了车，又走了很远总算走到小区门口。

已经是深秋时节，天黑得很快，街边的路灯不知在何时点亮了。我们家住的小区是个九十年代的老小区，小区里早些年种的樟木、意杨等树木经过十多年的时间早已郁郁葱葱，原本明亮的路灯大部分被枝叶遮挡住，灯光透过密密的枝叶之后变得很微弱，就连栽在墙边的小竹子也一个个长得都压到小区内的小道上，每次走过都要扫着我的头发。虽然美了绿化，可是这一到晚上就昏暗的视线总让人毛骨悚然。

我拉紧了书包带，加快了两腿的马力，却不想忽然从茂密的小竹子林里蹿出来一个人，我一头撞上去，吓得我瞬间丢了三魂七魄，放声尖叫："啊——"

对方也被我的尖叫声吓了一大跳，冷静了半晌直道歉："许晶晶，对不起！"

听到熟悉的声音，我猛地抬头瞅着前面的肉墙，一张熟悉的圆圆胖胖的脸在昏暗的路灯照耀下半明半暗。我内心狂奔过一万头羊驼，怒道："怎么又是你？！"

矮胖憋红着脸，尴尬地道："对不起，我不是有意吓你的。"

"你跟踪我？你这个死变态的方便面！一小时之前我才跟你说的，离我远一点，你立即就抛诸脑后，居然还敢跟踪我回家？你想死啊？！"不分青红皂白，我抡拳头就将矮胖揍了一顿。说是揍他一顿，其实也只是逞口舌威风。我的拳头在他厚实的肩头上才捶了两下，就忍不住缩回。哎哟！这一身膘硬的。谁说胖子身上的肥膘都是软若棉花？我跟他急！

"我不是方便面，也不是变态！"矮胖憋红了脸，有些懦弱地辩解。

"你不是变态，干吗跟踪我？你家住这儿吗？几幢几零几？"

"我家不住这里，我是来……"

"不住这里？还说不是跟踪我？！不住这里，你怎么好端端地出现在这里？还说不是变态？"

"徐婧婧托我买了美联出版的书，让我送过来。我不叫方便面，也不是变态，我叫康家伟。"矮胖挺直了胸膛，一脸严肃地再一次回答我。

"什么？"我还没有完全反应过来他的话。

这时，身后一个清脆好听熟悉的声音响起："是许晶晶和康家伟吗？"

我倏然转身，徐婧婧正跛着一只脚站在我身后十米开外的地方，一瘸一拐地走来。而她身边，一个高大的身影一手架着她的胳膊，一手扶着她的腰。我瞪大了眼，努力想看清那个人影，当他扶着徐婧婧走到我的跟前时，我顿时感到我面部肌肉僵硬，就像吃了小龙虾一样得了横纹肌溶解症。

高湛望着我，似乎有些意外惊喜地道："嗨，许晶晶，你家也住这里？"

我喉咙里犹如卡了一块铅似的发不出声来，反倒是徐婧婧率先接了话："是的。我们两家以前就同住一个大院，后来老房子拆迁，我们两家就住在一个小区里前后幢。她家住前面一幢，我家就住这幢。"徐婧婧的视线忽然落在我身旁当了空气隐形人半天的矮胖身上："康家伟，不好意思啊。麻烦你帮我买书，还要麻烦你给我送过来。真是太不好意思了。"

"我没……没事！"康家伟连忙摇头，望着徐婧婧受伤的腿脚关心地问，"你……你还好吧？"不知是因为看见徐婧婧紧张还是什么，康家伟说话有些结巴。

徐婧婧一边接过矮胖买的书，一边道："唉，我今天放学去看他们男生打球，结果在篮球场上受伤了，被他们的一记传球砸中摔倒在地，扭了脚。高湛不好意思，看我没法走路，就陪我去了诊所，所以才这么晚回来。不过，没事了，揉了一些药酒好多了，明天应该没什么大碍。"

"你没事就好。"康家伟严肃的表情终于松弛，笑了开来。

望着康家伟圆圆的笑脸，我尴尬地意识到我刚才指责他是个跟踪变态狂有多无理取闹。他压根就不是跟着我回来的，而是守在这里等徐婧婧回来。从他害羞的眼神和小心翼翼的动作，我看得出来他应该是暗恋徐婧婧，而不是暗恋我跟踪我这个自以为是的"李鬼"许晶晶。刚才，我那样指责他，他一定在心里不停地鄙夷我自作多情孔雀乱开屏。

康家伟，为什么每次都是你？说好了事不过三，这已经是第四次了，你是猴子派来专门羞辱我的吗？

沉默了半晌的高湛，忽然盯着我身后的书包道："许晶晶，你才回家吗？"

"啊？"我总不能说我因为气过头，坐错公交车了，"哦，我妈让我去拿个东西，所以回来晚了。哦，我要回家吃饭了，你们慢慢聊。"

"嗯。我也要回家吃饭了。"徐婧婧点了点头，示意高湛扶着她向旁边的楼梯走去。

高湛经过我的身侧，浅浅而笑："拜拜。"

"拜拜。"我摆了摆手，望着两个人在楼梯道里消失的身影，心情down到了极点。

若亲眼见你暗恋的人喜欢上你邻居家的小孩，是种打击，那么亲眼见你暗恋的人送你邻居家的小孩放学回家，就是毁灭性的打击。别问我虐不虐，我再也不想说暗恋一个人不求回报是多么的伟大！

等我回过神来，我忽然发现站在我身旁的康家伟并没有离开，也是像我一样痴痴地望着那黑漆漆空无一人的楼道。

"哦，原来你喜欢徐婧婧，对不对？"

康家伟像是被吓到了一样，整个人一惊，顿了两秒，立即否定："我没有。"

"你明明就是有，你刚才看她的眼神都直了。"

他挺直胸膛，道："你看人的眼神带拐弯儿的吗？"

哎哟！我居然被他的话堵得无言以对："不喜欢她你干吗站在这儿望着她家楼道那么久还不走？口是心非！"

康家伟一言不发，转身从我身侧走过，但是走了没有两步，他忽地又转过头来，轻声说："请不要跟徐婧婧说刚才的事。"他垂下眼眸，羞赧地盯着水泥地面。

"噗！"我以为他一身傲骨节操，可这才过了没几秒就低头认输，我忍不住逗他，"哎哟！刚才是谁理直气壮地说看人眼神不带拐弯儿的？"

他不吭声。

我继续道："你刚才要我跟人家别说什么事呀？"

他还是不吭声。

"要我别说什么？你再说一次，我刚才没听见。"我用手故意招着耳朵。

"许晶晶，你够了！"矮胖急了。

"哈哈哈……"我就这么放肆地不厚道地大笑。

"晶晶，是你吗？"我正笑得得意忘形，这时，黑暗深处一个熟悉的声音传来，正是我那敬爱的母上大人王佳人小姐。

"妈？！"我眯着眼，瞅着后方黑漆漆的人影看了又看。

下一秒，佳人小姐便站在了我的面前："你怎么到现在才回来？打你手机也不回。你们今天放学很晚吗？"

"那个……"

我还没来得及说自己坐错了车，佳人小姐犀利的目光已经定格在了康家伟的身上："他是谁？你同学？"

"阿姨好。我叫康家伟，是许晶晶的同班同学。"康家伟十分有礼貌地冲着佳人小姐鞠躬敬礼，还顺带介绍了自己。

然而，我从佳人小姐火辣辣的视线中看出了一丝不寻常的味道。OMG！她该不是以为我跟这个胖子早恋，所以才这么晚回家的吧？

我冲着康家伟死命地挤了挤眼，让他赶紧走，然而他一脸无辜地盯着我看了半晌，就是一动不动。我去！这胖子不仅行动力差，领悟力更差。我双手紧攥着书包带，就差没将书包卸下来抽他走了。

"许晶晶，你眼睛抽筋吗？"佳人小姐唬了我一声。

"方便面，你赶紧回家吧。"也许我眼睛真的挤抽筋了，胖子也不一定明白我的用意，所以我干脆直接跟他说明白。

他总算反应过来，又跟我妈鞠了个躬，十分礼貌地道："阿姨再见。"

良好的家教！

佳人小姐目光如炬，盯着康家伟的背影很久，直到那肥胖的身影消失在黑暗之中。趁她还没来得及开口，我赶紧先抱着她的胳膊撒娇："老妈，我肚子好饿，我们赶紧回家吃饭吧。"

谁知佳人小姐劈头就问了一句："许晶晶同学，你老实交代，你是不是在学校偷偷谈恋爱了？"

果然如我所料。

"妈，你没事吧？我怎么可能会早恋，我才高二好吗？'大学以下不准谈恋爱'，这条警世名言我就差没刻在脑门上了好吗？"

"那个小胖子到底什么情况？怎么好端端的送你回来？"

"妈，那个小胖子不是送我回来，而是徐婧婧托他买了英文书，然后徐婧婧今天在学校扭伤了脚，去了医院，所以就拜托他给送家里来，我们刚好在楼下碰见而已。什么我偷偷谈恋爱啊？我就算喜欢人，起码也要找个又高又帅身材好、篮球打得一极棒的男生，怎么可能喜欢一个不会运动的死胖子？"就算喜欢人，也是高湛那种级别的好吗？

"哎哟，你还好意思嫌弃人家是死胖子？死胖子都给人家徐婧婧送书送到家门口，而你连个死胖子的追求者都没有，好吗？还又高又帅身材好，还篮球打得一极棒？哎哟，别整天以为自己跟仙女似的，做什么青天白日梦。饭可以多吃，白日梦要少做。"佳人小姐鄙夷地瞅了我一眼，越过我，径直向家门口走去。

我目瞪口呆地望着佳人小姐的背影。等一下！作为一个家长，不是应该惧怕自己的孩子早恋吗？为什么我妈跟一般的女人画风不太一样？为什么她这般嫌弃我的理由竟然是我连个死胖子的追求者都没有？

青天白日梦？现在明明已经太阳落山了好吗。

"王佳人小姐，你真的是我亲妈吗？你确定你当初在妇幼医院没有抱错隔壁床的小孩吗？"被这样羞辱，我严重怀疑我是抱来的。

"哦，不好意思。当初我看你长得跟个外星人似的，就问护士是不是给我抱错孩子了，结果护士拉着你那小鸡爪给我看，拴的的确是我王佳人名字的手环。不过，到现在我还是有一点点怀疑，当初那护士是不是把手环就给拴错了。"

我："……"

这对话没法好好进行下去了，即使是自己亲妈。

[*Chapter 5* 开在心中的白莲花]

正如我猜测的一样，熊帅就是一个自带扩音装置的大喇叭，不仅全班同学都知道我有一本未删节版的奇书，就连一块五毛都知道了。

上课的时候进行模拟测验，一块五毛在整个教室里来来回回地监察，每每经过我身边的时候，总是要停顿那么一小会儿，搞得我整整两堂课头皮发麻，差点以为自己的头顶上长了虱子。

好不容易挨到了铃声响，交了卷子，然而一块五毛收齐了卷并不急着离开。

"我们中国文化博大精深、源远流长，古典文学名著更是浩如烟海，阅读古典文学名著不仅有助于培养个人的人文素养，更能提高写作技巧和能力。但是，各位同学在选择课外读物的时候，一定要注意以正确的文学素养和辨证的观点去欣赏这些古典名著，切记走入歪门邪道。所以，今天额外布置一个家庭作业，请整理出这首诗里所有名著的名称、作者生平、创作背景、政治主张……"一块五毛转身在黑板上洋洋洒洒地写下一首诗：

东西三水桃花红，
官场儒林爱金瓶。
三言二拍赞古今，
聊斋史书西厢镜。

画下最后一笔，一块五毛动作潇洒地将粉笔丢进粉笔盒里，道："小学五年级的学生就已经开始在做这方面的课题研究了，你们到了高中如果还不知道，就要好好地反省反省了。"一块五毛的言下之意，如果我们做得不认真，故意敷衍了事，那就是连小学生都不如。

当看到"三言二拍"四个字，全班同学齐刷刷地向我看来，有的目光如炬，有的目光如电，有的目光如雷……就连高湛看我的眼神也变得奇怪闪烁，嘴角时不时都会抿成那种似笑非笑、想笑又不好意思笑的弧线。

我深深感受到这个世界的恶意。

我内心犹如一万头羊驼呼啸而过，莫名其妙受到一本未删节版原著的惊吓，现在还要莫名其妙地背锅，也是点背。都怪熊帅那个大嘴巴，无端招来额外的作业量。

这一天，我的脸都是绿的，谁在我面前晃差不多要被我如锥的目光戳死。本来在亲眼见到高湛送徐婧婧回家后，我就已经无法平愤，现在更是火上浇油。

"许晶晶！"一个好听的声音在我头顶上方响起，同时我的胳膊肘被什么东西戳了戳。

我右手托着腮帮，闭着双眼，冷冷地回道："本宝宝今天心情不好，不想理人。"

"呃……"对方一阵沉默。

这时，一个纸团直袭我的门面，砸在我的脑门上，有些小疼。我睁开眼怒道："哪个活腻的敢砸本宝宝？"

斜前方的陆小白冲着我直挤眼。

这货的眼睛也抽筋了吗？

"嗯？"我终于反应过来，抬眸看上方，竟然是高湛。

他俯首冲着我浅浅而笑："怎么，心情不好？"

我紧张得一下子从座位上弹跳起来，不小心腿撞在了桌子上，我嗷的一声叫了出来。

高湛凝眉，关心地问："你没事吧？"

"哦，我没事，没事。"我居然郁闷到连他的声音都没听出来，还敢那样对他说话，一直以来在男神面前树立的美好温柔的形象一下子全毁了，呜呜呜……

"真的没事？"高湛见我一直不停地揉着腿，表示不相信。

"真的没事。"我摆了摆手，连忙岔开话题，"你找我什么事？"

"哦，也没什么事，就是你的笔袋掉在地上了，帮你捡了起来。"他晃了晃手中紫色的笔袋，微笑着说。

原来只是帮我捡笔袋，还笔袋。我接过笔袋，有些不好意思地说："谢谢，刚才那样对你，真不好意思。"

"没关系。"

高湛即使浅浅微笑着，那笑容也如春光般灿烂耀眼。我就这样傻傻地站着，低垂着头，不敢看他，手中捏着笔袋，不停地乱揪着，也不知道要说什么话才好，然而他并没有要走开的意思，我更加不好意思坐下。

忽然，他打破了这个短暂的沉默："你和你妈的对话挺有意思的，感觉不像家长和孩子，更像是朋友。"

我猛地抬起头，瞪着眼睛惊愕地看向他，不解地问："我和我妈的对话？"

我和王佳人小姐的对话他要是能听见，那不就是昨晚？昨晚！昨晚我和王佳人小姐讨论的内容……

　　"我就算喜欢人，起码也要找个又高又帅身材好、篮球打得一极棒的男生，怎么可能喜欢一个不会运动的死胖子？"

　　"哎哟，你还好意思嫌弃人家是死胖子？死胖子都给人家徐婧婧送书送到家门口了，而你连个死胖子的追求者都没有，好吗？还又高又帅身材好，还篮球打得一极棒？哎哟，别整天以为自己跟仙女似的，做什么青天白日梦。饭可以多吃，白日梦要少做。"

　　"王佳人小姐，你真的是我亲妈吗？你确定你当初在妇幼医院没有抱错隔壁床的小孩吗？"

　　"哦，不好意思。当初我看你长得跟个外星人似的，就问护士是不是给我抱错孩子了，结果护士拉着你那小鸡爪给我看，拴的的确是我王佳人名字的手环。不过，到现在我还是有一点点怀疑，当初那护士是不是把手环给拴错了。"

　　……

　　我本是决定要将喜欢他这件事放在肚子里一直烂到高中毕业的，可是谁能料到昨晚他听到了我和王佳人小姐的对话。"又高又帅身材好、篮球打得一极棒"，这样的字眼就算是白痴也应该能听出来指的就是他高湛吧。他知道我喜欢他……OMG！我突然望着我头顶上方三尺位飘来的一团黑云，感觉刺啦几声，几道闪电劈了下来，我整个人都冒烟了。

　　"你不要误会啊，也不要有负担啊，事情不是你想象的那样啊……"我想这样解释，可是话到嘴边，我又硬生生地缩了回去，强扯了一抹笑容回道："我妈的教育方式的确有点与众不同，呵呵呵……"最后几声"呵呵呵"笑得那么涩那么勉强，不用摸，我也能感觉到脸上的肌肉已经僵化。

　　高湛的黑眸闪过一丝我看不懂的情绪，随即他又笑了笑，道："挺好的。能和父母做朋友的子女并不多，能和子女做朋友的父母更不多。"

　　"呵呵呵……"我除了傻笑啥也不会了。听高湛这话的意思，似乎还停在中二病的年纪和家长闹不愉快啊。

　　"不打扰你了。"

　　"哦，好。"

　　他一派轻松地向后排走去，然而我像脱了水似的一下子瘫在了椅子上。

　　陆小白和王佳遥立即围了上来。

　　"哎哟喂，卡门晶晶，你这次牛大发了！高湛同学可是跟你说了足足有五分钟的时间。是不是感觉整个世界特别有爱？"

　　"呵呵呵，有爱？"我万分沮丧，被高湛知道我暗恋他，我以后还怎么光明正大地瞄他？万一以后他的脸上出现一丝嘲讽一丝不屑一丝鄙夷，叫人家怎么活啊？天哪！人家只是想默默地暗恋而已，并无非分之想啊。

这时，康佳伟一手抱着书、一手拿着瓶百事可乐从过道前方走来。我一想着昨天要不是他，我就不会晚回家，不会晚回家也就碰不到他，碰不到他也就不会和我妈有那样的对话，不和我妈对话，高湛也就不会听见……一切罪魁祸首都是这个死胖子！我猛地从椅子上站了起来，站在了过道中央。

他走到离我约莫两排课桌的距离，拧开瓶盖喝了一口可乐，墨黑的眼珠对上我，陡然顿住脚步，刚喝进口里的可乐没憋住，全喷了出来。他眉心微皱，眉峰微挑，连嘴巴都来不及擦干净，毫不犹豫地转身走出教室门。

陆小白和王佳遥目瞪口呆地看着一切，两人的灵魂陡然一震。

"哎哟喂！你最近给康家伟的身上装了自动隔离程序了吗？怎么他一看见你就跟老鼠见了猫似的，距离绝对不敢超过三米以上。"

哼！不敢超过三米以上就对了！

"我去！又要开始了！"王佳遥忽然指着教室后门惋惜地道。

我回头看去——原本要回座位的康家伟，因为我这个障碍不得不走出教室，决定从教室后门绕回座位，谁知，在后门口就被几个男生拦住了，强行抬到一边的拐角去玩"阿鲁巴"。为首的是熊帅，熊帅似乎总是对欺负弱小的同学或新同学乐此不疲。他们那个作恶小团伙铁定是不会放过康家伟的。他们似乎"垂涎"康佳伟很久了，估计若不是康家伟的身形庞大，他们早就得手了。今天总算是被他们逮着机会了。

"走！出去看看。"对于八卦事业特别上心的王佳遥拖着我和陆小白就出了教室。

出了教室，就看到康家伟正被他们几个扛在肩上，双腿被硬生生地掰开，对着一旁的柱子撞了上去。

我看着这番情形，眉头深皱，手下意识地想捂着我的裆下。

"没有小鸡鸡都觉得生痛生痛！"陆小白和王佳遥同样有此举动。

"阿鲁巴"就是这么变态没有人性的游戏，也不知道从哪儿流传来的。

熊帅和周大鹏他们几个兴奋地抬着康家伟，强行扒开他的双腿，上上下下不停地磨蹭着那个柱子，嘴里还在不停地喊着："摩擦！我摩擦摩擦！"

王佳遥啧啧惊叹："太变态了！他们男生怎么就这么喜欢玩这种变态的游戏呢？真这么好玩吗？"

陆小白犀利地道："因为他们男人都是下半身动物。"

我和王佳遥惊恐地看着陆小白。

陆小白耸了耸肩，道："又不是我说的，言情小说里都这么写的。"

王佳遥同情地说："不过，还好这是个柱子，这要是墙角的话，康家伟的裤裆铁定没几下就要被磨破了。前几天，那谁的裤子就被磨破了。"

方便面两条腿挣扎着，上半身被两个人架得牢牢的，又害怕太过使力从上面掉下来或是使架腿的两个人受伤。"阿鲁巴"这个危险的游戏，不是怕被"阿"

的人受伤，反倒是怕"阿"的人受伤，所以学校严令禁止男生玩"阿鲁巴"这个游戏，每天学校的广播里都要强调那么几个来回，然而男生——这群天不怕地不怕的生物，总能找到时间地点玩"阿鲁巴"。

方便面如此肥壮，只要他用尽全力挣扎，很容易能将抬他的几个男生弄伤，但他似乎有所顾忌，所以并没有拼命挣扎。

之前有很多次看到他们男生这样捉弄人，我们也只是笑笑走开或者是隔岸观火，但是现在看着方便面焦虑又带着绝望的眼神，我心里堵得慌。要不是我挡着路，他刚才应该已经回到座位上了吧。我不杀伯仁，伯仁却因我而死。

"我看不下去了，我要去阻止他们。"我正准备走过去阻止熊帅他们几个，然而与此同时，身后一个清脆响亮的女声响起。

"熊帅！周大鹏！李臻！罗云飞！你们几个够了！再不放开康家伟，我就报告班主任！"徐婧婧站在我身后喊完，推开我，向熊帅他们几个走过去。

熊帅他们几个终于放下方便面，哄闹几声，哈哈大笑着走回教室。

徐婧婧关心地问方便面："你没事吧？"

方便面先是脸红地摇了摇头，然后向我们身后走去。经过我身边的时候，他低着头，刻意隔了一段距离。我看着他将毛衣里面的衬衫拉了出来，进了洗手间。裤子后方似乎撕了一道口子，露出里面深蓝色的布料，是内裤吧……

陆小白和王佳遥扑哧一声喷笑出来。

我一点也笑不出来，咬着嘴唇，胸口就像压了一块巨石一样，喘不过气来。

陆小白和王佳遥戳了戳我，示意我回教室准备上课。坐在座位上，我心里一直感到不安，两眼望着门外，却始终没有瞧见康家伟回教室。我又起身走出教室，走向洗手间，刚巧看到康家伟从男洗手间里走出来。这时，上课铃声响了，我毫不犹豫将他推回男洗手间，迅速脱下身上的运动校服外套塞给他。

"快系上！"我将衣服丢给他，转身就跑出男洗手间。

他似乎有话说，但我没有给他说话的机会，回头恶狠狠地瞪了他一眼，道："衣服明天塞我抽屉里。离我远一点，等会儿再进教室。敢说出去一个字，我保证不打死你！"

我丢下他匆忙跑进教室，刚坐稳，老师便走进教室。

然而直到铃声停了有好一会儿，康家伟才走出洗手间，静静地从教室的后门走进教室，还好全班同学已将全部的注意力集中在眼前的试卷上。

第二天，我光荣地感冒了。

抽屉里静悄悄地躺着我的外套，口袋里还塞了一张便笺，写着：许晶晶，谢谢你！

然而佳人小姐在给我洗衣服的时候发现了这张便签，很不给面子地说："我还以为有男生给你写情书呢，结果是感谢信！真是令人忧伤啊。"

佳人小姐总是担心我会早恋，但是又怕寻常教育手腕会让我逆反，所以每次都表现出一副大义凛然你怎么都不会发现的样子。

唉，佳人小姐其实不知道，早恋也得是两情相悦。我们虽然年轻，但不代表我们饥不择食啊。

也不知道从什么时候开始，高湛和徐婧婧在一起的传言似乎成了真。女生眼中的男神和男生眼中的女神在一起了，全校的男生女生差不多都心碎了一地。这一次，我几乎是默认了这个信息的准确度，因为上次亲眼见证高湛送徐婧婧回家，加上最近就像是中邪似的，放学的时候总是能看见徐婧婧和高湛在我面前晃……我终于可以洗洗去睡了。

陆小白和王佳遥看不下去，几番劝我：别再跟踪了，再怎么跟踪你和高湛都不会有结果的。我无语问苍天，我这哪里是跟踪？我家和徐婧婧家是十几年的邻居啊，从一出生下来就在一个大院里，小学拆迁之后，我家又住在她家前面一幢。从幼儿园时期，我就被强制跟她分在一个学校，现在还在同一个班。她回家走这条路，我回家也是走这条路啊，不走这条路难道我要插着翅膀飞过去吗？

为了不被说成是猥琐地跟踪，我决定不走在他们的后面，我要走在他们的前面。于是，每天放学后我就加快两腿的马力，直超二人。

可是徐婧婧总是不死心地叫我："晶晶啊，你跑那么快干什么呀？等等我呀。"

谁要等你啊？谁要看你跟高湛两个人你侬我侬呀。

按陆小白和王佳遥的话，我的脚已经不是脚，而是安了两个风火轮，以后都不用买车了，两条腿就能赛过宝马。

佳人小姐开始每天表扬我，回家早了很多，然而表扬我之后，就开始怀疑我以前是不是贪玩，所以回家晚。所以这做人，有时候就像是猪八戒照镜子，里外不是人。回家早也不好，回家晚也不好，于是我又默默地恢复了正常的作息。

这日周三，一块五毛例行去区里开教师研讨会，下午只上了两节课之后就放学。我和陆小白、王佳遥三个人不想太早回家，于是相约去了一家环境很棒的咖啡馆，名曰"麦咖啡"。

我个人觉得这家咖啡馆的咖啡并不怎么好喝，但是环境却极好。装修是那种简约美式乡村风格，这样的风格很多见，但是这家咖啡馆吸引人的地方就在于楼梯过道旁是一面书墙，书墙从一楼一直延伸到二楼楼顶，整整一面墙的书，仿佛进入了一个缩小的书店，正是这些纸香让整个咖啡的格调提升了许多。中间的卡座又以长长的书架隔开，书架上大大小小的书籍都留下被频繁翻看的痕迹。这家咖啡馆的老板一定很爱书，所以才会选择这样的装修风格。随着电子科技的发展越来越快，电子产品越来越成熟，功能越来越强大，我们会选择阅读纸质书籍的时间也越来越少，然而我却独爱纸质书籍所带来的实在感和存在感，所以特别喜欢这家咖啡并不怎么好喝的咖啡馆。

我和陆小白、王佳美刚上二楼找好位置坐下，却听到一个熟悉的声音从背后传来："晶晶，你们也来啦？"

我回头一看，顿时感受到世界的恶意满满袭来。

陆小白忍不住替我叹气："哎哟，真是情敌相见，分外眼红。"

王佳遥则道："听过一首印度电影插曲没？叫《新娘嫁人了，新郎不是我》，眼前这是《男友恋爱了，女友不是我》。"

"阿kei苦力呼呀呼奔，嘀哒鲁工嘎呼哒嘿。"小白非常配合地一边动着脖子一边唱起了那首印度插曲。

我："……"

人生得此两损友，痛不欲生也。

我完全没有想到会在这里碰见徐婧婧……和高湛，还有直接被我忽视掉的魏雪、熊帅和周大鹏等人。徐婧婧和高湛两个人面对面坐着，餐桌上已经摊开了书本和作业。

远远地，高湛冲着我微微一笑。

徐婧婧则向我们走来，坐在我的身旁，笑着说："哎，你最近回家怎么跑得那么快？"

我扯了抹干笑，道："有吗？"

"难道你要回家帮佳美阿姨择菜烧饭？"

"哦，那倒没有，可能是天冷了，饿得快，想早点回家吃饭吧。"

陆小白和王佳遥两个人坐在对面对我的胡说八道直翻白眼，表示鄙夷，我用脚各踹她们两人一脚。

"你跟小时候一样，一点都没变，真是个吃货！我还记得你在大院里一口一个肥肉的样子呢。"徐婧婧笑得像朵吐露芬芳的玫瑰。

可是我的内心却在不停地吐槽：大小姐，虽然我们俩从小到大都是邻居，可是我跟你的关系没有好到如此地步吧，居然还把我小时候一口一块肥肉的事拿出来说，那明明是我正在换牙期，咬不动瘦肉，只能咬肥肉咯。你可以走了吗？别打扰我们点单行吗？

"晶晶，我想请你帮我一个忙。"徐婧婧突然一脸认真地道。

咦？邻居家的小孩人生第一次这么诚恳地请我帮忙，叫人不好意思拒绝呢，其实我更多的是好奇。

"你说。"

徐婧婧看了一眼陆小白和王佳遥，神情含蓄，表示歉意。

两人十分识趣，立即道："晶晶，我们先下楼点东西，你们俩先聊。你还是老规矩？"

我点了点头："嗯，再加一份薯条。"

陆小白和王佳遥相携下了楼梯，徐婧婧这才道："上次脚扭伤，高湛送我回家，前两天，我妈又看到我和高湛一起放学，然后怀疑我早恋……"

哎哟！阿姨真是慧眼，你的确是早恋呀！

我轻咳了两声，直截了当地问道："哦，那你跟高湛是在谈恋爱吗？"

"怎么说呢？其实我挺喜欢高湛的，他也没有排斥和我在一起，但是不能算是谈恋爱吧，只能说互相有喜欢的意思吧。"说这样的话，她有些害羞，少女初恋的青涩神情在脸上尽显无疑。

得知这样一个信息，我不禁深深地吸了一口气，忍不住回头看了一眼坐在不远处的高湛，他微微锁着眉心，骨节分明修长白皙的手指正在转动着圆珠笔，似是在思考什么疑难问题，仿佛是感受到我探究的目光一般，他抬眸恰巧对上我的视线，浅浅的笑容迅速在他的唇角边漾开。

然而这一次，我并没有像以前一样回以憨厚敦实的笑容，我头一次在看到他如春光般灿烂的笑容时，听到了心碎的声音。回过头，我看向徐婧婧，问："哦，那你想让我帮你什么忙？"

徐婧婧想了几秒钟，整理了思绪，才道："其实前一段时间是高中篮球联赛，我正好是拉拉队队长，那一段时间排练，所以经常会和高湛一起回家，结果被我妈撞见，以为我早恋。唉，因为每天放学练习啦啦操，耽误不少时间，所以我的功课也落下来不少。我没有高湛那么好的头脑，所以拜托高湛放学后帮我补课，我怕回家太晚，我妈又骂我，所以我想请你帮个忙，以后我和高湛要是一起补课，你能不能跟我们一起走？"

我去！徐婧婧，你这是在拿我当盾牌吗？你有考虑过当事人内心所受的摧残吗？什么叫不能算是谈恋爱？你这样分明就是要去谈恋爱！为了达到公然早恋的目的，居然拿我当挡箭牌，我内心想要掀桌的洪荒之力瞬间蓄满。

我还没来得及回答，她兀自又道："你放心，我不会让你白帮我忙的，我包下午茶。你要是饿了，我给你买手抓饼；你要是渴了，我就给你买一点点家的奶茶，怎么样？都是你爱吃的。"

卑鄙！无耻！居然用我最爱吃的手抓饼和一点点家的奶茶引诱我。我是那样贪小便宜的人吗？才不是！

然而实际上，我就是那种心里说不要嘴上却说要的不要脸家伙："哦，没事！反正我也要回家。"

我毫不犹豫地答应了，并不是为了心爱的手抓饼和一点点家的乌龙奶茶，而是为了那个站在窗帘下静静看书的美少年……我完全不考虑被虐后的心理健康，因为我已经被美色冲昏了大脑。

"谢谢你！晶晶，就知道你最好了。"徐婧婧忽然用力地抱住我，在我的脸颊上重重地亲了一口，然后像只快乐的小鸟一样飞走了。

陆小白和王佳遥端着两大盘子的甜点上来，刚好看见这一幕，满脸的难以置信。

"我去！不过是下楼买个东西，一上来整个画风都变了。徐婧婧这是准备抛弃高湛，跟你搞基吗？"

我用手背擦了擦脸颊，啐道："若是这样，我得重新审视一下自己！"

两人的身后，还跟着一个高高胖胖的身影。我定睛一看，那人也看着我，脚步顿住了，没敢前进。

这才叫冤家路窄，到哪儿都能碰见这胖子！我也是搞不懂，为什么每次碰见徐婧婧和高湛之后总是能碰见这个胖子，搞得这三个人像是约好了组团打副本一样，而我就是为副本精心设计的那只怪……

整个二楼的卡座已经坐满了人，就连高湛和熊帅他们那边都坐满了同学。康家伟端着手中的盘子进退两难，唯一的空位，只有我身边。

陆小白和王佳遥，冲着康佳伟招了招手，指着我身边的空位，热情地道："康家伟，坐这里！"

我立即反对："为什么要坐我旁边？！"

"拜托！只有你旁边是空位。"王佳遥说。

"你现在抓着吃的薯条是人家掏钱买的好吗？吃人嘴软，拿人手短！这种规矩都不知道吗？"陆小白犀利地说完，继续向康家伟招手。

我凝视着手中一撮被我啃了一半的薯条，难以下咽，如果吐出来能还原成原样，我一定吐出来了。可是因为不能，所以我只好妥协让那胖子坐在我的身边。

康家伟战战兢兢地坐下，小声地说了一句："上次衣服……"

"别说话！吃你的东西！东西都塞不住嘴！"我恶狠狠地瞪了他一眼。要是让陆小白和王佳遥知道我赞助过他衣服，那我还有脸吗？

他抓着面前的蛋糕，大口大口地吃了起来，认真做到沉默不语，可是也许吃得太急，他差点被呛着，开始不停地咳嗽。

我又冷冷地道："吃东西不许发出声音。"

他捂着嘴巴将脸转向别处，闷咳了几声，连脖子都红了。

陆小白和王佳遥一人踹了我一脚，将面前的饮料递给康家伟："康家伟，你慢点吃，别听她的。"

"别理她，她最近刚从火星降落地球，大脑回路不正常呢。"

康家伟谢过，依旧别过脸喝水，生怕让我不舒服。

唉，我也是卑鄙，自己心里不爽，却将心里的怨气撒在了矮胖的身上。我默默地像小鸡啄米一样转向薯条。

[*Chapter 6* 英雄不联盟]

第二天，我就发现我大错特错了。徐婧婧这个骗子！根本就不是什么补习功课！星巴克、肯德基、书店、超市、大爷大妈跳舞的广场上……但凡小情侣可以去的地方，都可以见到这两个人的身影，而我，一直都得当陪衬。我肠子都悔青了！我简直就是一个移动的还永远罩不到当事人头上的飞利浦灯泡！

当我在肯德基买杯可乐压惊的时候，忽然有个人在我背后提醒："喂，你的钱掉了。"

我低头一看，果然，一张面额五十的人民币皱成了一团躺在了地上，那颜色可真是绿，碧绿碧绿的。刚才买可乐的时候不小心掉了零钱，我刚想要谢谢提醒我的人，可当我转头看到熟悉的圆胖身影时，我突然很不想开口，说好了的三米距离，这家伙离我最多半米。

我忍不住将矮胖拉到一边，道："喂，方便面，你知道你这样很变态吗？"

康家伟义正词严地回道："我不叫方便面。"

我指着他乌黑有些卷曲的发丝，道："满头方便面。"

"我这是天生的，请不要歧视自然卷。"

"好吧，我不歧视你。但是你知道吗，我每天跟着他们俩，像个移动飞利浦已经很辛苦很困扰了，拜托你就不要再出现在我的面前，你这样会让我更加辛苦更加困扰，Understand？"我深深地吸了一口气。

他拧了拧一对浓眉，以一副"苦海无边，回头是岸"普度众生的口吻劝解我道："你这样三天两头地跟踪他们俩才叫变态。"

我眼一横，道："谁跟你说我是在跟踪他们俩？我家跟徐婧婧家是邻居，她回家走哪条路，我当然也走哪条路。"

"哦，那条路我也天天走。你每天回家都得七拐八拐的，今天刚好拐到肯德基。"

"……"我竟无言以对，他一眼就看穿了事实。

"你刚才是在帮他们做掩护吗？"

"你看出来了？这样你都能看出来？"我倏地用力捂着嘴巴。

"只要不是眼瞎都能看出来。我在附近看到你跟着他们俩好几次了，他们两人似乎并不避嫌或者是讨厌你，偶尔还会微笑着跟你打招呼。"他头脑清晰，有理有据。

抚额！我对他的观察力和分析能力佩服得五体投地。如今能理解我的也只有眼前这个方便面了。一瞬间，我就像是忘记了我和他之前的恩怨纠葛，终于忍不住找了个桌子，两个人面对面，将徐婧婧请求我帮忙的事全盘说出来。我万万没想到自己会像替驴耳朵国王剪头发的那个发型师一样，迫不及待地跟他吐槽。

女人果然是守不住秘密的！我不禁在心中自我唾弃鄙视一万次。

方便面挑着眉，难以置信，一副"见了鬼"的样子瞪着我。

"别这样看着我！我知道我内心无比圣母，我就是圣母玛利亚，哦不，请叫我雷锋……"我说着说着说不下去了。

方便面轻轻笑了起来。

我幽幽地叹了口气，道："不过得谢谢你，能将这么郁闷的事说出来真是舒服极了。你有什么意见要发表，现在可以说来听听。"

方便面一脸同情地看着我，像老干部一样和蔼可亲地劝导我："许晶晶同学，你干脆别帮他们俩了。你这不是帮忙，你这是替人饰非掩丑，早晚都会饰非遂过，很不好。"

"我当然知道很不好，可是我不是当时不知道该怎么拒绝嘛。"我内心暗戳戳地补充其实不是不知道该怎么拒绝，而是根本就不想拒绝。

偏偏我这点小心思一下子就被康家伟戳穿了："你不是不知道该怎么拒绝吧，而是醉翁之意不在酒吧……"

我啪地一下子将可乐掷在桌面上，好好的乱讲什么大实话。

"不行！我要去跟徐婧婧当面说清楚，我要严词拒绝再帮忙。"

我起身，一回头刚好瞧见徐婧婧在收银台，和服务生要了杯白开水。我还没来得及开口叫她，她已经眼尖地瞧见坐在我对面的方便面。

"咦？家伟，你也在这儿啊？"她惊讶的目光在我和方便面的身上来回转悠，几秒钟后转换成一派明了的眼神，脸上的笑容无比灿烂，"晶晶，你跟家伟同学好像特别……有缘。上次在咖啡厅里碰见，这次又在肯德基碰见。"

我在心中吐槽，论有缘，这世上再没有人能比过和你徐婧婧了吧？不仅做了十七年的邻居，上同一个幼儿园、同一所小学、同一所初中、同一所高中，现在还在同一个班、喜欢同一个男生……

方便面一见着徐婧婧就无与伦比的激动和紧张，胖胖的身体倏地一下从椅子上站起来，特别流畅，毫无压力。我估计方便面也只有在徐婧婧面前才能行动这么顺溜。

"好……好巧。"

我刚在心中夸完他是个灵活的胖子，谁知他只是说两个字也能结巴，明明之前跟我说话时那么顺畅。

徐婧婧甜甜一笑，道："上次谢谢你。替我买书，还麻烦你给我送到家里去，真是不好意思呢。"

方便面结巴着道："你……你上次已经谢过了，不用这么……这么客气，反正……反正我回家也顺路。"

徐婧婧道："还好顺路，不然我还真不好意思让你帮忙送到我家呢。谢谢你啊。"

忽然之间我就像是一个雕塑摆设似的，傻站在一边看着两人你一句我一句，从中分析二人的交情似乎比我想得要复杂。

"我就不打扰你们啦。我还有好多功课没有完成，'老师'有点凶。"徐婧婧用眼神告诉我和方便面，高湛是位严厉的辅导老师，"晶晶，加油！家伟同学不仅英语厉害，数理化也是很棒的。"她用拳头比画了一个fighting的动作，拿着白开水离开了。

我又一次无言以对。方便面学习好不好跟我有很大的关系吗？为什么她的辅导老师可以是高湛，而我就得找方便面？等一下！明明说好了我要严词拒绝她，然而听她说了一大通废话，我居然又忘了。

我有些颓然地坐在座位上，将面前的可乐一口气喝光，看着方便面，我忍不住问："你跟徐婧婧很熟吗？"

"不算太熟吧。"方便面的脸有些微红。

"不算太熟？不但帮忙买英文书，还送到她家去，这还叫不算太熟？你怎么就没给我买书，帮我送到家呢？好歹我们还是一起受伤一起摔倒一起卡过门的交情呢。"我的口气莫名的有些微酸，好像我们两个人一起"卡门"的友谊是有多深厚呢。

方便面一口可乐直喷出来，还好我躲得快，只可惜书本还是被溅了那么几滴。

他尴尬地擦了擦嘴，连声说对不起，用餐巾纸将桌子和我的书本仔细地擦了擦。

"唉，算了。"我毫不介意地摆了摆手。

"哦，那你要美联的书吗？你要的话，我可以明天带给你。"

"重点不是这个好吗？"我哪里是问他要什么原版的英文书？拿回来我也看不懂好吗？这呆子！他才转学没来多久，如果不是我跟他有三次孽缘，估摸我到现在还不知道他的名字吧。然而徐婧婧不仅知道人家的名字、学习状况，还知道他家离我们小区不远，顺路，所以顺便让他帮忙买书送书……好吧，我承认我有点捕风捉影、有些小心眼，但是当我知道徐婧婧知道康家伟那么多事时，我就隐隐觉得哪里不对。都说女人的第六感很强，但我不知道我这莫名强在哪里。唉，算了，我也懒得管他们之间的事。

"哦，对，重点是你好像刚才没有跟她提不再打掩护的事。"

"……"他这话不是一针见血，而是一剑封喉。

"其实你内心并不想去说吧，因为舍不得。"方便面一眼看穿了我的心思。

"搞得你好像多舍不得一样。如果换作是你，你要是舍得放弃，刚才看见徐婧婧，也不会结巴了吧，你看你跟我说话说得多利索啊。哼！"

"……"方便面被我说得耳朵根子立即红了起来。

我回头看向不远处的卡座，高湛神情严肃，一双剑眉重重拧起，指着书页，指导着徐婧婧、熊帅和周大鹏。大鹏似乎有异议，高湛一记爆栗让大鹏乖乖闭嘴。天哪！原来高湛就连生起气来都是那么的帅、那么的养眼，简直闪闪发光。

花痴完了，我收回视线看着面前翻开的代数课书，貌似今天的作业有几题我也不会做，我应该也能去请教一下高湛吧……

我的身体已经挪了半边，这时方便面忽然哼了两声，道："不想说就别说了。"

他若是不开口，搞不好我已经站了起来。

"真的？那我这样就不变态了？"一个人若是不停寻求他人意见，有时候并不是自己的想法未定，而是已经有了想法，只不过希望得到更多人认同自己的观点罢了。

"还好吧，也不是很变态……"他言不由衷，不敢看我，深深地吸了口可乐，将我的书拿过去，极力掩饰道："你哪道题不会做？"

"你怎么知道我不会做？"

"你的肢体语言已经告诉我了。"

"哟，搞得你会FBI读心术一样。"

"哦，买过书看过，暂时还没有深入研究。"

"……"

"若不嫌弃的话，我教你吧，"我还没有应声，他又补充一句，"你过去请教的话，应该会有人不高兴。"

"你还真是有做间谍的潜质呢。"我坐好，用笔指了指书上那题。

他的眉尾轻轻一挑，不可思议地道："这么简单的题你都不会？你要是拿这题问他，搞不好人家会以为你故意找碴呢。"

"喂，你会说人话吗？不会说人话就闭嘴好了，别没事找抽。"谁知道简单不简单，我要是会，还想着请教人吗？

"以前的数学老师应该有教过你们口诀吧？"

"奇变偶不变，符号看象限……这大概是我学了这么多年，学到的最感伤的诗句了。"我在脑海里努力搜索着数学李老头曾教过的口诀，"搞不懂为什么要学这个？那么多条记起来总是会混乱。将来等我成了大妈的年纪去菜场买菜，小学九九乘法表就足够我横扫菜场了吧？"

方便面忍不住笑了起来，圆圆的脸上有两个深深的酒窝，煞是可爱。

"我以前的数学老师乡音特别重，但是他教我们用了个极其简单的方法，就是用中文背公式。例如$\sin(A+B) = \sin A\cos B+\cos A\sin B$，你可以记成杀可？可杀！$\sin(A-B)=\sin A\cos B-\sin B\cos A$，你可以记成杀可？杀可！"

我扑哧一下笑了起来。

他微笑着从笔袋里拿出一支笔，在草稿本上轻松地写了几行推导公式，这一题就被他轻易地解了出来。

我一看那解题方法，果真如他所说，很简单。望着这几行推导公式，我顿时有种被侮辱智商的深刻领悟。正如他所说，如果我去找高湛，他一定会觉得我是去找碴的。我指着另一道题，道："还有这一题，也顺道帮我解了吧。"

他洋洋洒洒，写下解题方法。无论是中文字还是英文字，又或是数字，从我这面看过去，都十分整齐。待到他转过来，我才看到那字苍劲有力，十分好看。常人道：字如其人，可是这句话在方便面的身上并不适合，也许他再瘦一点就好了。

"从今天开始，三米禁令解除，我批准你可以在离我半米范围内活动。"

方便面笑着伸手拿了几根薯条，我见了便拍了下他的手背，打落薯条，道："你都这么胖了，少吃点垃圾食品吧。"

他的眼神忽地一黯，像是受了伤的小鹿斑比一样，怯怯地嗯了一声，乖乖地缩回手。

我挠了挠头，忽地提议："方便面，你加入我的战队吧。"

"嗯？"他抬起头不明所以地凝视着我，褐色的瞳仁却闪着无限光彩。

"我三天两头碰见你，我看你也是挺闲的，回家也是做作业，在这里也是做作业。那啥，要是没什么事，你陪我一起吧，这样我一个人看起来也不会那么变态了吧。你就当救人一命，胜造七级浮屠。"其实我想说，我们一起暗恋吧，暗恋的路上刚好有个伴，不会空虚寂寞烟花冷。反正我喜欢高湛，你喜欢徐婧婧，肥水不流外人田，好事一起共享。多好的提议，我都快被自己的好主意感动了。

我满脸期待地望着他，可他却又露那种"一副见了鬼"表情瞪着我，然后拼命地摇着胖胖的脑袋，斩钉截铁地回道："不要！"

我嘴角抽搐，以为铁板钉钉的事，这家伙居然说不要。

"喂，我诚心邀请你加入战队，可不仅仅是为了我个人，我可以帮你追徐婧婧啊。"

他凝视着我，神情变了又变，沉默了好久才道："我要是追上了徐婧婧，你是不是就去追高湛了？"

"NO，我要是想追高湛，我早就开口了，才不要这么麻烦，我这纯粹是帮你。"我有些卑鄙。

他突然笑了起来，道："你不是想帮我，你是讨厌徐婧婧。就算你想帮我追徐婧婧，也只是为了成功拆散他们两人而已。"

我猥琐的心思一下子就被他猜中了，我发现我在他的面前真的很难掩藏一点坏心思。我有些恼羞成怒，道："是！我卑鄙小人，我猥琐！我暗恋人家，但起码我光明正大地在付出。你暗恋人家不想追，还暗戳戳地经常假装偶遇，你这是什么心态？你赶紧写在你的雷锋日记里吧，你是个好人！让我这个变态独自把变态进行到底。哼！"

我伸手抓着他餐盘里的薯条，塞满了整张嘴。

他索性将整盘的东西都端在我的面前任我蹂躏，道："你慢点，别噎着。"

"哼！"吃穷这胖子。

"上次谢谢你借我衣服，我都没来得及谢你呢，还害你感冒了，真过意不去。"

"要谢就谢校服都长一个样吧。"我傲娇地表达出"校服不长一个样，姐姐都懒得借你遮羞"的态度，"还有下次不要往我口袋里塞字条，我妈会以为是情书呢。"

他憨憨地笑了起来。

[*Chapter 7* 通往极乐的八千米]

前几日的月考成绩下来了，在我眼里，这整个N市的天都变了颜色。我看着那惨不忍睹画满红色叉叉的数学试卷，连死的心都有了。陆小白和王佳遥同样一副半死不活的模样瘫在了课桌上。

成绩这个小贱人，总是挑拨莘莘学子跟家长之间的关系。

然而最令全班震惊的是，曾经一直占据我们高二（1）班第一名的高湛居然落到了第二名，是谁这么牛竟然干掉了高湛爬上了第一名宝座？万万没有料到第一名竟是与我有三次孽缘、刚转学过来不足三个月的方便面。不对，不仅是我们班的第一，应该说是全校第一！

数学满分！英语满分！物理和化学也是满分！而语文也仅差了几分而已，不然也是满分……这还是人类吗？这简直就是一怪物！

当老师报出成绩的时候，方便面在全班同学不可思议的震惊眼神中露出淡淡羞涩之情，有那么一瞬间我居然仿佛看到他头顶上方罩着五彩光环，一群白鸽飞过，耳朵边响起了圣乐……不只是我，显然全班同学都跟我一样，小看了方便面。不鸣则已，一鸣惊人！虽然那天我亲眼见证了他与众不同的解题方法，但这次如魔如幻的成绩一出来，完全印证了徐婧婧的话，然而当时我竟还那么嫌弃他，按照理论来说，他这超级学霸没有嫌弃我这学渣，我就该偷笑了。

一下课，就有一大群同学围住了学霸方便面。他似乎是个很容易害羞的人，动不动耳朵根和脸颊都会发红，但是圆圆肉肉的脸上那一对小酒窝看起来又特别可爱。明明长了张笨笨的脸，却是个学霸，而我明明长得很聪明的样子，却是个学渣。同样都是人，这人与人的差别怎么就这么大呢？

有了王佳遥这个包打听，我才知道，原来方便面在一中的时候就是学霸，全校第一，不知什么原因转来了我们学校，可乐坏了我们学校的校长和老师们。

真是雾里看花，难免看走眼。

"许晶晶，你确定你这次冬季运动会报的比赛项目是三千米和五千米吗？"体育委员蒋皓拿着报名表找到我，看我的眼神仿佛像是在看正在精神病院的患者。

我们学校也是奇葩，一年两个学期，偏要弄出来三场运动会，春秋两季运动会与其说是运动会，倒不如说是游戏大作战，什么三人两足接力赛、弹力球赛跑、Cosplay……这种幼儿园小朋友玩的幼稚游戏硬生生被整成了春秋两季运动会。所以冬季运动会才是真正的拼搏体能的运动会，这也是全校学生每年最期待的一场运动会。

我一脸生无可恋地点了点头，道："嗯，我确定，百分百确定。有疑问吗？"

陆小白惊诧地望着我，然后伸手摸了摸我的额头，道："也没有发烧啊，怎么就脑子不好使了呢？"

王佳遥也加入了探头行动，手背也贴在我的脑门上，难以置信地说："三千米和五千米，你这是想干吗呢？想成为打破学校八千米记录的唯一女汉子吗？"

我伸手打掉两个人的手，道："唉，你们不懂。"

我这是某种情绪需要宣泄。

前几日英语模拟成绩出来的时候，佳人小姐在看到校讯通的短信后立即给我来了电话，接着劈头盖脸地骂了我足足三天，今晚回去这要是再看见数学成绩，我怕我熬不过这个冬季。再加上自找打掩护的精神虐待，如今找树洞也不管用了，所以只能通过体力运动来发泄。刚好赶上冬季运动会，所以我毫不犹豫地报了五千米加三千米，共计八千米，等姐姐跑完这八千米，也许我的灵魂就会跟着我的体力一起升天了。

蒋皓沉思了几秒钟后，语重心长地劝导我说："许晶晶，我看你还是申报一个项目吧。八千米都没有男生尝试呢，何况你一个女生。还有，这两个项目也不一定必赛，万一要是哪个项目没有报满三个人，可能就会取消，合并成一个项目。"

那语气，就好似我蹂躏了八千米，劝我赶紧放下屠刀，立地成佛。可我偏不，这次我铁了心要让自己的灵魂升天。

"美国的罗·勃朗宁说过，人应该进行超越能力的攀登，否则天空的存在又有何意义？所以，你不用担心啦，八千米我一定能跑下来的，看我怎么为我们高二（1）班争光。"我信誓旦旦地拍着胸脯。

蒋皓深吸了口气，道："好吧，但愿半个月后你还是这么雄赳赳气昂昂。愿上帝与你同在，阿门。"

所谓朽木不可雕也，粪墙不可圬也！蒋皓终于放弃对我治疗，摇着头叹着气离开了。

很快，全班同学都知道我抽风报了八千米长跑，一个个向我发来贺电。熊帅那小子甚至还开了赌局："来来来，买定离手，我赌卡门晶晶一定跑不完八千米。"

"我也赌卡门晶晶跑不下来。"

"赌卡门晶晶输。"

全班同学都赌我跑不完八千米，甚至连陆小白和王佳遥也加入了赌局："算上我们俩，也买晶晶跑不完。"

我去！有这样做朋友的吗？这两根墙头草！

我气不过，将橡皮啪地用力拍在了熊帅的桌子上："我赌许晶晶不仅能跑完八千米，还能拿到名次！"

"哎哟，这位同学有点逆天而行啊。"熊帅抬头一看是我，差点被口水呛着，"噗，许晶晶，你行啊，自己押自己。"

"干吗？不可以吗？"

"行！不行也得行。"

"我要是能跑下来，你们每个人都得给本宝宝趴下来当凳子坐，我要是跑不下来，我趴下给你们当凳子坐！"我豪言壮志，这群小兔崽子这么看不起人，非得给他们一点color see see。我指着陆小白和王佳遥两个人道："你们两个没义气的叛徒，时间双倍！哼！"

一块五毛知道这个消息后也吃惊不小，上课前语重心长地对全班同学道："有些同学想为班级争光我很高兴，但是要注意力所能及，身体是革命的本钱。"

我很感动，但我已经铁了心，任何事都阻止不了我的疯狂与认真。

因为分数的事我郁闷了一个上午，可是在下完了赌注之后，我的心情莫名地变得好起来，也许是八千米的动力。放学后，我就像只小兔子一样背着书包欢快地一蹦一跳地奔向车站。

陆小白和王佳遥见我如此欢乐，认为我无药可救。

"这女人一定是疯了。"

"嗯，疯癌晚期。"

"许晶晶！"忽然有人叫住我，声音十分熟悉，是方便面。

我倏地停下脚步，迅速回转头，只见方便面皱着眉头向我小跑而来。虽然隔着不远，但是他跑起来显得有些费力，好不容易站定在我面前，他气喘吁吁地道："许……许晶晶，你……真的……要跑……三千米……和五千米……吗？"

这才跑了不到二十米，没这么夸张吧？喘成这样？好吧，谁叫人家是胖子。

我微眯了眯眼，道："运动会还没有开始，我看你这样倒像是跑了八千米。"

"不不……不好……意思，我……从教室……一路……跑过来的。"方便面大喘着气。

"没事，你先喘会儿再说话吧。"看着这胖子为了追我喘成这样，我于心不忍。

他深呼吸了几口气，又喝了几口水，总算平稳下来，道："你真的决定要跑三千米和五千米？"

我点头，回道："嗯。全校都知道啊。我还下了赌注呢，赌我自己赢。"

方便面叹了口气，道："你该不是还在为那天的事生气吧，一时想不开才报了八千米？你要是还生我气的话，就像以前一样冲我发火就行了，别想不开，拿自己的身体开玩笑。"

我差点一口口水喷出来："噗！方便面，你是不是想太多了？谁有工夫有那么多脑容量去跟你生气？我像是那么小气的人吗？"我挑了挑眉，满脸傲然地望着他。

他呆呆地望着我，下意识地点了点头，很快又摇头否认。

我去！原来在他的心目中，我真的是个小气的人啊。

我有些哭笑不得，道："真的跟你没有半毛钱关系啦。是因为我这次模拟考试考砸了，我家母上大人劈了我三天，我这体内的洪荒之力没地方宣泄呢。"

"哦，这样啊，那就好。"

"嗯？"还好？要不要在申明了跟他无关之后，就如此冷漠无情啊？

"哦，我不是这个意思，其实一次考不好，不代表什么，多加努力就好了。"

"我以为你不会撒鸡汤。强喂心灵鸡汤的都喜欢这么说，一个个说得头头是道，那么牛咋不去青青草原抓羊呢？像我这种资质愚钝的人，得要努力成什么样才能与你这种学霸肩并肩啊？"我摆了摆手，"算了，别谈考试成绩了，谈成绩伤了咱们之间的卡门之情。对了，这次运动会你报了什么项目？"

"扔铁饼和铅球，本来还有个标枪，但是蒋皓说每个人只能选两个项目。"方便面憨厚地一笑。

我很没形象地大声笑开来："哈哈哈——这两个项目超级适合你现在这吨位。哎哟妈啊，怎么会有这么合适的体育项目？哈哈哈……"

方便面特别容易害羞，被我这么一笑，他的两个耳根唰一下又红了起来，低着头看着地面不说话。

我意识到自己太过分，拼命捂住嘴巴："不好意思啊，我不是有意要嘲笑你胖，而是我根本控制不住……哈哈哈……"

"没关系，我已经习惯了。"他的眼神特别清澈诚恳，完全没有责备的意思。

我反而有些不好意思，终于止住笑声，道："你为什么不减肥呢？你要是瘦下来的话，说不定也是个大帅哥呢。"我一直觉得方便面虽然胖，但是他的眼睛特别漂亮，睫毛纤长，那皮肤也是水灵灵的没话说，不知道他瘦下来会是什么样？都说每个胖子都是一只潜力股呢。

他抿着嘴唇不说话，脸颊两边的酒窝更深了。

"对不起，我好像提了个不该提的话题。"我轻轻地抽了一下我这坏嘴，我怎么就知道人家没试着减过呢。

"你没有错，你别这样，怪我自己减肥的意志力不够坚强。"方便面见我自责，更加不安了。

"康家伟！许晶晶！"正当我和方便面相互道歉的时候，徐婧婧和高湛从不远处走了过来。

我去！简直阴魂不散！

我忍不住低声说："真是冤家路窄！明明今天放学跑得比兔子还快，还是见鬼地又碰上了。"

方便面扑哧一声笑了，显然是被我逗的。

徐婧婧走过来，站在我和方便面面前，对方便面微笑着道："康家伟，你好厉害！你怎么能那么轻松就把好几门功课考到满分？"

"还……还好啦，我就是喜欢看书。"方便面不好意思地挠了挠头，脸又红了。

这货早晚要变成关公啊，瞧这红脸的速度。

高湛也敬佩地道："我也喜欢看书，有机会好好交流一下。"

"好。"方便面认真地点了点头。

我原以为我又一次成了他们之间的背景墙，正准备悄悄溜走，谁知一步还没有迈出去，高湛忽然转向我，凝眉问道："许晶晶，你最近是不是有什么不开心的事？"

男神居然主动跟我打招呼，我有些受宠若惊，他甚至还关心我的心理问题。可是，我有些不解地看着他，道："没有啊，我很正常啊。"

高湛微微挑眉，道："那你怎么想起来报八千米？"

呃……原来也是问这个问题啊。

"哦，就是突然想挑战一下吧，感觉应该蛮刺激的。"我可以跟方便面坦白是因为考试没有考好，但是我怎么也不好意思跟男神说是因为考试考砸了。

高湛一脸认真地凝视着我，隔了好一会儿，面部表情才有所松动，微微一笑，道："嗯，祝你成功。"

还是高湛最好，他是唯一一个祝我成功的人，其他人一听见我要跑八千米，一个个感觉我要去赴死一样，不过就是跑个八千米而已。

我好感动，叹了口气，有些沮丧地道："谢谢你，高湛，你是唯一一个给我打气的人。其他同学都不看好我，尤其是那个死熊帅，居然开了赌注，全班同学都买我跑不下来，我只好买我自己赢。"

高湛轻笑出声。

徐婧婧接口道："你不是一个人哦，我跟高湛都买了你赢哦。晶晶你要加油，一定要赢哦，我看好你哦。"

我难以置信地瞪大了眼，看了看徐婧婧，又看了看高湛，高湛微笑着轻轻点了点头。亏我刚才无比感动，顿时，我又从天堂跌入了地狱。

方便面忽地插嘴，道："哦，还有我，我也买了你赢……"

谁要你买我赢啊！我……该笑吗？感觉我该哭才对啊。

"呵呵呵，我一定能赢的。"我强颜欢笑，其实眼泪在心里哗哗直流，一万头羊驼呼啸着践踏而过。我这是在拿自己的生命做赌注啊！

"嗯，加油。"高湛给了我一个fighting的拳头。

我立刻觉得超级燃，也用力地回以一个fighting拳。

"哦，对了，高湛，你报了什么比赛？"其实包打听王佳遥早已打听过了，高湛报了男子一百米和四百米男女混合接力赛，可是我还是忍不住亲口问。

高湛道："四百米男女混合接力和跳高。"

"哎？"我有些意外，不是男子一百米吗？这话我差一点没忍住脱口而出。

高湛像是读懂了我的心思似的，道："蒋皓说跳高还差一个名额，因为我以前练过跳高，所以就把男子一百米换成了跳高。"

"哦……"原来是这样。

高湛笑起来，真心好看，简直光芒万丈。

徐婧婧忽然说："我也报了四百米男女混合接力赛和女子一百米。"

"嗯？接力赛？从来没有看你跑过田径赛……"我有些吃惊地看着徐婧婧，她这柔弱的小身板，并没有比我强壮到哪里去，凭什么体育委员蒋皓就觉得她能胜任四百米混合接力赛？会跳舞，腿长，就跑得快吗？并没有吧。

"你别小看我，我从幼儿园开始就跑得很快的，你还总是说追不上我呢。"徐婧婧自信满满地说。

我去！什么追不上？根本就是姐姐懒得追，况且我又不是那些花痴男生。

"哦，那我们班就指望你争光了。"我回道。

"拿了奖我请你喝一点点家的奶茶。"徐婧婧转向方便面，"家伟，我听说你报了铅球和铁饼。加油！Fighting！"

"Fighting！"方便面特别燃，幽黑的双眸顿时流光溢彩。

这就是徐婧婧的魅力所在，纵使别人的缺陷摆在面前，她也会为人着想，绝不让人难堪。而我却恰恰相反，得知这消息，我笑得差点下颌骨弹不回去。自惭形秽！素质！我突然为自己的素养感到羞耻。头一次，我感受到人生之中出现像徐婧婧这样一个邻居家小孩的意义所在，不是九九八十一难西天取经之路的绊脚石，而是一面照妖镜，将我内心的妖打出原形。

我羞愧地冲着方便面举起了小拳头："康家伟，加油！"

"谢谢！"方便面感到很意外，双眸之中充满了喜悦之情，脸颊上的小酒窝更深了。

"对了，我和高湛一会儿去区图书馆温习功课，你们俩要不要一起来？"徐婧婧的声音又软又甜，充满了诱惑力。

"不要！"我斩钉截铁地说。

"好！"方便面毫不犹豫地点了点头。

他们三个人同时看向我。

"哦,那你们赶紧去吧,再见!"我今天特别想回家休息,不想掺和。我已经下定了第一百次决心,绝对不能为高湛的美色而动摇,可我万万没想到那天在我面前说不要追徐婧婧的那个坚定不移的胖子,居然如此心口不一。佳人小姐每次说老爸的那句叫什么来着?你们男人说的话,我连标点符号都不信!哎哟喂,我现在是明白了,这真的是警世明言呀。

我意味深长地看了方便面一眼,方便面下意识地站直了身体。善变的才不是我们女生,你们男生也是。

徐婧婧拉着我的手,说:"晶晶,你是不是因为没考好,所以没心情啊?"

我嘴角微微抽搐。徐大校花,你说什么大实话呢?我之前都没好意思在高湛面前承认的事情,你怎么偏偏给我捅出来呢?

高湛微挑着眉峰,瞬间明白了我之前强撑的理由,眼角含笑。

徐婧婧又道:"其实,我这次也没有考好,所以课后更要好好补习啦。一个人回家做作业,好多不会做,再上网请教,很麻烦的。你看有高湛在,还有康家伟……你现在知道康家伟的厉害了吧?第一名哦。今天又是周末,一起去啦。"

这时,熊帅和周大鹏他们几个刚好也走过来。熊帅一看见我就用他的熊掌直袭我的肩头,拍了三下,说:"哟,卡门晶晶,你这一放学溜得可真快,这是提前为八千米热身呢。"

我面肌痉挛,嘴角抽搐得更加厉害,伸手用力地将熊帅的熊掌弹开,对徐婧婧道:"你们去吧,我还是回家算了。"

周大鹏跟着起哄:"哎,怎么我们来了你就走呢?这不像你啊。你是不是赶着回家练习长跑呢?"

熊帅一脸认真地道:"哎,卡门晶晶,你可一定要加油啊,我今天可是改下注赌你赢啊。你可别辜负我哦,不然你要对我负责哦。"

"负你个大鬼头!熊帅,你给我听好了,等到时候我赢了,看我怎么狠狠地吊打你!你给我等着,哼!"我咬牙切齿地说。

熊帅忽地一本正经地道:"许晶晶!我太喜欢你这睚眦必报的个性了,太对本帅的胃口了!我等着,一定等着。"

我无语凝噎:"你抖M吗?"

徐婧婧说:"好啦,你们俩别斗啦,正经点!一起去图书馆,赶紧温习功课,这才是最重要的,走啦,走啦。"

熊帅和周大鹏起哄:"走咯,走咯。"

说好了不去的,可我的胳膊就这样被徐婧婧轻易地拽着走。

高湛双手抄在校服裤子的口袋里,跟在我们两人的后面。我几次想要挣脱徐婧婧的手,但是每次一回头,总能望见高湛拧眉与我对视,第一次我以为我眼花,第二次,第三次……我甚至有些怀疑他的视线一直在盯着我的后脑勺,未曾离开。

望着高湛清澈明亮的眼眸，我咬着牙，心一横，去就去吧，反正我就是个没有节操的小坏蛋。

从那天以后，放学之后突然形成了一个奇怪的画风。

徐婧婧和高湛走在前面，我和方便面会默默地跟在后面，偶尔小白、佳遥、熊帅、周大鹏、魏雪他们也会加入战队。有时候放学早，大伙儿会约着去图书馆或是肯德基、咖啡馆之类的地方一起温习功课，但大多数的时候，只有我们四个。我仔细琢磨之后得出结论，也许是我们四个人的家刚好在一个方向，而其他人的家在其他三个方向吧。

我和方便面总是非常有默契地等徐婧婧和高湛找定位置坐下后，我们再找一个离着两人相距很远的位置坐下来。

就这样，方便面莫名其妙地成了我的小跟班，不仅会替我买零食买饮料，偶尔还会替我背书包。当然，他替我买零食饮料的同时，也会顺带着替徐婧婧和高湛买一份。在别人看来，他俨然一副我男朋友的模样，但我们两人心中都有一块明镜各自照耀着，我们只是并肩作战的好基友——暗恋联盟阵线的好基友。

渐渐地，我发觉方便面跟我一样，暗恋徐婧婧不求回报。但是我会帮徐婧婧隐瞒，并不是因为帮她，而是不想高湛这么个根正苗红的大好少年因为早恋而被全校通报批评。我一直在努力摆脱"雷锋"这个光辉形象，谁能料到当初苦口婆心劝我别这么做的人也沦落到跟我一样。我为徐婧婧和高湛打掩护这事已经很傻了，方便面居然还能比我更傻。

这一天我们刚在星巴克里坐下来，方便面就去收银台买了点心和四杯星冰乐，然后送给高湛和徐婧婧。

等他回来坐下后，我终于忍不住爆发了，将星冰乐的钱摆在他的面前，之前我也给过他，但每次都被他推回来。

他不解地看着我，问："你干吗？"

"从现在开始，必须AA制，我不喜欢占人便宜。"

"还好吧，一杯饮料而已，没有多少钱。"

听到方便面满不在乎的语气，我忍不住道："什么一杯饮料？你每次一买都是买四份。他们俩谈恋爱，关你什么事？你居然一直还包吃包喝？你家钱很多吗？"我就差没说：以后他们俩要是开房，你是不是还要包付开房费啊？

"也不是我包吃包喝，上次和上上次咱们吃的喝的都是高湛付的钱。若是你看不顺眼，就当我家钱多吧。"他深锁着眉心，吸了一口星冰乐。

我竟然无言反驳。

我又摸出我的小零钱包，将前天高湛付的饮料钱也一并放在方便面的面前，说："之前我跟你说的什么暗恋联盟，你就当我开玩笑吧。关于掩护这事，这是我的事，你就别掺和了。明天放学，你该回家回家，该上哪儿上哪儿，别再跟着了，知道不？

我自己下水也就算了，但是我实在不忍心看着他也这样堕落下去。

"好好的，你怎么了？我没有掺和。反正我回家也是做作业，在这儿也是做作业，还有人陪，挺好的。"

我嘴角抽搐，道："方便面，你到底是有多空虚多寂寞多烟花冷啊？你非得要这样怒刷存在感？需要人陪是吗？我可以教你一个方法。"

"什么方法？"他呆呆地凝视着我，一本正经的样子。

"从今天开始，你一回家就把你家的窗帘全部拉上，灯关上，然后你去找一部鬼片看，一部不行两部，等你看完，你就会觉得你家天花板、地板、床下、柜子里，到处都有人陪着你。"

方便面差点将口里的星冰乐喷出来，忽然像是看笑话一样看着我，道："原来你怕鬼啊？你不觉得那些鬼片都很假吗？怎么会有人被吓住？"

"方便面，你是猴子派来虐我的吗？"我真是快要吐血了。

"那个……我不叫方便面，我叫康家伟。健康的康，家庭的家，伟大的伟。"他总是能一本正经地打岔。

"康师傅方便面姓什么？"

"姓康……"

"所以不还是方便面咯？"有了"卡门"交情后，再加上暗恋联盟并肩作战这么久，我当然知道他的名字怎么写，要是不知道，我岂不是成猪了？可我就是忍不住会忽略他的名字，直接叫他方便面，"不然叫你康师傅。"

他嘴角抽搐，道："算了，你想怎么叫就怎么叫吧。"

[Chapter 8 决战五千米]

如蒋皓所说，三千米和五千米因为单项报名人数过少，学校体育部最终决定取消三千米长跑项目，保留五千米长跑。这个消息对我来说其实算是个好消息，毕竟少了三千米，省了很多体力，不过，我的内心却还是有些小小的遗憾，说好的八千米，一下子变成了五千米……若是八千米，到时如果我真的撑不住什么的，八千米也不会太丢人，可是五千米，就有些尴尬了。

熊帅开的赌注并没有取消，反而连隔壁班的同学也加入了战队，可以说买我输的人越来越多。真搞不懂这些人怎么想的？我撑不下来，难道他们班的女生就能撑下来？我知道我没有运动细胞，常常在体育课上偷懒，但我这体能究竟是平时看起来有多差劲，才能让整个年级的人这样拼命下赌注？

许是受了刺激，每天晚饭过后一个小时，我都会围着小区慢跑，体力是比以前好了很多，但是结果吃得比以前更多了。

王佳遥眼尖地发现，道："小白，你有没有觉得晶晶最近一个月变得更加雄壮了？"

陆小白仔细扫视我很久，道："的确，非常的孔武有力，这打扫卫生，一手提一桶水，就差脖子上没吊一桶了。"

我暗暗下定决心，无论如何，我也要跑下五千米，可不能让高湛也跟着我一起赌输了。一周三节的体育课，我也比以前勤奋了，搞得体育老师何老师一见着我就表示受到惊吓。我只好拍拍何老师的肩膀，安慰他，那个一年来一次一次来一年的大姨妈今天终于结束啦。

终于到了冬季运动会这天，同学们一个个激动万分，早早地就到了学校，毕竟再没有比不用上课还能玩的日子更加激动人心了。运动员们一个个摩拳擦掌，只等着一会儿在赛场上大显身手。然而临上赛场前，将"分秒必争"精神发挥到极致的英语老师，突然抱着一叠黄冈和启东密卷出现，十分和蔼地道："不会占用大家太多时间，一天两张就好。"

所有人一下子蔫儿了。

运动会一共三天，方便面参加的两项比赛的预赛安排在了第一天，决赛却安排在最后一天。我的五千米没有预赛，只有决赛，同样是压轴，在运动会最后一天。若是方便面有幸能进入决赛，我将会和他同时出现在赛场上。

于是，我们俩莫名地心有灵犀地互相打气。

"后天赛场见！"

"赛场见！"

第一天，大家都还安静地坐在自己的位置上写着黄冈启东密卷，成为操场上最奇特的一道风景线。到了第二天，属于我们班级的看台位置莫名地来了很多可爱的妹子，除了本年级的女生之外，高一的学妹高三的学姐们都来围观，并不是我们班级刚好是看径赛的终点，而是我们班有个高湛。

所谓醉翁之意不在酒。

没有比赛项目的我可怜地成了陆小白的跑腿，不停地将本班的豪言壮语送去主席台给陆小白播报。我这才送完回头，经过田径赛区，刚好是轮到方便面扔铅球，只见他虎臂一推，那硕大的铅球嗖地向前方奔去，在草坪上砸下一个重重的坑，这虎虎生威的气势也生生将我震得像植物大战僵尸里的僵尸一样，往后震跳了一格。难怪国际相扑和举重选手都是重量级的人物，这世界，绝对不能小看了胖子！

望着裁判激动的表情，我知道他能进决赛，给了他两个大拇指。

阳光下，腼腆的方便面的笑容显得格外灿烂，像个孩子一样挥舞着粗壮肥圆的胳膊。

另一个方向，跳高预赛正在进行，我快步跑过去，感谢小白为我争取到的志愿者证，让我成功突破了人墙，等一下就可以看到高湛优雅飞越的身姿。

不出所料，高湛一出现，周围的女生一个个就兴奋地躁动起来，但很快又有序地安静下来——为了不打扰高湛比赛，不让他分心。

真是贴心有秩序的好粉丝！

高湛热身完，在哨声令下加速跑，纵身向上一跃，轻松地跃过了栏杆。那身轻如燕的优美身姿，让在场的女生们再一次爆发出花痴般的尖叫。

不仅篮球打得好，就连跳高也这么帅，不愧是我心目中最完美的高湛。

我对拍着两个小拳头，激动万分，眼里不断地冒着粉红小心心。

高湛从软垫上下来，刚好对着我的方向，只见他嘴角轻勾，眉眼带笑地看了我一眼，然后离开。

望着他的背影，我心中咯噔一下，难道又是我眼花？那么多人他为什么独独只看我？还对我笑？我有些不敢相信地左看看右看看，忽地我的肩头被人拍了一下，吓了我一大跳。

"晶晶！你在啊？"

我在心里长叹一口气，果然是我自作多情，我说高湛怎么会好端端地冲着我笑得那么好看，原来是徐婧婧刚好在我身后。魏雪跟她两人手挽着手。

我转身看着她说："你来晚了，高湛刚才跳完了。不过，目前分数第一。"

徐婧婧开心地叫道："真的？！啊！太棒了。我刚跑完女子一百米就立刻赶过来，没想到还是晚了。对了，你有没有拿手机拍视频？"

"啊，我居然忘了带手机……"我猛地拍了一下脑门。我就是头猪，难得这么好的机会，可以肆无忌惮地拍视频不被鄙夷，我居然忘了带手机，错失良机，我的心好痛！

徐婧婧有些失望，道："唉，没带手机啊……没关系，应该会有其他人拍到吧。"

"应该会吧。对了，你一百米怎么样？"

"虽然不是最快，不过进决赛了。"

"很厉害了，决赛加油！"我发自内心地赞美她，希望她能在决赛中拿一个好名次。

徐婧婧笑着道："嗯，我会加油的！哦，对了，我要看家伟扔铁饼比赛呢。铅球赶不上应该还可以观看铁饼比赛，我先过去了。"

"我也要回班上收集文稿了，拜拜。"我点了点头，目送她和魏雪离开。操场的另一边正在举行铁饼项目，远远地，我只能瞧见康家伟高壮的身体在做热身运动。

中午吃饭的时候，王佳遥和陆小白将我拉向一边。

王佳遥一脸紧张地问："早上你混进跳高比赛区，拍了高湛的视频没有？"

刚才好容易平复心情，但这伤心往事立刻又被勾起了，我沮丧地道："没有，因为我忘了带手机……"

陆小白狠拍了一下手掌，立即对王佳遥说："我赢了！下午放学，手抓饼，加里脊加鸡蛋加培根。"

王佳遥一脸鄙夷地看着我，道："你怎么就不能争点气呢？好歹让我赢一回吧。"

陆小白道："我说她一看见高湛本人，花痴得连自己姓名性别都会忘记，你还偏不信，觉得她会有那脑子记得拿手机拍视频，现在你信了吧？"

"是是是！信小白，得永生！"

我一脸"生无可恋"的表情，这两个人又拿我下赌注。

我无比崩溃地捂着胸口，道："哎，搞不懂你们俩为什么到现在还留在N市？去澳门算了，还参加什么高考？在那里你们俩躺着赌都可以！"

陆小白和王佳遥异口同声："好提议！"

我用力地戳着我面前餐盘里的饭菜，懒得理这两个没有人性的家伙。

陆小白用肩推了推王佳遥，冲她使了个眼色。王佳遥用力地咳嗽两声，将手机放在我的面前，道："当当当！小白早就知道你无能，让我这个包打听去搞小视频啦。"

我接过手机，打开一看，果然是高湛跳高的精彩视频。

王佳遥啐道："你丢不丢人？一个在现场看的人，还不如我这个不在现场的。"

"别废话，开蓝牙共享。"我顿时觉得最难吃的猪肝成了这世间最美味的食物。

我偷偷看向高湛，他已经吃完午餐，趴在桌上午休。

我戴上耳机，一边欣赏着视频，一边扒完了最后一口饭，然后将餐盘送至教室外的餐车上，忽地一个熟悉的声音传进我的耳朵里。

"我就说吧，她肯定拍了视频，你还不信？刚才吃午饭，你也看到了吧，她在看上午高湛比赛的视频。说什么没带手机，装得跟真的似的，根本就是不想给你罢了。"

教室的另一边是楼梯，楼梯拐角的位置有个图书角。刚才从图书角处传来的声音是魏雪的，即使她说话的对方沉默不语，但不用猜，我也知道和魏雪待在一起的人是谁。

魏雪的声音又传来："我早就跟你说过，她也喜欢高湛，你就是不信！现在你知道了吧？人心叵测！你呀……也别傻了，以后放学，别再拉着她跟你和高湛一起温习功课了。"

"也没有……其实，她也是在帮我的忙。"徐婧婧终于出声了。

"哈？帮你忙？哎哟，只要眼没瞎的大概都能看出来，她那是醉翁之意不在酒。"

"高湛那么优秀，全校喜欢他的女生多了去了，没必要草木皆兵。"

"你没看见男生一个个都把她当好哥们吗？你知不知道有一种女生忒可怕，喜欢扮成假小子混在男生堆里，打着志同道合的旗帜，跟男生打成一片。知道这种女生叫什么吗？叫汉子婊。比起汉子婊，绿茶婊都要让道。汉子婊的女生才是心机最深最可怕的。"

汉子婊？！我第一次听到这样稀奇的称呼，比起"卡门晶晶"，"汉子婊"三个字更能让人终生难忘。原来我这样成天大大咧咧脑筋永远缺根弦的女生，在别人的眼里竟然是个汉子婊。

我摸了摸脸颊，两边的肌肉莫名地有些僵硬。回到座位，我愣了有好一会儿，直到陆小白用手在我的眼前招了招，我才回过神。我忍不住问陆小白和王佳遥："你们俩觉得我像女汉子吗？"

陆小白耸了耸肩，道："最近还蛮像的，自从你能一手提一桶水之后。"

我明明很娇弱的，佳人小姐常常说养我有什么用，手不能提，肩不能挑。

"那以前呢？"

"以前，还行吧。穿衣风格有点。"王佳遥皱着眉头审视着我身上常年不变的宽大运动衫校服。

我无力地翻了个白眼："我这天天跟你们一样穿校服，你们凭什么看出来我穿衣风格跟你们不同？"

"虽然同样的衣服，可是不同人穿，气质当然不一样了。即使这身丑哭的校服，也难以掩饰我王佳遥萌甜美少女的气质。"王佳遥一边说着，还不忘用手比画着各种可爱萌甜的造型，最后还不忘撩拨了下齐耳的梨花头短发。

我捂上眼睛，以防被戳瞎。

这回总算轮着陆小白跟我一个战线，对王佳遥的自恋行为嗤之以鼻，不过她更加好奇谁说我像汉子："谁好端端的说你像汉子啊？"

"哦，没有。"我幽幽地叹了口气，想了想还是忍不住问，"你们俩听过'汉子婊'这个词吗？"

"当然听过！"王佳遥像是知道什么，顿时激动地跳了起来，"我去！是不是有人这样评价你？"

"没有！"我咬着嘴唇，拒绝承认事实。

陆小白偏不相信，道："那评价你的人也太看得起你了，就你这感人的智商，还玩汉子婊？要知道汉子婊的段位可比绿茶高多了，是心机最深的婊。绿茶跟汉子婊比起来，那都是芝麻小菜。"

"对，没错。"王佳遥对陆小白伸出大拇指表示赞同。

我无力地翻了个白眼。不愧是我的死党，安慰我都要用推倒猛踩几脚的方式。不过，我的心情一下子好了一些，没那么沉重。

王佳遥追问："谁这样骂你啊？"

"没有啦。我只是从来没有听过这个词，突然之间听到，觉得蛮有意思的。"我佯装无事地望向教室门外。

这时，徐婧婧和魏雪刚好从门外走进来。徐婧婧望着我，浅浅笑了笑，缓缓走向自己的座位，仿佛刚才在那个图书角里的对话从来都没有过似的。魏雪只瞟了我一眼，却是满脸的不屑，高傲地扬着下巴走回座位。

汉子婊……呵，我觉得我更像是雷锋呢。

我站起身，径直走向徐婧婧，道："徐婧婧，那个……开一下手机蓝牙，我把早上高湛跳高的视频发给你。虽然早上我没有带手机，没拍到，但是有高一的学妹拍到了，佳遥和小白帮忙要来了，我传给你。"

徐婧婧瞪着晶亮的双眸，有些难以置信我的大方，她下意识地偏过头，那视角的范围刚好是魏雪的位置。

我坦荡荡地看向魏雪，魏雪面部肌肉微僵，表情极不自然，仿佛双颊被人打得啪啪作响。

徐婧婧尴尬地抬眸看着我说："没关系，不用传了。后天看决赛就好了。"

"哎哟，你害什么羞？跟我还有啥不好意思的。快快快！"

在我的催促下，徐婧婧终于将手机蓝牙打开，接收了那条视频。

传完视频我便哼着小曲，回到座位上。

王佳遥瞪了我一眼，在手机QQ群里打道："你哪里是汉子婊，你简直就是圣母白莲花！哦不对，我应该叫你雷锋。老娘好不容易搞来的东西，就这么让你拱手便宜了人家。"

我看着她发出的一连串愤怒的表情，嘴角不由得上扬，还没来得及回话，陆小白发来一句："她不是圣母白莲花，她是难得智商在线过去打脸，因为说她汉子婊的就是那两个。"

真是什么事情都瞒不过聪明绝顶的小白，根本不用我说出事情的来龙去脉，她就已经猜到了原委。

王佳遥恍然大悟，迅速回道："虽然'汉子婊'不适合你，但是支持你坐实'汉子婊'！"

我轻敲了一行字："此生有你们两个好基友相伴真好！"

小白和佳遥一人给了我一个呕吐的表情。

放下手机，我开始重新审视自己招人嫌的人生。虽然大家都觉得我许晶晶阳光灿烂，大脑缺根筋似的性格特别好，可还是会招人嫌，也许我没事喜欢暗戳戳地在内心吐槽，这种不要脸的内心活动被人看破了吧，我需要深刻地自我反省。

运动会最后一天，终于迎来了属于我的五千米比赛。陆小白依旧坐在主席台前播报着各类抒发中二情感的小卡片，我开始做热身运动，王佳遥在一边不停地跟我打气："晶晶，加油！赢了，我和小白请你吃大餐。"

我用力地点了点头，这俩朋友不是白交的。

我弯下腰拉韧带，视线范围内忽然出现一双黑色的耐克男款球鞋。我奇怪地抬起头，竟然是高湛。

咦？他怎么会站在我的面前？他不是应该去准备跳高决赛吗？

我突然意识到什么，连忙往后退了一步，道："不好意思，挡你路了。"

我身后正是通往洗手间的必经之路。

他似乎没有要去洗手间的意思，而是静静地看了我许久，我以为我的脸上有东西，下意识地摸了摸脸颊，小心翼翼地问："我脸上有东西？"

他却答非所问，声音柔浅如风，道："如果五千米跑不下来，不要勉强，身体重要。"

"哎？"我瞪着眼看着他，满脸的难以置信。

"许晶晶！Fighting！"

"Fi……Fighting！"我虽然有些紧张结巴，但瞬间就跟打了鸡血似的，浑身充满了能量，"这场比赛我一定能跑下来，为我们高二（1）班争光。"

他轻勾了勾嘴角，转身从我的面前走过，并没有走向洗手间，而是走向另一边的操场。

佳遥被惊住了，围着我上上下下地看了一圈，道："我去！素来高冷的校草高湛居然特地跑来给你打气？！不是上洗手间哎！不行，我要告诉小白这个特大新闻。"

对哦，高湛并没有进洗手间……难道他只是特地来给我打气？

"我有没有跟你们说，其实他也下了赌注，赌我赢……"我觉得这才应该是他来给我打气的理由吧。

"噗！"佳遥一口水喷了出来，"我真是佩服你，你总是能让幻想在瞬间变成幻灭。"

"俗话说得好，咸鱼翻身，还是咸鱼，"我蹲下来摸摸自己的影子，"对不起，跟着我，让你受苦了。"

佳遥捂着胸口，被我的矫情差点弄吐了。

我所在的跑道是一号跑道，离满是枯黄小草的足球场最近。远远地，方便面向我招手，示意我加油。另一边熊帅和周大鹏，还有几个女生和男生，也站在看台上上给我加油。

比赛之前能得到这么多朋友给我加油，我已经很满足了。我在心里对自己说：许晶晶，你是幸运的，今天不仅要跑完全程，还要拿到名次。

一声枪响，我冲了出去。感谢这一个月来我每天晚上夜跑的坚持，第一圈四百米，我轻松拿下，第二圈，也轻松拿下，到了第三圈、第四圈，我的体能开始下降，呼吸变得粗重起来，渐渐地从第一名往后掉落。我咬着牙，想要努力超前，然而两条腿的力量却是那么沉重，只能眼睁睁地看着接连几个女生超过了我，而我却无能为力，越来越慢。

快要到我们班的看台位置，王佳遥远远地就跑来迎向我，将吸满了水的棉花球喂入我的口中，说："晶晶，加油！刚才熊帅说了，你要是跑不完，他就来跟你表白。"

这种时候，居然开这种玩笑？就算是想用另类方式刺激我鼓励我，也不必这样吧。

"让……他……去死……"我贪婪地吸着棉花球中的水，几乎是拼尽力气说出这几个字。

谁知，看台上，熊帅学着一口台湾腔冲着我大喊："许晶晶，我宣你！我宣你恩久了，做我女票吧！"

看台上集体发出了起哄的欢呼声。

我去！谁允许你不经过我同意就这样告白的？人生第一次被告白，竟然就这样被毁灭了……太可怕了！

我一边喘着气，一边羞愤地转头瞪向看台，却撞上高湛的视线，他正一脸平静地凝望着我，面部的表情看不出太多的情绪。

我回过头，内心更加气愤，这样的告白被他听见，他会怎么想？我咬着小银牙，内心哀号。

一块五毛看向熊帅，完全听不懂他在说什么，道："熊帅同学，能好好说人话吗？阴阳怪气的。"

熊帅立即兴奋地叫着："许晶晶，加油！许晶晶，加油！许晶晶，Fighting！"

"许晶晶，Fighting！"全班都跟着他喊，一起为我助威。

我咬紧牙根，加快了脚下的步伐，拼命地追上前面一个女生。七班的那名女生见我超过了她，不甘示弱，噌噌噌地又追了上来。我们俩一会儿她在前我在后，一会儿我在前她在后，谁也不让谁，就这么几乎肩并肩地跑了一百米左右。忽然，她的腿一软，整个人重重地摔了下来，临倒下来之前，她伸手刚好一把拉住我的鞋跟……我去！我以一个华丽丽的狗吃屎的姿势重重地栽向前方，顿时，膝盖之处传来一阵锥心的疼痛……还好我及时护住了脸，不然我这还没长开的脸搞不好能停止发育。

随即，我听到了广播里陆小白压抑的惊叫声："非常心痛的意外发生了！高二（1）班的074号运动员和高二（7）班的174号运动员，两人在比赛过程中因为距离太近，产生摩擦，不幸双双摔倒在地。请其他同学比赛时注意安全，保持距离，谨防受伤。"

074，174……您去死，一起死，多好的两个号码……

几位志愿者立即赶过来，扶起我和那位拽着我鞋跟不放的同级不知名的女生。那位女生许是伤着了脚踝，疼痛得厉害，她躺在跑道上，蜷缩着身体，一只手一直捂着脚踝，无法站立，一只手还不忘拉扯我的鞋帮，眼泪啪啪啪地滚落出来。直到志愿者不停地安抚她，她才松开紧拽着我鞋跟的手。

我摸着疼痛的膝盖，那里破了一大块皮，鲜红的血正缓缓渗了出来，沾满了我的手指。

一位志愿者同学望着我，惊呼："同学，你的膝盖流血了。"

那位志愿者同学从裤子口袋里摸出一包面巾纸，及时为我止住血。体育老师一路狂奔过来，看着我们俩的惨状，立即道："赶紧送这两位同学去医务室。"

我一听要送我去医务室，连忙摆了摆手，道："何老师，我没事，我还能比赛。"

没等何老师反对，我撒腿就跑，仿佛跑慢了要被抓回去卖苦力似的。我跑回了赛道，前面的同学离我至少隔了一圈的距离，如果我再不加油，那铁定就是最后一名了。

经过铁饼区，我瞧见方便面正站在离赛道最近的位置看着我，隔着警戒线，他皱着眉心，道："许晶晶，你知不知道你受伤了？"

我茫然地看了他一眼，咬着牙继续往前冲，然而我并不知道，紧握的手指甲却因为我的坚持而控制不住，早已将两个大拇指抠破，渗出了血。

方便面追着我，喊道："许晶晶，你别跑了，你的手也流血了……"

我已经没法说话，只能认真地看了他一眼，冲着他摇了摇手指。如果他明白，应该知道我不会放弃。

渐渐地，他停下追我，目送我追赶其他参赛者。

我张着嘴巴大口而贪婪地呼吸着氧气，并没有停止脑子的运转。

我许晶晶，从小到大并没有拼尽全力认认真真地做过一件事。也许我的人生之中有个隔壁家的小孩徐婧婧，不断地给我罩上阴影，但是说句心里话，也正因为有了这样一个隔壁家的小孩，让我觉悟，自己人生中的阳光是自己给的，只要坚持，谁都挡不了你头顶上的太阳。

耳边传来阵阵的风声、鞋底与塑胶跑道摩擦声、看台旁一声声加油的呼喊声，还有小白在广播里为我而发出的哽咽声……渐渐在我的耳边变得越来越模糊，那个时候，我已经超越了极限，不知道什么是累。

广播里传来"马上要迎来最激动的时刻，我们的选手们，即将进行最后的一百米冲刺……"这句话，激起了所有人的情绪，整个操场都沸腾起来了。

我咬紧牙，用尽自己全身的力气，冲向了终点线……

迎接我的是佳遥，她用身体紧紧地抱着虚脱的我，两个眼睛水汪汪的，不停地骂着我："傻丫头！傻丫头！傻丫头！"

我将满嘴的棉花吐了出来，接过她给我准备的矿泉水，猛地灌下大半瓶，剩下的水我直接洒在了滚烫的脸上。我有气无力地傻笑着问她："第几名？"

她含着泪水，哭笑不得，气道："第三。"

听到第三，我的眼泪差一点不争气地掉落下来："第三，原来我许晶晶这么牛……"抬头四十五度仰望天空，我要坚强，决不哭泣。

一块五毛走了过来，高兴地道："许晶晶，你今天的表现非常棒。不仅为我们高二（1）班争了光，更给同学做了一个很好的榜样，即将进入高三的你们，需要的就是你这种即便是受了挫折依然坚持不懈勇往直前的精神。大家给许晶晶鼓掌！"

头一次被班主任这样一本正经地表扬，我有些不好意思，道："谢谢高老师。"

"许晶晶，最棒！许晶晶，最棒！"同学们有节奏地为我鼓掌，弄得我更加不好意思，低着头爬向看台的座位。

然而，一个高大的身影突然跳在我的面前，激动地道："许晶晶，你不能坐，坐了之后屁股会变大。"

我去！我已经累成狗了，为什么还不能坐？！谁还有精力在乎屁股大不大？

站在我面前好心劝我的人不是别人，正是之前毫无预示地夺走我人生第一次"被表白"机会的大嘴熊熊帅。我看着他，满脸是大写的尴尬，鄙夷地对他道："熊帅……你最好马上在我面前消失。"

不然，我怕我忍不住在我体内的洪荒之力蓄满之前就要揍他。

周大鹏拍着熊帅的肩头，道："这你就不懂了吧，屁股大能生儿子呀！"

我瞪了两人一眼，想好好休息都没个安静。

一块五毛严厉地批评两人："你们到一边去，别瞎胡闹！许晶晶，熊帅说得对，也不对，刚跑完不宜坐下来，去走一圈，顺便再到医务室去看看，你这膝盖伤得挺严重的。"

其实，我真的累得不想再走路，一步都不想再走了，只想找个地方坐下好好歇一歇，美美地打个盹儿，但是一块五毛的话我又不能不听。王佳遥就坐在我身旁的座位上，听了一块五毛的话刚要站起来扶我去医务室，却被我用手按住了。我真想倒在她的身上不用起来，然而也不知怎的，我就这么想着，两眼真的闭上，身体莫名地失了重心，直接跌了下去。

王佳遥尖叫起来："许晶晶！许晶晶，你怎么啦？你别吓我！许晶晶……"
……

我悠悠地睁开双眼，玻璃窗外，天空已经漆黑，房间内只有一盏昏暗的小白灯点着，安静得似乎只有我一个活物。

我微微蹙起眉心，这是哪里？不是我家，不是教室，更不是操场看台。身下硬邦邦的床有种莫名的熟悉感。我努力睁大眼扫视周围的环境，竟是学校的医务室。

隐隐约约能瞧见墙上的钟快要七点了，我腾地一下坐了起来了，脑子里开始回忆昏倒之前的事，我只记得我很累很困，特别想睡觉，然后好像我就真的睡着了……

"你醒啦？"赵医生双手插着口袋从门外走进来，开了大灯，笑眯眯地望着我，"这一觉睡得可舒服？"

脱去白大褂的赵医生换上了常服——一身耐克休闲运动服，却丝毫不减制服诱惑时的魅力——看起来也就比我大上个两三岁，大学生模样，一点儿也看不出来是个已经工作了好久、快要奔三的校医。

我深吸了一口气，伸了个懒腰，道："除了你这医务室的床有点硬之外，其他都挺好的。"

"哎哟！全校就你一人敢肆无忌惮地睡在我这床上睡一下午，打起呼噜来，就差没把我这小小的医务室的天花板震下来，这会儿反倒挑三拣四的了。"

我面部肌肉抽搐，说："赵医生，你说话可是要负责任的哦，我是睡在学校医务室的床上，可不是睡在你的床上哦。还有，我妈说我睡觉从来不打呼，你可别乱冤枉我。"

赵医生听了大笑起来，二话不说，摸出手机，播了一段视频给我看。视频中，我四仰八叉地躺在那小床上，呼噜噜呼噜噜地吹着小口哨，貌似还流着口水，那小哨配着呼噜声还十分有节奏。

我妈骗我！

我穿好鞋子跳下床，伸手想将证据抢过来，却不小心碰到膝盖的伤口处，我嗷的一声惨叫起来。膝盖处的伤口已经被处理得很好，但那种感觉被截肢的包扎法，除了赵医生的杰作之外再不会有第二人。

赵医生赶忙过来扶着我坐下，道："你呀，一摔下来的时候，就应该过来了，还坚持跑完了五千米，逞什么英雄？你看你这腱子肉肿的，要是在脸上，就跟猪头差不多了。"

"赵医生，你的医大是混出来的吧？"我指着自己的膝盖，又指了指大腿，"腱子肉在这儿吗？腱子肉明明在这儿……"我去！我怎么能拿自己的跟猪比，简直比猪还笨，莫名又跳了个坑，"你真是为师不尊啊。"

赵医生大笑，然后一本正经地道："好，不开你玩笑，那你说说看，你为什么宁可受着伤，也要坚持跑完五千米？"

我四十五度明媚忧伤地仰望着天花板上的吊灯，幽幽地叹了口气，道："只有小朋友才会觉得流血是件要命的事情，所以不管疼不疼，先哭了再说，等长大了之后，才知道流泪其实比流血更疼。我可是身负着整个高二（1）班荣辱的重任，当然是流血不流泪。这种身负重担的意义，你是不会明白的。"

"咦？我怎么听说你们高二（1）班甚至整个年级都在赌你跑输啊，没有你说的这么崇高的精神境界啊。"

"……"我嘴角抽搐，难以想象我这"光荣事迹"都传到校医务室了，"赵医生，你这等人才屈居于我们学校实在是太可惜了，八卦狗仔比较适合你。你赶紧上微博给卓伟私信，表示你强烈要求加入他们的意愿。"

"我也这么觉得。幸亏你没来我这里包扎，不然我就输了，我可是押你赢啊。你们撮饭，记得叫上我。"

我无力地翻了个白眼。

这时，门外传来一阵急促的脚步声，节奏有些熟悉。当来人走进门，我有些意外，竟是方便面。

我惊诧地瞪着眼看着方便面，道："康家伟？！怎么是你？你也受伤了？"

康家伟将手中的东西递给赵医生，看着我道："哦，原来你记得我名字啊，我还以为记不得呢。我没受伤，你还好吧？"

我摇了摇头，发现不对，然后又迅速点头，道："我没事，睡了一觉精神抖擞。你怎么还没回家？"

这货该不是在等我吧。

我心中咯噔一下，突然冒出这个想法。

赵医生笑着说："人家可是为了等你，一直等到现在呢。"

"等我？"果然是等我，"你干吗要等我？"

赵医生一边啃着方便面买的手抓饼，一边说："你今天在看台上累得睡着了，摔倒在地，可吓坏了你们班主任高老师和全班同学。经综合考察，高老师觉得康家伟同学能胜任此任务，所以让他背你过来。然后这孩子老实憨厚，就一直傻等到现在。刚才我肚子太饿，就让他去校门口给我买一个手抓饼。"

"我多买了一份，你要不要吃？"方便面将手抓饼递给我。

我一脸不可思议地凝视他。没道理啊！为什么好端端地愿意等我？该不会是因为我之前的劝诫让他茅塞顿开，忽然对我有什么非分之想了吧。

他似乎一眼就看穿了我的心思，立即道："你不要想太多。因为我家跟你家顺路，所以陆小白和王佳遥拜托我等你醒来，送你回家。"

我……又一次孔雀开屏，自作多情。所以没生出一张西施脸，就别没事学东施效颦瞎YY。我佯装咳了几声，问道："对了，我们班后来接力赛年级第几？"

"第二。"

"第一是哪个班？"

"四班。"

"第二也不错了，那……"

我话还没有讲完，方便面抢答："徐婧婧女子一百米第五。"

"……"嗨！哥们！你哪来的谜之自信认为我是要问徐婧婧的名次？当然，她得第五，我也发自内心地高兴她为我们高二（1）班争光了。

"高湛跳高第一。"

"耶！"我兴奋地握紧了拳头，高湛果然得了第一。

方便面嘴角抽搐地看着我这个花痴。

赵医生看戏似的盯着我们俩看了半晌，调侃道："许晶晶，你怎么不问家伟得第几？"

"哦，"经提醒，我这才想起问方便面，"你得第几？"

赵医生抢答："他两个第一。"

"哎哟，厉害了我的哥！"我又瞧见方便面害羞了。

赵医生看了看墙上的挂钟，道："不早了，你们俩赶紧回家吧。"

我说："谢谢赵医生，麻烦你了，耽误你下班了。"

赵医生道："不麻烦。要不是今晚约了人，我就开车送你们回去了。你们俩最好打车回去，别挤公交车了。有零钱吗？"

我和方便面异口同声地道："有。"

赵医生看了看我们俩，笑了起来，道："心有灵犀啊……走，一起走。"

出了校门，我和方便面与赵医生两个方向，分道扬镳。

方便面拦了一辆出租车，一直将我送至我们小区门口。下了车，方便面又道："我送你。"

我立即摆手，说："不用了，你赶紧回去吧。很晚了。"

他摇了摇头，道："没事，不远，就几步路，我送到你家门口。"

"不用了，就这么点路，我又不是三岁小孩会迷路。"

"可是我答应了小白和佳遥送你到家门口。"

"等一下！我实话实说吧，上次你给徐婧婧送书被我妈看见，她误会我跟你早恋。今天要是再被我妈撞见，她肯定以为我跟你怎么了，到时候我就是有十张嘴也解释不清楚。"我拉了拉书包带。

方便面一阵沉默，觉得我说得很有道理，无法反驳，于是说："那行吧，我就送你到楼下吧，不送你上楼了。"

"康家伟，你的脑袋是木鱼做的吗？"咋这么死脑筋呢？我简直快被他打败了。

"受人所托，忠人之事。"

我狠拍了一下脑门，就算他瘦下来，瘦成一道闪电，拥有盛世美颜，就他这脑筋，我估计我对他也难有爱慕之情。

"得了，你爱怎么怎么的吧，累死宝宝了。"

到了楼下，我刚转身，恰巧撞见身后一道熟悉的身影："晶晶？"

真是说什么来什么。王佳人小姐正抱着双臂，一脸探究地立在我的正前方。

"妈……"我有气无力地叫了一声。

"阿姨好。许晶晶今天跑完五千米，受伤了，所以回来晚了，请您不要责备她。"方便面一口气说完，并向佳人小姐深深一鞠躬。

"五千米？受伤？"佳人小姐盯着我被包扎得很奇怪的右腿看。

我心想完了，这乌鸦嘴。

"你跑完了五千米？"佳人小姐用质疑的目光看向我。

我如实地点了点头。

方便面插嘴道："而且还得了第三名。阿姨，许晶晶很了不起，即使受伤也坚持跑完了五千米。高老师说如果她的腿明天很痛，可以在家休息休息，不要急着来上课。"

这么重要的信息，这胖子之前怎么没跟我说？

"谢谢这位同学，你叫什么来着？"佳人小姐笑眯眯地看着方便面。

"我姓康，叫康家伟。"

"哦，对对对！我想起来了，上次送书的那个也是你，对吧？"

我望着佳人小姐浮夸的演技，忍不住翻了个白眼。明明第一眼就认出来了，非要装。

佳人小姐热情地道："家伟同学，你吃过饭了没有？要不要到我们家来吃个饭？"

"不要！"方便面还没来得及回答，我就毫不犹豫地替他回绝了。

"闭嘴！"佳人小姐直接朝我左腿踹了一脚，我倒抽了一口气。这哪是亲妈？明摆着是后娘。还好我伤的是右腿，不然被她这一踹，我铁定成残废。

"谢谢阿姨，我在学校吃过了。我先回家了，再见。"方便面说完又深深地鞠了一躬，转身向大门口跑去。

方便面一走，我顿时松了一口气。

"许晶晶同学，上次你怎么跟我说来着？"

"什么？"

"说康家伟同学是给徐婧婧送书，那这次呢？"

"我怎么知道？我从医务室里醒来，就看见了他。校医赵医生说是高老师安排他送我去医务室的，我哪知道他怎么会一直等到现在。你要是不信，就去学校问高老师。"

"哦？既然这样，那你之前看见我怎么那么心虚？"

"我哪里心虚了？"

"你吃过饭了吗？"佳人小姐毫无预示地突然转了话题。

"我睡到差不多六点半才醒，怎么可能吃过饭？"

"你都没有吃饭，那人家小胖子怎么可能吃过？人家好心好意送你回来，你没请人家吃一顿饭感谢一下，还一副巴不得将人家轰走的态度，你觉得好意思吗？一点感恩心都没有。"

"我这不是怕你又怀疑我早恋吗？"

"你早恋了吗？"

"当然没有。"

"那不就结了？"

"……"我完全不知道要怎么接话。佳人小姐，你这是完全不按套路出牌！

[Chapter 9 一胖毁所有]

五千米第三名，当我拿到那沉甸甸的奖牌后，忍不住亲了三口。这不仅仅是一枚奖牌，更是我许晶晶人生中第一座胜利的里程碑。虽然我累得当场睡着了，但是丝毫没有影响到我在同学们心中伟岸高大的形象。

"许晶晶，除了你，我们班以前就没有人敢挑战这个项目啊。"

"许晶晶，你就是励志的代言人啊！"

"励志晶！你真棒！"

励志晶！多好听多振奋人心的名字，这可比"卡门晶晶"涨脸多了！

可是班级聊天群里不知哪个人手突然一抽，将这三个字打成了"荔枝精"……于是我刚脱下"卡门晶晶"的桂冠，又戴上了"荔枝精"的皇冠。想那《聊斋》里的什么牡丹精、桃树精，都没有我这"荔枝精"来得牛，因为一个开花，一个长叶，我都已经结果啦。

就在我拉着小白和佳遥，窝在墙角为了这外号哭笑不得的时候，熊帅和几个男生突然雄赳赳气昂昂地向我走来。我被他们激昂的气势吓了一大跳，结巴着道："你你你……你们几个想干吗？"

"晶晶，我熊帅男子汉大丈夫，愿赌服输，说好了给你当板凳，就给你当板凳！"只见他一脸认真地对我说完，将袖子一撩，便咚地一下趴在了地上，"来吧！请您上坐！"

我去！吓得我……一脸蒙圈！

那天他当着一块五毛的面，不，当着全班乃至整个高二年级同学的面向我表白，已经给我幼小的心灵留下了巨大的阴影，今天居然还夸张地真趴下来了。姐已经因为"荔枝精"美名远扬整个高二年级，可不想再因为这一坐把名声弘扬到整个学校啊。

我还没来得及开口拒绝，周大鹏指着身后的几个男生又道："荔枝姐，你别客气了，赶紧上坐，坐完了还要坐我们呢。"

"噗——"小白和佳遥两个人的口水喷了老远。

我瞠目结舌地看着他们几个排队等我坐的男生……我揉了揉眼睛，再揉揉眼睛，他们排队等被坐的期盼小眼神并没有消失。

我满脸尴尬地对熊帅说道："熊帅，有话你起来好好说。你这动静太大了，我这心脏受不了，那个赌注谁都没有当真。话说回来我也要感谢你，如果不是你下注刺激，我也不会有那么高的斗志，你说是不是？你快起来，打赌的事情就算了吧。"

"不行！君子一言，驷马难追！我愿赌服输，不然以后我还怎么在同学们面前做人？放心！你坐一下，我不会死的。"熊帅咧开嘴冲着我呵呵一笑，雪白的牙齿锃亮。

我去！你不会死，我会死啊！我快被你吓死啦！

"熊帅，你再不起来，信不信姐要徒手摘肾了？！"我凶狠地伸出手，比了个九阴白骨爪反手向上内抠的姿势。

谁知站着的男生紧张得神色一变，齐齐用双手护住自己的裆部。"哎呀，这摘桃的姿势太标准了。怕怕！"说完，哧溜一下全跑没了，只留下还趴在地上双手撑地的熊帅。

然而熊帅依旧那副"来吧，哥不怕，哥早将生死置之度外"的英勇神情："我不怕！摘吧！"

"噗——"如果口水能变成血，姐一定鲜血横飞。

小白和佳遥望着远处走来的化学老师，伏在我耳朵提示："化学施老师在你左侧九点钟方向，目测十秒之后转弯去教务处。"

还有五分钟就要上课了，要是给一块五毛看见，搞不好又要挨批。所以，得走为上策！化学施老师除却是个老师以外，还是个母爱极其泛滥的中年妇女，所以，熊帅对不住了，你自己找的罪，跪着也要受完。我在心中默默数着，一，二，三……

"老师，这里有人不小心摔倒受伤了。"我喊完，果然施老师三步并两步走了过来。我趁机丢下来不及爬起来的熊帅，拉着小白和佳遥就跑，成功避开了施老师，躲进了教室。

熊帅因为紧张，刚要爬起来又重重地摔下去，这一下可把施老师急坏了，母鸡护小鸡般硬拖着他去了医务室。

上课铃声响了，我们几个匆匆回到座位上。这节课是美术课，在我们眼里也就是自习课，自习课美其名曰是自习课，其实也就是语数外轮流坐庄。什么"体育何老师今天有事没来""音乐陶老师去区里开会了""美术张老师今天生病了"早已耳熟能详，所以我们已经习惯了除了主课之外的其他课都叫作自习课。

然而五分钟过去了，前来坐庄的老师却没有出现，教室里一片祥和。过了没多久，教室的某个角落里传来窸窸窣窣的交谈声，这点声音就像是病毒一样，在班上迅速扩散开来，越传越大，到后来整个教室都变成了鸭子塘。所有小伙伴们都嗨皮地聊上了天，甚至还有人扔出了纸飞机。然而就在那纸飞机扔出的刹那，那位同学突然望着教室后方惊恐地尖叫出声，仿佛看到了丧尸一样。

下一秒教室的后门被人从外推了开来，一块五毛的胳膊肘里夹着一叠卷子，沉着一张脸走上讲台，教室内立即鸦雀无声。

"我在办公室里就听到了，整栋楼就我们高二（1）班最吵。我在门外站了十分钟，你们就吵了十分钟，竟然还有同学折纸飞机。王中原，你是准备要报考北航还是南航？"

王同学不敢吭声。

一块五毛厉声说道："给我把陆游的《示儿》抄五百遍。"

这世上已经没有什么可以阻挡一块五毛扒后门的步伐了。居然在门外站了十分钟，全班却没有一个小伙伴发现。难怪王同学能发出如此惨烈的叫声，一块五毛扒门的惊悚画面那可是比当年的港片《山村老尸》还要瘆人。

"那个……钟嘉颖，刚才看什么呢？"

钟同学也不敢吭声。

"拿出来！拿出来！让大家一起欣赏欣赏。"

在一块五毛的逼问下，钟同学只好从抽屉里掏出来一本封面有些破损的英语书。一块五毛抽过那本书，看了看封面，书都没有翻开直接扯下包着书的封皮，露出了真面目。教室底下一片哀鸿遍野。

"《想入非非》？呵！"一块五毛念着书名，这是一本快被全班女生翻烂的言情小说。一块五毛用力地将《想入非非》摔在讲台上，"你们现在是该想入非非的时候吗？钟嘉颖，你给我把'我再也不想入非非了'抄一千遍。"

钟同学的泪水立即打着旋儿涌上了眼眶，若不是怕被加罚，估计她早就哇的一声哭出来了。

写这小说的作者真惨，估计全班女生以后都不会再看她的书了，没事起什么名字叫《想入非非》。

"你们这个班，是我带过的最差的一个班。一届不如一届，往届的学生哪有像你们这样自由散漫、目无纪律的？"

这一句就仿佛像是一句永恒定律一样，从小学到初中到高中，似乎所有老师都喜欢这么说。

"来，跟我谈谈，你们有几个是北京上海户口的？"

"没有？！没有就该努力学习，天天向上。就你们这样的学习态度，我能当上美国总统，你们都考不进北大清华。以后你们毕业了，千万不要说是我高某人教出来的。"

"不晓得自习课怎么自习是吧？给我把数学书都拿出来，从第一页开始把里面的每一条公式定理都给我抄三遍。"

小伙伴们一个个大气不敢出，乖乖地拿出数学书。

"李洋同学，让你拿数学书，你拿什么语文书？"一个粉笔头直接扔在了我的斜后方，我斜后方的男生捂着脑门闷哼一声。

别问我语文老师为什么叫你拿数学书？谁知道为什么？

"等下李老师给你们讲解昨天的数学试卷。在李老师没来之前，都给我认真抄，听见没有？！"

大伙儿开始乖乖地抄公式，只有刚刚进门的熊帅不怕死地举手问："老师，请问抄在哪里？"

"抄哪里？你没有数学作业本吗？平时发你们的那些作业本都干吗去了？找不到本子就给我抄作文本上。"

于是，全班集体换作业本的声音传来。别问我们为什么抄数学公式定理要抄在作文本上。

这时，王中原同学突然举手，道："老师……我能不能不抄《示儿》？我可以抄王羲之的《兰亭集序》，大家都姓王……"

王同学这名字不知谁给起的，进入高中以来，只要犯错被抓包，都会被罚抄陆游的《示儿》。因为《示儿》，王同学对陆游的诗词歌赋已经达到了倒背如流就差没吐的境界，因此王同学对陆游产生了极大的恐惧心理障碍。

一块五毛很满意地点头，道："很好，有觉悟。"

钟嘉颖同学也举起了手，小声道："老师……我可不可以也抄《兰亭集序》？我妈也姓王……"

"很好，不错，都很有觉悟。"

一块五毛满意地走出教室。全班同学开始各自觉悟。

好不容易等到放学，大伙儿如释重负收拾好书包就往校门外狂奔。我刚走出教学楼，就被熊帅拦住了："许晶晶，之前的事情没解决呢。你今天必须坐了我！"

我去！做了你？姐又不是黑社会！

陆小白和王佳遥两个大难临头各自飞的好基友，冲着我无情地摆摆手，就这么将我抛弃了。

我无语凝噎地瞅着熊帅，道："大哥，王中原和钟嘉颖刚才都觉悟了，你咋就还不觉悟呢？"

周大鹏说："晶晶姐，你就给个面子成全我们吧。速战速决，不然熊帅晚上回去会吃不下睡不着。"

我崩溃地直挠头。

不远处的花坛里种满了迎春花，进入初冬，迎春花翠绿的枝叶已经有点开始变成枯黄的枝条，这时，从花坛后走出一个熟悉的身影，方便面背着书包像个乖巧的小学生一样走过来。

求坐是吧，行！

"你们俩给我等着。"

我冲过去一把抓住方便面，方便面着实吓了一跳："许晶晶？你干吗？"

"方便面，我是不是欠你一个人情？"

方便面一脸蒙圈，问："什么人情？"

"上次我跑五千米，累睡着了，是不是你背我去义务室的？"

方便面蒙圈地点点头。

"然后你又送我回家，对不对？"

"嗯。"方便面继续蒙圈。

"所以这算不算是人情？"

他一脸狐疑地瞅着我，还是勉强点头："应该……算吧。"

"那就行。帮我个忙。我们就两清啦。"

"什么忙？"

"给我坐了熊帅和周大鹏！"

"什么？！"方便面一听，满脸的难以置信，头摇得跟拨浪鼓似的。

"是坐，不是做。"两个发音都一样，我也没时间解释，"你跟我来就行了。"

我将他拖到熊帅的面前，他看着趴在地上的熊帅，更加迷糊了，不解地道："熊……熊帅，你这是在干吗呢？学欧阳峰练蛤蟆功吗？"

周大鹏一口水直接喷了出来，不停地拍着大腿，笑弯了腰。

哎哟，方便面，你一定是猴子派来搞笑的。

我憋着笑意将方便面往熊帅的背上推，道："快！替我坐了他。"

方便面刚靠近熊帅，熊帅就不干了，腾地一下跳了起来，道："晶晶，这是我们两个之间的账，你怎么能找别人来？"

"你欠我，我欠他。你要还我，我刚好也要还他，所以你替我直接还他就好了。"

"那个……那个……"方便面勉强明白了是怎么回事，但找不到插话的时机。

"你还不还？"我盯着熊帅。

熊帅支支吾吾不回应，瞅着方便面的体形看了又看，不禁打了个哆嗦。周大鹏拧着眉心，瞅着方便面的体形直冲熊帅挤眼，潜台词：要是被这哥们一屁股坐了，我们俩还能看见明天的太阳吗？兄弟，赶紧撤！

我是女生，体型纤瘦，坐上去，对熊帅和周大鹏来说不痛不痒，但这要是换了肥胖雄壮的方便面，那可不一定了。

熊帅为难地看着周大鹏，内心万分挣扎，仿佛在说：那怎么办？话都说出口了呀？怎么撤？

鬼知道怎么撤！周大鹏也不知道怎么办是好。

熊帅挠了挠头，刚想打肿脸充胖子，只听方便面终于插上话："算了吧，都是小事一桩，不用还了。"

我见状，立即给熊帅台阶下，道："熊帅，既然康家伟说不用还了，那么就两清吧，你们俩也不用这么执着还我了，怎么样？"

"行！两清！"熊帅和周大鹏异口同声。两个人瞅着方便面，毫不犹豫地直点头，生怕说慢了，方便面反悔。

"OK，既然两清，那就各回各家，各找各妈。拜拜啦。"我冲着熊帅愉快地摆了摆手，两个人一溜烟飞奔出了校门口。

"方便面，谢谢你啦。"我拉了拉书包背带，神清气爽地正准备撤，谁知还没转身就瞄见后方教学楼那儿拐过来一个熟悉的身影，是高湛。我正犹豫着要不要上前跟他打个招呼，谁知徐婧婧熟悉的身影追上他，和他肩并肩走过来。

我去！这招呼是铁定没法打了，两个人已经成连体婴了，要是被捉住，铁定又要被拉去当电灯泡。我连忙四下望去，只有那个花坛可以遮身。我拖着木讷的方便面走到花坛前，让他宽厚雄壮的身体挡住娇小的我。

方便面不明所以，问："你干吗呢？"

"你也不想再去当飞利浦了吧？"我冲着高湛的方向努了努嘴。

他看了一眼，立刻明了，轻嗯一声。

"不想当，就挡好了！别让他们俩发现我。"我跳上花坛，缩在方便面的后面，又拉了一大把迎春花的枯枝挡住。

"你挡着了我没挡着啊？"

"别说话。放心好了，徐婧婧不会拉你去当电灯泡的，她还指望高湛教她功课呢。"

"你让我别说，自己说那么多。"

"快收声！"我将枯枝盖上。

高湛经过花坛的时候瞧见方便面，礼貌性地颔首，算是招呼。

徐婧婧展露出她的看家绝活，甜美一笑，声音柔美得都快要酥化了人的心："家伟，你怎么还没走啊？"

"哦，马……马上准备走了。"方便面又开始紧张了。

"你看见许晶晶了吗？"徐婧婧又问。

果然，小妖精就是不放过我。

方便面竟然点了点头。我当时心中一阵哇凉，冰冻的心仿佛又是被一万头羊驼践踏而过，碎成了渣。美色当前，这货又沦陷了。

我正准备一心赴死，谁知他指了指校门的方向，说："我刚才看见她急匆匆地跑出校门，熊帅和周大鹏跟在后面紧追呢。"

徐婧婧一听，声音都大了："我就说熊帅追她吧，你还不信？"

我躲在方便面的身后，看不见徐婧婧的表情，但听她这口气像是说给高湛听的。

高湛低低地道了一声："走吧。"

徐婧婧又冲着方便面道："家伟，我们先走啦。拜拜。"

"拜拜……"方便面挥着手，声音有些失落。

直到他们走远，我才从方便面的身后跳出来，道："吓死宝宝了！真是阴魂不散。我也不知道招谁惹谁了。"

　　出了校门，我便买了一瓶可乐，拧开瓶盖，猛灌了一大口压惊，道："真是多亏了你，不然我都不知道要怎么办才好。走了个熊帅，接着又来个徐婧婧，唐僧取经都没有我这么忙！"

　　然而方便面一脸迷茫，并没有搭理我。确切地说他从学校走出来之后，直到走到车站，都是沉默着的。我看他呆呆的模样，忍不住用胳膊攘了攘他："哎，你怎么了？"

　　"没什么。"他眉心微蹙，抬眸看了一眼天上飘过的云朵。

　　自从与他化干戈为玉帛后，我从来没有见过他四十五度望天明媚忧伤的模样。我又戳了戳他，道："哎，你还有什么话不好意思跟我说呢？我可是全班唯一一个知道你暗恋徐婧婧的人啊。放心大胆地说吧，我保证不会跟别人讲的。"

　　他偏过头，一脸认真地看着我，道："许晶晶，我是不是该减肥了？"

　　我刚喝进口的可乐一下子喷了出来。我抑制不住地笑出声："方便面，你究竟是受了什么刺激突然也在今天觉悟了？"

　　凝视着他微微有些刺痛的眼神，我忽然之间明白了……熊帅和周大鹏的本能反应，让他意识到自己真的太胖了，胖到熊帅那样一个死要面子活受罪的人宁可丢面子也不想被他坐。与此同时，我也意识到自己的私心却给他带来了无形的伤害。

　　"对不起，康家伟，我不是有意的，那个……你不要往心里去，其实……其实……"我连想给他个安慰都如此拙劣。

　　"你不用安慰我了，我没事的，刚才随便问问，就是开个玩笑而已。走吧，坐车回家。"他嘴角挂着和善的微笑，露出两个浅浅的小梨窝。说完，他转身走向公交站台。

　　我望着他胖墩墩带着点落寞的背影，捏着手中的可乐瓶，在心中骂了自己N遍。

　　"许晶晶！"

　　我刚准备走向公交车站台，只听一个阳光灿烂又富有磁性的声音从某个方向传来。我四处张望，这才瞧见赵医生开着一辆银色骚包的跑车从学校的地下停车场出来。

　　赵医生冲着我招了招手，说："来，上车，送你回家。"

　　我屁颠颠地跑过去，说："赵医生，你今天下班很早啊。"

　　"哦，我每天下班都挺早的。上次，只是例外。"赵医生笑眯眯地看了一眼前方站台，"哟！小胖子也在。"

　　我听见赵医生叫方便面"小胖子"，下意识地皱紧了眉头，道："赵医生，你以后别叫他小胖子了，怪伤人的。"

聪明的赵医生一下子就听出了我话中有话，挑了挑眉峰，将车子停向一边，道："怎么了？说来听听。"

于是我便将之前发生的事情说给赵医生听："都怪我。我只顾着拉着他帮我忙，完全没有想到可能会伤害到他。"

赵医生听完，扬了扬了眉道："这很简单，你帮助他减肥不就好了？"

我一怔。之前我虽然给过方便面减肥的建议，但是并没有真正想过要去帮助他，完全没有想过这个问题。忽地，我眼睛一亮，道："赵医生，你能载我们去附近的市体育公园吗？"

"你们？"

"我跟康家伟。我帮康家伟减肥，也许胜造七级浮屠吧。"

"康家伟上车了。"赵医生指着我身后的公交站台。

我转身一看，果然，方便面背着书包已经踏上公交车，我想都没想撒腿就追上前去。

赵医生及时喊住我："丫头，你当真以为你跑过五千米之后，两条腿是火箭炮能跑过公交车？上车！"

我转回头，拉开车门，快速坐上赵医生的车。

赵医生发动引擎，脚踩油门迅速追上公交车，两车并排。

隔着公交车的玻璃窗，我看见方便面站在车厢正中，因为他的身体略庞大，身后的人不断费力地从他身后挤过，有几个甚至忍不住骂了他几声，他的脸色极度灰暗。我伸出手冲着他喊道："康家伟！"

他听到我的声音，望向车外，见我坐在跑车上有些意外。

"下一站下车！"我继续喊道。

到了下一站，他从车上下来，看到赵医生更是意外。

"上车。"我冲着他招了招手。

他有些迟疑，见赵医生点了点头，于是拉开车门坐上了车。他疑惑地问："赵医生，怎么是你？"

赵医生笑着说："刚好下班，看见你们两个，顺路载你们一程。"

我对赵医生说："赵医生，就去我刚说的那个地方，谢谢。"

"什么地方？"方便面一脸狐疑。

"你别管啦，等到了你就知道了。"我朝赵医生挤了挤眼，"赵医生，麻烦你啦。"

"得令！"赵医生收到指示，笑眯眯地重新发动了车子，载着我们两人直奔市体育公园。

进了体育公园的大门，凭着印象，我找到了篮球场。

我一脸认真地对康家伟道："方便面，我监督你减肥吧。"

他诧异地看着我。

"你不要不好意思，作为交换，你辅导我功课。"我补充道。

他沉默地看着我，也许是不知道要如何回答我。

"方便面，你是真的很喜欢徐婧婧，对吧？"

他终于不再沉默，脸微微一热，有些尴尬地道："好好的你突然提这个干吗？"

我咬紧牙，心一横，决定豁出去了，十分严肃地对他道："方便面，我知道刚才你自尊心受到了伤害。现在，我很负责任地告诉你，我还要再戳你一次，会比刚才的还要更伤你。你现在这个圆圆的样子，别说是徐婧婧了，就是我这个'李鬼'许晶晶都是不可能喜欢你的。你知道女生最讨厌男生什么吗？就是矮！胖！矬！"

他的面色果然唰一下僵住了，回道："我不矮，我有一米八三，七婶说我还有得长。"他挺直了身板，努力让自己看起来十分高大。

一米八三？这货居然有一米八三？居然比高湛还要高。

我很快发现了这个现实，我真的需要抬眸仰望他，才能看着他的眼睛同他说话。我一直以为这货最多一米七。原来他竟然这么高！他这身上的肉得多影响视觉效果啊？

"行行行！我信你一米八三，姑且当你一米八五，但是视觉效果矮，你懂吗？知道我们女生为什么成天这么费力地减肥吗？一胖毁所有！你胖，比你矮还不能忍，懂吗？先别说让徐婧婧喜欢你，你要是能让我们学校的其他女生多看你一眼，天天花痴般地追着你，你才算是迈出你人生成功的第一步。"

我摸出手机，将手机里眼下当红韩国欧巴的照片全部指给他看，什么SJ、EXO……尤其指着最近热播韩剧里的几个欧巴，告诉他什么叫帅、什么叫主流、什么才是我们女生的审美标准。"我们女生就喜欢颜值高、身材棒、大长腿，所以高湛才能荣登校草冠军宝座这么久，懂吗？"

方便面一脸纠结地凝视着我，不是很能理解："你们女生认为高湛帅，我能理解。可是你手机里的这些韩国男明星，你不觉得一个个都很娘吗？还有你说的这个组合的人，头发都整得很洗吹剪，一个个不是盖左半边脸，就是盖右半边脸，要么两眼都盖上了，他们不嫌扎眼睛难受吗？而且还画眼线，哪有男人画眼线啊？"

方便面对我们女生的审美表示强烈的质疑。

"You! Shut up！就凭你这句我们爱豆很娘、发型是洗吹剪，你知不知道就够你在我们女生面前死一千次一万次，永世不得超生了？"我气得从书包里掏出圆规对着他，他要是再敢说爱豆一句不是，我一定会用圆规把他扎到提前超生。

他仿佛被我的怒气吓着了，用手轻轻地拨开圆规，战战兢兢地道："Pl……Please go on！"

我收起圆规，继续道："你不需要质疑，你照着做就行了。你既然已经意识到自己很胖，别人会嫌弃你，那么你就打起精神，从现在开始，就好好给我减肥。以后再有运动会，你不要再报铅球铁饼这种项目啦，这种项目一看就是……就是……就是四肢发达，头脑简单。"

他不赞同地摇了摇他的右食指，不疾不徐地道："掷铅球和铁饼很考验智商，因为最佳出手角度都是需要经过精确的数理计算的。"

我："……"

他总是这样一本正经，一脸学霸的模样让我很崩溃。

"我的意思是，不管什么运动，你得看上去很帅气。帅气！明白吗？就好比高湛，我们女生觉得他打篮球的样子很帅气。谁会觉得甩铅球帅气啊？你给我去打篮球。"

他本能地拧眉，道："为什么要去打篮球？其实我更喜欢踢足球，以前没胖的时候，我踢过足球。"

"打住！你怎么就一点觉悟都没有呢？知道我们女生为什么喜欢看男生打篮球吗？因为一分钟可以进很多球，他们可以各种摆造型各种耍帅，比如三步上篮、比如三分球，再比如大灌篮。我们女生最喜欢看男生挂在篮球筐上各种荡漾。踢足球，等你们踢进一个球黄花菜都凉了，搞不好全程踢完，一个球都不进，我们坐在看台上干着急吗？知道看台离球场有多远吗？所以你必须打篮球！"

"原来你们喜欢看男生挂在篮板上各种荡啊……"方便面听着听着，眼睛不由自主地瞪得圆圆的，那表情尽是鄙夷，"你们女生怎么这么幼稚？"

"我们女生在花痴上就是这么幼稚。"

他忍不住又补充道："你们喜欢看男生挂在篮板上荡，其实欧洲杯的时候，很多球星都喜欢脱衣服……"

我抬手就往他的脑门上用力一弹，道："你的思想能纯洁点吗？你满脑子都想些什么？美国NBA篮球联赛的时候，他们也会脱衣服好吗？"

"但是他们很黑，不符合你刚才给我看的那些韩流明星的标准啊。"

"噗。"似乎说得很有道理，我竟无言反驳，"总之，从现在开始，有我监督你，你一定能瘦下来的。瘦了之后，你的人生就会变得不一样。现在这个年代，就是以瘦为美。你的人生离成功不是那50米的距离，而是50斤肉的距离。我会给你列一张减肥计划表，还有食谱，然后监督你。你要相信我，我可是跑完五千米的人。"

"噗——你的大道理怎么一套一套的？"方便面终于被我逗笑了，那笑容十分有感染力，让我之前紧揪的内心一下子放松了开来。

这就要感谢家中有个作妖的母上大人，为了减肥各种拼命，我说的什么口号什么食谱，都是佳人小姐用人民币和汗水换来的。

"好了，来，开始。"我将书包放在地上，找了个最佳位置坐下，"你去绕着这个小操场，跑十圈。"

"……"

"今天周末，你不急着回家做作业吧？"

"不急。我在学校已经把作业做了一半了。"

"……"学霸就是学霸，想我一个字都没写呢，"不急做作业就好。赶紧绕着这个小操场跑十圈。"

"……"

[*Chapter 10* 地狱式训练]

方便面艰难又认真地跑着步，每当他快要放弃的时候，我都会停下做作业的笔头，冲着他大喊："我可是跑过五千米的人啊，你这十圈最多两千五百米。加油！努力！"

十圈跑完，他几乎快要断了气，直接倒在我的脚下不停地喘着气。我将刚才在小卖部买的矿泉水递给他。他接过猛灌了起来，一口气喝下了大半瓶，然后爬起来对我说："我刚才看到小卖部在卖烤肠和方便面，我去买点来，我饿了。"

"吃什么吃？！你看你现在长得就跟烤肠和方便面一样，还好意思吃。刚运动完就吃垃圾食品，你是想变得更胖吗？"我毫不客气地打击他。

他乖乖地缩回脚，可怜兮兮地将剩下的小半瓶水喝完。

"收拾书包，回家！记着！等下回家不要大吃大喝，晚上这顿饭，能饿就饿着吧，基本上也饿不死的。"我唠唠叨叨，有一瞬间仿佛佳人小姐附体。

"你这么不放心，要不要跟我回看着我吃饭？"方便面的语气一点也不像是开玩笑，面部的表情看上去极度认真，是真的在邀请我跟他回去看着他吃饭。

我白了他一眼，道："要不要我一日三餐都看着你吃呀？"

这时，我的手机铃声响了起来，是佳人小姐。

"几点放学？"

"早就放学了，我在体育公园看人家跑步呢。"

"哦，那你就继续看人家跑步吧，晚饭自己解决。"

"为什么啊？我马上就回来了。"

"跟你爸一个部门的王叔刚刚走了，我们俩马上过去他家，吊唁。"

"……"

佳人小姐连个说话的机会都没给我，就直接挂了电话，看来走得真急。

就这样，我并没有答应康家伟去他家吃饭，最后却莫名其妙地跟着他一起回家了。就像他说的一样，他家的方向和我家顺路，隔得并不远，其实也就是隔了两条马路的距离而已，也是一个老旧的小区。

他家在一楼。当我走进他家的时候，我以为我走错门了，想都没想便退了出来。但是方便面站在门内冲着我招了招手，我瞅了一眼那个破旧的门，再走进去，还是刚才看到的景象，原来不是我走错门，而是他家真的与众不同。

整个屋子都是原木制造的，就像是童话里的森林小木屋，从桌子到椅子再到柜子、墙面装饰，全部都是木质的。木头的年代看起来很古旧，但是并不破烂，有种说不出的韵味。就连地上都不是我们寻常家里铺的地板，而是一块一块不规则的石块经过精巧设计后铺开来的。墙角竟然还有一棵树，这棵树一直长到天花板，枝叶顺着墙角的天花板伸展开来。这棵树可以说是真树也可以说是假树，树干的确是由原木制作的，树中心是个树洞，树洞里铺着软垫，树的枝叶却是寻常市面上可以买到的纤维树叶。

其实屋子并不大，只有一室一厅一厨一卫外带一个小院，却能感觉到森林里空旷静谧的气息，体会到孩子般兴奋激动的心情……因为此时此刻的我就像是一个低龄儿童一样，新奇而兴奋地望着眼前的一切："你家好像跟一般人家不太一样……"

卧室里没有床，只有一张办公桌，上面除了摆着一台电脑，还堆着一些奇奇怪怪我不认识的办公用具。推开卧室连接阳台的门，门外是一个不大的小院。小院的一角有一方小池，池中养了十几尾正在自由快活地游动的红色小金鱼和几朵半开半闭的睡莲。庭院靠着围墙栏杆的一面，种着两棵紫藤，早已掉落花叶的紫藤花只剩下光溜溜的咖色枝杆爬在头顶。若不是方便面告诉我这是紫藤花，也许我并不能识得。紫藤花架下摆着一张泛旧的藤桌和一把藤椅。

这么有情调的小院，和我们家楼下一楼那种满了各种蔬菜的院子，有着天壤之别，这里充满了文艺清新的调调。

回到连接院子的卧室，我突然发现哪里不对。"咦？你家为什么没有床？你和你的家人睡哪儿？"

"哦，当然有。"方便面走到卧室另一侧的背景墙跟前，伸手拉住墙上的一个把手拉环，用力拉开来，两张单人床立即倒了下来，"我和我爸晚上睡觉的时候将这个一拉，就有床了，白天竖上去。"

对于这样的设计，我发自内心地惊叹，但是方便面话中的用词却让我心里咯噔一下。卧室里只有两张单人床，方便面用了"我和我爸"四个字，却没有提到他的妈妈，难道……虽然我很好奇，但是贸然探究别人的隐私是件极其不礼貌的事，所以我权当没有听见，惊叹地道："哇！你家真的好牛！好新奇！好好玩！"

"牛？新奇？好玩？我觉得挺无聊的。"

"你这是待久了。"

眼前的一切都吸引着我，让我很好奇，就连卫生间我也不放过，忍不住一探究竟。果真，地面也不是普通地砖，依旧是用一块块不规则的黑色砖头铺成的。淋浴房的位置铺设了好多鹅卵石，构成了淋浴区域；墙面是马赛克的小砖，又有点像农家小院的墙头碎瓦，拼成了几只鸟，形态各异；旁边还有一丛芦苇，我摸了摸，这竟然是真的芦苇……若不是抽水马桶和淋浴花洒龙头，我会以为这里是一块湿地。

"哇，好看！"

"你不觉得很不实用吗？好好的卫生间弄成这样，若是不小心摔倒了撞在这些砖瓦上，搞不好能毁容或者摔成白痴。我以前半夜起来上厕所，都要非常非常的小心。"

"你说的似乎也有一些道理，但是这样的设计提醒你要小心再小心，不是挺好的吗？我也经常听我妈讲，邻居谁谁谁在浴室里滑倒，大腿骨折了、胳膊折了，而且那都是普通防滑地砖铺设的呢，"我用脚蹭了蹭毛面的地面，"这里至少不会因为有水而滑倒吧，只要走路不要被绊倒什么的应该挺安全的。给你们家装修房子的设计师真厉害，一定花了不少钱吧？"

"哦，没有。我爸是设计师，我家是他设计的，这里面所有的一切都是他一个人弄的，所以并没有花多少钱。"

"什么？这里全是他自己一个人弄的？那个树洞也是他弄的？隐形床和卫生间也是他弄的？还有外面的院子什么的都是他弄的？"我简直不敢相信。

"嗯，都是他一个人弄的，不过也不是几个月就弄好的，这间房子他一个人摆弄了差不多快三年了。"他指着客厅的树洞说，"其实这里原来是我的房间，他后来把墙敲了打通了，弄成了现在的客厅。"

"哇！你爸真的是太厉害了！就是网上说的那种别人家的爸爸！唉，我爸就不行。"佳人小姐对老爸的评价就是除了吃，人生再没有其他可以让他费神的。

方便面挠了挠头，有些不好意思地说："还好吧。"

我看见旁边的书架上摆着一张合照，照片里年轻的父亲抱着三四岁的儿子，年轻的父亲长得十分帅气，干净又舒服，一点不输当下正红的男星，儿子瘦瘦高高的，有一双漆黑明亮的大眼睛，萌萌的。

"哇！你爸好帅！这纯天然的颜值搁现在绝对逆天，秒杀众多韩国欧巴啊。"我将照片拿来放在他圆圆的脸旁，"你瞧你小时候多萌多可爱啊？小下巴尖尖的，怎么现在就长残了呢？完全没有遗传你爸的优点啊。"

方便面一听便笑出了声，道："待会儿你见着他，再进行评价吧。"

"他也长残了？不会是肚大腰圆，还跟一块五毛一样，秃头了吧……"

"等会儿你看到就知道了。"

我欣赏地又望了望四周，道："不过我说句讨打的，你家里这么多木头，虽然很环保，但是要小心火烛啊。"

"这个意见提得中肯。"忽地，一个温和的声音从背后传来。

我惊吓地转过身，看向门外走进来一个头发乱得像鸡窝、胡子拉碴的中年大叔，他身上穿着灰色的外套，看上去脏兮兮的，好久没有清洗过。我咽了咽口水，低头看了一眼手中照片里抱着小朋友的鲜肉大叔，忽然之间觉得照片上的人脸变得十分模糊……

我在强行洗脑自我催眠：眼前这位邋遢大叔一定不是照片里的鲜肉大叔。

"爸，你去哪儿了？"

我仿佛听见啪的一巴掌声呼在了我的脸上，我要收回我刚才的话。要不是方便面这一声"爸"，我还以为这里哪位工地上跑出来的民工大叔呢。

时间真是把可恨的杀猪刀！

"刚才楼上王阿姨家水管爆了，让我去帮忙修水管，完了之后人家顺道给了我一把小青菜，等下我再多烧个青菜汤。"康爸突然注意到我这个多出来的人，捋了捋额前盖眼的长头发，上上下下将我仔细瞅了个遍，就差没有拿X射线扫描我了。

"叔叔好。"我恭敬地行了个礼。

康爸瞟了一眼方便面，道："交女朋友了？"

方便面还没来得及说话，我立即摆了摆手否认，道："我不是他女朋友，我们俩就是同班同学，普通同学关系。"

康爸长长地哦了一声，犀利的眼神依然不停地上上下下扫视我，然而并不信我的话："普通同学？"

康爸跟佳人小姐一样多疑。没办法，如果我到了当妈的年纪，自己的儿子某一天突然就这么带一个女生回家，我自然也会想歪。

方便面说："爸，她真的就是我同班同学，她就是我跟你说的那个许晶晶。"

"你就是许晶晶？那个跟我儿子一起卡在门上的许晶晶？"康爸甩了甩额前十分有个性的长刘海，惊讶的声音陡然变了个调。

我嘴角不由得抽搐了几下，无语凝噎地看向方便面。"卡门"这种丢人的事情怎么好意思跟家长说啊？

他有些不好意思地挠了挠头。

"家伟这么胖，又是踩破你的脚，又是跟你一起被卡在门上，还在书店压倒你，真是对不住你，叔叔代他再跟你道一次歉。还有上次这小子的裤子被撕坏了，多亏你借衣服给他遮丑。"

这回我就更尴尬了，他连借衣服的事都说了，这换哪个家长说没早恋，估计都不会有人信吧？

我不好意思地说道："没有没有。不打不相识，其实也挺有意思的。"

"吃饭了没？没吃饭就在我们家吃顿饭吧。饭菜都烧好了，我再把这些小青菜烧了，弄个菜汤就好。"康爸十分热情地说。

其实当佳人小姐告知我晚上没饭，方便面诚恳地邀请，我就像是被下了降头似的决定跟着他回来混顿饭啦。于是我也就厚着脸皮，没跟康爸客气，欢快地点头答应。

康爸有个特别文艺的名字，叫康牧华。

不一会儿，康爸将烧好的菜端上了桌。有我最爱吃的红烧鲫鱼，还有西兰花虾仁，当然还有青菜汤。

"尝尝。"康爸热情地给我夹了一块鱼肉，瞅着我的黑眸晶晶亮，闪着亢奋的光彩。

"谢谢。"我嘴里还包着米饭，急忙咽下，尝了一下鱼肉，"叔叔，你真是太能干了！不仅房子设计装修得这么漂亮，连菜也烧得这么好吃，家伟有你这样的爸爸真是太幸福啦！"虽然说千穿万穿，马屁不穿，但我虽然厚脸皮来混饭吃，却并不只是拍马屁，更多的是我发自内心的由衷赞叹，康爸的厨艺真不是盖的。

"唉，所以我们家家伟才长这么胖。"康爸又给我夹了一个虾仁。

"爸，我准备减肥了。"方便面忽然一本正经地看着康爸。

康爸神情一怔，眼神中的情绪十分复杂，但很快又恢复了，道："你真的决定了？"

不知为何，我除了从康爸复杂的眼神里看到欣喜之外，还看到了一丝失落和忧伤。

"嗯，"方便面十分认真地点了点头，"我今天回来得稍晚了一些，就是因为许晶晶督促我减肥，我们俩去了体育公园一起跑步。"

"行。你既然决定减肥，就下定决心减了，别再半途而废了。"康爸语重心长地说完后深叹了一口气。

"这个鱼肉你不要吃了，"我打掉他夹好的鱼肉，"饭也少吃一些吧。"

方便面眼巴巴地看着鱼肉，吞了一口青菜之后，将碗中的饭扒完，准备再去盛一碗饭，听到我这话彻底傻了眼："可是我才吃了四碗饭，平时我得吃八碗，我没吃饱……"

听到"八碗"，我差点将口中的鱼肉全喷出来。我看着我碗里才吃了几口还有很多的米饭，明明才开始吃饭，他什么时候已经吃了四碗了？我从来没有关注过方便面的食量问题，只是偶尔听其他同学悄悄说过他吃很多很多，但我对很多究竟多到什么程度完全没有概念。一顿八碗饭……难怪这么胖？这简直就是饭桶啊。

我向方便面投以嫌弃的眼光："你平时中午在学校也是吃八碗吗？"

方便面非常实诚地回答："没具体算过，但是我会把剩下的饭全部盛走。"

……OMG！我在心中抚额。

方便面无比自豪地看着我，仿佛将剩下的饭全部盛走是多么了不起的一件事，光盘行动！在我的目光注视下，他终于意识到对他而言这根本就不是浪费可耻的问题……他那无比自豪、炯炯放光的眼神终于黯了下去，头也跟着低了下去。

坐在旁边的康叔也忍不住嘴角抽搐，表情万分尴尬，恐怕他也不知道他儿子在学校这么能吃吧。我想这时候地上要是突然裂开一个地洞，他一定会钻进去吧。

我深吸一口气，道："胖子之所以减肥减不下来，就是因为不懂得节制。你前几天看新闻了吗？我们N市有所非常厉害的小学，现在入学面试都要面试家长，家长如果是胖子的话，这孩子能面试上的概率基本为0，理由就是胖子缺乏自制力。所以，你这是缺乏自制力，得节制。减肥可不是嘴上说说、行动上拉倒的事。你这边减着回头还吃八碗饭，我就是神仙也帮不了你。从今天开始，你每天自觉减饭量吧。"

康叔也深吸了一口气，说："以后吃饭的事就交给我了。今天，准许你吃七碗。"

"噗。"我生生忍住，差点没将刚塞进嘴里的肉给喷出来，这是慈父多败儿呀！

酒足饭饱之后，我看着时间差不多了，想着我还有不少作业没完成，便匆匆和康爸告别。

"以后家里没人管饭的话，尽管过来蹭饭。"康爸的热情让我倍感温暖。

我笑了笑叮嘱康爸："谢谢康叔。晚上就麻烦你注意看着家伟不要偷吃啦。"

和康爸挥了挥手，我便出了门。方便面送我至小区大门口，想说什么，但欲言又止。

我忍不住说："你想说什么就说什么呗。"

"你为什么不问我妈去哪儿了？"方便面道。

我笑了笑说："这是你的个人隐私啊。我要是问了，是件非常失礼的事啊。"

他叹了口气，道："以前来我家玩的同学都会问我'你妈呢？'其实，我爸和我妈在我小学三年级的时候就离婚了。"

听到这个答案，我看着方便面忧伤中又带着坚强的脸，莫名地心疼他，于是安慰他说："那是你那些同学年纪小，情商还在培养中呢。再说了现在单亲家庭多了去，怎么样过日子是别人的自由。像你爸这么有才华，把家弄得妥妥的，还烧得一手好菜，他又当爹又当妈地贴心照顾你，就连我让你吃四碗饭，他还心疼地只肯给你减一碗，你难道不觉得很幸福吗？"

方便面看向前方的路灯，目光悠远，叹息道："很幸福，所以我才舍不得他。"

"那不就对了，干吗想那些不开心的事？"

"嗯。许晶晶，谢谢你。"

"换平时你谢我，我一定损你，但今天这个谢谢我就收下了。好啦，我走啦，你回去吧。"

"这么晚你一个人回去，真的没关系吗？"

"你又开始鸡婆了，当我三岁小孩吗？况且我们N市的治安这么好，路灯这么亮，路上这么多人，过两条街我就到家了。"

"哦，通常那些重案当中的受害少女，在没受害之前也都是像你这么想的。"

"方便面，你就是瘦下来了，也没有女生喜欢你！因为太讨厌啦！嘴巴太坏了！"

"你路上小心啊！"方便面咧着嘴直笑，冲着我挥手再见，"回家要是有不会做的题目可以视频啊。"

虽然我表面诅咒他，可是他这种鸡婆龟毛又夹着毒舌的个性其实也挺招人喜欢的。告别方便面后，望着一排藏在树枝叶里黄晕晕的路灯，听着耳边传来的北风呼声夹杂着枯枝碰撞声，我突然一阵心惊肉跳，下一秒，我几乎想都没想就一路跑回家中，然而佳人小姐和老爸并没有回来。

遇上纠结的题目，我便打开电脑通过视频向方便面请教。方便面一听我家里人还没回来，千叮咛万嘱咐我把门窗关好。到了十点半，他困得支撑不住，洗洗睡了。我这还有一堆题目待战，然而他都已经爬向了床，我羡慕地看着他消失在摄像头前。

学霸的世界学渣从来不懂。

剩下我一个人挑灯夜读，我从来没有这么发奋努力过，然而等到快十二点，佳人小姐和老爸仍然没有回来，我只好洗洗睡了。刚躺下，我看见拉上的窗帘，忽然莫名地心生恐惧。万一要是有坏人破门而入，我喊救命，对面也看不清情况。于是我起身将窗帘拉开，刚躺下，又看到床头亮着的灯，我又想万一对面有坏人，见我一人在家，破门而入怎么办？于是我又下床将窗帘拉上一半。终于有了半毛钱的安全感，我这才瑟瑟发抖地钻进了我的小被窝，用被子将头蒙上。

都怪那个死胖子方便面！

我一边咒着他，一边数着羊，终于迷迷糊糊地睡了过去。

那天以后，我和方便面约好，每周三、周五提前放学的时候，由我亲自监督他锻炼。因为班主任经常会在周三下午去区里开教师研讨会，所以其他代课老师会选择提前放学，而周五放学后时间充裕。我们俩约好了放学之后在公交站台见，如果在公交站台也能遇见同学，那我们就直接体育公园见。

学校严令禁止学生谈恋爱，一经发现，轻则请家长，重则全校通报批评。我个人其实是赞同这一点的，但是并不欣赏大人们极端的处理方式。偷偷摸摸也是免得被学校的老师和同学看见，误以为我们两人在谈恋爱。别问我怎么可以想得这么周到，因为私底下，有好些个同学偷偷谈恋爱就是这么干的。就算我跟方便面被抓到，可以说请清楚我们并不是这种关系，但是有些事情不是说不清而是说了也没人信。

在青春懵懂又叛逆的年纪，其实我们并不能真正理解学校、老师和家长保护我们的用意，并不能预见早恋除了带来荷尔蒙冲动下的甜蜜，其实还夹杂着我们根本没有能力去承担后果的可能。在我们眼里，暂时能看到的只是大人们以"你还小""你不懂"的姿态指责和抑制。我们怕的也许并不是请家长或是被全校通报批评，而是怕那种没完没了的对彼此之间感情的互相伤害。在每个孩子的心灵深处，其实最无法承受的就是这种感情的撕裂。若说我们不懂大人们，大人们又何尝懂过我们？

所以，为了安全起见以及和平发展，我宁可偷偷摸摸的。

"早恋"这口大锅姐可背不起！

督促方便面减肥莫名成了我放学后的一项特殊家庭作业，从每周两天，后来发展到加周末一天或者两天。

体育公园内的体育场，总是能看见一个胖胖的男生在努力而艰难地跑着步，另一边的休息桌椅上，一个女生在寒风中瑟瑟发抖地做着家庭作业，偶尔还可以看见她举着书本对着那个胖胖的男生咆哮："还有三圈，别偷懒！别以为我低头做作业，就不知道你跑了几圈。"

事实是，我在专心做作业的时候，根本就不知道他还剩下几圈。

"人家小学生跑得都比你快！你不会连小学生都跑不过吧？"事实上，小学生那火箭一般的速度正常人都难赶上，可我就是无聊到喜欢借小学生刺激方便面。

"我怎么会答应你的？我为什么要答应你？我根本就不该答应你！"事实上，无论我吼得多凶，我还是会在约定的时间和地点陪他来锻炼。

风在吼，狗在叫，而我在咆哮！只要是放学早的那天或是周末，体育公园里的人一旦多起来，我的咆哮都能惊起几位大爷大妈前来围观。

比如，一位大爷非常酷地盘弄着手中的不知名球拍跟你宣传："小姑娘，让你小对象来跟我学球操吧，我保证他学了之后健步如飞。"然而宣传完之后的第二天，据说这位大爷就因摔跤进了医院，至于摔跤的原因嘛，是骨质疏松。

再比如，几个推着宝宝童车好奇心十分严重的大妈不停地在我耳边八卦。

大妈甲："小姑娘，你跟那个小胖子是在谈恋爱吗？我瞅着你们这谈恋爱的方式怎么跟、其他学生不同啊？"

我："我们没有在谈恋爱，我在帮他减肥。"

大妈乙："哎哟，晓得你们不敢承认，都是偷偷摸摸的，怕被家长知道。"

我："我们真的没有在谈恋爱，我真的是在帮他减肥。"

大妈丙："哎哟，没事啦！就算碰到你爸妈，我们也不会多嘴的。"

我："真的不是……"

大妈甲："你们这种样子其实很正常，也很好，总比在大马路上两个人抱在一起，在那你啃我我啃你的好，啃得我都长针眼咯。"

我："……"

大妈乙："提到这个，我跟你们说个不得了的，现在的社会真是不得了！一男一女啃啃就算咯，我还能接受。但你们知道吗？我那天带我家孙子坐公交车，两个女学生站在车门口就开始……哎哟真是要老命啊！眼睛都要瞎了！"

大妈丙："所以咯，你们两个一男一女，不错咯！"

我："……"

大妈甲："我听说×××家的儿子就是个同哎，把老两口急死咯。"

大妈乙："真的？！作孽咯老两口！"

大妈丙："小姑娘啊，你跟小胖子要好好的，不能因为人家胖就嫌弃人家，知道吧？"

我："……"

渐渐地，我养成了一边做作业，一边鞭策着方便面跑步，一边竖着耳朵听大妈大爷们八卦的技能。

跟这些大爷大妈混熟了，无论我怎么解释说我跟方便面只是同学，我是在帮他减肥，然而就是没有人相信。方便面也解释过很多次，发现也是徒劳，于是我们两人一致选择缄默，随他们说去吧。

在大爷大妈的眼中，我和方便面俨然是一对无比励志的正能量"小情侣"。

大爷大妈们每次都会送我们一些小零食，什么蛋糕面包果冻，甚至还有奶粉。

这日周末，一位大妈看我总是盯着他家孙子的奶瓶看，于是笑眯眯地说："给你倒点？要不你就就着我家宝宝的奶瓶盖喝吧。"

"啊？不不不。"我不停地摆手。其实我很想说，我只是被她家小孙子吸奶瓶的可爱萌萌样吸引而已，绝对不是贪图他的奶。

"没事的，我们家多着呢。今天我有点小感冒，你顺便帮我尝尝是浓了还是淡了？"这位大妈依旧坚持着，拿奶瓶盖给我倒了满满一瓶盖，放在我的面前。

"哦，好。"我各种尴尬。不过大妈让我帮忙，我也不好意思拒绝，但听说婴儿奶粉对成人来说简直是黑暗料理。

我正纠结着如何下嘴，方便面刚好跑完半小时。他走过来，看见那一瓶盖奶，还以为是大妈们经常送给我们的牛奶，端起来毫不客气地一口气干了。喝完了，他还咂咂嘴，道："有点腥，有点涩，好像……还有点胡萝卜的味道……现在牛奶有胡萝卜味道了？"

他看着我，我目瞪口呆。

大妈问："小胖，味道浓了还是淡了？"

"好像水有点多，不甜，还涩，没有牛奶的香味，不怎么好喝。"他又咂咂嘴，"阿姨，你是不是买到假货了？"

"假货？不会吧？我女儿说是从澳洲进口的呀，她特地托人从澳洲带回来的啊。"大妈看着那一奶瓶奶，开始犹豫了，"哎哟，那到底是喝还是不喝啊？我得给我女儿打个电话。"说着阿姨掏出手机，开始拨号。

"阿姨，他不懂，胡说八道呢。"我嘴角抽搐，立即将奶瓶盖还给阿姨。收拾了东西，我赶紧拖着方便面离开，丢人现眼的！

直到走出体育公园，我才说："你知道你刚才喝的是什么吗？"

他挠了挠头，道："不知道，跟以前的牛奶味道完全不一样啊。"

"废话！那是婴儿配方奶粉。你说难喝也就算了，居然还说人家奶粉是假的？你这是想让人家外婆急死还是怎样啊？"

方便面憨憨地笑了笑，道："原来婴儿配方奶粉是那个味儿啊……婴儿口味真是怪！"

"你的口味也没有比婴儿好到哪儿去啊，是谁上次喝完人家的旺仔牛奶念念不忘，特地跑去超市买了几罐，还强行塞给我的？"我真想呵他一脸婴儿奶粉。

"我只是觉得锻炼完体内糖分流失而已，那个牛奶刚好喝起来挺顺口的。"他笑了笑，然后又傻傻地问，"你说，那些婴儿们喝完配方奶粉之后放屁岂不是都有股胡萝卜味道？"

"我哪知道？我又不是婴儿。扑哧——"我居然被他这一问问得笑起来了。

"不过真难喝！幸好你没喝，不然喝了就要开始怀疑人生。"他背着书包一脸鄙夷奶粉的模样，就跟个小孩子一样。

"你觉得难喝，人家小朋友未必觉得，你下次还是喝你的旺仔牛奶吧。"

"绿灯！快点过马路。"方便面看见前面红绿灯指示转成绿灯，伸手拉住我的手腕，一路将我拉过了马路。

到了马路对面，我这才反应过来，有些尴尬，立即甩开他的胳膊。

他也变得尴尬起来，耳朵一红，说："对不起！我刚才看是绿灯，想着赶紧过马路。"

"你什么话都不应该说。"

"对不……"

"对不起也不要说。"

"……"

[*Chapter 11* 爱恋面前，我们都选自在]

因为经常监督方便面锻炼，方便面觉得很对不起我，觉得耽误了我的学习时间，所以会对我进行课外辅导。除了每天例行的视频以外，每个周末在陪他锻炼完之后，我们俩都会去附近的图书馆或是安静的咖啡厅温习功课，他会对我进行一对一的辅导。

今天也不例外，我们挑了体育公园对面商场一楼的一家咖啡厅，老地方老位置，角落里的双人座，安静又不引人注目。

方便面点了两杯果汁，在我的监督下，他已经不敢肆意地吃垃圾食品，例如薯条和炸鸡。实在是饿了，最多得到批准，允许啃一个粗粮馒头。最初，他在咖啡店里啃馒头的举动会引来咖啡店店员不能理解的鄙夷目光，久而久之店员也都习惯了，甚至还会贴心地问："同学，要不要给你倒杯开水？"

如果问我方便面是个什么样的人，我一定会毫不犹豫地回答：是个礼貌、温柔、谦恭，又非常平和的好孩子。即使遇见我个人认为再没有比我更笨的学生，他依然不放弃，不厌其烦地给我讲解。有时候我会忍不住自我反省，我对待他减肥时偷懒贪吃的态度极其恶劣。自我反省多了后，让屡次犯同样错误的我，明明看到他面部的肉已经气得在发抖，忍无可忍地举着圆规准备戳我的时候，我竟然觉得他很无害，圆圆的脸庞正绽放着无比祥和的圣洁之光……我想我一定是眼瞎了。

方便面正在给我批改刚做完的数学练习题，我看着他手中的红笔，不停地在纸上画着胜利的红钩，我的心跳得加快，情绪开始波动。

"导数还是要加强，做题的时候一定要细心、笔快，不然会浪费很多时间。"他无情地在最后两题上画了一个鲜红的大叉叉。

我犹如泄了气的皮球，在他的重新指导下更正了题目。

"不过你最近有很大进步，知道活用公式和定理了。今天也就是最后两题错了，很不错。"

得到夸奖，我顿时又跟打满了鸡血活过来似的。

"以前我总觉得，数学老师每次在出卷子的时候，有些题目是故意虐我们的，但是经过你的分析之后，我才发现每道题其实都很简单，我就像是忽然被打通了任督二脉似的。给你一个大大的蚊香赞！"

千穿万穿，马屁不穿！

"突然听到你夸奖，我有些不能适应。"方便面害羞地挠了挠头。

"我平时有那么凶吗？我明明温柔又善良。"我已经不要脸到了登峰造极，"想吃什么？姐姐请你，但是不能超过五十块钱的标准，因为我穷！"我特地强调最后四个字。

"没事！超过五十，我自费！"一听到吃的，他的两只眼睛就像突然被打了光似的晶亮晶亮的。

"OK！批准了！你先看看菜单有什么想吃的，我去下洗手间。"我起身往洗手间的方向走去。

走了没两步，我差点撞到正在寻找座位的一名女生，我立即说："对不起！对不起！"

"许晶晶？好巧！"

听到熟悉到不能再熟悉的声音，我抬头看向那个女生，惊讶得说不出话来，竟然是徐婧婧！她身边还站着魏雪。顿时，我心里就咯噔一下，犹如千万匹羊驼呼啸着奔腾而来。

我竟然还傻傻地花了一秒钟时间祈祷她们俩千万别看见我身后的方便面，谁知道下一秒眼尖的魏雪就叫了起来。

"康家伟！"

徐婧婧顺着魏雪的目光看向我身后离得不远的角落，脸上的神情顿时变得十分惊讶，难以置信地喃喃道："康家伟？！"

方便面正乐滋滋地看着菜单点好吃的呢，结果听到有人叫他的名字，抬头看到徐婧婧突然出现在面前，他一下子紧张得将菜单扔在了地上。

看到这一幕，我立即伸手抚额。这家伙就不能有点出息？这表现就好似被抓奸似的。

"徐婧………婧同学，你……你好……"方便面在看向魏雪的时候，俨然是另一个正常人，"魏雪同学，你好。"

徐婧婧很快变了个神情，微笑着走过去说："今天周末，你们俩怎么会在这里呀？"

"呃……我们……约……"方便面结巴的同时，我立即说："我们两个刚好碰到。"

方便面一听我这么说，约好的"约"字吐了个音立即收回去，改口道："对！我们俩也是刚刚碰到。"

魏雪看着椅子上挂着的羽毛球拍，嗤道："刚好碰到？刚好两个人都带着羽毛球拍？还真是好巧呢。嗤！"

"对啊，就是这么巧，就跟刚好在这里碰到你们一样巧啊，很奇怪吗？"我一脸无辜地看着徐婧婧和魏雪。原本今天会带羽毛球拍，是我想练练手，然而到了体育公园，被暖洋洋的太阳一晒，我整个人懒洋洋的，只想逗逗小狗们和听大爷大妈出其不意的八卦，一点也不想运动。反正不管她们怎么想，姐姐就是坚持刚好碰到。

魏雪被我堵回去，气得没话说。看着她那副咬牙切齿的模样，我心里无比舒坦。

徐婧婧连忙打了圆场，道："哎呀，巧遇嘛，很正常。你们俩待会儿准备干吗？"

方便面说："吃东西。"

我说："上洗手间。"

冷着脸的魏雪一下子笑了起来，又找到了还击的路子，道："一个进一个出，你们俩可真是相当有默契，难怪打球都能'巧遇'。"

方便面尴尬得说不出话来。

"哦，那么和我们俩巧遇的你，是准备要进呢还是准备要出呢？"我从来就不是君子，伪君子都不是，对付喜欢乱嚼舌根的真小人，必须不要脸。

"你？！"魏雪这一次气得面部肌肉都颤抖了。

我又一副无辜的模样耸耸肩，道："看你的样子估计是没心情跟我一起出了，那我自己去咯，借过！"

我从魏雪和徐婧婧两人中间强行挤过，哼着小曲迈向洗手间，隐隐约约还能听见魏雪气急败坏跺脚的声音。进洗手间之前，我回头看了一眼方便面，他正隐忍着笑意，站在徐婧婧和魏雪两人的身后冲着我举起了大拇指，我回他一个V字手。魏雪的脸更绿了，估摸以为我这是挑衅呢，还好徐婧婧拉着她坐到一旁去。

上完了洗手间出来，整个画风一下子变了。我以为徐婧婧和魏雪两个人会选择离开或是离我们的桌子远一些，结果两个人直接鸠占鹊巢，坐在了我的位置上。桌上已经堆了一大堆的吃食，两人跟方便面无比欢快地边吃边聊了起来。三个人似乎在商量着什么事，并且已经愉快地达成一致决定。

魏雪看见我，热情的脸一下子就冷了下来。其实在经历上次运动会的事之前，我完全不知道自己何时得罪过这位大小姐，如果刚才算是正面交战，那也是有史以来的第一次。徐婧婧背对着我，我看不见她的表情。

方便面看见我，满面春风地冲着我直招手。他还没有开口说话，我心中就有种不好的预感，通常他这种花痴的表情代表着接下来准没好事。

"刚婧婧和魏雪说要一起去体育馆打羽毛球。"方便面的声音无比欢快。

果然……

"好啊，那你们去呀。"我收拾好我的包包和球拍准备回家。

"许晶晶，你不去吗？"方便面一脸吃惊。

徐婧婧也一脸惊讶，说："许晶晶，你不一起去吗？"

"我有些累了，想回家休息。"我挤了抹笑容，背上包包。

方便面急了，道："刚才徐婧婧给高湛打电话了，高湛也要一起去羽毛球馆打球呢，这会儿估计在路上了。"

我正准备离开，但是方便面的话让我的动作明显僵硬起来。我惊诧地看看他，然后又看向徐婧婧，我没有想到徐婧婧竟然还约了高湛，这是要上演八点档的狗血剧吗？那些耳熟能详的偶像言情剧里，总是避免不了男主女配VS女主男配搞个什么比赛活动，互相用技术吊打一下彼此，总要有人受伤，不是女主就是女配，而羽毛球和网球这两种"助纣为虐"的运动永远是排在排行榜的前两名。

我知道方便面是出于好心，学人做红娘，但是我今天一点花痴的欲望都没有，我一点也不想成为狗血剧里的任一角色。

我放松了面部肌肉，微微笑道："那刚好啊，你们四个人可以打双打。羽毛球拍要吗？要的话，留给你们。给你，记得还我。"我将羽毛球拍递给徐婧婧。

徐婧婧站起身，没有接羽毛球拍，说："晶晶，你是不是还在生魏雪的气呀？魏雪她就是心直口快，其实没什么坏心的。"她说着用胳膊碰了一下魏雪，示意她说话。

魏雪轻嗯了一声，冷呛的态度表示刚才对我是无心的。

我脸上挂着和善的微笑说："我像是那么小气的人吗？大家都是同学。我是真的有点累了，想回家睡觉。"

"不是生气最好啦。打打就有精神了，而且魏雪她不会打羽毛球，去了也充不了人头。"徐婧婧又碰了一下魏雪。

魏雪先是一愣，很快反应过来，有些不爽地道："我不会打羽毛球。"

"你别回家啦，一起玩嘛。"方便面也劝我。

我瞪了他一眼，让他闭嘴坐回去别废话，都是他招的幺蛾子，还有脸掺和？

徐婧婧刚想说什么，手机忽然响了，她一看手机屏幕，道："高湛的电话。"

她急忙接起："高湛，许晶晶说她累了，不想去，想回家休息；魏雪又不会打球……三缺一多没意思啊，要不你跟许晶晶说说？"说着徐婧婧就将手机递给我："喏，高湛要跟你说话。"

"啊？"我根本没有思考的余地，徐婧婧已经将她的手机强行塞进了我的手里，我仿佛拿了一个烫手山芋，手机里一直传来高湛喂喂喂的声音，我只好将手机贴在耳边："喂？"

手机另一端立即传来高湛清朗的声音："是许晶晶吗？"

"嗯。"听到这遥远又贴近的声音，我的心脏抑制不住开始扑通扑通地跳个不停。

"徐婧婧刚说你要回家，别回家了，一起去体育馆打羽毛球吧，人多热闹。我也很久没有打羽毛球了。"

高湛柔波浅如风的声音隔空传来，仿佛像是一只有魔力的手一样，透过这万里长空一下子穿透了这手机抓住了我的心，让我无力拒绝。我一时之间像是丧失了语言功能，紧抓着徐婧婧的手机，半晌说不出话来。

"你不说话，我就当你答应了，待会儿体育馆见。"

"喂？喂？"他完全不给我拒绝的机会，直接挂了电话，直到听筒里传来忙音，我才反应过来，我不要去啊！我要回家啊！

徐婧婧一把拿过手机说："我可是听到了，你答应高湛了哦，答应了就不能反悔啊。"

"我给你背包。"方便面从我的肩头夺下我的包包，冲向店门外，还兴奋地冲着我挤了个眼，好似在说果然要高湛亲自出马，你看，招架不住了吧？

"我没有答应啊，我真的要回家啊。方便面，你把包还给我啊。"我百口莫辩。

"走了走了。"徐婧婧将我推出店外。

魏雪起身，朝我翻了个白眼从我身旁走过，冷哼一声："矫情！"

这一声"矫情"让我重新正视我的人品问题。我不想去的理由是，我喜欢谁暗恋谁是我个人的自由。魏雪究竟会不会打球，魏雪自己最清楚，而我也不是眼瞎。我只是不明白我明确拒绝了之后徐婧婧为什么还要这么坚持？我可以接受表白被拒绝的失落，但我不喜欢我的暗恋被人拿来耍心机看笑话。但是我若不想去，何不直接拒绝高湛？其实我内心深处是想去见见高湛的，明明想要，还死命地说不要，不停地拒绝就是矫情！所以魏雪说得又没错，我这种欲拒还迎的态度显然有些矫情了。

我深吸了口气，去就去，没什么了不起的，反正喜欢一个人又不是一件羞耻的事，这是人类自然生存发展的必然经过。

话说虽这么说，但是走了一段路后，我就反悔了。我趁方便面放松警惕的时候拿回我的包包，趁着他们都没注意，咻溜一阵烟跑了。与其说矫情，倒不如说我终究还是泄气了。

离开他们之后，我的心情明显好了很多，就差没在马路上手舞足蹈地蹦跶起来。看着一位大爷正在烤红薯，我被香气诱引，毫不犹豫地买了一个最大的红薯。我小心翼翼地剥开皮，刚咬了一口，滚烫的红薯瓤烫得我就要吐出来，恰巧这时，我的肩头被人轻轻一拍，这一口烫红薯直接滑进了我喉咙里。我被烫得当场揪起了脸，上蹦下跳，浑身哆嗦，捂着心口，仿佛这一瞬间心都被烫化了似的。

我正想着又遇到什么熟人，一转身竟然是方便面。我吸着气，意图让冷空气穿过我的喉管将那一口烫红薯冰冻起来。过了好一会儿我终于能发声，冲着他跳起脚："死方便面！你不是去跟他们打球了吗？怎么突然又冒出来？吓死我了！"

我四处张望，生怕看到徐婧婧和魏雪，还好，看了一圈并没有发现她们两的人影。

"你不去玩，我也不想去了。"他圆圆的脸上挂着淡淡的笑容，一双幽黑的眼睛里闪着真挚的光芒，仿佛在告白似的。要不是我知道他喜欢的人是徐婧婧，真要被他这模棱两可的回答吓出心脏病来。

我望着他，觉得有些不可思议，道："你刚才看到徐婧婧激动得都把菜单扔地上了，明明很想跟她一起玩，怎么就突然变卦了？"

"我也不知道。"方便面抬头四十五度望天，神情迷茫。

"她们俩是不是一看我不去，挤你走了？"我始终觉得方便面就是一陪衬，我这小丑若是不去，他也就没有陪衬的必要了。

我一会儿抖抖左手，一会儿抖抖右手，双手不停地左右交替地拿着烫手的红薯，方便面瞧着，索性伸手替我拿了过去。

"那倒没有，我就是突然不想去了。"

"你可别跟我说你是因为受我影响，所以才离开她们，这锅我不背啊。"

"我只是觉得跟她们在一起不知道要说什么，但是跟你在一起话就特别多，而且很开心。"方便面手中抓着我刚买的红薯，小心翼翼地剥着皮，剥好后顺手往自己嘴里塞了一小块红薯，"就连吃这个都开心。"

我去！我这才意识到，我的红薯什么时候跑到他的手上去了？

"喂喂喂，你还要不要脸？这是我买给我自己吃的，你怎么好意思先吃起来了？还我！"我伸手去抢，无奈方便面高壮的个头单举起一只手，我便觉得那红薯顿时与太阳肩并肩了。

"刚才是谁说请我吃东西的？结果一声不响就偷偷跑了。"

"啊？刚才是我说要请你吃东西，可又是谁一看见美色，魂就被勾走了？为博美色，还不惜拖朋友下水，简直禽兽不如。"

"不烫了。"方便面撕了一大块红薯直接塞进我的嘴里。

"唔唔唔……"我被红薯堵住了嘴。

方便面看着我满嘴的红薯瓤爆笑起来，甚至夸张地捂起了肚子。

"笑什么？"我嚼着甜甜的红薯，不明所以。

方便面不说话，直接用手机给我拍了一张照片："你自己看，哈哈哈……"

放肆的笑声中，我看到照片中嘴唇上沾满了红薯瓤的我，就像是沾满了某种可怕物体……嗯，这是一张有味道的照片！

我抡起拳头毫不犹豫地向方便面的肚子捣去："康家伟！我今天一定扒了你的皮！"

也许是经过锻炼，方便面的身姿变得矫健起来，我即使拼命迈开了我那旋风腿，也追不上他。

我们两个人在小巷子里你追我赶，一路打闹，惊起各路狗狗此起彼伏的吠叫。正如方便面所说，和我在一起很开心，开心得像个小疯子似的，换作和徐婧婧在一起，他只会拘谨得像个待训的小学生，不敢轻易乱说话。我若是同意去打羽毛球，面对高湛，也一定会变成手足无措的木偶。所以比起暗恋，还是自由自在更加适合我们俩。

"你为什么突然不去打球了？我以为你会很想见到高湛。突然溜走，会不会觉得有点可惜？"

我摇了摇头，说："不会。你呢？我也以为你会很想跟徐婧婧在一起玩呢。那你会不会觉得忽然离开，会惹徐婧婧不高兴呢？"

"不会。因为我知道，没有我在，她会更开心。"

我偏头望着方便面，本以为能在他的脸上看到一丝伤心与失落，然而并没有。午后的阳光照在他圆圆的脸上，宛若新生。

"哟！你这是忽然顿悟人生了吗？"

他笑了起来，反问我："实话！那你又为什么那么讨厌徐婧婧？"

"谁说我讨厌她了？"我违心地哼了一声，见他盯着我半晌不说话，我便回道，"你会喜欢你妈口中一天到晚喋喋不休地赞美的'别人家的小孩'吗？"

他扑哧一声笑出来："会啊，因为我就是你妈口中一天到晚喋喋不休地赞美的那个'别人家的小孩'呀。"

"康家伟，你真是够了！有你这样自恋的吗？自恋都不忘在别人的伤口上撒盐！"我拍拍屁股，从台阶上起身，"跟你们这些'别人家的小孩'真是没办法好好交流，我回家了。"

"哦，对了，我差点忘了，我爸今天做了粉蒸排骨，喊你去我们家吃饭。"

自打与方便面友好建交之后，每当佳人小姐出么蛾子不烧饭时，我都会去他家蹭饭吃。康爸烧饭的水准堪比五星级饭店里的大厨，每次吃完之后我都要小心翼翼地捧着我的胃，难怪方便面这么胖。

"被'别人家的小孩'压着的小孩，拒绝美食诱惑。"

"走吧！我爸可是做了好几道拿手好菜，你看你的口水都要流下来了。"方便面站起身，二话不说，直接用虎臂勾着我的脖子将我拖向他家的方向。

"康家伟！你想勒死我吗？快松手！"我的声音都快变了调。

方便面对我的惨叫置若罔闻。这还是最初看见我像老鼠见了猫绕道走的康家伟吗？简直蹬鼻子上脸了！

走进方便面家的巷子内，远远地就看见一辆黑色的奥迪轿车停在他家门口。

方便面突然脚步微顿，很抱歉地对我说："今天可能没法请你去我家吃饭了。"

我看了看他，又看了看前面那辆陌生的奥迪轿车，虽然不知道具体什么情况，但一定和那辆车的主人有关。

"没事。"我拍了拍他宽厚的肩膀安慰他，"你回家吧，就当我是护草使者送你回家。"

我正要转身离开，这时，一个又急又尖锐的脚步声传来，单凭声音便能听得出脚步的主人内心是无比的急躁与焦虑。下一秒，便看见一个身材高挑穿着卡其色格子风衣的漂亮女人从方便面家的方向拐出来。她一看见方便面，脚步骤然停住。

"家伟？"那个漂亮女人远远地叫了一声方便面的名字，声音特别好听。

我看了一眼方便面，方才他嬉笑柔和的表情已经消失，取而代之的是面部的肌肉线条不知在何时变得十分僵硬。

他低沉着声音告诉我："我妈。"

"哇，没想到你妈这么年轻这么漂亮啊。"我惊讶地望着远处那个漂亮女人，她的脸上化着精致的妆容，看上去最多三十岁，皮肤白皙细腻，一头长卷发披在肩后，干练而又不失女性的妩媚。如果方便面不告诉我这是他的妈妈，我可能会以为是他的姐姐。对比我的母上大人佳人小姐，在同龄人中已经很显年轻了，可是跟康家伟的母亲比起来，还是显得很苍老，仿佛时间并没有在她的脸上留下岁月的痕迹。

他没有回答我，只是冷冷地看着他的母亲向我们走来。

我礼貌性地叫了一声："阿姨好。"

康母淡淡地扫了我一眼，然后对方便面说："你才高二就交女朋友了？"

方便面没有理她，只是对我说："晶晶，你先回去吧，晚上我再联系你。"

我点了点头。

"你爸整天在家干什么？难道不知道告诉你，你这个年纪什么该做什么不该做吗？"康母的声音抑制不住地拔高起来，"你看你胖得，还有点人样吗？"

我忍不住插了嘴："阿姨，我和康家伟只是同学关系。他现在正在努力减肥呢，你这样说他很伤他的心。"

"我在教育我儿子，外人不要乱插嘴。"康母冷冷地瞪了我一眼。

那犀利的眼神明显让我瑟缩了下。方便面下意识地挡在我面前，说："你自己犯错的时候，都没有办法管好你自己，现在又什么资格来管我呢？"

"你？！"康母的表情僵住了。

"家伟，我先回去了。"我拉了拉书包带，转身离开。

这种情况下，方便面和他的母亲可能有很多话要说，即使是吵架，也需要两个人独处的空间。我突然很后悔那一句插嘴，我完全没有料到方便面和他母亲的关系会这般糟糕。在我们这样的年纪，我们的言行往往会因为外力的作用，变得更加尖锐，成为和亲人彼此伤害的利器。也正是我那句插嘴，激化了他和他母亲的矛盾，这是我不愿意看到的。

直到走出那条巷子，我依然还能听见他母亲焦躁而紧张的声音中夹杂着"胖""废掉""美国"这样的字眼。

夜里十二点，我早已爬上了床，半梦半醒间，隐约看到手机屏幕亮了一下，弹出方便面的消息："对不起。"

我疲倦地半眯着眼，发了个笑脸表情后便再无动作，困到表情没发出去都不知道，直接与周公下棋去了。

[*Chapter 12* 我们是纯洁的革命友谊]

当我在纠结方便面和他母亲的事时，另一件事的爆发让我措手不及。

高湛被我放鸽子的事一下子在班上传开，传播者不是徐婧婧也不是魏雪，更不是高湛，而是大嘴巴熊帅。那天我跑了之后，方便面也跟着我一起跑了，估计是为了显得不尴尬，后来徐婧婧将熊帅和周大鹏叫了去。所以到了周一上学，早自习时间，熊帅这大嘴巴就将我放高湛鸽子的"英勇事迹"传播开来，当着一堆同学的面质问我为什么周六放高湛的鸽子没去打球，这一问让全班立即炸开了锅。

坐在最后一排的高湛面无表情地凝视着我，一双浓眉也微微蹙起，似乎也在等我的答案。全班同学都在翘首企盼我回应的时候，刚好上课铃声响了，于是同学们只能作罢，但是随之而来，手机QQ群里的消息直接爆了。

陆小白和王佳遥也在群里追问我是怎么回事，我只简短地回了三个字："下课说。"

同桌赵君还特地写了小纸条："你居然放高湛鸽子？怎么回事？"

我端正地回写了三个字：下课说。

这一节课，我如坐针毡，即使埋着头，也能感受到从四面八方射来的火热的窥探视线。

下课铃声响完，老师一说"下课"，没给同学包围我的机会，我便冲出了教室外，陆小白和王佳遥见机赶紧追了出来。我还没来得及跟她们两人解释这是怎么回事，熊帅和周大鹏便将我们三人堵在了楼道拐角处，一本正经地质问我："许晶晶，你是不是背着我和那个死胖子搞在一起了？"

我满脸黑线地看着他，这货居然没有叫我外号"荔枝晶"，而是喊我的名字。

前面关于放高湛鸽子的事还没有解释清楚，这又来一个爆炸的消息。果然，陆小白和王佳遥顿时凌乱了。

"等、等、等一下！什么叫晶晶跟死胖子搞在一起了？"

"死胖子是谁啊？"

"我去！死胖子就是康家伟啊！我们班除了他还有谁最胖？这事你们俩居然不知道！"周大鹏难以置信地看着陆小白和王佳遥。

熊帅紧盯着我，道："许晶晶，周六你答应高湛去打羽毛球，结果半路你就跟死胖子两个人跑了。魏雪说她和徐婧婧是在咖啡店碰见你们俩的，看见你们两个都带着球拍，就喊你们一起去打球，然后你们俩答应了之后竟然偷跑了。你和死胖子到底什么情况啊？你们俩是不是偷偷谈恋爱了？"

熊帅这么一说，再一次惊呆了陆小白和王佳遥两人。两人齐刷刷地看着我，面部表情再次布满了难以置信。两人急切的目光直射向我，仿佛在问：熊帅说的是真的吗？你什么时候看上康家伟了我们怎么不知道？周六又是什么情况？

我伸手挡住二人探究的视线，示意她们两人安静，等会儿细说。

熊帅接着道："许晶晶，你说话啊，你怎么宁可选死胖子也不肯选我啊？你不是喜欢高湛吗？你要是喜欢高湛，我也就认了，反正是个女生都喜欢高湛，我不介意你也喜欢高湛，甚至偷偷给他写情书，但是你怎么会看上死胖子啊？"

熊帅左一句"死胖子"右一句"死胖子"令我深深地蹙起了眉头，我很不客气地回道："熊帅，请注意你的措辞，别动不动就叫人家死胖子，这对人很不尊重。人家有名有姓，叫康家伟。"

"没想到你还有替他说话的一天，平时大家都这么叫他。行行行！我叫他伟胖子。"

"首先，我从来没有给高湛写过情书。其次，什么叫我跟康家伟搞在一起？我跟康家伟都带着羽毛球拍怎么了？碰巧被徐婧婧和魏雪撞见在一家咖啡店里怎么了？这就叫搞在一起吗？你跟周大鹏两个人天天腻在一起，孟不离郊郊不离孟的，咱们也没说你们俩在一起搞基呀？"

"我去！我会跟大鹏搞基？！"熊帅瞪着眼看向周大鹏，音调陡然拔高了几个音阶，"说给鬼听鬼都不信！就算西湖水干雷峰塔倒也绝不可能！"

周大鹏不停地点头。

陆小白和王佳遥扑哧一声笑了起来："谁知道呢？你们俩看着还挺配的。"

"你们女生真……腐得叫人无语啊！现在只要是两个男的对看一眼，你们都能YY啊。"周大鹏也是一脸无辜，顿时没语言了，这关他什么事啊？

熊帅更是崩溃，指着陆小白和王佳遥恼羞成怒地道："不关你们俩的事，闪一边去别打岔，净乱YY！我跟晶晶说话呢。"

我继续说道："我跟康家伟同学之间是清清白白的，我跟你跟高湛跟周大鹏，跟全班男生都一样，都是一起参加高考的纯洁的革命友谊关系。"

"既然都是纯洁的革命友谊关系，那你为什么要放高湛鸽子啊？你是不是一听我和周大鹏也去打球，就吓得不敢去了啊？"熊帅质问。

听了熊帅的话，我不由得挑了挑眉，总觉得哪里不对，但是又说不出来哪里不对："我去不去打球关你什么事？我不想去，为什么要去？再说了人家高湛都没有追着我问，你们俩干吗咸吃萝卜淡操心？！"

"我？"熊帅被我堵得一句话也说不出来。

"我警告你，这件事到此为止，以后要是再听你乱污蔑我和康家伟，我就到处说你跟周大鹏搞基！"如果不这样威胁熊帅，我今天是别想安然脱身了。

"我去！荔枝精你真是够了呀！"熊帅一脸崩溃。

"彼此彼此。哼！问完了没有，问完了给我让开！"

"厉害了我的姐！你狠！你请走先！"周大鹏迅速让了一条道。

我拉着陆小白和王佳遥迅速脱离了熊帅的势力范围。两个人将我拖向了另一处楼道的拐角，迫不及待地轮番轰炸我。

王佳遥说："许晶晶，你老实交代，你是什么时候又看上康家伟了？"

陆小白说："难怪上个周六、上上个周六约你出来，你都说自己没空。你为什么会跟康家伟一起打球？居然瞒着我们！说实话！"

我无力地翻了个白眼，道："唉，我跟康家伟真的没什么。"于是我将帮助康家伟减肥以及作为交换他辅导我功课的事前前后后原原本本地说了出来。

"不是我不告诉你们，是康家伟本身就低调害羞，不想弄得人尽皆知，到时候万一他没有减下来，不仅他会丢脸受到伤害，我这个监督者也丢脸好吗？谁知道那天那么倒霉地遇见徐婧婧和魏雪啊，非要拉着我们俩去打球，竟然还约了高湛。我都出来陪康家伟锻炼大半天了，已经累成狗了好吗？再去跟他们打球，那一定不是我打球，而是球打我。我是想不通高湛为什么突然在电话里喊我去打球啊，他连反驳的机会都不给我就挂了电话，我不想在他面前出丑，所以我就跑啦，谁知道康家伟也跑了。"

王佳遥说："原来是这么回事呀。难怪最近放学早，你都不跟我们一起呢。难怪我觉得最近康家伟瘦了点呢？原来是你帮他在减肥呀。"

我挑眉，不确定地说："他真的瘦了吗？我怎么看着他还是那么胖呀？都快一个月了，再不瘦，我都要失去信心了。"

陆小白拍了拍我的肩道："没想到咱们晶晶也有这么正能量的时候，千万别丧失信心。如果减肥是那么容易的事，这世界上也不会有那么多的胖子和减肥机构啦。作为好基友，我无条件支持你，以后谁要在背后乱嚼舌根，我一定第一个站出来。"

"我也支持你。"王佳遥冲我握起fighting的小拳头。

我感激涕零地拥抱了两人。

我回到班上，没人再追问我放高湛鸽子这事。熊帅给我编了一套说辞，大致就是一个小小的误会，以熊帅在班上大哥大的地位，其他人就算有疑问也不敢多事。而高湛始终也没有来问我那天放他鸽子的原因，我心里却一直觉得过意不去，不过一件小事弄得全班皆知，让他很没面子，于是我偷偷地往他抽屉里塞了一张纸条："对不起，那天实在太累了，所以先回家了。"

然而，我并没有等到高湛的"没关系"。我不禁自嘲，明明是我放人家鸽子在先，还有什么脸期待人家原谅自己。

班里的同学虽然不再提这事，但渐渐地大家看我和方便面的目光越来越好奇，或者说不是好奇，而是夹杂着一种不言而喻的暧昧。

通常这种事情曝出来，受伤害的总是女生，但不知是不是我神经大条，这件事完全影响不到我。看着就看着呗，反正我也不会少一块肉。

反倒是方便面变得有些惨。不知是因为他极力否认恋爱的事，还是因为熊帅看他不顺眼，总之他被男生抬起来玩"阿鲁巴"的次数越来越多。他依旧还是一副好心肠，宁愿裤子被磨破也不愿意挣扎伤到同学。

"你怎么就这么傻呢？我知道你不想举报他们，不想害他们被老师骂，但是他们这样也太过分了！"我实在是气不过打抱不平。

方便面说："也不只我一个人被他们抬，高湛也被抬过，熊帅也被抬过。大家学习压力这么大，也就是闹着玩呢，开心开心而已。"

"那被抬的频率一样吗？闹着玩？开心开心？你是不是傻啊？"我这干着急的。

"你就当我傻吧，也就裤子坏个几条，但我要是挣扎了，他们肯定要受伤的，搞不好还会进医院。"

"也就裤子坏个几条，呵！你还真是有钱任性！"

"其实有时候能用钱解决的事，都不是事，关键有很多事情，并不能用钱解决。"他叹了口气，目光悠远地望着远方。

那个时候我并不能理解他的话，而且一直很奇怪，康爸明明看上去那么穷困潦倒，可是他却总像个大款似的，永远有花不完的钱。

也许，我这辈子再也没有见过比他更傻更善良的人了。

"他们没有在你面前说什么吧？这件事情说起来都怪我。要不是我想要减肥，你也不会被大家说三道四的。"

"说就说呗，反正说了我又不会少块肉。我要是在意别人的眼光，早就活不下去了。我妈说了，我这个人呢没有别的好，就是脸皮比那城墙拐弯还要厚。"我弹了弹我那弹力十足的厚脸皮。

他一下子喷笑起来，说："走吧！去体育公园。"

"一起？"今天并不是约定锻炼的日子，不过因为班主任临时开会，所以早早地放了我们。

"嗯。"

"反正也没什么大不了的。"反正大家都知道了。

经过这件事我是想通了，并且决定以后放学之后，我就光明正大地和方便面一起去体育公园，陪他一起锻炼，不搞什么偷偷摸摸的小动作。反正无论我们怎么否认，别人也不会相信，与其无谓地解释，倒不如顺其自然。

虽然已经是寒冬，体育公园的足球场上依然有很多人，怎么也挡不住那些爱好踢球的人。

很多人一见着方便面就冲着他热情地打招呼，我这才知道原来方便面除了在和我约定的时间来这里练习跑步以外，每天都会来这里踢球。学霸就是学霸，锻炼和学习两不误。

方便面说："我先去跟他们踢会儿球，等会儿给你补习。"

"那我先背会儿单词。"我从书包里掏出英语书。

这寒冬腊月的天气，室外没法写字，但是不影响背书，清冷的空气反倒有助于头脑清醒。

我将羽绒服的帽子戴好，缩在一边开始背诵单词。背了一会儿，我就感觉凉气从脚底直往上蹿。长江流域的冬季最让人受不了，即便是我现在裹得跟个球似的，那冷风总是能找着地方往我的骨头里钻。

我只好站起来，一边背着英语课文，一边像只兔子一样蹦跶着取暖。这方法虽笨，但是有用，不一会儿，我全身都热了起来。

我解下帽子，顺便看了看球场上的方便面。身形肥胖的他在一群精瘦的伙伴里格外显眼，移动的速度也相较其他人略显笨拙。但他无比认真的眼神和泛红的面部皮肤，看得出他并没有丧气。队友激情的鼓励和呐喊，给了他勇气，他终于抢到了一个球。

我一下子紧张起来，跑到足球场边缘，挥动着小拳头。可是没多久，他脚下的球又被对方夺了过去，我顿时泄了气。不一会儿，他又重新拦截住对手，我又紧张起来。他抬起脚想将球传给队友，谁知这一脚不仅用力过猛，还射偏了，只见球又急又快，毫无预示地向我飞来，然后重重地砸在我的脸上，就是这么准！

我嗷的一声惨叫，丢了手中的英语书，捂住了我脸。

方便面紧张地跑来，顺道捡起我的书，道："你没事吧？"

我揉着被砸得很痛的颧骨，咬牙切齿地说："If I were your father, I would打死you！"

方便面一听，拧在一起的眉心顿时展开来，笑着说："还好，不仅能说英文，还能夹中，看来没被砸成白痴。"

我气愤地接过我的英语书，对着他咆哮："还好是我这个糙汉子，要是换成徐婧婧，看你怎么办？看个球都这么费劲。早跟你说了，让你打篮球，你偏要踢足球！有没有考虑过这球砸到人的力量都比篮球重？我现在没被砸成白痴，早晚要被你砸成白痴！我还好没去整容削骨，不然铁定被你砸歪脸了。"

他没说话，从眉心微拢到眉飞色舞，然后转身跑向队友。

我看着他那欢快跑走的身影，顿时觉得肝疼。我狠狠地拍着我的脑门，转身走向跑道旁的座椅。

冤孽啊！这家伙一定是猴子派来虐我的。

"晶晶，我带你去吃东西去。"不知过了多久，他的声音突然从我的身后传来。

我回转身凶巴巴地看着他，说："我不是那么容易就能被美食诱惑的人，哼！"

"我上次看见这附近有家新开的甜品店，环境很不错，橱窗里的慕斯蛋糕看着很诱人，刚好有点饿了，去尝尝。"他依然笑眯眯的。

"你还减肥呢？三句不离吃！整个没救了！"

"走吧，甜食可是能让人心情愉悦的哦！"他穿好了衣服，又开始没大没小地伸手勒住我的脖子。

其实在听到有好吃的甜品时，我就已经放弃了节操，屁颠屁颠地跟上他。

其实那家甜品店根本就不是什么新开的店，而是我们经常会在运动完了之后去做作业的小店。店面不大，却很温馨，而且我们早已和老板混熟了。

我一看是那家店，也没有生气，这家伙无非是想让我忘了脸上的痛。

我哭笑不得，他现在变得有些狡猾了。

我点了一块提拉米苏和一杯热可可，轮到方便面点单的时候，没想到他突然变克制了，只要了一杯热柠水。

"不错不错！有进步，懂得克制了。"我赞美他，愉快地挖了一大勺提拉米苏放进口中。

他忽然伸过手，替我抹了一下唇角。

我倏然瞪大了眼，身体僵住，像是被点了穴。

他很快反应过来这举动似有不妥，连忙收回手，垂下眼帘，抱着手中的热柠水喝了一口。

我轻咳了一声，连忙挖了两勺提拉米苏压压惊，可是心却一直扑通扑通地跳个不停。

很快我便吃完了蛋糕和热可可，我和他两个人一言不发，十分有默契地坐车回家。

回家的时候，天早已黑透。

我哼着小曲一蹦一跳地走在小区的小道上，忽然一个熟悉到不能再熟悉的声音叫住了我："许晶晶！"

我回头一看是徐婧婧，她背着书包，没想到她也这么晚才回家。

"你也这么晚才回来啊？"

她轻轻点了点头，说："我跟高湛、魏雪，还有熊帅、大鹏他们一起去图书馆了。"

"哦，不错啊。"其实我用脚底板也能想到。

"今天放学的时候，我看到你跟家伟一起走的，你们俩最近……走得挺近的。"她试探的语气十分小心翼翼。

"嗯。"我大方地承认。

她有些意外。

昏黄的路灯下，我清晰地瞧见她微愕的眼神，但很快她就恢复了神情。她笑了笑说："我和高湛几次都想喊你们一起温习功课，可是你每次都跑得比兔子还快，上次打球也是。我之前还有些想不通，是不是哪里招人讨厌了，现在我懂了，没想到我无形之中当了一次红娘，你要怎么谢我啊？"

我嘴巴微张，眉心微拢，没想到她脑补得这样厉害。我的面部肌肉慢慢松弛下来，微微勾起嘴角，从口袋里摸出一个棒棒糖递给她，道："喏，送你。"

这是甜品店老板见方便面瘦了，送给我的以示鼓励。

她接过剥开，放进嘴里，笑道："拿人手短，吃人嘴软，你放心好了，我一定不会告诉佳人阿姨的，毕竟你也帮过我，我也会帮你的。"

我微笑着回道："没关系，我妈就是知道了也没事的。"

我经常跟方便面视频进行作业辅导，佳人小姐已经习惯在我的电脑屏幕上看到那张圆圆的脸。其实最初佳人小姐在电脑屏幕上看到那张脸的时候，也是将信将疑的。但我不但解释了缘由还主动告知我偶尔也会去他家蹭饭，她像是看怪物一样瞅着我看了半天，然后冒了一句："看不出来你这么有爱心，下次我们家停电了，记得用爱发电啊。"

随徐婧婧怎么去想象好了，我也懒得解释了。不过这样一来，我也不用再同时面对她和高湛了。我会将对高湛的暗恋埋藏到心底，自己知道就好了。唉，一想到高湛最近看我的眼神，我也挺难过的。

"嗯。时候不早了，回家吃饭吧，拜拜。"她冲着我笑了笑，快步向前面的住宅楼走去，纤弱的身影很快消失在路灯下。

[*Chapter 13* 我们是正义的化身]

原本以为风波就这么过去了，谁知道这流言越传越广，不仅刮出我们班、刮过全年级，甚至刮向全校。让我万万没有想到的是，就连初中部的学弟学妹们都知道了。

这天刚放学，我和小白、佳遥刚踏出校门外没多久，就被四个身穿我校初中部校服的女生堵住了去路。哦不对！其中一个短头发的是男生，我差点忽视了校服颜色的不一样。

"你是不是许晶晶？"为首的小女生扎着双马尾，白净的脸蛋，看着就是个美人胚子，个头比我还高了些许，目测有一米七二。一个初中生就比我这高中生的个头还高，我压力很大，佳人小姐天天念叨我，强大的基因遗传也只能让我长这么高定型了。

"我是。什么事？"我不明所以地看了看他们四个人。其他两个小姑娘，一胖一瘦，眼神看上去并不是很友好。那个小男生的个头约莫和我差不多，一米六五左右，清清瘦瘦的，若不是校服颜色不一样，真难分辨雌雄。

纤瘦的小学妹开口："我们老大有事找你聊聊！"

小学妹指了指隔壁的巷子，于是我一头雾水地跟着他们走了过去。

胖胖的小学妹对小白和佳遥说："不关你们俩的事，你们俩最好离开。要是多管闲事的话，连你们俩一起揍。"

我和小白、佳遥三人一听，顿时震惊了！

我们学校算是N市里很不错的公办学校，很多学子挤破了头都想进我们学校。我一直以为校园暴力离我们很遥远，却万万没有想到这种事情某一天会发生在我的身上，而且还是被三个初中女生威胁。

我双眉紧蹙，问道："我能不能知道你们为什么要揍我？我跟你们无冤无仇，素未谋面，总得有个理由吧。"

小胖子学妹说："你长得又老又丑，不知道哪里来的自信，竟然敢放我们高湛学长的鸽子？！"

我差点一口老血喷出来，原来这几个小学妹是高湛的迷妹，知道我放高湛的鸽子，所以他们是来给高湛出气的。我以为这事就我们高中部茶余饭后说说得了，没想到竟然还传去了初中部。

出气归出气，可是为什么要进行人身攻击呢？姐姐我又老又丑？我哪里老？姐姐我明明正值十七岁的雨季啊。我哪里长得丑？！人生长这么大被人说得最多的是很清秀，长大应该是美人，今天却是第一次被人说我长得丑。这要是给佳人小姐听见，佳人小姐一定会带着两把菜刀砍他个片甲不留、血肉横飞。

小白和佳遥强忍着笑意。

我气不打一处出来："你们初几了？哪个班的？是不是你们老师给你们留的作业太少了，所以你们才这么闲得慌？"

小白终究是没忍住扑哧一声笑了出来。

小瘦子学妹憋红了脸，厉声说："你才闲得慌！"

"扑哧——"这回笑的是他们同行一直不说话的腼腆小男生，估计是跟来看戏，看着看着就是没忍住。

"笑什么？！严肃点！"小胖子学妹挥舞着她肉肉的小手，在小男生的腹部挥了一拳，然后又回头警告我："高湛学长不跟你计较，是他有风度，但是不代表我们不计较，你得罪他就是得罪我们。"

为首的漂亮小学妹说："今天我们就要替天行道，替高学长好好教训你。"

我不由得打了个激灵，那一瞬间，让我一度以为她们三个小丫头会突然一转身，伸手叉腰大喊："巴拉拉能量！呼尼拉！魔仙变身！"

小白笑得更夸张了，靠在我的肩头，拍着大腿说："哎哟怎么办？我快要笑疯了！居然还有比你更中二更智障的。"

我嘴角抽搐，不愧是"三千年开花，三千年结果"才修来的好基友，这都什么时候了，她们还不忘损我！

小瘦子学妹耳朵特别尖，对着漂亮小学妹中气十足地大声喊道："老大，她骂我们是中二智障！"

漂亮小学妹的脸顿时黑了下来，瞪了她一眼，叫那么大声，想让所有人都知道她们是中二智障吗？

小学弟又开始笑。

小胖子学妹说："别跟她们三个老女人废话了，直接揍她们！"小胖子学妹双手抱拳，捏得关节咔嚓咔嚓响。

"我去！说你老女人也就算了，竟然说我也是老女人？老娘明明二八年华，嫩得能掐出水来！"王佳遥满脸不服气。

"大姐，你get到重点了吗？重点是她们要揍我们！"明明我年纪最小。

"不就是打架吗？"就在我以为佳遥能撸起袖子干一票的时候，没想到她毫不犹豫地缩在我身后，拉扯着我的胳膊说，"怎么办呀？我不会打架呀。"

这也是一个"三千年开花，三千年结果"才修来的好基友！

"搞得我很会打架似的，姐也不会啊！"

小白终于停了笑声，卷了袖子，说："要干一票吗？"

我们三人互看了一眼，如果双方打起来，我们三对四显然在数量上占劣势啊。虽然《孙子兵法》最强一计第三十六计告诉我们"走为上计"，但是如果我们就这么跑了，那整个高中部的脸都要被丢尽了。人不能被别人欺负到头上了还这么尿，我们应该化为正义的化身抵抗这种校园暴力的不良行为。到底是干还是不干？！我们三人陷入了沉思……

然而三个小丫头并没给我们考虑的时间，漂亮的小学妹纤手一挥，小胖子学妹和小瘦子学妹就直接冲上来扯我的头发。

这女生打架千古永恒不变的规律，第一件事总是先扯对方的头发。难道女娲在造人的时候，给咱们这一头秀丽的头发除了是用来美之外，难道就是用来相互撕扯的吗？

我的头皮被拉扯得生疼，脸颊也不知在什么时候被小胖妞招呼了一掌，那啪的一声让小白和佳遥都惊住了。也正是这一巴掌，彻底将我打怒了。

是可忍，孰不可忍；忍无可忍，无须再忍！人生第一次打群架就得豁得出去。

虽然被佳人小姐从武术班拎去了舞蹈班，但是咱的基本功一直没丢，始终没有放弃跟舞蹈班对门的武术课。教练每次看着我趴在门口，讲课的声音就变得奇大，睁一只眼闭一只眼，让我跟在师兄师姐后面继续划拳。平时没事我也会在家练习练习，家里的沙包也并不是摆设，心情郁闷需要发泄的时候，我还是会捣弄几下的。女孩子多一门防身之术，防狼防盗，总归能用上。更何况这段时间我一直在陪着方便面锻炼，咱这身板也没闲着。

"喝——啊——我打！"我出手用力连续击打对方的肘部穴位，将小胖子按在我头发上的手肘成功震麻松开。

紧接着我手速很快，没等小瘦子学妹伸手，我便用我一双孔武有力的臂膀迅速卡住她和小胖子学妹的脖子，紧紧勒住，对着小白和佳遥大喊："擒贼先擒王！抓住她！"

漂亮的小学妹正在摆着老大的架势抱臂欣赏，被我这一反攻也给吓愣住了，没反应过来就被小白和佳遥勒住了不能动弹。

我用力地勒住小胖子学妹的脖子，吼道："老虎不发威，你当我是病猫呢！小小年纪不学好，尽搞小团体。知道你们几个今天干的这是什么事吗？知道后果是什么吗？"

小白和佳遥给我大大的赞，看不出来我这个废柴，当年学的武术也算没白练。

"你……吼啥？得意……啥？"小胖子被我勒得极其难受，伸手好不容易又抓住我的头发，使出吃奶的劲拉扯我的头发，我嗷一声叫了起来，立即松开了左手，小瘦子学妹趁机逃出我的束缚，去帮漂亮小学妹，跟佳遥缠上了，于是形成了僵局，双方开始喊话。

"放了许晶晶！"

"放了我们老大！"

"石磊，你站着干什么？过来帮忙！"

我们差点忘了对方还有个候补队员，那个文静的小男生。

小男生踌躇不定，不知该如何是好。

我看着那个叫石磊的小伙子，大声说："这位小学弟，看你为难的样子，我就知道你一定是被胁迫的。你知道现在校园暴力如果被抓，即使是围观也要连坐。你如果不想成为校园暴力的一员，就赶紧回家写作业吧。"

小学弟看着漂亮小学妹，十分紧张地说："李有晴，算了吧。"

漂亮小学妹的名字很有意思哦。你有情？那我就有意了。

"石磊，你不过来帮忙还说丧气话！你找死吗？！"李有晴妹妹被勒着胳膊不能动。

石磊小学弟说："他们班的熊帅你知道的，熊帅喜欢许晶晶……"

我瞪圆了眼，说："唉？小学弟，你瞎说什么呢？"咱们这打架又关熊帅什么事？

三个小学妹的脸色顿时变了。我胳膊下的小胖子明显颤了颤，仿佛受了什么极大的惊吓，立即松开她扯着我头发的手，开始拼命挣扎。小瘦子学妹也放弃了与佳遥搏斗，小碎步挪向石磊小学弟，站在了他的身边。小胖子也挣脱我的束缚跳到石磊小学弟身边。

我目瞪口呆，整件事情发生得都有些猝不及防。

突然，一个熟悉又热情的声音从巷口传来："许晶晶！"

真是说曹操曹操就到。

熊帅和周大鹏几个人从校门的方向拐过来，走到巷口。

几个小丫头一看见是熊帅，互对了眼神，打算开溜。我眼明手快，一下子捞住了李有晴。小白和佳遥顺势将小胖子和小瘦子拖住。

"放手！"李有晴小学妹有些丧气地怒吼一声，"许晶晶，你快点放手！你不放手，我就对你不客气了！"

"现在是谁被谁绑着了？我都替你尴尬，现在的孩子真是……"

熊帅大步走过来，说："许晶晶，你没事吧？刚才有人跟我说，你们一放学就被三个臭丫头堵着了。"

"哦，我没事啊。"我用手勾着李有晴的肩头，宛如好基友一般，"我们在跟初中的小学妹们聊人生呢。"

"是这样吗？"熊帅用怀疑的目光看了看李有晴，又看了看那两个小丫头和石磊，"我怎么听说这三个初中的小丫头经常闹事？还有你，哪来的小子？"熊帅一把抓过像个小弱鸡似的石磊。

石磊带着哭腔："大哥，不关我的事。"

"也不关我的事！"小胖子和小瘦子不约而同地说。

"不关你们的事还杵在这儿干吗？还不回家做作业去？你们老师给你们布置的作业很少吗？一个个闲得慌！"

这台词有点熟啊。

熊帅利落地骂完，小胖子、小瘦子和石磊以迅雷不及掩耳之势，如一阵风般消失在眼前，只剩下被我勾着肩的李有晴。

熊帅两眼直盯着李有晴，我明显感觉到李有晴身体的僵硬，感觉到她很紧张。

"你怎么抖起来了？"我好心地拍了拍她的肩，示意她放轻松。

她瞪了我一眼。

真是不领情！

"你是回家还是去哪儿？"熊帅问我。

"当然是回家啊。"还有一大堆作业要做呢。要不是被身边这个小丫头拖住，我早就到家了好吗？

"哦。那一起走吧，顺路。"

"你家往东，我家往西，哪里顺路？"

"陆小白和王佳遥她们俩跟你也不顺路啊，为什么她们俩能跟你一起走？还有这小丫头。"

李有晴在熊帅的手指下，又瑟缩了一下。

我护着她，对熊帅说："那你变性啊。"

"我去！"熊帅扒了扒头发，"我到底该拿你怎么办？"

小白和佳遥一下子喷了出来。这狗血台词从熊帅口中说出来的喜剧效果绝对可以媲美东北F4。

我无语问苍天，也不知是怎么的就招惹了这么个人。

"熊帅，我今天郑重地跟你说，你给我记好了！从明天开始，你最好给我离康家伟远一点，如果明天我再看见你欺负康家伟，拉着他玩什么'阿鲁巴'，我跟你没完！"说完，我揽着李有晴头也不回地走出小巷。

走出熊帅的恶势力范围，小丫头才敢挣脱我的手臂。她的三个小伙伴守在一边等着她。

小丫头凶神恶煞地瞪着我，道："许晶晶，今天你给我记好了！从明天开始，你最好给我离高湛远一点，如果下次要是让我知道你再纠缠高湛或者再伤害高湛，我跟你没完！"

这台词怎么也听着这么耳熟？怎么说个话连台词都抄啊？

这时，一辆银白色骚包的跑车突然出现在巷口。车窗缓缓落了下来，露出赵医生英俊的脸庞，只见他冲着漂亮的小学妹甜甜一笑，道："李有晴？"

李有晴小学妹正低着头很是生气，听到叫声脸上的神情明显一愣，然后叫了一声："赵……赵老师。"

差点忘了，其实赵医生除了是校医之外，还是我们的心理课老师，而我却喜欢叫他赵医生。赵医生也算是我们学校的一大特色招牌。繁重的课业、社会的压力，让学校非常重视我们莘莘学子的心理问题。

"你们几个……怎么这副样子？咦？许晶晶？！"赵医生忽然看见我，探出头来确认，"陆小白？！王佳遥？！你们三个怎么也在这儿？"

"赵医生，你下班啦？"我冲着赵医生友好地挥了挥手。

小白和佳遥也露出甜甜的笑容，开心地喊道："赵老师。"

然而赵医生剑眉一挑，道："你们三个……是不是欺负低年级学弟学妹了？"

我们三个无语凝噎。赵医生你可得擦亮眼睛说话啊，明明是我们被他们几个小孩儿威胁啊。

小胖子学妹立即跳过去，指着我们三人大声说："赵老师，她们三个高中部的欺负我们四个初中生，你看我的头发被她扯得。"小胖子学妹乱糟糟的头发像是顶了个大鸟窝，现在成了有力的证据了。

什么？真是猪八戒倒打一耙。

赵医生熄了火，下车顺了顺小胖子的头发，温柔地笑着说："小宁啊，我记得你很喜欢这个发型啊？"

胖妹子疑惑道："什么？没有啊。"

"啊，我怎么记得上个月，你们有个女生哭哭啼啼地说自己的头发被剪得难看，然后你说挺好看的、挺喜欢的。你这发型比那个好看呀。"赵医生摸着下巴，神情无比认真。

小胖子再也不说话了。

原来赵医生经常给她们这些问题学生做心理疏导，所以说赵医生永远都是学校的包打听。

赵医生面露柔光，一脸慈爱地看着她们三人，说："走吧，我送你们三个回去？"

"不用了！"李有晴第一个大叫起来，背着书包跑走了。

"赵老师再见！"她的三个小伙伴九十度鞠完躬也跟着一阵烟消失了。

赵医生看向我们，说："你们没什么事吧？没什么事就赶紧回家吧。"

我和小白、佳遥背着包离开，走了几步，我回过头看着赵医生，忍不住说："赵医生，我们三个没有欺负她们。"

赵医生笑眯眯地耸了耸肩说："刚才只是开个玩笑而已。"

"哦！赵医生再见！"

"拜拜！"

赵医生的车子很快消失在车流之中。

小白看着李有晴远去的身影说："看不出来熊帅在学校的势力很强大嘛。"

佳遥道："以前觉得他是个混世魔王，现在看着也不错。晶晶，你可以考虑一下，至少以后学校里谁再敢欺负我们，我们就报熊帅的名字。谁叫你是能让熊帅说出'我该拿你怎么办'的人呢。"

"陆小白！王佳遥！你们俩找死啊！"

因为一架之缘，我总是能意外地发现李有晴小学妹的身影，比如她在拦截其他小学妹的时候，比如她在教训其他小学妹的时候，甚至还有一次她欲使用剪刀剪人家女生的头发。号称"包打听"的佳遥打听到，漂亮的李有晴小学妹小学时候父母离异，一直跟着外公外婆一起生活，妥妥的问题家庭。所以，为了拯救这个孩子，我和小白、佳遥三个人总是在她作恶的时候，像程咬金一样半路杀过去，令她崩溃。

我们这绝对不是打击报复。

请叫我们三个火枪手，我们是闲得慌的正义使者。

[*Chapter 14* 打败白富美，爬上人生巅峰]

"荔枝精！"

好不容易等到下课，我和小白、佳遥趴在走廊的栏杆上伸着懒腰，欢快地聊着谁家的爱豆最近出了什么新专辑、演了什么新剧，谁知熊帅和几个男生像是组团打Boss一样打断了我们的聊天。

我也不知是哪里招熊帅看对了眼，从运动会我得了个五千米季军后，他就开始对我穷追不舍。之后，我不过是拿方便面做了人肉盾牌让他放弃，谁知竟然招来他阴魂不散的"报复"。紧接着，我凭我的一双虎臂制服了初中部那三个动不动就喜欢校园暴力的小孩儿后，他更是对我"青睐有加"，只要一瞧见我就两眼放绿光。

想来想去，只能想到他喜好"大力水手"这一茬儿，明明我长得这么娇小玲珑。小白和佳遥不停地恭喜我，毕竟我是他口中唯一的那个不知道"该拿我怎么办"的人。他发起的那些莫名其妙的攻势，在别人眼里，那举动是追求，可在我的眼里，这明明就是打击报复。你见过哪个追求者每天不分时间地点出现在你面前，动不动就当着众人的面，高声背诵泰戈尔的诗的？这究竟是什么套路？我喜欢泰戈尔的诗，可不代表我喜欢听你背啊，我真的不是很懂。

我的心理阴影面积越来越大，好几次下课，我一瞧见他冲着我走来，我便咻溜地钻进了女卫生间。看来今天我也得施展屎遁术了。我拉近小白和佳遥两人挡在我的前方，说："你们俩帮我挡下先！"说完我头也不回，直奔女洗手间。

然而，以熊帅和周大鹏几个男生的力气，小白和佳遥两人就像是被拎小鸡一样拎到了一旁。

我躲在女卫生间里，时不时探个头。

熊帅吃了秤砣铁了心地无聊透顶，一直堵在公共洗手区。我不禁想，什么时候才能轮到我们女生将男生堵洗手间里出不来啊？

今天的上课铃声为什么这么久还不响？卫生间里也几乎没什么人了。

就在我焦躁地盼着上课铃声快点响时，我听见熊帅跟周大鹏吐槽说："哎？最近荔枝精怎么一下课就往女卫生间奔啊？"

周大鹏道："你最近一看见她就像绿头苍蝇发现了烂腿一样扑上去，人家能不被吓着吗？"

熊帅说："去去去！你才绿头苍蝇配烂腿？会不会说人话？信不信我怼死你？就不许人家是传说中的大姨妈来了啊？"

周大鹏斩钉截铁地说："荔枝精绝对没有来大姨妈！"

熊帅疑问："你怎么知道？"

周大鹏说："你忘了那谁根据每天女生下课上卫生间的频率，还有上体育课请假的频率做了一张咱全班女生的生理周期表吗？我上次扫了一眼，荔枝精的大姨妈应该是在月中，这马上都要元旦了，你这算算日子，早过了啊。"

我去！这简直是爆炸性的消息！我刚还想这周大鹏怎么这么牛，连我哪天大姨妈大驾光临都知道。原来这些男生，居然背地里排算我们女生的生理周期表！真是太猥琐了！太人神共"粪"了！太不能忍了！

我怒气冲冲地跳出去，道："熊帅！周大鹏！你们男生真是猥琐到家了！居然排我们女生的大姨妈周期表！真是不要脸！"

熊帅和周大鹏见我忽然跑出来，同时愣住了。

"吾光我系啊，我咩都母鸡哦。"周大鹏摆摆手，说完一溜烟地跑走了。

熊帅看着我，支支吾吾地说："也不关我事，你刚也听到，我只是听说。"熊帅说完也一溜烟地蹿掉了。

我咬着牙齿，气愤地掏出手机，给小白和佳遥发了信息："姐怒了！"

我只顾着低着头发消息，也没有看着前方的人，刚发了三个字就一头撞了上去，手机直接被撞飞了出去，啪的一声掉在地上，完美地翻了几个跟头滑了半米远。

我抬起头看向来人，竟然是高湛。我和高湛面对面站着，我一心盼着的上课铃声突然就在此时响了，走廊上的同学们三三两两地奔进各自的教室，我郁闷的心情已无法用言语表达。

"对不起！我……我刚才忘了看路。"我紧张地看着他，说话都有些结巴，也完全忘记要捡起手机这件事。

"没关系。"他淡淡地笑了笑，弯身替我捡起手机。

"谢谢。"我刚想伸手接过手机，谁知高湛的手直接翻转落下，将我的手机就这么紧攥在手里不给我。

"哎……你……"我一脸蒙圈地看着他，不明所以。

这时，我身后传来了一块五毛的声音："上课了！你们两个没听见铃声吗？"

听到这一声，我整个后背一紧，全身的汗毛都要竖起来了。我也顾不得拿手机，向教室方向快步跑去，可是没跑两步，就听到一块五毛问高湛："你手里抓的是什么东西？是手机吗？"

"高老师，对不起，请原谅我这次，明天我保证不会带手机到学校。"高湛的声音虽低而轻，但是依然一字不落地飘进我的耳里。

我的脚步变得极其沉重。

为防止同学们沉迷于游戏，学校严禁带智能手机、iPad和其他电子产品到校，一旦被发现，不论什么原因，一律没收叫家长。我终于知道高湛为什么没有及时将手机还给我，他这是在替我顶包啊。可是，我的手机外壳是个粉嘟嘟的小兔子，竖着两个又长又萌的耳朵，不管怎么看，一眼就能看出这一定是个女生的手机啊。

我带着一颗沉重的心匆忙走进教室。

物理蒋老师已经站在讲台前，让我赶紧回座位，开始讲解上节课做的试卷。

经过小白的座位时，她不停地冲着我直眨眼。不仅是小白，佳遥也冲着我不停地"暗送秋波"。我当然知道她们俩的意思，但是我已经不想也没法解释我为什么怒，我更加担心的还在教室外替我背了锅正在被一块五毛训斥的高湛。

我坐下，眼睛忍不住瞄向教室门外，这时，一块五毛从教室的窗前走过，冷不丁视线扫向教室内，看了我一眼，然后走向隔壁二班，我心虚地低下头。

终于，高湛进了教室，蒋老师让他尽快回到座位上。他在经过我座位的时候，装作不经意地把手机放在我的课本上，然后回到座位坐下。

我将手机悄悄地塞进书包里，忍不住回头看了一眼高湛，他一脸认真地看着黑板，丝毫不受手机事件的影响。许是感受到我焦虑的目光，他浅浅地露出一个微笑，仿佛是在说：不必担心。

我稍稍安心，暗吸了一口气，回过头开始认真听讲。

蒋老师每次上课之前，都会花几分钟讲讲他今天遇到的奇葩事，言语幽默风趣，所以同学们都很喜欢蒋老师的课，今天他的开场白也不例外。

"在讲评试卷前，我先跟大家讲一个故事，这个故事是个真事。昨天下班后，我太太让我捎一杯奶茶回家。但是等我到了奶茶店后，我发现我忘了我太太要喝什么口味的，刚好手机又没有电了，所以我让服务员给我推荐。服务员不停给我推荐的时候，我就开始不断地在选择中回忆我太太究竟要喝什么，最后我拎着一杯乌龙珍珠奶茶回家，我太太把我臭骂了一顿，因为她要的是焦糖玛奇朵。我感到十分无辜，明明选了很久，明明觉得她点的就是乌龙珍珠奶茶，怎么会是焦糖玛奇朵？"

同学们都笑了起来。

蒋老师便问："所以从这个事中，你们悟出了什么样的道理？"

同学们开始七嘴八舌地回答。

"女人就是善变。"

"女人心，海底针。"

"错！"蒋老师笑着摇了摇可爱的食指，"我用亲身经历告诉你们，就是要让你们知道一个道理，在遇到选择题时，最初先筛掉两个，还剩下两个不知道怎么选择时，那么，你觉得哪个是正确的，你就选另外一个，因为你的第六感觉一定是错的，就像我替我太太买奶茶一样。"

同学们集体哄堂大笑。

蒋老师笑着继续说："如果有的同学说，那要是四个答案我都不能判断怎么办？那就像我给自己买奶茶一样，看着那个菜单中哪个品种顺眼，就买哪一个。因为不管怎么选，你都是不会。"

班上的笑声此起彼伏。

"还有最重要的一点，考试的时候不要去抄人家的，因为，第一，你不一定看得准；第二，人家也不一定写得对。人家写了A，你看成了B，然后手一抖写成了C，结果答案居然还选D，这就悲剧了。"

我的同桌赵君笑得合不拢嘴，还忍不住掐了一下我的大腿，企图寻找共鸣。我跟着她呵呵傻笑了两声。

"好了，笑话就讲到这里，下面我们开始解题。"蒋老师忽然指着我的同桌，和蔼可亲地道："这位同学，刚才你笑得那么开心，你告诉我你觉得第一道选择题应该选择什么？"

赵君立即捂嘴收了笑声，脸涨得通红，不停地用手戳我。我不停地闪躲，低着脑袋，生怕被老师看见后点名，然而我还是幸运地中了头奖。

"这位同桌同学刚才笑得也很开心，既然你同桌答不上来，一直戳你，那你来答吧。"

我瞪了一眼赵君，都怪她。赵君如获大赦，高兴地坐下，幸灾乐祸地望着我。

我站起身，看着卷子上答案D上被画了个大红叉叉，头脑依旧是一团乱，根本就不会解，如果会解，也不会得个大红叉叉了……我只好厚着脸皮说："老师，我不会……"

蒋老师和蔼地笑道："好吧，这位同学非常诚实。"蒋老师的幽默又迎来了同学们新一轮的笑声。

我咬着嘴唇羞愧地坐下。"诚实"？殊不知就在上课前，我还让同学背了黑锅呢。

"我没有想到第一题全班做对的人居然不超过一只手。"

蒋老师虽然没有报名字，但是全班同学集体回头看了一眼方便面和高湛，这一只手当中铁定有他们两人。

我看着试卷上的大红叉叉，又瞄了一眼隔壁同桌赵君的卷子，果然也是一个大红叉叉，我再瞅一眼后面两个同学的卷子，竟然都是红叉叉。

蒋老师道："嗯，其实这是一道送分题，我已经讲过好几遍了。"

蒋老师继续他幽默风趣的教学，详细地讲解了那道选择题。

我整个人看上去像是在无比认真地听课，但是只有我自己知道，这一节对我来说就是废的，因为我完全听不进去蒋老师在说什么，心里只装着愧疚。

直到下课，我才敢将手机拿出来，陆小白和王佳遥从开始追问我到变成调侃我的信息刷满了整个屏。握着手机，我想找高湛跟他说一声对不起，害他背锅，但是我一回头，座位上早没了他的人影。

小白和佳遥站在我的桌前。

小白说："唉，刚才蒋老师说的你都听懂了吗？"

佳遥说："呵呵，他讲的笑话我都听懂了。"

我跟着干笑了两声，因为我上课根本就没有听。我纠结了半晌，忍不住说："有件事，想跟你们俩说……"

"什么事？"

我拉着小白和佳遥走出教室，走到走廊拐角，将上课前发生的事说了出来。

佳遥一脸惊艳地望着我，满满的不可思议，激动得像个小花痴一样又叫又跳："高湛真不愧是全校女生心目中的男神！"

小白听完，却是一脸认真地看着佳遥说："遥遥，你有没有觉得高湛可能喜欢晶晶呀？"

我一听，差点被自己的口水呛住了："咳咳咳，小白，你是在说天方夜谭吗？"

佳遥停止花痴，一本正经地想了想说："唔，也不是没有可能，总觉得高湛有些怪怪的。"

小白无视我，继续看着佳遥说："我还记得之前秋季运动会，你跟我说，高湛特地堵了晶晶的路，就为了给她加油。"

佳遥激动地道："对对对！"

小白又说："不仅运动会，他还替晶晶捡过笔袋。话说我亲眼看见过有女生故意走到他面掉东西，但他没有捡，而是看都不看一眼就绕开了走。运动会上那么多同学，他谁都不给加油，偏偏给晶晶加油？还有，前阵子他邀请晶晶打球，都不给晶晶拒绝的机会，虽然晶晶最后还是无情地拒绝了他，但是也沸沸扬扬地闹腾了很久，而其他女生送个月饼情书什么的很快就没什么事了……今天他竟然还替晶晶背锅！这些一连串的事加起来，不觉得很奇怪吗？"

小白有理有据。

佳遥附和："这么一说，回想起来，高湛对晶晶真的不一样。他从来不会看着我们笑，但是他会看着晶晶笑啊。"

"没错！"小白手掌一拍。

两人一唱一和，煞有其事，我赶紧打断说："你们俩真能YY，越说越悬乎，他怎么可能会喜欢我？"

"为什么不可能？！"两人异口同声地反驳我。

我的心一下子漏跳了一拍，有些结巴地道："他……他看着我笑，是觉得我很好笑吧。因为只有我会卡门，会跌成狗吃屎。运动会他特地给我加油也根本不成立，因为他下了赌注啊，他赌我赢啊。替我捡东西么应该是顺手，也许别人掉东西的时候他路过赶时间呢。再说了，他放学后经常跟徐婧婧在一起，两人也经常一起温习功课，你们俩也都看到过。他打比赛训练，徐婧婧都会陪着他，那次打球能叫我不也是因为徐婧婧吗？"

小白和佳遥终于沉默了。

这时，走廊的另一端突然传来了熟悉又严厉的声音，是一块五毛高老头："许晶晶，你到我办公室来一下。"

该来的果真还是要来。

我硬着头皮，丢下小白和佳遥奔向教室办公室。

"报告！"

"进来。"高老师严肃地看了我一眼。

我战战兢兢地走进办公室，在几位老师异样的目光下走到高老师的面前，双手攥得紧紧的，全身开始打着哆嗦，感到一阵阵寒意。

高老师用红笔将最后一本作业本批改好，连同全班的语文作业本一起交给我，说："帮我把这个发下去。"

"啊？"我呆若木鸡地望着手中厚厚的一叠作业本，怔了半晌才反应过来，"好的。"

高老师一脸严肃："期末考试要好好考，最近进步很大。"

我愣了半晌才反应："哦，好的。"

"去吧。"

我憋红了脸，抱着作业本，快步走出办公室直奔向教室，心口一直在扑通扑通地跳个不停。

小白和佳遥调侃我这是抢了语文课代表的饭碗。哼！她们不知道这是一块五毛"爱"的特别提点。

放学后，方便面一直等着我打扫完卫生才一起离开，然后有些担忧地问我："下午，高老师叫你去办公室没事吧？"

"我倒没什么事。"只是有人应该"有事"。这一问，又让我想起了高湛。

我一直想着跟高湛说声对不起，但是一下课他就不见了，放学后也真是跑得比兔子还快。

出了校门口，告别了小白和佳遥，我正准备和方便面往车站走去，这时有个高瘦的影子挡住了前路。

"许晶晶。"

我讶异地看着前方我寻找了三节课的人影，正是高湛。我以为他早已经回家了呢，没想到还没有离开学校。

"啊！高湛，我找了你三节课。"我难掩激动的心情。

高湛拧着眉头，看了一眼我身边的方便面，欲言又止。

方便面看了看我，又看了看他，立即明了，道："你们俩有话说啊？有话说，那我就先走了，不等你了。"

我挠了挠头，总觉得哪里怪怪的，但是又觉得没什么不对，像个木头似的回应他："哦。拜拜。"

看着他壮实的身影消失在马路对面，我这才回过神来看着高湛，开始紧张。

这时，天色已晚，路两旁的路灯全都亮了起来，昏黄的灯光打在他俊朗的脸上半明半暗的，他脸上的表情叫人看不真切。

我咬了咬嘴唇，满脸愧疚地说："对……对不起啊！高……高湛，要不是你今天替……替我背锅，我手机……可能就被高老师没……没收了。谢……谢谢！对……对不起啊！高老师没……没有批评你吧？"我怀疑我跟方便面在一起待多了，染了他遇见徐婧婧就结巴的坏毛病。我的耳朵根已经开始发烫，真丢人！

"我没事。你是不是很冷？"他忽然问，声音低沉得好听。

"啊？"我眨巴着眼看他，"还好啊。不冷。"

"冷就把帽子戴上吧。"他突然伸手将我身后羽绒服的帽子拉上。

"哦，谢谢……"我一下子蒙了，耳畔突然响起下午小白和佳遥的对话：高湛喜欢你！

不可能的！我不禁浑身打了个哆嗦，拉上了帽子，耳朵更加烫了，不仅不冷，还很热，可是我又不好意思将帽子拉下去。

蓦地，他拿出一张纸条，问我："这个是你写的吗？"

我一看，是我写给他的道歉条，立刻点头说："是的，是我写的。对不起，我那天不是有意想放你鸽子的。因为有点累，所以我想回家洗澡休息。对不起啊，害你这段时间被同学取笑了。我真不是故意的，也不知道事情会变得这么复杂……对不起。"

"那这个是你写的吗？"他答非所问，突然又拿出另一张字条，不，确切地说，那是一封情书，而且还是一封用英文写的情书。

"什么？"我仔细一看，竟是那封传说中以我的名义写的情书——《世上最遥远的距离》，他竟然将这封情书保留至今？

"呃……这个真不是我写的。"我嘴角微微抽搐。虽然这封情书不是我写的，可是当事人这样问我，还真是挺尴尬。

"真的不是你写的？"他又追问一遍，两道浓眉如剑，拧在了一起。

"真不是我写的，我可以对天发誓。"我怕他不信，举起了右手，"你看我写的sorry，和这几行英文字的字体不一样啊。"

"真的不一样……"他低低地嘟囔着，声音低得就像是一阵风轻柔地刮过来。

可我还是听见了。我下意识地又瞅了一眼那几行娟秀的英文字，等等！这个字体怎么这么熟悉？我好像在哪儿见过！

我还没来得及细看，便听他道："算了。"他嘴角抿成了一条线，神情有些恼，顺手将那封情书揉成一团，捏在手掌心内。沉寂了半分，他将那张小纸条用力地丢在路边的垃圾桶内。

我嘴角抽动，盯着他看了又看，小心翼翼地说："对不起啊，高湛。"

他抬眸望着我，目光如炬，沉默不语。

不知为什么，被他这样看着，我心里有些发毛。我道歉信写了，当面也说对不起了，但是他为什么还这样看着我呢？难不成是放鸽子的事给他心理造成了巨大的伤害，想揍我？

就在我不知该如何是好之时，他忽然问："今天高老师找你，没有批评你吧？"

"哦，没有。就是叫我去拿作业本，然后把作业本发了。"我如获大赦，暗暗吐了口气。

他终于弯起嘴角，轻柔地笑了笑，说："那就好。我送你回家吧，天已经很黑了。"

哎？什么？

"啊，不用啦。你家跟我家不在一个方向啦，你回去不方便的。"我挠了挠头，男神主动要送我回家，我内心是无比激动的，但是天色这么晚了，得要考虑人家的情况，我可不能这么厚脸皮。

"没事。我去过你们小区。"

"真的不用，我自己一个人可以的。"我连忙又摆了摆手。

他回头看了我一眼，神情有些古怪，道："你可以和康家伟一起回家，为什么我就不能送你回家呢？还是说你真的像他们说的那样，和康家伟在一起了，所以要避嫌？"

"啊？"我惊讶万分，连忙摆手解释，生怕他误会了，"没有！没有！我跟康家伟真的只是纯洁的革命友谊关系，我跟他……"

"没车子了，赶紧过马路。"

他抓着我的衣袖将我拉过了马路，速度之快，令我根本反应不过来。甚至在过马路的那几秒钟时间，我一直盯着他的后脑勺，思绪一下子飞出了天际……男神竟然牵着我一起过马路，天哪——

过了马路，直到车站，高湛才松开手。恰巧，公交车来了，他又说："车子来了，先上车。"

我的魂魄终于又回到了体内，呆若木鸡地跟着他一起上了公交车，连刷卡都忘了，回头想要拿月票去刷卡，又被他一把抓住了："我刷过了。"

"哦哦哦，谢谢啊，我给你钱。"我从口袋里摸出零钱，正要掏硬币给他，孰料司机一个急刹车，我重心一个不稳，直往前面栽去。幸好高湛眼明手快，一把将我拉了回来，就这样，我毫无预示地直直地撞进了他怀里。

就像是洗脑韩剧似的，男主角稳稳地接着了女主角，抱在怀里。

那一瞬间，我的大脑一片空白，心脏一直在扑通扑通跳个不停，即便是四处滚落的硬币叮叮当当的响声也没有能唤醒我的大脑。

"上车就赶紧找地方坐下来，这么多空位。"司机焦躁的声音从驾驶室传来，一下子惊醒了我，我赶紧推开高湛。

"对不起。"我顾不得去捡硬币，低着头随便找了个空位坐了下来，脸颊滚烫。

真是丢死人了！我还有脸嘲笑方便面呢，结果轮到自己的时候蠢得无边，在不合宜的时候干了不合宜的事。

高湛一手扶着座椅，一手替我捡起掉在车厢里的硬币。车上为数不多的乘客热心地帮着忙，而我满脸通红地端坐在座位上，目不斜视。

"那个小帅哥，你赶紧找地方坐啊！待会儿刹车撞到你，我可不负责啊。"司机师傅的声音又传了过来。

"马上就好！"高湛利落地将最后一个硬币捡起来，然后坐到我的身旁，递给我道："还有一个掉在后门拐角处，不太好捡。"

"没关系，不用捡了，太危险了，不要捡了。"我给了他两块钱硬币，"谢谢！给你，车票钱。"

他斜睨了我一眼，更像是白了我一眼，将脸转向一边不说话。

我只好将硬币收好，说："我脸皮很厚的，你不要就算了哦，我跟你讲待会儿你就算开口跟我要，我都不会再给你的哦。"

他轻轻地笑了起来，声音不大，听在我的耳朵里就像是夜莺的歌声一样动听。虽然我没听过夜莺的歌声，但书上就是这么写的。

我也憨憨地跟着笑了起来。

笑声终于打破了刚才尴尬的气氛。

他转过头来，看着我，说："你好像最近进步很大。"

我笑着说："嗯，要谢谢方便面，他最近一直在帮我补习功课。"

他疑惑地道："方便面？康家伟？"

"对啊，你不觉得他头发卷卷的，然后又姓康，刚好就是康师傅方便面吗？"

高湛扑哧一声笑了起来，道："康家伟没有抗议吗？"

"抗议啦！可是抗议无效啊。我本来想叫他康师傅的，可是被他严词拒绝了，所以还是叫方便面吧。"

高湛笑着说："很有意思的外号。他一直在帮你补习功课，所以你们经常放学一起走？"

"唔，我跟你说，你千万不要跟别人讲哦，尤其是熊帅那个大喇叭，因为我不知道这事能不能成。"

"你说。"

"其实我在帮助康家伟减肥，作为报答，他帮我补习功课。"我对着手指。

"这样，难怪我觉得他最近瘦了好多，原来是你在帮他减肥啊。"

"啊？你也觉得他瘦了吗？你们怎么都觉得他瘦了，我却一点也看不出来？"

"你们？除了我还有谁？"

"还有小白和佳遥啊。"

"哦。瘦了，真的瘦了不少。你看不出来，可能是冬天校服的原因吧。你也知道校服有多肥大，差不多能塞下两个人，但是他的脸真的没有以前那么圆了。"

"真的吗？太好了！"我激动地握拳，看来这两个月在体育公园喝西北风没有白喝啊。待会儿回家，我要给方便面发信息，让他找个磅秤称一下体重。

高湛一直看着我，浅浅地笑着。

"我脸上有东西？"我摸了摸我的脸。

"没。"他收回视线，忽地起身，"下车了。"

"哦哦。"我跟着他下了车。

他一直将我送到小区门口。

我说："你赶紧回去吧，还有一大堆作业要写呢，谢谢你了。"

"没事，我送你进去，你们小区的灯好像有点暗。"他瞅了瞅大门内黑不溜秋的小径。

这情形……有点似曾相识。我不禁想起方便面那次送我回来的情形，也是这样婆婆妈妈，生怕我一个女生在家门口被人给害了。算了，男生比我们女生还能纠结，送就送吧。

高湛一直将我送到楼下，我再次感谢他："我到楼下啦，你可以回去了。"

他点了点头，瞄了一眼我家的方向，阳台的灯正亮着，他忽然说："许晶晶，后来放学你怎么就没再跟着我、熊帅和大鹏？"

"我跟着你和熊帅、大鹏？没有吧……"若说跟踪，是有，但那也是答应帮徐婧婧的忙，这是怎么回事呢？

"算了，当我什么都没说。对了，以后有空我和熊帅、大鹏喊你一起出来玩，你不会再跑了吧？"

我不好意思地笑了起来，说："只要不累，都没问题。"

"好，那说定了，你赶紧上去吧，明天见。"

我冲着他挥了挥手："明天见。"

直到看着高湛的身影消失在夜幕中，我既满足又失落。这就是我喜欢的、暗恋的滋味，恋人未满，友达以上，一切都是那么美好！

我脑子里忍不住再一次浮现出小白和佳遥说的话，如果她们俩知道今天高湛不仅在校门口等我，还送我回家，甚至还送到了楼下，一定会坚持说他喜欢我吧……

我甩了甩头，深深地叹了口气，告诫自己：许晶晶，别自作多情了，那是不可能的事，像现在这样就好。

我转过身，准备回家，谁知一转身就被背后一个身影吓了一大跳。

我拼命地拍着胸口，借着头顶上方昏黄的路灯，我终于看见了那个身影，竟是魏雪。不仅她一人，她身后还站着拎着垃圾袋的徐婧婧。

我拧起眉心，有些恼怒地对魏雪说："你知不知道，你这样能吓死人？"

昏暗老旧的路灯一闪一闪的，微弱的灯光自上而下投影在魏雪的身上，她脸色阴沉，手中还拿着开着电筒光的手机，这样子在这个黑夜里看起来有些可怕。

蓦地，她冷笑一声："不做亏心事，不怕鬼敲门。"

我眉尾一挑，道："我做什么亏心事了？"

她尖酸地道："许晶晶，真是小看你了！扮猪吃老虎，你可真有一套。脚踏两条船也是毫不犹豫……"

"等一下！"没等她把话说完，我便忍不住比了个手势，打断了她，"什么叫我脚踏两条船？"我到现在一条船也没有上过好吗？熊帅那么能纠缠，我都恨不能一脚踹飞他。别瞎污蔑人好吗？

魏雪瞪圆了眼，蔑视地看着我，怒道："你都已经跟康家伟在一起了，为什么还要招惹高湛？一面装着不喜欢高湛，拒绝他，放他鸽子，一面却在背地里勾搭人家，跟他有说有笑的，还让他送你回家。枉那个胖子天天等你放学，你却跟别的男生一起回家，还说不是脚踏两条船？你可真是会欲擒故纵呢！"

这一次我耐着性子听她指责完，才开始反驳："我什么时候说过我跟康家伟在一起了？请你不要肆意进行人身攻击，人家胖不胖关你什么事？还有，我跟谁一起回家关你什么事？你太平洋警察吗？比老美管得都宽！"虽然我有时候二、有时候明傻，有时候还会要强，总的来说还算是个很平和的人，从不跟人结怨，也鲜少会跟人口齿发生冲突，但是面对像魏雪这样一再而再而三挑衅的人，我是忍无可忍，无须再忍。

魏雪的面部表情骤然变得有些狰狞："我就是看不惯你这样的心机汉子婊！扮猪吃老虎！一天到晚跟男生打情骂俏，四处招惹，勾三搭四。熊帅、康家伟、高湛……一个不够，要几个！从学校到你家，就这么点路，你不认识吗？你明明知道徐婧婧和高湛……"

"魏雪！"站在魏雪身后的徐婧婧终于出声阻止了她。

魏雪不情愿地扭了扭头，跺着脚道："我早就跟你说过，她心机很深的，你偏不信，现在亲眼看见了吧？今天不是高湛没空，而是约了她，要送她回家。"

徐婧婧也板起脸斥道："好啦，你不要再说啦，大家都是同学。"

我望着徐婧婧，她从头至尾一副波澜不惊的模样，任凭魏雪冲在前面叫嚣。我的脑子里突然浮现了另一个小女生的身影——李有晴，与徐婧婧重叠，但很快我就将两人的影子打散，李有晴的行为都不足以描绘徐婧婧。

我也终于明白，为什么我从小就看不惯徐婧婧，并不只是因为她是佳人小姐一天到晚口中提及的那个"别人家的孩子"，而是从小到大，她为了得到某样东西或是达到一个目的，从来都不自己出手。比如几个小女生同时看中一个漂亮的蝴蝶结发夹，最终都只会戴在她的头上；比如大伙儿都喜欢看一本有趣的漫画书，最终拿到手的一定是她；比如大伙儿一起想要吃的蛋糕，她永远都是吃第一块……这是存在我脑海里根深蒂固的记忆，小的时候我不懂为什么，只知道莫名地讨厌她，而现在我总算是弄明白了。像魏雪这样头脑简单的枪子，从小到大，她不是第一个也不会是最后一个。从某种程度上来说，徐婧婧是个不露声色手段更加高明的李有晴，在我看来李有晴都比她要光明磊落，她就像是一只躲在暗处的老鼠，伺机钻出来咬你一口。

我弯起唇角，有意无意地嘲弄她："魏雪是你的新任代言人吗？"

"许晶晶，你还是这么会开玩笑。"徐婧婧甜美地笑了笑，将手中的垃圾袋扔进了一旁的垃圾桶里，逃避我的问题。

她永远都可以这样看似完美地逃避开来。

魏雪说："你干吗不把垃圾扔她脸上？"

我转向魏雪，不疾不徐地道："魏雪，其实你也喜欢高湛吧？"

路灯下，魏雪的表情一下子僵住了，说话的声调都有些颤抖："许晶晶，你……你胡说八道什么呢？"

魏雪条件反射地看了一眼徐婧婧，徐婧婧依旧还是刚才的表情，丝毫没有变化，我不禁有些佩服她。

"徐婧婧一点都不紧张的事，反倒是你这么紧张，每次都是你在怀疑我质问我，那种语气就像是我抢了你男朋友一样。"我耸了耸肩。

魏雪倏然盯着我，有些歇斯底里，道："许晶晶，你什么意思？你少在那儿污蔑人！婧婧啊，你别听她胡说八道！我只是看不过她，打抱不平，你知道我脾气的。"她望着徐婧婧，十分着急。

"哎呀呀，其实我挺喜欢你这种直来直往的个性的，想说什么就说什么，你怎么说变就变呢？喜欢高湛的又不是你一个，"我走近魏雪，友好地拍了拍她的肩头，却被她打开了，"喜欢高湛的女生多了去了，我们班，我们整个高二年级，乃至整个高中，哦不对，应该是全校，我差点忘了初中部的小学妹们，像你这样直来直往的性格，喜欢他嘛，就去光明正大地表个白嘛，大不了被拒绝，没什么大不了的事啊。我被大家嘲笑这么久，也没有少块肉哦。"

"许晶晶，你够了！你闭嘴！"魏雪压低了声音吼道。

"你们俩别吵啦！魏雪，你早点回去吧，我送你去车站。"徐婧婧拉着魏雪。

我装作没听见，接着说："魏雪，你这样天天缩着，高湛永远看不到你呀。你真的该好好向你的好基友徐婧婧学习学习。"我立即转向徐婧婧，半开玩笑地道，"话说回来，拜托你以后写情书直接落款中文'徐婧婧'好吗？整什么汉语拼音？让人误会了多不好。我现在可以替你背锅啊，可是高中毕业之后怎么办呢？"

我终于在徐婧婧的脸上看到了一丝细小的变化，但是很快又一闪而过，我想我长这么大从未像现在这么恶毒过。虽然我有时候二，但是不代表我一直都二，别人敬我一尺，我得还人一丈。

魏雪看了看徐婧婧，然后一副傻白甜的模样看着我，问："你刚才说的是什么意思？"

"魏雪，你千万别变啊，要继续保持你的耿直girl风啊。若是你表白了，我会敬你是条汉子呢。不跟你说啦，我要回家做作业了。"我再一次拍拍她的肩头，然后哼着歌走向单元楼道，接着两人的对话也隐隐传入我的耳中。

"那封情书真的是你写的？"

"天很晚了，你赶紧回家吧。"

"许晶晶知道是你写的，那高湛会不会也知道？"

"魏雪，你是不是真的也喜欢高湛？你要是喜欢就去表白，别整天跟着我。"

我不知道长大后谈恋爱是怎么样的情景，但是像现在这样，铆足了精力、放开了坏水，为了喜欢的男生而跟别的女生争吵打架，我感觉很白痴。先有李友晴，再有魏雪和徐婧婧，无论是人家看我不顺眼，还是我看人家不顺眼，我都不喜欢这样！也正因为徐婧婧和魏雪的出现，让我更加确定，我从暗恋开始就没想过会和高湛有点什么，即便今天高湛主动送我回来，我激动归激动，但冷静下来，我依然会告诉自己不要有什么奢想。

我喜欢暗恋快乐而没有烦恼的日子……

吃完了晚饭，我例行打开了电脑，刚登录QQ，就看到方便面的消息框弹了出来："吃过饭了？"

我："嗯。"

他："今天高湛找你干吗了？是不是为了上次你放鸽子的事呀？"

我很快敲了一行字："你啥时候变得也跟佳遥一样八卦了？"

他："这不是关心你吗？怕你幼小的心灵受到伤害呀。"

我："哎哟，能让我这脸皮厚的人受伤也是件不容易的事。也没什么，不过今天得谢谢他呢。下午物理课上课之前，我将手机掉在洗手间外，刚好一块五毛经过，高湛就帮我捡起来，替我背锅。"

他："所以你下课被高老师叫去是因为他替你背锅？"

我："嗯。一块五毛只是叫我去发作业本，虽然没有明说，但也是给我提了醒吧。本来上次放鸽子的事，我就很内疚，再加上今天的事……我也没有想到他会在放学后等我，然后还送我回家来着，好激动！o(^▽^)o"我激动地发了个激动的表情。

他："他还送你回家了？"

我："对啊对啊！激动！o(〃'▽'〃)oo(〃'▽'〃)oo(〃'▽'〃)o"我又连发了几个激动的表情。

他："你够了……(┬д┬)"他也忍不住发了个嫌弃的表情。

我："你这是红果果的嫉妒！哦，对了，跟你说件事啊，我今天实在是忍不住怼了魏雪和徐婧婧，道不同不相为谋！我看我以后是没有办法帮你撮合你跟你的'女神'在一起了。╮(╯_╰)╭"

我特地在"女神"二字上加了引号。打完这行字，对方沉默了，隔了好久都没有回应。

我做了几道题后，看他还是没有回应，忍不住敲了一行字："生气了？我不是有心要酸你啊，也不是对咱俩的暗恋联盟战线背信弃义。"

QQ对话框里还是死寂一片。

又隔了一会儿，终于看他回消息："刚去掏马桶了，堵了。(;┬д┬)"

我："（⊙.⊙）我去！你这屎究竟有多硬？隔着屏幕都能闻到味道。"

他："如果你想继续这个有味道的话题，我可以告诉你它究竟有多硬！"

我："你变了……竟然会公然耍流氓了。"我发了一个暴击他的表情。

他回了我一个无辜的表情："你自己非要往歪处想，怪我咯？"

我继续发了一连串暴击的表情给他。

他："对了，你好好地怎么突然跟徐婧婧吵架了？"

我："唉，女生之间的事你不懂。总之，你自己加油吧，我是帮不了你了。哦对了，高湛说你瘦了。前阵子小白和佳遥说你瘦，我还不太相信，今天高湛也说你瘦了，你赶紧去称称。"

他："嗯。掉了三十斤。"

我："我去！三十斤？！为什么我看不出来？"

他："基数大呗。"

我："你原来多重？"

他："不告诉你。"

我："我去！对我还隐瞒？难道你就是传说中一厘米肉重两斤的人？"

他："友尽！"

我："哈哈哈哈哈哈……"

佳人小姐突然推门而入，端了一盘水果进来，道："你跟谁在那儿聊天呢？一直哔哔哔响个不停。"

"家伟啊，家伟瘦了三十斤！"我高兴地回头说。

佳人小姐放下水果，惊讶："小胖子这一两个月瘦了三十斤？"

"基数大嘛。"我叉了一片火龙果，"不过我这心血总算没白费。"

佳人小姐牙疼似的哼了一声："那我看你这次期末考试不多考三十分，也对不起人家天天帮你线上辅导。"

我："……"

佳人小姐见过好几次方便面的视频授课，最初时候怀疑我早恋，不相信我，甚至一边在我房间里打着毛衣，一边盯着电脑里方便面讲解题目。几次课下来，佳人小姐不仅确认我们俩的确没搞什么幺蛾子，对方便面也是好感倍增，说这孩子老实实在，将来谁嫁给他谁幸福。哎哟这话说得……可又是谁像防贼一样防着我早恋呢？

佳人小姐离开后，我默默地在QQ上敲了一行字："因为你，这学期期末我要多考三十分。"

方便面先是打了个问号，很快反应过来，发了一连串"哈哈哈"："祝你好运！上帝与你同在。"

接下来的日子，为了迎战期末考试，我也是拼了，每天晚上将方便面认为的"裤带"其实是衣服腰带扎在头上，大吼三声："只要学不死，就往死里学！"

我心昭昭，日月可鉴！

不久，期末考试成绩出来了。

当拿到数学试卷的时候，我看着上面的成绩，一度以为自己眼花了，我揉了揉眼睛，152分依然清晰。满分160分，我竟然只扣了8分，这应该是我自上高中以来考得最好的一次。我这个数学渣竟然一下子挺进了全班前十。

数学李老师当着全班的面表扬了我，然后又给我们干了一碗最受用的鸡汤："很多人都说，学数学就是在浪费时间浪费生命，因为大学毕业之后到菜场买菜只需要小学的加减乘除就够了。的确，你们以后大学毕业了到菜场买菜，是不会用到今天考试卷上这些复杂的数学题，但是我今天要告诉你们为什么要学好数

124

学？因为学好它，将决定你未来会在哪里买菜！"

我忍不住回头看了一眼坐在最后一排的方便面，他冲着我憨憨一笑，可爱的表情像是在说恭喜你。我刚要收回视线，恰巧又撞上高湛的，他俊朗的脸上露着浅笑，同样像是在祝福我，我内心无比温暖。

除了数学之外，我其他几门课的进步也很大，"荔枝晶"三个字一下子又名声大噪。

熊帅对我的关注更上一层楼，两只眼睛闪亮亮地望着我说："晶晶，我要告诉全世界，此生为你而活！"

抚额！我上辈子一定是毁灭了整个银河系，所以这辈子才要被熊帅这样狗皮膏药似的精神摧残。

让我意外的是，徐婧婧这次成绩下滑严重，总分更是滑出了四十名之外，直接垫底。下课时候她直接被一块五毛拎去办公室接受批评教育，回到班上的时候已经哭成了泪人儿。

望着她落寞的背影，我不禁回想起我这近十年一直被压着的悲苦生涯，这是我人生第一次打败白富美，爬上人生巅峰，不过，我并没有过多的骄傲与自豪，因为一次胜利不代表什么。

[*Chapter 15* 猝不及防的移情别恋]

终于放假了，可以好好地睡他个三天三夜。

佳人小姐望着我的成绩单，虽然差那么一点点达到方便面三十斤肉的标准，但也足以令她笑得嘴都合不拢，她主动邀请方便面来家里吃饭，当然少不了小白和佳遥这两个小妖精。

小白和佳遥在见识了我原力觉醒之后，直接扑通跪在了方便面的面前说："康师傅，请受徒儿一拜！"

方便面不好意思地挠着头，说："你们俩快起来，并不全是我的功劳，关键还是许晶晶自己努力的结果。"

"听见没有？听见没有？！都跟你们说了，是我认真努力的结果。要知道以前我每天十一点前就爬上了床，现在是每晚至少到十二点以后，跟题库死磕。"

我被两人嫌弃地直接一脚踹到角落里去。

敌不过小白和佳遥这两个小妖精，方便面将她们俩也都收编了，于是我们师徒四人从这个寒假开始一同奔向高考这西天的极乐世界。

正因为这件事，让我彻底认识到方便面是多么牛的学霸，不仅每次考试都是全年级第一，而且还将我这个废柴拉拔起来了。如果不是因为减肥，每天跟我混在一起，他应该不是在图书馆里就是在家里温习看书；如果不是因为意外巧合帮他减肥，我也懒得在人群中多看他一眼。胖子估计除了在体育竞技的世界里，永远都是被人忽略的。有了对比，我才有了更深刻的觉悟，以前的自己就像个傻子一样，只会将美好的时光都浪费在追星和花痴上。

"方便面，你过来，我有话跟你说。"我召唤方便面到阳台上。

"什么事？"

小白和佳遥好奇不已，也跟了过来，我拼尽吃奶的力气将两个小妖精挡在了玻璃门内。

"我今天想了很久，我决定要好好学习，天天向上！"我握拳发誓。

"很好啊！我看好你。"

"我要跟你道歉，我觉得我很有心计……"

他用手贴了贴我的脑门，狐疑地道："你又受什么刺激了？"

我嫌弃地打开他的手，说："正经点！跟你说事呢。你之前怀疑我怀疑得没错，我喊你一起联盟，其实是想让你去追徐婧婧，然后拆散她跟高湛。"

"我知道啊，当时你的心思全都写在脸上了。"

"能给点面子吗？"

"你说，我不打岔。"

"后来帮你减肥，我还是存着这样的心思，而你一直很真诚地在帮助我。也是这次期末考试的进步，让我开始认真反思。一直以来我做事都不够认真，没有尽到自己最大的努力。别人之所以能成为学霸，除了所谓的天赋之外，其实更多的是来自自身的努力与拼搏。我不想将我的精力放在一些无谓的事上，未来的路很长，我要做一些自己喜欢的事情，尽自己最大的努力，我决定要好好学习，再也不做动不动就花痴高湛这种幼稚的事情！"

方便面温柔晶亮的眼眸看着我，像摸宠物狗一样摸着我的脑袋说："许晶晶，你的觉悟很高啊。恭喜你啊！还没有到达西天，你已立地成佛了。"

我再一次打掉他的手，啐道："去你的！你好好减肥吧！我许晶晶都开始认真了，你再不认真减肥就完了。今天把我家的锅都吃了个底朝天，我爸妈差点没被你吓死。小白和佳遥都不敢吃饭了，就怕饿着你这个'师傅'，全让给你了。还有，没事去理发店把你那头'方便面'收拾下，恶心死了！"

"好。"挂在方便面脸上的笑容如沐春风，温暖和煦。

其实在我每天的魔鬼盯梢下，加上他自己意志坚定，他已经瘦了好多。寒假一个月下来，他又瘦了很多。康爸每次见着我都是热泪盈眶的，感谢我代表月亮拯救了他儿子，然后赏我一大碗好吃到爆的饭菜。

新学期刚报到，班里很多人就开始讨论方便面变瘦的事。慢慢讨论他的人越来越多，他受到的关注的目光也越来越多。

连佳遥也忍不住连连惊叹："我也就过个年十来天没见着师傅，师傅居然又瘦了。晶晶，你眼光果真很毒啊！没想到咱师傅瘦了之后这么有型啊，很帅的嘛！"

小白也跟着附和，说："师傅还是要再瘦一点，现在还是有一点点稍胖。每一个胖子都是一只潜力股，这话说得没错，等他彻底瘦下来，一定美色难挡。"

我嗤之以鼻："你们俩眼瞎吧？他哪里长得很不错了？明明是个矮胖矬。"

佳遥立即反驳我："师傅哪里矮了？你看都超过高湛了。"

小白说："眼瞎的是你吧，师傅现在最多也就跟熊帅差不多壮。就我们这校服，谁穿都矬好吗？"

两个人一口一个师傅，抨击我这个有点顽固不化的"大师兄"。我忍不住瞄了一眼从远处走来和同学有说有笑的方便面，他原来圆圆的肉脸的确慢慢显出了一些棱角，以前雄壮的身躯看上去只是壮了些，但没有上学期那么"熊"了。

是因为我见得太多，所以感觉不到太明显的变化，只有细细看了，才觉得他是真的瘦了。就像小白和佳遥说的一样，他的个头的确超过了高湛，和熊帅差不多高了。我记得上学期我鄙夷他身高的时候，他说是一米八三，这几个月一转眼，竟然又长了些许。

我忍不住在小白身旁站直了身体，问佳遥："我有小白高了吗？"

小白伸手戳了我脑袋一下，道："得了吧，你就是现在整罐整罐地去吃三聚氰胺，也不可能再长了。"

"那他为什么还能长？上学期他跟我说他只有一米八三。"

"师傅骨骼清奇、天赋异禀，若是在古代那就是练武的奇才，你……就算了吧。"小白嫌弃地冲我弹了弹手指。

"狗腿！"我差点没被这两个狗腿肉麻死。

一阵冷风吹来，我不禁打了个哆嗦，虽然说已经立春，但是这倒春寒的天气，只要有风吹过来，依旧会冷进毛孔里。

方便面刚好和几个男生抬着体育用软垫走过来，他看了我一眼，突然从口袋里摸出一个东西塞给我，道："这个给你！"

"什么东西？"我目瞪口呆，望着手中被强行塞过来的一个黄澄澄的雕花暖手蛋。

这个暖手蛋已经被他焐得滚烫，我握在手心里，冰冷的手指在瞬间变得温暖起来。虽说这已经立了春，但是这倒春寒的天气还是有些不稳定，前些日子还下了一场春雪，同学们都穿得很厚，不过我没想到不想他一个男生竟然装着这样一个贴心的玩意儿。

小白立即调侃说："师傅，你是不是偏心啊？我们也冷呢，你却唯独将暖手蛋给了大师兄。"

佳遥立即学我也打了个冷战，假装柔弱，道："师傅，徒儿已经冷得骨头都缩弯了。"

方便面尴尬地挠了挠头说："这不是我的，是刚才高一一个学妹给我的，我也用不着，刚看见晶晶有点冷，就想起来了。你们要是喜欢，放学我就去买给你们。"

"高一学妹给的？"这话立即引起了小白和佳遥的重视，两个人不约而同地直盯着我。

我原本觉得心里暖暖的，心中还有些莫名的甜丝丝，但一听是一个高一学妹给的，我感觉我的面部肌肉立即僵了下来。

刚好体育何老师的哨声响了，下课了。

我将暖手蛋塞给佳遥，说："给你！赶紧拿去烫直你的骨头吧。"

佳遥喊着："你生气啦？我开玩笑的啊。"

方便面也是丈二和尚摸不着头脑："晶晶怎么好好的生气了？"

小白拉着佳遥说："她不是生气，是吃醋。"

佳遥还是不明所以："吃醋？吃谁的醋？"

跟着他一起的体育委蒋皓插嘴道："自从咱们班家伟瘦了之后，这人气就嗖一下旺起来了。我们刚才去体育器材室搬垫子，人家高一学妹堵着门硬塞了个暖蛋给他，说心疼他天冷手冷，咱荔枝晶一定吃人家高一妹子的醋啦。"

我和方便面异口同声地怒道：

"蒋皓，你胡说八道什么？"

"蒋皓，你添油加醋地乱说什么呢？"

方便面操起手中的垫子，追着蒋皓就打。

小白努了努嘴，操场另一边一个高一的学妹正微笑着冲着我们这边招着手，确切地说是冲着方便面招手。

佳遥惊道："我去！这不是上学期给高湛送月饼情书的那个妹子吗，这么快就转移目标啦？"

"谁知道！"小白耸了耸肩。

佳遥立即说："师傅，你可是要带领徒儿们修正果的人，千万别被外面那些'妖艳贱货'给迷住了啊。"

我翻了个白眼，简直是咸吃萝卜淡操心，有徐婧婧在，哪个妖精也迷不住他。

小白拱了拱我的手臂，道："哎？这你们家方便面要是再瘦一点，那倾国倾城的美貌估计会将高湛兄弟比下去，你就真的一点儿也不担心你好不容易调教出来的香花被别家采了去？"

我本能地反驳："声明，他不是我家的，我也没有调教他。他跟谁在一起，跟我没有半毛钱关系。"

收拾完蒋皓的方便面从另一边走来，刚好听见我说这话，神情微僵。我看了他一眼，送了他一记白眼。他弯唇一笑，很快恢复正常神情，和蒋皓将体育用品推去器材室。

小白啐我："死鸭子嘴硬！"

佳遥说："鬼知道你将来会不会贪恋师傅的美色？"

我不可置信地瞪着小白，道："我都放弃高湛了，怎么可能会喜欢他？！就算他变成瘦子，我也不可能喜欢他。因为他瘦了变好看了，我就移情别恋，我成什么人了？我跟他是战略合作伙伴。你们两个以后别整天见风就是雨，我年前就已经决定要洗心革面，重新做人，以学习为重，说好了一起要拿下'高考'那个小贱人的。你们俩以后要敢再妖言惑众、扰乱军心，小心我怼死你们。赶紧回教室了，我肚子饿死了，我要吃饭。"

小白说："话可别说得太早太满，我们等着！看你到时候怎么啪啪啪地打脸！"

"懒得理你们！"我的心跳得十分快，小白和佳遥的怀疑突然让我感到心慌，比上次她们猜测高湛喜欢我时还要心慌，我也不知道为什么。

我撇下她们两人走回教学楼，刚上楼梯，就听到方便面熟悉的声音叫我，他和蒋皓送完体育器材刚好从教学楼另一面穿过来，我光顾着回头应声，没看清脚下的台阶，脚底一滑，重心一个不稳，直接向后栽去。就在我以为我要摔成白痴的刹那，方便面三步并作两步及时冲过来，从后面抱住了我。

他双手卡着我的腰，我几乎斜躺在他的怀中。他拧着眉头，一脸严肃地教训我："你这么大的人了，怎么走路总是不看路？不是撞电线杆就是摔跤，早晚得摔成智障。"

我生气地回道："还不都怪你！你要是不喊我，我走得好好的能摔下来吗？"

蒋皓站在楼梯下面，举着手机，趁我们两人都没有注意，对我们两人咔嚓拍了一张合影，然后慢慢走向楼梯，看着我们两人销魂的姿势，摇着头咂着嘴："啧啧啧，哎哟哟。"

我这才反应过来，我还斜躺在方便面的怀里呢。方便面也意识到了这个问题，立即扶正我的身体。我一脸尴尬，脸开始发烫。他也没比我好哪里去，耳朵根直接红了起来。

蒋皓笑了几声，快步上了楼梯，丢下方便面自己回教室。

我顿了顿，脑子里一下子闪过先前和小白、佳遥的对话。我望着方便面日渐变瘦的脸庞，他曾经厚实的双下巴如今也在慢慢变得瘦削坚毅，忽然他的头顶上方、耳朵两旁成放射状浮现出半圈小字：你喜欢他！

每一句话都是一模一样的。

你喜欢他！

"晶晶，你怎么了？"方便面用手在我的眼前晃了晃。

我回过神，莫名地心虚！

我才不喜欢他呢！

我睨了他一眼，没好气地道："闪开！以后离我远一点！哼！"

他怔了怔，脸上的神情有些茫然，幽黑的瞳仁里清晰地倒映着我的身影，显得有些不知所措，完全不知道哪里又得罪我了。

我不敢看他。总之，他就是瘦成一道闪电，颜值胜过高湛，我也不会喜欢他！

"永和九年，岁在癸丑，暮春之初，会于会稽山阴之兰亭，修禊事也……"我咬了咬唇，三步并作两步地爬上楼梯，一边背着《兰亭集序》，一边滚回了教室。

中午，我吃了很多饭，直到放学胃都撑得难受。

我以为这种莫名的小情绪只是闹闹就好了，但是从那天之后我就开始看方便面各种不顺眼。半年不到的时间，方便面的体型和外貌都发生了巨大的变化。他用实力印证了"每个胖子都是一只潜力股""一胖毁所有，一瘦全都有"。全校女生也从一边倒地迷高湛，一半开始渐渐地转向了方便面。不知从什么时候开始，方便面的抽屉里就像是开了杂货铺似的，除了玫瑰花巧克力之外，总是能变出很多稀奇古怪的东西来，什么手机贴、包包挂件、钥匙扣……他还特别喜欢将这些小玩意儿献宝似的送给我和小白、佳遥。

我说这货是缺心眼儿吧，也是缺到没边儿了，人家小迷妹送高湛礼物的时候，高湛永远都是一副"横眉冷对千夫指"的高冷姿态冷眼相对，别说收礼物了，连瞥都不瞥一眼，直接将人拒绝于千里之外。这货倒好，自从收了一个暖手蛋之后，就像是打开了新世界大门似的，不仅收人礼物，还会回赠人家迷妹小礼物，弄得那些小迷妹们为了他三天两头没事争吵不休。倒是李有晴这孩子，一如既往地迷恋高湛。偶尔遇见，她反倒来劝诫我，千万别迷恋上方便面，说这家伙太花心，还是高冷的高湛比较好，我完全赞同这话！

每每看到方便面塞过来的巧克力，我真想聚集起来融化了全浇在他那张白痴的脸上。小白和佳遥更是助纣为虐，一边吃着巧克力，还一边在那拼命煽风点火，说我既然看不上师傅，师傅被人抢了就别眼红。什么跟什么呀？激将法对我没用的！

虽然我外表看上去依旧像以前一样没心没肺，丝毫不介意，但是我自己明白，我已经在无形之中将心中集聚的无名怒火都化成了战斗的力量，拿下了小高考所有科目全A。

我"荔枝晶"还未到达高考的西天，就已经提前升华成了"斗战圣佛"。于是，情书这种奇怪的东西开始出现在了我的抽屉里。当我收拾书包准备回家的时候，我又一次取下塞在我书包外口的牛皮纸信封打开，抽出里面的信纸，上面歪歪扭扭地写着："许晶晶，我喜欢你！你猜我是谁？"

谁这么无聊啊？！跟人表白还玩我猜我猜猜猜，简直有病！比起那种直接写出姓名我敬他是条汉子的，我最讨厌这种没有落款的情书。我想都没想，直接将情书撕成碎片扔进了垃圾篓里。

小白和佳遥两人捂着肚子一直笑到了快要出学校大门口。方便面知道后表情很复杂，我不知道他是否被我虎目怒瞪的威严震慑住，想笑而不敢笑，还是其他因素，脸上那种欲言又止的神情让人很抓狂。

我没好气地瞪他，道："你那是什么表情？想笑你就笑，我保证不打死你。"

他支支吾吾的，不知道扭捏什么。

"有话就说。你手藏在后面抓着什么东西？"

从刚才他右手就一直藏在后面，好像抓着什么东西，鬼鬼祟祟的，我探头看过去。

他突然从身后掏出一朵玫瑰花出来，道："那个……这个给你……"

我盯着那朵看上去明显因缺水并不怎么娇艳蔫了吧唧的玫瑰花，心突然漏跳了一拍。我眉峰微挑，问："你……什么意思？"

他耳朵根开始发红，脸颊也变红了，鼓足了勇气指着花说："就是这个意思！"

小白和佳遥两个人突然冒出来。

佳遥："哇噢！玫瑰花的花语是爱情，一朵玫瑰表示你是我的唯一哦。"

小白："师傅，你还要带领徒儿们取经呢，你不能被眼前这个变成大师兄的妖精给迷惑了。"

我心跳加速，憋红了脸，看着他啐道："有病！有钱没处使啊？"

他幽黑的眼眸凝视着我，眉心微锁，有些丧气，结巴着说："不……不是我，是……是三班的……三班的马瑞泽托我……托我交给你的。"

"你刚说什么？你再说一次！"我不可思议地瞪着他。敢情这花不是他送我的，而是别人送的？他居然当起媒人了？！康家伟，你要是敢说你替人送花，我保证不打死你。

他一本正经地重复："不是我，是三班的马瑞泽托我交给你的。"

顿时，怒火从我的脚底板开始升起，一下子蹿起来，冲破我的头顶。

"康家伟！你这个浑蛋！"我怒气冲天，揪起那朵玫瑰花就砸在他的头上，接着给了他一脚，踹完了，我还不解恨，抡起拳头就揍他。这个浑蛋！居然敢替别人送花给我，自己不送我花就算了，居然替别人送花给我？"你把我当什么人了？别人叫你送花给我，你就送了？你送玫瑰花，那我是喜欢你啊还是喜欢他啊？你以为你是顺丰快递啊？"

方便面满脸委屈地看着我，任由我生气地打他，一动也不动。

小白和佳遥两个人拉着我："快冷静！快冷静！不就是师傅没看上你吗？你不能这样恼羞成怒啊。"

"乱讲！"哎哟！我真是气得肝疼，这辈子都没有像现在这么气过。

全都怪这个笨蛋！

"哎哎哎，快看！那不是徐婧婧和高湛吗？两个人好像在吵架哎。"佳遥八卦的雷达探测系统无时无刻不自动开启，但也的确成功分散了我的注意力。

我顺着她指的方向看过去，高湛和徐婧婧面对面地站在通往室内体育馆的过道那儿，两人的面部神情十分的严肃，看上去就像是在吵架一样。

"吵架就吵架呗，情侣吵架不是很正常吗？有什么好奇怪的？走了！回家了！"

我正生着气呢，并不关心他们两个人吵架的事情，转身向大门口方向走了几步，然而小白和佳遥根本就没有跟上来。听不见两个人聒噪的声音，我奇怪地一回头，两个人不见了，只有方便面还傻傻地站在原地凝望着我。

"她们俩去偷听了。"方便面指了指室内体育馆的方向。

"我去！"我无语地走回去。

这时，小白和佳遥疯狂地跑回来，两个人做贼似的生怕被发现，不停地拍着胸口。

佳遥说："他们俩真的在吵架，我听见高湛火气很大地冲徐婧婧说，以后都不要再跟着他，也不要再做那些无谓的事了！不知道徐婧婧做了什么不可描述的事啊？他们两人该不会是闹分手了吧？"

我们几个人正猜测着，这时高湛从体育馆的方向拐过来，正好撞见我们四个人，冷酷的神情变得愕然。

他拧着眉心，一脸错愕地看着我，道："你们……"

我立即说："哦，我们正要出校门回家。"

徐婧婧也追了过来，两只眼睛红红的，像是哭过，在看到我的刹那，她委屈的表情一下子变得愤怒起来，她恶狠狠地瞪了我一眼，转向高湛大声说道："高湛，你要是敢走，我们就拉倒！"

高湛一副不可思议的表情瞪着她，怒道："神经病！"

骂完他转身离开，经过我身边的时候，他突然一把抓住我的手腕，毫无预示地拖着我跟他一起走。

"啊？！"我一下子蒙了，完全反应不过来到底发生了什么事。等我回过神的时候，我已经被高湛拖到了校门口。

我尴尬地回头，看着被我丢下的一脸惊讶的小白和佳遥，还有哭得更加伤心的徐婧婧和递给她面巾纸的方便面……我的双脚像是着了魔似的不听使唤，跟着高湛离开了学校。

熊帅和大鹏正好在校门外，熊帅一见着我像就二哈一般兴奋地叫我："荔枝精……"但是看到高湛拉着我的手，他倏然收住声，满脸的难以置信。周大鹏张大嘴想出声，最后还是乖乖闭嘴了。

我想甩开高湛的手，暗暗使力却怎么也没有甩开。

高湛忽然对熊帅开口道："我今天有事，不跟你们去打球了。"

熊帅和周大鹏木讷地点了点头，目送我们离开。

说了不去打球，但是高湛还是拽着我去了他经常去的篮球场打球，我这算是不要脸地干了绿茶婊才会干的事了吧。

这个篮球场设在居民住宅区内，四周用高高的铁丝网围成了一圈。几盏卤素灯悬在篮球场的四个角落，供给着夜晚整个篮球场的照明。我看着高湛从来到这里，一直像是发泄似的将篮球不停地砸向篮板，然而一个都没有进。直到他累了，才在我的身边坐下来，大口大口地灌着水。

他忽然停下喝水的动作，转头盯着我，一双乌黑晶亮的瞳仁如夜幕下闪烁的星光般耀眼。原本只要这双漂亮的眼眸看我一眼，我整颗心都能跟着飞扬起来，但现在，他就这么静静地坐在我的身边，这样近距离、认真地凝视着我，然而我却发觉我的内心没有一丝波澜，比那夜晚万物寂静深山里的湖水还要平静。

他一脸认真地道："我跟徐婧婧不是你想的那样。"

"嗯？"我一脸痴呆，完全不明白他想说什么。自从被他毫无预示地拉来这里，我从坐下来的那一刻开始，大脑一直处于当机状态。之前，小白和佳遥给我打了电话，我刚接起来，只喊了一个"喂"，手机就没电自动关机了。所以，我就只能傻呆呆地看他近似发泄地打了这么久的球，听着篮球一会儿砸篮板一会儿砸地的声音，咚咚咚地一直在我的脑海里回荡着。

他补充："我跟她之间什么事都没有，我不想你误会了。"

"哦……"不想我误会？我抬眸看着他，他是想解释他和徐婧婧分手了吗？他幽黑漂亮的眼睛里写满了真诚。我耳边又一次浮现出小白和佳遥的对话：高湛喜欢你。

他低下了头，沉思两秒，然后低低地说："许晶晶，其实我……"

没等他说完，我突然出声打断了他，笑着说："我怎么会误会呢？这种事情再正常不过啦。虽说已经高二了，其实中二病还是不轻呢，不就是喜欢有事没事拿同学开开玩笑吗？什么你喜欢她呀她喜欢你的，其实又幼稚又无聊，大家都不会太当真的。还有，同学之间嘛，有些争吵什么的都很正常，就像我跟康家伟、熊帅好几次吵得脸红脖子粗。"

他漂亮的双眸写满了愕然，盯着我看了很久很久……

我傻呵呵地笑着，坚持地笑着，生怕笑不下去面部肌肉突然僵住。我不知道我为什么要在那个时候打断他，或许他根本就不是要跟我说他喜欢我，或许他只是想跟我说其他的事，但是我却突然退缩了，从心底莫名地抗拒，害怕听到什么。他亲口说出他跟徐婧婧没什么的时候，我明明应该是高兴的，事实却并不是这样。对于他和徐婧婧是否已经分手，我甚至一点儿也不在乎。我甚至曾经卑劣地想利用方便面离间他跟徐婧婧，但是事实上他甩掉徐婧婧拉着我的手离开时，甚至现在他人就坐在我的身边，我并没有想象中那么高兴。

慢慢地，他的面部表情松动下来，自嘲地笑了又笑，隔了好一会儿，才说：

"许晶晶，你知道吗？你二起来挡都挡不住，想让人不注意都没有办法，明明很聪明，也很漂亮，就是在不停地干一些逗比的事。"

我直接忽略了"二"和"逗比"，专注"漂亮"二字，激动地捧着脸说："很漂亮？真的吗？谢谢夸奖啊！"

他被我逗乐了，一脸认真地说："真的！很漂亮，尤其笑起来的时候最漂亮。我喜欢……看你笑，你的笑容富有感染力，能让人从不开心变得开心。"

"哎哟，被你这说得，我都感觉我这脸上是贴满了金子似的，可值钱了。"我还夸张地死命地搓着我的脸，如果我的嘴巴能咬到我的腮帮，我一定会揪下来给他看吧。

他终于发自内心地笑了起来，脸上洋溢着熟悉而又温暖、曾经令我着迷的笑容。

他夸奖我，我开心是真的，但是心境却完全不同。若是在今天以前，他就这样赞美我，我可能会开心得像个小花痴，仿佛全世界都飘着粉红泡泡，而就在刚才，我发觉自己再不是以前那个偷偷暗恋他的爱慕者了。

脑海里，站在书架旁静静看着书和球场上那个令人热血的俊逸少年的身影，已经在慢慢变淡，取而代之是我跟着他离开回头的那一瞬间，方便面走向徐婧婧，温柔地替她擦眼泪的画面……

我终于明白我为什么要打断他，因为不想他的表白变成一种负担。我会和其他女生一样暗恋他、花痴他，但是那都不叫真正的喜欢。当真正和他在一起的时候，我的脑子里却是满满地想着另一个人。原来，不是我喜欢暗恋的感觉，不是我不想跟他表白，而是我对他的喜欢并没有喜欢到心灵的深处。而存在心里的那个人，只要一想到他喜欢的是别人，我的心就会抑制不住地隐隐作痛，那种犹如细小的针尖一样一点一点扎在心口上，让我无法喊出口，只能无助地感受着它在一点一点受伤，流血，疼痛……

正如小白和佳遥说的那样，我喜欢上了方便面，无论他是胖子还是瘦子，我喜欢他这个人，控制不住地喜欢上了他。我喜欢他为我讲解题目时认真的模样，喜欢看着他跑步时笨拙的样子，喜欢他跟我为某件事情辩论却永远辩论不过我的傻样……

我已在不知不觉中喜欢上了他，我从未想过竟然会有这样一天。

我深深吸了一口气，初春夜晚凉意直灌入我的心间，让我清醒了些许。

高湛望着远处的灯光，感叹："接下来我准备把精力都放在学习上，最近一段时间有些不在状态，感觉掉了不少。你最近很努力，看来康家伟这个老师对你的帮助不小。"

"嗯。一寸光阴一寸金，寸金难买寸光阴，我也是年前才顿悟的，之前蹉跎了好长一段时间，经过一番努力之后，我发现原来我可以。所以过年的时候，我就发誓再不要像以前那样浑浑噩噩地过下去，我不想将来后悔。"

"说得很有道理，有没有想过考什么学校或者什么专业？"

"没想好呢。不过，不管学什么，我就特别想赚钱，赚很多很多的钱，哈哈哈……"

"想赚钱是对的啊。我们之所以这么拼命努力学习，不就为了将来能赚钱吗？"

"哈哈哈，没错，赚钱才是王道。"

"我今天拖着你这么晚，耽误你做作业了，真是不好意思。"

"没关系！作业我在学校就已经做了一半了，我可是抱着拯救银河系的想法跟着你一起呢。看到你没事，我这任务也就圆满地完成了。"

他扑哧一声，被我逗笑了。

"许晶晶，谢谢你！"

不是喜欢你，而是谢谢你，我莫名地心安了。

"哎哟，你这客气的，我都要不好意思了。"

"走！送你回家，然后好好学习，努力赚钱买下整个银河系。"

我大笑望着高湛，心情是从未有过的放松。那个一见着他就会紧张，就会语无伦次的我，终于可以回归到正常的我了。

回到家，我打开电脑，QQ里弹出很多框框，全部都是小白和佳遥追问我的消息。

"你跟高湛怎么回事？"

"你跟高湛去哪儿了？"

"我就说高湛是喜欢你的吧。"

"师傅被那个徐婧婧拉走了。"

"师傅这个软心肠的，还给她擦眼泪呢，明明就是鳄鱼的眼泪。哎哟！真是气死我了。"

"晶晶，你回句话啊？"

……

我的手指在键盘上敲了删，删了又敲，终于回复她们两人："我手机没电了。没什么事，就是被高湛拉着去看他打篮球了。"

两个人又不停地追问。

"打篮球？高湛和徐婧婧是分手了吗？"

"你是要和高湛在一起了吗？如果他们俩没分手，你就是小三啦。许晶晶，你要清醒啊！"

我对这两人的脑洞简直是无语了。

"神经病啊！都说了要好好学习，老娘还要打下整个银河系呢，你们快点跪安吧，我要看书了。"打完，我就屏蔽了对话框。

我瞥了一眼方便面的头像，始终是灰色的。

那天晚上，我一直温习功课到夜里十二点半，也没有见着方便面的QQ头像跳动。

[*Chapter 16* 因为喜欢你，所以别人都是情敌]

那天之后，再放学，方便面都没有跟我一起走，徐婧婧也没有跟高湛一起走，他们两人肩并肩地一起回家了。于是班上又迅速刮起了一阵"妖言狂风"，我甩了方便面，插足了高湛和徐婧婧，方便面塞翁失马，和徐婧婧好上了，二人双双打我和高湛的脸……

小白和佳遥每天不停地在我耳边唠叨"师傅被妖怪捉走了，大师兄你快去营救啊"，我背着书包望着两个人肩并肩离去的身影，心情down到了谷底，不想说话。

高湛和熊帅、大鹏刚好走过来。

高湛微笑着问我："我和熊帅、大鹏打算去麦咖啡做作业，你们要不要一起来？"

小白和佳遥猛地点头，我却摇了摇头，说："我今天有点不舒服，想早点回家，下次吧。"

小白和佳遥难以置信地看着我，没想到我竟然又一次拒绝了高湛。

熊帅忍不住说："晶晶啊，你是不是特别讨厌我？是不是就算高湛邀请你，只要有我在，你就不想去了？"

我看了一眼熊帅，笑着说："哪有？"

熊帅说："怎么没有？上学期打球就是，今天也是。"

高湛突然拉住熊帅，瞪了熊帅一眼，熊帅一脸莫名其妙。

"上学期打球？"我挠了挠头，"打球那天我压根儿就不知道你要去呀。要不是你第二天找我，鬼知道你去了呀，你想太多了吧。还有，我今天真的不舒服。"

熊帅说："算了！看在你大姨妈造访的分儿上，相信你今天是真的累了。"

我翻了个白眼，道："我去！你还真是死性不改，信不信我去和一块五毛打小报告？"

高湛出来打圆场，浅浅笑道："你又不是不知道他那德行。下次要是约你，你可不能再推脱。"

"嗯，"我点了点头，"公交车来了，我先走了。拜拜！"

告别大伙儿，我上了公交车，一路摇摇晃晃，望着窗外来往疾驰的车流，脑子里一片空白。一个不留神，我又坐过了站，匆忙下了车，一面心里骂着自己一面走回头。为了快点回家，我抄了近路，沿着一条老旧曲折的小巷向前，出了小巷右拐就到了。就在快要到巷口时，忽然有人从身后拍了一下我的肩头。我就像是被电击似的，惊恐地跳了起来，砰地一下撞上一旁的电线杆，还好有书包护体。

我站直身体，回头看着来人，竟是方便面。许是被我的反应吓住，他还保持着伸着左手的姿势，脸上满是吃惊的神情。

"鬼鬼祟祟的，你干什么你？"我安抚着受了惊吓的小心脏，恨不能一脚踹飞他。

"我在等你。"他终于放下了手，神情也恢复了自然。

我瞪着他说："等我？一放学你就跟徐婧婧跑了，这会儿却在我家门口等我，哎你在说书吧？"明明是送人家回家后准备离开了，还好意思说是特地在等我？我的口气很酸，那酸味都让我觉得自己快要发酵了。

"我没送她回家。"他就像是一眼看穿我内心似的。

"我管你送不送她回家。"我转身就走。

他一把拉住我的书包，我想往前走，奈何铆足了劲儿整个人还是原地不动。我恼羞地回过头，怒道："放手！"

他倔强地摇了摇头。

"你到底想干什么？"

"会考已经考完好久了，早上出门时我爸叮嘱我，喊你周末去我们家吃饭，顺便叫上小白和佳遥一起来吧。"他唇角微扬，原本圆圆的脸庞如今瘦削坚毅，干净健康的皮肤仿佛闪着耀眼的光芒。之前我就发觉他有比女孩子还要纤长浓密的睫毛，现在配着他幽黑晶亮的眼眸，看起来真是漂亮，难怪一瘦下来就迷倒了那么多女生。

"不去！"我想都没想，便回绝了。

"你不去我爸会削我的。"他说话的语气像在卖萌撒娇，什么情况？

"削你关我什么事？你怎么不喊徐婧婧去你家吃饭？"我没头没脑地脱口而出，说完我就为自己的无脑而后悔了。

他晶亮闪耀的黑眸盯着我看了半晌，忽地弯唇一笑，道："许晶晶，你老实交代，你是不是喜欢上我，吃徐婧婧的醋了？"

"你神经病啊！"我意图通过大嗓门掩盖我的心虚，转身想逃。

然而他一眼看穿我，伸手一把钩住我，将我反抱在他的怀中，勒住我的脖子，伏在我耳边笑着说："晶晶，你说实话啊，你要是喜欢上我，我一定不会嘲笑你的。"

"笑你个大头鬼！你个神经病，快放手！"我死命地挣扎，却怎么也逃脱不开，他的手劲特别大。

"你说实话，我就放手。"他大笑。

"康家伟，我警告你，你快点放手，不然我告诉康叔揍你哦！"

"我爸会举双手双脚赞成的，你快点说实话！"

"说你个大头鬼！"我实在没办法对付他这样死皮赖脸的纠缠，想来想去只能狠狠地用脚踩在他的脚背上。然而我脚下的板鞋就跟踩了棉花隔层似的，他毫无反应，依旧笑得开怀，最后索性将我抱了起来，逗乐似的转了两圈。

"啊！啊！啊！你个神经病，快放我下来！"我惊叫着。

刚巧路过一位大妈，避之不及，我的脚一不小心就甩在了她的身上，害她撞在了一旁的墙上，手中挎着的购物袋掉落在地，里面的东西散了一地。

方便面终于松了手，我赶紧跳过去道歉："阿姨对不起，我不是有意的。你没事吧？"

我蹲下身刚要替大妈捡东西，谁知她嫌弃地打开我的手。

"不用了！我还没残废！"她瞅了我一眼，看着我身上的校服，开始碎碎念，"现在的小孩真是不得了，才一点点大，就开始谈恋爱，光天化日之下动手动脚的也不晓得害臊避讳，真是辣眼睛哦！"

我臊得脸顿时热了起来，明明天都快黑了呀，哪里是光天化日之下啊！我突然很想抽自己啊，不是天亮天黑这个问题啊，明明是我根本没有谈恋爱啊。

方便面已经默默地捡起滚到一边的几个苹果，然后递给了大妈，道："阿姨，对不起！我们不是故意的。这几个苹果可能跌坏了，我另外赔给你。"说着就从钱包里抽出一百块钱来。

大妈接过苹果瞅着他看了好一会儿，并没有接过他手中的百元钞票，但是火气顿时消了不少，道："算啦算啦！不是什么值钱的东西！"

方便面说："谢谢阿姨。真的对不起！"

大妈临离开前，还不忘瞪我一眼，但看着方便面立即眉开眼笑，道："放学就早点回家，别在外逗留了，家里人会着急的。"

"好的。阿姨再见！"方便面礼貌地目送大妈离开。

大妈的身影刚转弯消失在巷口，他就像刚才什么事都没有发生似的，又像以前一样很自然地伸手揽过我的肩头，道："走，送你回家。"

我差点没一口老血喷出来，没好气地打掉他的手，道："你！从今天开始，离我远一点！"

"为什么？"他一脸无辜地看着我。

"没有为什么？就是不想看见你。"找你的徐婧婧去！

"那周末你还去我家吃饭吗？"

我翻了个白眼，我刚才说的都是废话吗？懒得理他，我拉紧书包带往巷口走去。

他跟在我身后，小心翼翼地说："你是不是还在生我的气啊？其实我跟徐婧婧……"

我回转头硬生生地打断他："你跟徐婧婧之间的事不用跟我说，也不用跟我解释。"

他沉默了。之前像是阳光般灿烂的笑容如阴云密布般消失得无影无踪，整个面部神情顿时暗沉了下来，拧起的眉心，像是受到了极大的伤害。

看到他受伤的神情，我的心脏顿时一紧，就像是被小小的针尖刺痛了，但是一想到他给徐婧婧擦眼泪的模样，我体内的无名之火又熊熊燃了起来。

我没理他，生气地往小区门口走，但是没再听到他跟着的脚步声，于是我放慢了脚步，还是没有听到他的脚步声。我忍不住回头，却见他非常帅气地站在巷口冲着我微笑。

我瞪了他一眼，迅速回转过身。

下一秒，他开心的声音从身后传来："晶晶，别忘了周六去我家吃饭啊，你不去，我就让我爸亲自打电话给你啦。"

我没有回答他，慢慢走进小区大门，嘴角却忍不住微微上扬，心情也跟着飞扬，又蹦又跳地跑回家。

我这个人矫情不过两秒，用小白的话说，我就是那种"嘴上说着不要，身体却诚实得很"的小坏蛋。到了周末，我便屁颠屁颠地拉着小白和佳遥一起去方便面家吃饭。这也是小白和佳遥拜师之后第一次参观方便面的家，如同我第一次来一样兴奋，四处欣赏，各种夸赞康爸。

康爸特别高兴，烧了满满一桌菜，说是家里很久没有这么热闹过了，平时只有他和家伟两个人。

一直以来我很好奇，像康爸那么有才华的人，为什么会如此低调，与世无争？

方便面告诉我，无论是从开始的工装还是到后来的家装，他爸为客户考虑得多，省钱省材料，这样一来公司赚不到钱，自然不会用他。自己开了工作室后，有很多生意是老客户介绍的，赚钱不多，还忙得要死。他的母亲刘云桦差不多也是因为这样，无法忍受，离开了他爸，改嫁了自己的上司，投奔向金钱的康庄大道。

所以方便面那些在我看来用之不尽取之不竭的钱，都是他那有钱的妈妈给的。他有时候很想拒绝他妈给的钱，但是一想到父亲那么辛苦地养家，将他带大，他还要再伸手跟父亲要钱，于心不忍，索性不要脸地伸手向他妈要钱，能要多少是多少，然后尽情地挥霍。

当听到这个让人无法反驳的理由时，我的嘴巴张得几乎可以塞下一个鸵鸟蛋。这么畸形的人生价值观，我怎么就觉得正到不能再正呢？我喜欢！虽说君子爱财取之有道，但是清高这种东西其实最矫情了。

然而他这个笨蛋再怎么挥霍也仅限于买各种各样的书籍和买学习用品，而他干过的最浪费的事，大约也就是请我吃东西。

我对他说，我的出现，简直就是打造他完美人生的一个重要起点。我已经不要脸到相信上帝都在为我的真诚而感动。

饭后，我们三个人帮忙收拾完桌子便无所事事，方便面独揽下洗碗活，不让我们帮忙，我只好主动请缨帮忙打理小院里的花花草草。小白和佳遥摸着鼓鼓的胃躺着藤椅上，享受着午后温暖柔和的阳光。

我走到水池边上，正往水壶里放着水，这时一个身影从视线范围内闪过。我下意识地抬起头，透过窗户刚好瞧见康爸拧着眉心捂着胃走进卧室。他蹲下身，在工作台下面的柜子里翻找什么东西。不一会儿，只见他摸出几盒药来，然后依次从中剥出药片，一把吞下。他的神情似乎很痛苦，端着水杯的手似在微微颤抖。

水漫过壶口淋湿了我的手，溅了出来，我赶紧关上龙头，放下水壶，走进房间。

"康叔，你身体不舒服吗？"我小心翼翼地问。

康叔一听到我的声音，喝进嘴里的水差点呛出来，他紧张地将药随手塞进工作台下的柜子里，说："没事，老毛病，关节疼痛。"

"可是康叔你的样子不像是关节痛啊，你的脸色也不大好。你真的没事吗？"我看他的脸色有些苍白，那拧起的眉头，痛苦的表情明明很严重，而他的手一直按在胃上。关节疼痛……为什么一直捂着胃呢？

康叔强扯了一抹笑，说："没事没事，都是老毛病，一到下雨天就犯病，连带坐骨神经痛，走路都直不起腰。"

也许是关联反应吧，毕竟我也不知道关节疼痛到底是怎么个痛法。

我半信半疑地道："家伟知道你这个毛病吗？"

"他知道的。一旦看见我这样，他也跟你一样变得很唠叨，让我去医院。"

"他那是为了你好。"

康爸忽然意味深长地对我说："是啊，他就是什么都为了我，才会变得那么胖，幸好遇到你，才又瘦下来。"

"听你这么说，家伟发胖还是有原因的啦？"

"是啊。他小时候很瘦很瘦，台风来了，我都担心会将他卷走。后来我跟他妈离了婚，他为了不跟着他妈，就拼命地吃、拼命地吃，最终吃成了一个大胖子。他知道他妈那个人爱漂亮，觉得有这样一个胖得畸形的儿子跟着她丢人，索性就不跟我争了。"

康爸的话，令我目瞪口呆。我还是头一次听到用这样的理由把自己吃成胖子的。不过他这做法似乎跟他向他妈拼命要钱的行为如出一辙，让人无法反驳啊。

"他还真不是一般的有个性啊，想法很多呢。"

"有想法是好的，但是年纪太轻，很多时候做事不计后果，代价就太沉重了。"康爸叹了口气。

"康叔，你不必担心啦。我觉得家伟是个很自律的人，他对自己的未来会有很好的规划。"

康爸看向厨房，望着方便面忙碌的身影，目光变得悠远。忽地，他又拧起眉头，像是忍受着身体某个部位巨大的痛苦，怕被我看出来异端，他便道："你继续去帮我打理那些花花草草吧。隔壁邻居刚要我帮忙去弄卫生间，我先过去帮忙。"

"康叔，你确定你没事吗？"我又紧张地追问。

"没事，没事，去吧。"他摆了摆手。

"那好，我去浇花了，有事你叫我啊。"我没再多想转身又出了门，继续打理花花草草，好不容易将院子里的花花草草全部打理完，刚想坐下来跟小白和佳遥一起晒太阳，谁知房间里传来了我最不想听到的声音。

小白和佳遥在看到徐婧婧的那一瞬间，直接怪叫了一声从藤椅上弹了起来。

徐婧婧看见我的那一瞬间，微扬的嘴角也顿时僵住了。

我已不知该如何形容与徐婧婧之间的孽缘。

"哟，徐婧婧，好巧！"自从那次在黑暗中怼了她之后，我已经不再是那个只会将所有情绪憋在心里的屁包了，"咦？怎么今天没见你的跟班魏雪啊？"

她站在门口凝视着我，目光犀利如刃。如果目光真的可以杀人，我想我一定被她千刀万剐了。她没有回答我的问题，反倒是语带嘲讽地说："你怎么没去高湛家呀？你应该去高湛家才对呀？"

"我为什么要去高湛家呀？你这话说得有些奇怪呀。"

她走近我，故意以只有我们两人才能听见的声音道："你处心积虑地破坏我跟高湛，不就是为了勾搭高湛吗？现在都已经勾搭上了还跑到家伟家里来玩，传出去，人家会说你脚踏两条船。"

"你不传出去，谁会整天对着我说三道四？除非你无聊大嘴巴到处宣扬。"

她被我反驳得一时间找不到话语，漂亮的眼睛瞪得圆圆的，恨不得将目光幻化成一道道金光射杀我。上一次在黑暗中，即使我揭穿了她，她依然还戴着她那副厚实的假面具，但从高湛拉着我离开的那一瞬间，仿佛有一支利箭终于将她那副戴了十七八年坚不可摧的面具射下来了。

这时，方便面拿着两本书走过来，道："徐婧婧，你要的参考资料……"他看到我们两人正面对面立着，要说的话说了一半生生卡住了。

徐婧婧一听见他的声音，顿时换了一张脸转身接过资料，道："早知道你家里有客人，我就不过来打扰你了，其实我也不是太急。"她喜笑颜开，轻声细语，仿佛刚才和我相爱相杀的人不是她似的。这分裂的技能，杠杠的！

"没什么，不存在打扰，我送你出……"方便面刚要说送她离开。

谁知道徐婧婧突然打断他道："对了，我昨天刚好有一题不会，你教我一下吧。"

方便面锁紧眉头，下意识地看了我一眼。

她又道："家伟，你都收了她们三个做徒弟了，不介意多收我一个吧？我知道我比晶晶笨，不过我会很努力的。"

我去！比我笨？不知道是谁从小到大一直以"聪明伶俐""美丽绝伦"压在我头上呢。

　　小白和佳遥冲着我猛地使眼色，示意我阻止方便面，我无力地翻了个白眼。再说了，他要不要再收徒弟，关我什么事？

　　佳遥唾弃地看了我一眼，然后讽刺地对徐婧婧说："《西游记》上西天取经的只有师徒四人，多一个那都是妖精。"

　　徐婧婧不甘示弱地："谁说是四个人？不还有个白龙马呢？"

　　小白忍不住爆了粗口："我去！"这也行？

　　所谓道高一尺，魔高一丈，我这回不得不服，徐婧婧赢了！

　　我无语凝噎地望着挡着门口的徐婧婧，强忍住笑意，道："不好意思，麻烦你让一让。"

　　徐婧婧非常乖巧地往后挪了挪，我越过她进了屋。小白和佳遥相继越过她的身体，两个人在经过她身侧时还不忘与她发生小小的肢体摩擦。

　　方便面叫住我："晶晶，你去哪儿？"

　　我看了一眼手机上的时间，对他说："我们三个待会儿还有事，就先走了，你慢慢招呼你的……白龙马。"

　　康爸不知去向，没来得及和他告别，我们三人便背起包离开。方便面一直送我们三人到门口，几次要开口解释，都因为我突然和小白、佳遥说话而被打断。

　　出了门，小白和佳遥开始埋怨我，说："你为什么一见着徐婧婧就怂了？为什么不把师傅抢过来？"

　　我悠悠地道："跟你们说，你们不懂。"

　　"尿包！"

　　"废柴！"

　　小白和佳遥就这样一人一句地骂完，手挽着手离开了，抛弃了我。

　　我四十五度望天，灿烂阳光的刺激让我忍不住微微眯起眼，再睁开眼，因为受了光线的刺激眼角竟有些微湿润。

　　小白和佳遥不知道，我曾经答应过某人，不会告诉任何人他暗恋徐婧婧的事。

　　我许晶晶一向是个重信用守承诺的人。

　　我深深吸了口气，正要离开，突然方便面追了出来："晶晶！"

　　我转过身，看着他。

　　"晶晶，徐婧婧只是来找我要出国留学的资料，她打算出国。"他在跟我解释。

　　我没说话，这时，我的手机突然响了，来电显示却是高湛。我看着屏幕上那两个字有些茫然，与此同时方便面也看见了来电显示。鬼使神差，我接了电话："喂？"

　　高湛道："今晚我和熊帅、大鹏有比赛，你要不要来看？"

"哦，好，几点？"

"七点。老地方。"

"老地方……"我顿了顿，我和高湛都知道的老地方应该就是上次他带我去的那个篮球场吧，"我知道，那七点见。"

我挂了电话。

方便面面色微沉，道："你现在跟高湛走得很近。"

"你和徐婧婧不也走得很近吗？"

"我跟她之间不是你想的那样。"

这句话很熟。就在前一阵子，刚才给我打电话的人刚和我说过，不知道是不是男生都喜欢用这一句话来表达。

我深吸了一口气，冷静地道："方便面，我跟你说过，我最初帮你减肥，是希望你变瘦了去追徐婧婧，分开她和高湛。我知道我最初的想法很令人不齿，但是你每次看到徐婧婧的时候都会脸红结巴，迫切地想要跟她在一起的心思都挂在了脸上。现在，我的目的达到了。你瘦了，他们俩分开了，徐婧婧也开始跟你接触了，你可以跟你的女神在一起了……至于我跟高湛之间会怎样，那是我的事。你不用总是跟我解释你和她之间的事，我不会吃醋，因为我没有喜欢你，也不可能喜欢你，永远都不可能！所以你不用担心，也不用害怕会失去我这个朋友，我可以向你保证，我们永远都是好朋友。"

每说一句话，我都感觉心口像是被人用大锤狠狠地抡了一下。虽然每个人都在开玩笑，我和他如何如何，但我知道他喜欢的人是徐婧婧，并不是我，如果我像同学开玩笑那样认为他不应该辜负我什么的，那就是在道德绑架，我不想这样。

他的表情变得十分僵硬，双拳紧紧地握起。

我又叹了一口气，努力挤了一个笑容给他，道："你回去吧。我走了，拜拜。"

转过身，我深深地吸了一口气，对着前方的巷口咧了一个更大的笑容，这样心底涌起的酸涩一定没法伤心地涌出来。我在拼命而努力地收拾自己的心，我相信，我能够狠心地放下高湛，也一定能很快地放下他。我才十七岁，未来的路还很长，今天喜欢上他，也许遇到更好的我还能喜欢上别人，反正有一句话说，女人总是善变的，不是吗？

然而，当天晚上，我又一次向高湛爽约，我回到家中，抱着被子，呜呜呜地哭了很久，至于究竟在哭什么，我也不明白。

[*Chapter 17* 一场说走就走的旅行]

期末考试终于结束，成绩单也很快就出来了。过了今天，拿到暑假作业，就代表高二正式结束了，暑假过完，就意味着我们要奔向悲惨炼狱的高三。

"好想吃海鲜啊！趁着暑假补课还没开始，我们去海边浪一浪吧。"佳遥在手机上不停地捣弄着旅游APP。

一想到补课，大家都有种生不如死的感觉。

小白道："浪什么！就是现在飞三亚，三四天后就得赶回来补课能来得及吗？"

我耸了耸肩，道："显然不能。想放松一下，也只能在咱们华东地区转转，是人都知道我们华东地区的海最鸡肋。所以还是好好在家待着吧，躺三天尸，然后敞开怀抱迎接补课，让我们的菊花在这个盛夏都开成向日葵吧，阿门！"

"就知道胡说八道！"佳遥伸手狠拍了下我的脑袋，将手机放在我的面前，"谁说咱华东地区的海都是鸡肋？你们看，嵊泗列岛、东极岛、枸杞岛，人家拍的照片多美呀。"

"嵊泗列岛？那是什么岛？"

"名字听起来感觉很高大上啊。"

我和小白仔细看了看旅游APP上的介绍，看着上面好多的游客攻略，感觉这个岛真的不错。当看到出发地，我不禁感叹："居然从上海出发就可以到，没想到咱华东居然还有这样的岛？我以为华东就一个钓鱼岛了。"

"你们要出去玩吗？"我们三人说得好好的，突然一个人头探了过来，差点吓死了我们三个人。

"熊帅，你是想死吗？"我拍着胸口。

"你们要去哪儿玩？我和大鹏也想找地方玩呢。"熊帅一把夺过佳遥的手机，"嵊泗列岛？这是哪里？看样子不错，要不咱们一起？"

佳遥抢回手机，啐道："关你什么事？"

熊帅呵呵一笑："几天后，我们都得一起跳火坑，也就这几天能一起开心地玩玩，你还这么矫情。"

原本以为去海边旅游吃着美味的海鲜大餐，只是我、小白和佳遥三个人的闺蜜之旅，然而经过熊帅的大喇叭一扩张，去海边游玩莫名地成了一项集体活动。为了防止被一块五毛知道后活动进行不下去，熊帅和大鹏就私下里组织起了这件事，高湛、方便面、我同桌赵君，还有蒋皓一起加入。

到了出发当天，在火车站集合时不意外地又看到了徐婧婧和魏雪。小白当场有种冲动想劈了熊帅。熊帅只好将周大鹏卖了，原来周大鹏一直暗恋徐婧婧，于是通过魏雪邀请了徐婧婧。

小白听完拉起箱子掉头就走，我一把拽住她，道："你干什么呢？"

小白说："老子看着那个绿茶就不爽，多看她一眼老子都要吐。"

我笑着说："我都没吐，你吐啥？我还跟她正面怼过呢，该走人的是我才对啊，你较什么劲？"

佳遥走过来说："你要是走了，我和晶晶怎么可能会留下？我们三人都走了，不是正中她俩下怀吗？搞不好不是在背后说咱们认怂跑了，就是说咱们挤对她俩呢。"

我摇了摇手指说："NONONO！我先申明，我不在乎她俩怎么想，我是在乎车船票和住宿费都付过了，所以我是坚决不会走的。"

"你够了！"小白和佳遥一脸唾弃地看我。

我笑着抢过小白的箱子。小白空了手，立即回转头走过去，冲着熊帅和大鹏踹了好几脚。

徐婧婧和魏雪两个人离我们三人有一段距离，中间的电梯通道就像是将我们两股"恶势力"隔开的最佳屏障。

大鹏在熊帅的怂恿下，鼓起勇气走向徐婧婧，徐婧婧十分热情地和他搭起了话。大鹏激动的神情似要飞扬起来，丝毫不介意徐婧婧是喜欢高湛还是喜欢方便面，似乎心中的女神只要能跟自己说句话聊会儿天，他就已经很满足、很开心。

男生真的是种很奇怪的物种。两个好朋友同时喜欢上一个女生，仍然可以和平共处做一辈子的好基友，而我们女生，若是两个人同时喜欢上一个男生，一定老死不相往来，绝对不会成为朋友，却会因为同一个怨愤的对象而产生共鸣，成为战友倒是有可能。不过，我倒是挺欣赏男生之间的这种感情的。

高湛和方便面两个人买了一大堆矿泉水走过来。方便面顺手将手中的矿泉水递给我，与此同时，高湛也从塑料袋里拿出一瓶矿泉水递给我。他们两人彼此对看了一眼，神情有些复杂。

我望着两瓶同时伸在我面前的矿泉水，一时间也傻了。人生中第一次，愿世界和平的愿望从我的脑子里冒了出来。

"谢谢二位帅哥！"小白和佳遥两人不愧是我最贴心的好基友，两人第一时间反应过来，一人伸一只手将两瓶矿泉水拿走，顿时化解了这场尴尬。

我如获大赦，暗暗吐了一口气。

魏雪冲我翻了个白眼，满脸不屑，接过蒋皓递来的水。徐婧婧一脸平静，伸手拧开矿泉水瓶盖，拧了半天也拧不下来，一脸纠结，道："你们谁帮我拧一下瓶盖？我拧不开，手心有汗。家伟，帮我拧一下瓶盖啦。"

她将矿泉水递到方便面的前面，方便面轻轻一旋就帮她拧开了。

"我去！"小白背对着她翻了个白眼，"几个女生就她拧不开来，就她戏多，林妹妹都没她娇弱。"

"看我的。"佳遥抬了抬眉走向方便面，学着徐婧婧嗲声嗲气，"师傅，我手心有汗，帮我拧一下矿泉水。"

周大鹏看着佳遥手中已经拧开的矿泉水，道："王佳遥，你这水不都拧开了吗？"

佳遥学着徐婧婧的嗲声嗲气，道："拧回去又拧不开啦。师傅，帮帮忙！"

方便面明白佳遥是故意的，也不揭穿她，笑着替她拧开了盖。

佳遥打开矿泉水，还故意在徐婧婧的面前撩了下头发，故意摆了几个pose，将徐婧婧之前做过的动作全部重复一遍后才走回来。

徐婧婧看着她轻啜了几小口水，一脸无语。

小白最终没忍住，一口水喷了出来，道："你是怎么把那些动作全记住的？"

佳遥挺起胸膛，手指着自己的眼睛道："姐就是人肉录像机。"

魏雪安慰徐婧婧，冲着我们仨翻了个白眼。

周大鹏看了我们仨一眼，道："你们女人啊，事儿真多。"

到了候车室，没多久便开始检票，大家排队准备进站。

蓦地，魏雪突然一声尖叫，撞向大鹏，两人手中的矿泉水瓶就这么好死不死地正好砸向我，两瓶几乎满满的矿泉水全部浇在了我的T恤领口处。我胸前一下子被水淋湿了，里面的内衣若隐若现，我下意识地用手护住胸口。

魏雪若无其事地说："刚才有人摸我大腿，谁知道是个小孩儿。"

大鹏一脸焦急，连声跟我道歉："晶晶啊，对不起！都怪我，没抓好瓶子。"

佳遥道："什么小孩子摸大腿，我们几个人周围一个小孩儿也没有见着。"

在进站前，魏雪突然作妖来这一招，无非是为刚才佳遥讽刺徐婧婧的事，想让我难堪。如果这时候我去洗手间换衣服，搞不好车就跑了。

小白刚要发作，我伸手按住她。这样的好戏，未来三天内，我已经预料到必不可少。

徐婧婧的脸上露出一抹似有似无的笑容，宛如女神一般抽出几张面巾纸递给我，道："擦擦吧。"

我笑了笑，无所谓地道："不就是湿了件衣服嘛，又不是裸奔，焐一焐一会儿就干了。"刚说完，我的眼前突然冒出来一件宽大的黑色T恤衫。

"先套上吧。"方便面不知什么时候从行李箱里拿出了他的T恤衫递给我。

我一怔，呆若木鸡地看着他，结巴着说："一……一会儿就干了，这又不是冬天。"

他二话不说，直接将T恤衫往我头上套。我眼前一黑，等我拉下T恤，他已经拖着箱子进了站。淡淡的洗衣液的香气从鼻翼下一阵阵传来，那柔软的棉质触感让我不由得脸一热，连着整个耳根都滚烫起来。

徐婧婧嘴角紧抿，目光微冷，倏然收回手。

高湛看着我脖子上挂着衣服的滑稽模样，拉扯了两下，似乎想将这T恤替我拿下来："黑色的吸热，我这儿有白色的。"

"不用啦，谢谢啦！"我嘴角抽搐，连忙摆了摆双手，赶紧将黑色T恤套好。

熊帅嚷着："晶晶，我衣服带得多，你不够穿，我可以借你。"

146

魏雪冷哼一声，拉着徐婧一起进了站。

"都是你们俩干的好事！"小白踹了熊帅和大鹏一人一脚。

熊帅和大鹏一脸无奈，只好捏着鼻子进了站。

我就这样穿着方便面宽大的T恤，忍着热，像个傻瓜一样进了站上了车。没多久，身上的衣服半干，我就将方便面的T恤取下，想还给他，却见他坐在座椅上闭目养神，似是睡着了，同样睡的还有高湛。熊帅、大鹏和其他几个人玩着三国杀不停地闹腾，也没能干扰着他们俩。我想了想，将T恤叠好收进了箱子。

好不容易到了上海，还要转车坐大巴去码头，排队又等了差不多一个小时才上了轮船。船慢慢驶离海岸线，炙热的阳光投在海面上，星光点点，整个海面就像是撒满了金子似的，灿烂耀眼，放眼望去，一望无际。船上的人个个兴奋不已，有的人对着大海尽情地呼喊，有的人奔走于船舱两侧各种拍照。年轻人如此，老年人也如此，每个人的表情都充满了生命的活力。

我也兴奋了好一会儿，但是没过多久，我便开始晕船，只好回到座位上，乖乖地闭上双眼。我没想到从不晕车晕机的我竟然晕船，即使在太阳穴、人中都抹了清凉油依然整个人软弱无力，生怕一不小心就吐出来。没多久小白和佳遥回来了，我一会儿依着小白，一会儿依着佳遥，心里难受得很。这两人也是奇怪，我刚靠过去睡稳了，另一个人就把我的头拨过去。两个人像是踢球一样，不停地抢着我的头，弄得我又是一阵反胃，忍不住哼哼："小白，佳遥，别弄了，再弄我就要吐了。"

果然，两个人停了手，慢慢地，我也舒服了一些，安稳地睡了过去。

睡了不知多久终于停船了，船舱里闹哄哄的声音越来越大。

"晶晶，下船了，醒醒！"小白和佳遥摇醒我。

我睁开迷蒙双眼，望着站在我面前的两个人，下意识地偏头看了看我右侧的"枕头A"。"枕头A"面无表情地起身，拖着行李箱随着人流下了船。我再偏过头看向我左侧的"枕头B"，"枕头B"冲着我微微一笑，也站起了身，从另一侧拖着行李箱下了船。

我倏地瞪大双眼，看向小白和佳遥，道："坐在我旁边的不应该是你们俩吗？"

小白说："我和佳遥拍照拍得起劲，都不知道你什么时候回了船舱，等我们俩回来，就看见你夹在师傅和高湛之间睡着了。"

"那你们也应该叫醒我啊，怎么能任由我这样靠着他们俩睡着了呢？"

"我的天哪！你是不知道师傅和高湛两个人为了争夺你靠在谁身上睡觉的主权，差一点打起来了。他们两人谁也不服气谁，四目怒对，迸射出的火花电流在空中激烈交锋，刺啦作响，仿佛将整个船舱都要燃烧起来……"

我受不了打断佳遥："停停停！你是不是小说看多了，你说书呢？"

小白道："佳遥说得是有点夸张，但也的确是事实呢。他们两人本来互看得好好的，我和佳遥一站过去，两人突然同时瞪向我们，我们两只好识趣地坐其他位置上了。要不是我拦着熊帅，他还能过去凑热闹给你当垫背。你活脱脱地向我们展示了一把小言里的玛丽苏女主。"

佳遥道："玛丽苏晶，这个名字忒适合你了。"

我去！当时我在梦里感觉"小白"和"佳遥"两个人在不停地抢我的头，原来这不是梦，而是真事啊，只不过不是小白和佳遥，而是方便面和高湛。这两人想干吗？在众目睽睽之下搞事啊！抚额！

"快点下船吧。"佳遥催促着。

我起身，道："咦？我的行李箱呢？"

"哎哟，师傅拖走啦。快点走吧，晕船晕成白痴的玛丽苏晶了！"小白一脸嫌弃我。

"玛丽苏晶是什么东西？快shut up！"我去！晕船难道是我想晕的吗？

碧海蓝天，海风吹拂在脸上带着咸涩的味道，让所有人都振奋起来。

登岛上岸，两脚踩在地面，我终于有了安全感，仿佛那一刻我自由奔放的灵魂又回到了身体里。

我刚想要回我的行李箱，只见方便面和高湛两个人站在十步开外的地方，抢夺一个满是动物的可爱行李箱。两个人的手都搁在行李箱的拉杆上，谁也不让谁。我定睛一看，那行李箱不正是我的吗？

我去！我忍不住在心里爆粗口，这两个人到底想干吗？喜欢徐婧婧就去喜欢啊，不抢她的箱子，抢我的箱子干吗？

赵君贴过来，小声地说："晶晶，康家伟和高湛这一路好像都不太对劲，谣传说两人都喜欢徐婧婧，看起来好像不是这么回事啊。"

"这两人估计想搞基，目前正在磨合阶段。"小白一把揽过赵君，拉着她离开了。

"真的？"赵君一脸不可置信，"果然帅哥都不属于女人。"

佳遥将脸上的太阳镜摘下给我戴上，说："就当眼瞎了，随他们俩去吧。"

"晶晶，听说你晕船，要不要我背你？"熊帅突然跳了过来。

小白回头，用口型小声叫着"玛丽苏晶"。

我扯了扯嘴角，整个人都不好了，这外号彻底将我雷飞了，眼瞎也没法平复我现在的心情！我咬了咬牙，二话没说，冲到方便面和高湛的跟前夺过箱子就跑。谁要做玛丽苏女主谁做去吧，姐才不稀罕。什么情况，姐这种自由奔放的女子怎么能是玛丽苏？去他的！

我拉着小白、佳遥和赵君四人，抢先上了第一辆出租车，也顾不得那贼黑的价格，只要能甩掉后面那些莫名其妙的人就好了。

佳遥坐在车上还不停地播报："师傅、高湛被徐婧婧和魏雪拉上了车，大

148

熊、大鹏和耗子一个车。"

"You，shut up！"我一点也不想知道他们的信息。

没多久就到了定好的民宿，这间民宿算是这一路来看到的比较有特色的一幢小洋楼，院墙一周爬满了蔷薇花。院落里摆着好些藤椅，还有一个小小的酒水吧台，上空悬挂着五彩的小灯泡。到了晚上，灯一亮，肯定会五彩斑斓。一进洋楼的正大门，温馨而又小清新的气息扑面而来。正面是个宽大的接待台，左侧倚墙而站的一排书架上摆放着现在流行的各类心灵鸡汤似的书籍。一旁的窗户上挂满了千纸鹤，底部垂悬着铃铛，迎风飘荡，发出叮叮当当的声音。窗下摆放着一组小小的布艺沙发和茶几，茶几上放着鲜花。

我宁可提着行李箱爬四楼也坚决要了顶楼的房间。顶楼一共三个标间，我和赵君一间，小白和佳遥一间，另一间房间已经住着带孩子的家庭。总之，这三四天我一定要远离方便面和高湛那两个神经病。

当我拿出泳衣，佳遥立即叫了起来："晶晶，你是来参加奥运游泳比赛的吗？"

我一头雾水，道："泳衣怎么了？"

"你这什么泳衣？土毙了好吗？就是国家奥运健儿也不会穿这种泳衣在海边度假吧。"

小白和赵君也跟着一致点头。

我望着我带来的紫色平角连体泳衣，道："没觉得哪里不对啊？哪里土了？"

佳遥打开浴巾，道："让你看看姐姐的。"

"我去！"她身上花团锦簇的分体式泳衣，还有个可爱的小裙摆，将她姣好的身材显露出来，尤其是露出的小蛮腰，盈盈一握，性感妩媚又不失可爱。

小白和赵君也相继敞开浴巾，虽说没有佳遥那么性感，同样是连体泳衣，但是色彩鲜艳、款式漂亮。赵君的泳衣有点像晚礼服，荷叶边大斜肩，加了裙摆，十分女人。

"儿童泳衣都比你鲜亮！"隔壁的夫妻刚好带着小萝莉经过，佳遥指着小萝莉身上粉色的泳衣吐槽我。我一看小萝莉的泳衣，上边满满的都是小鸭子，煞是可爱。

对比我手中的奥运健儿款泳衣，我终于明白她们为什么这么鄙视我，要图案没有图案，要颜色没有颜色，论显身材……一定是显现出天使般的身材。

"马上就天黑了，你身上的跟我身上的在海边有什么区别？"我嘴硬地道。

"有篝火晚会呀，火光一照，就有区别了。"佳遥摆了几个骚包的造型。

"得了，你们慢慢秀吧，我就穿我的T恤和热裤吧，不下海了。"我无力地翻了个白眼，干脆将泳衣塞进箱子里，拿出一件深色的T恤换上，即使待会儿沾了海水湿了衣服，也不像之前的白色T恤一样透出内衣来。

"晶晶，去海边啦！"熊帅嚷嚷着爬上了四楼，然后递给我一把挖沙的小铲子，"给你！刚买的。他们都去海边了，就差你们四个了。"

接过铲子，我们一行五个人向着海边出发。

[*Chapter 18* 成功拯救了敌人]

这里的海滩有个很特别的名字，叫基湖沙滩。第一次听到这个名字的时候，我和佳遥差点没笑岔气。

同行的几位女生，只有我一个人穿着正常的装束站在海边，其他人都穿着鲜亮的泳衣下了海。徐婧婧的泳衣不仅漂亮，更能将她柔软的身姿展露出来，毕竟从小学舞蹈的人肢体就是不一样，而不像我，即使瘦也像个武夫。

同样穿戴整齐的除了我之外，还有方便面和高湛。我看了看他们俩，他们俩看了看我。我突然像个疯子一样冲向了大海，和小白、佳遥她们欢快地打起了水仗，什么地狱高三滚一边去吧，所有烦恼在此刻都被我抛在了脑后。直到疯够了疯累了，我才走回沙滩上坐着。

余晖下，我看见方便面从人群中缓缓向我走过来。

他望着我身上湿透了的衣服，道："没带泳衣？"

自从上次起过争执之后，除了今天塞了一件T恤给我外，方便面几乎没怎么和我说过话。

"带了，不高兴穿。"我坐在沙滩上用手拨弄着细软的沙子，

他挑了挑眉，道："我怎么听小白和佳遥说你带了奥运比赛服？"

"关你什么事？"我斜眼瞪着他，随手用铲子狠狠挖了一铲沙飞出去，再敢乱讲一个字，这沙子飞得可就不是空地了。

他弯唇笑了起来，脸上的笑容在夕阳下看起来依旧那么耀眼。

他在我身边坐了下来，低声道："晶晶，我们讲和吧，别整天像个刺猬一样对我了，我很不舒服。"

"我都说了永远是朋友，是你先不理我的，反倒怪我了？"我继续挖着沙子，挖出了一个水坑，将双脚放进去，让海水浸泡着双脚，清凉无比。

他没有应声，沉默着，像个孩子一样拨弄着面前的沙子……

突然，他抢过我手中的铲子，在一旁挖了一个大大的水坑，又在水坑的周围垒起了塔防。好不容易完工，这时，一只大脚踩了上去，将刚建好的塔防毁了，仿佛这脚就是一直在等着完工的一刻来摧毁它。

"不好意思，把你的作品踩坏了。"高湛居高临下地看着我们。

我抬眸看着高湛，他背对着光，脸上浮现的笑容竟有些像是恶魔一样。

"故意踩坏就故意踩坏，别装什么若无其事。"方便面也不生气，重新开始挖坑。

高湛也在我的身边坐下，就像在轮船上的时候一样。我脊背一阵发毛，感觉周围的气氛顿时不一样了。不远处，徐婧婧站在人群中看我的眼神都变了样。

我忍不住说："我说，你们两个无不无聊，就不能跟其他人一样下海吗？"

"不无聊！怕湿身，不高兴下海。"两人异口同声地说。

两个莫名其妙的洁癖怪！

我嘴角抽动，道："那地方多了去，你们两个就非得坐在我身边，像两尊大佛似的？"

"喜欢！"两人又异口同声。

"神经病！"我瞅着他们两人，腾地站起身，"你们慢慢坐着吧。这海滩的名字，就是见证你们俩友情的最佳证言。"

"晶晶，去吃海鲜烧烤了！"这时，熊帅冲着我直挥手。

我泪流满面，从未觉得熊帅如此可爱，拔腿奔向熊帅。

熊帅，我终于相信你对我是真爱。

虽说海鲜配啤酒容易痛风，但是仍挡不住来海边度假的人，只要是男人，几乎人手一瓶啤酒。熊帅和大鹏看见隔壁桌的人喝得很嗨，心痒难耐，刚伸手想点瓶啤酒尝尝，我便伸手拦住："未成年人禁酒！"

熊帅忍不住爆了句粗口："靠！老子上个月刚满十八岁，上学晚不行吗？"

大鹏道："我也满十八岁了，我也上学晚。"

我摇了摇手指，道："那也不行！喝多了记忆力下降，影响明年高考！"

"去他的高考！出来玩就是要开心，你提什么高考，别扫兴！"熊帅跑去拿了两瓶啤酒，开了一瓶给大鹏。

看这两人倒酒的熟稔姿势，显然已经不是第一次喝酒。倒着倒着，这两人开始引诱同桌其他人一起喝。脱离了学校家庭的禁锢，大家都忍不住放飞自我。除了我以酒精过敏为由，坚持遵守"未成年不得饮酒"的严厉家教选择喝可乐外，其他女生在男生的带动下都忍不住倒了一些啤酒尝一尝。

徐婧婧看着我道："没想到晶晶酒精过敏，好可惜，不然会更热闹。"

魏雪忍不住酸我："平时表现出一副女汉子大大咧咧的模样，不过是喝点啤酒就说自己酒精过敏扮柔弱，可真会装！"

我笑了笑，道："那你还真要感谢我装，我要是不装喝完酒精过敏出事，抓你去派出所，到时候你哭都来不及。"

魏雪被我这么一堵，终于闭了嘴。

徐婧婧说："来来来，都别说了，干杯！"

气氛终于有所缓和。

看不出来看起来最娇小的佳遥喝起啤酒来，男生都比不过。喝多了之后，几个人疯癫地跟着熊帅开始学划拳。

我也懒得劝了，喝着可乐，吃着海鲜，吹着海风，自我满足。不经意间瞅到坐在对面的方便面和高湛，二人手中的啤酒瓶互相碰了一下，彼此之间惺惺相惜的眼波交流，情感自然流露，从未有过的彼此契合，让我不禁打了个寒战。

酒精的作用让徐婧婧的双颊飞起了淡淡的红云，更显得娇媚动人。她端着刚烤好的鱿鱼，递给方便面和高湛，欢快地加入了他们的聊天，一派和谐。

不知道闹腾了多久，啤酒全闹腾没了，因为明天一早要出海垂钓，大家也就散了。

回到客栈，我洗完了澡，突然记起熊帅给我的水枪和铲子被我丢在大排档没拿回来。

赵君说："搞不好被人拿走了，这东西需求量可大了。"

"虽不是什么值钱的东西，但丢了再买就是浪费，我去看看，万一还在呢。"

万幸，等我跑过去的时候，老板正在收拾桌子，也没有留意凳子脚下的东西，我赶紧将东西拿了回来。

走了没两步，便和一个抓着酒瓶猛灌的人撞上了，竟是魏雪，她居然没有回客栈。

她看清是我，嘴角一抬，骂道："汉子婊！"

我去！开口成"脏"！

她的脸特别红，身体也有些歪歪斜斜的。刚才吃饭的时候，我记得女生们喝得并不多，每人最多一杯，但看她现在的样子根本就不止喝了一杯。也不知她是因为不能喝酒真的醉了还是借着酒意故意找碴呢。反正我从小就知道跟喝了酒的人绝对不能较劲，因为那都是神经病。

"行！我是汉子婊！姐姐你高兴就好，你随意。"

我没搭理她，扛着水枪和铲子继续往前走。她伸手想从背后拉住我，但身体反应迟钝没能拉住我，自己反倒摔了下来，酒瓶啪地摔碎了。我听到她的惨叫声回头，见她摔倒在地上爬不起来，膝盖也被摔破了，手肘也被摔破了，一副又惨又窝囊的样子，幸好她不是趴在酒瓶跌碎的地方。

我只好回头扶起她，道："徐婧婧呢？怎么没跟你一起？"

她甩手推开我，身体微晃两下，总算站直了身体，然后冷哼一声："许晶晶，你凭什么？"

"我什么凭什么？"我一头雾水。

"你明知故问！为什么高湛会喜欢你？如果他喜欢徐婧婧我也就认了，可是他为什么喜欢你？你有什么好？为什么是个男生都喜欢你？你长得这么丑，要胸没胸要腰没腰，笑起来像个白痴一样，丑疯了都！"她带着哭腔冲我吼道。

我嘴角抽搐，这大概是我人生中听到的最最最具攻击性的话了。

"OK！OK！OK！我丑我丑！你喝多了，我当你说话放屁！"

"呜呜呜……"她突然哭了起来。

"喂，你都骂我长得丑疯了，我都没哭，你哭什么？"我说什么重话了吗？不就骂了句放屁吗？

"都怪你……叫我去表白！你知道被拒绝是什么滋味吗？就像是心口被人用刀狠狠地挖了一刀！好难过呀！好痛呀！我的心好痛呀……高湛……呜呜呜……"

原来是表白被拒了。

望着她失态的模样，我莫名地有些内疚，那时候叫她去表白，不都是在气头上大家互怼吗？我怎么也没有想到她傻到真的会去表白呀，而且还是在喝完酒之后。

"我敬你是条汉子，你别哭了。"我安慰她。

她顺势倒在我的身上，幸好我的臂膀还算孔武有力。

"呜呜呜……都怪你！许晶晶，我恨死你了！呜呜呜……呃……"她忽地张口吐在了我的胸前。

"啊！我去！你恨我归恨我，但也不能吐我一身啊？我已经洗过澡了呀！"我到底招谁惹谁了？一天之天因为这货要换三件衣服，真是够了！

这货靠着我哇哇地将晚餐吃的东西全吐了出来。污秽的呕吐物从我的胸前一路下滑，那一瞬间，我的灵魂仿佛又放飞出了天际，自由翱翔。除了酸爽的臭味，还有那湿热黏稠的触感，我想我这一辈子都忘不了。我就像个僵硬的木偶一样扭着脖子，任由她抓着我尽情地狂泻千里。我后悔自己的圣母心作怪，若是当时走掉了，管她摔不摔跤，也就不会这么惨了吧。

我从口袋里摸出面巾纸，将身上的污秽物擦去，可是还是很脏。离着那大排档不远，我索性拖着她走回去，和老板借了水龙头替她将身上腿上冲洗干净。冲了一半，手机响了，我刚准备接起，手一滑，手机滑进了水池里。

我去！我一手架着魏雪，另一只手费力地捞起手机，可是才拿出来没几秒，它就华丽丽地黑屏了。那一秒，我血槽已空。

好不容易把自己拾掇得差不多，我这才又架着魏雪离开。

"汉子娘，汉子娘……要不是为了你，老娘的手机能掉水里坏了吗？居然还骂老娘又丑又汉子娘。要是没有我这个力大的丑汉子，你今天就睡马路吧。"我望着挂在身上哼哼的魏雪，咬牙切齿，但又不能将她扔在马路上。

对待敌人不是应该像秋风扫落叶一样无情吗？那我为什么舍己为人般地照顾敌人，宛若圣母？一定是我爸的圣父心遗传给我了。苍天啊！我的手机啊！

我吃力地架着已经开始打呼噜的魏雪，慢慢地走回客栈。就这样走走停停，停停走走，我死了的心都快有了。

我终于看到了客栈门口的灯，大松了一口气。这时，一个高大的身影从院门内走了出来，是方便面。

他远远地看见我架着魏雪，连忙跑过来，紧张地说："你不是去找水枪的吗？怎么回事？打你手机关机。"

"大哥，我真是要好好谢谢你啊，要不是你打电话，我手机也不会掉在水池里啊。呀！水枪和铲子丢在大排档忘了拿了。"吐血啊！我就是跑过去拿这两样东西的，结果遇上魏雪这货，还是忘了拿了。

方便面从我手里接过魏雪，架着她，道："她怎么会跟你在一起？她不是跟徐婧婧一起回来了吗？"

"你问我我问谁去？"于是我将回头拿水枪遇到她的倒霉过程一一道来。

他看了看我身上的衣服，也拧起了眉头，道："赶紧回去洗澡换衣服吧。"

"嗯。"我看着他身上和之前不一样的衣服，显然他已经洗过澡了，"你怎么好好的也跑出来了？"

"我在顶楼晒衣服，刚好听到赵君跟小白和佳遥说你出门找水枪去了，到现在没有回来。"

"所以……你是专门跑出来找我的？"

"你说呢？"方便面皱了皱眉头，接着就开始严厉地训斥我，"一个女孩子深更半夜地跑出去就为找个水枪，你觉得这像话吗？你以为这地方是治安很好的N市吗？万一遇到坏人怎么办？"

"我这不是没事吗？"虽然我嘴上这么说，其实心里已经乐开了花。

"出事就晚了。"

"幸亏我出去找水枪了，不然出事的是这货。"我努了努嘴，指向魏雪。

"下次要是晚上再外出，记得先跟我说，我陪你。"

"哦……"我暗暗咬着嘴唇，心里顿时漾开了花。

我和方便面将魏雪架进了院内，正好撞见高湛顶着一头湿发跑出来。紧跟着，徐婧婧也穿着睡衣跑了出来，再然后小白、佳遥、熊帅他们全都出来了。

熊帅第一个嚷嚷起来："你呀也真是的，不就是个破水枪和铲子嘛，丢了就丢了呗，还找什么找？明天我再给你买一套不就是了。"

"你没事吧？"高湛走到我跟前，紧张地道。

我叹口气，道："我没事，不过魏雪倒是喝多了。我出去找个水枪，还好遇上了。"

徐婧婧抱着手臂站立在台阶上，并没有立即走过来，那冰冷而无所谓的眼神，看着好像一切都跟她无关似的。

熊帅疑惑地道："徐婧婧，魏雪不是跟你一起回来的吗，怎么又跑外面去了？"

她终于走下台阶，语气冷淡地道："我怎么知道她后来跑去哪儿了，打她手机也不接。"

五彩的霓虹灯下，高湛的脸色看起来十分怪异。魏雪向他表白的事，我连方便面也没说。虽然我不知道他是怎样拒绝的魏雪，但是从他的神色看得出来，他见到魏雪这样明显心里也不太好受。

方便面说："俩人都没事，大家都安心回去休息吧，别吵着其他客人了。"

他和熊帅帮忙架着魏雪进了房间，大伙儿也都各自散了。

高湛一个人站在院子里。我经过他的身边，忍不住轻声说："回去睡吧，魏雪没事的。"

他一下子就明白了什么，似是感激地道："谢谢。"

我微微笑了笑，说："我都不知道要说什么了。回去睡吧，明天还要早起。"

我刚迈上台阶，他又叫住了我："晶晶！"

"嗯？"我回过头。

他眉心微锁，神情沉重，道："你是不是觉得我这个人……挺能招惹是非的？"

"再能招惹是非能比得上我吗？我不找事，事都来找我的。走路走得好好的，都能被天上掉下来的鸟屎砸中。就像今晚魏雪这事，你们都没有遇着，偏偏遇着的就是我啊，你说我这运气……"我指了指我身上的脏衣服。

他叹了口气，望着我的眼神有些失落，仿佛我就是那种二到没法沟通的笨蛋。

我明白他想说什么，其实他想说什么想表达什么，我都懂。看到他真切而难过的眼神，我挠了挠头，说道："其实我明白你的意思，我前面说那么多并不是废话啊，只是想通过我的个人案例让你放松下心情。今晚这件事，你也别想太多了，这个世界上有很多事都不是自己能控制和左右的，有些时候都不是自己的错。只要你认为是对的，那就尽管去做，你坚持自己就好啦，不要在乎别人怎么看怎么想。你在我心中，永远都是两米八！"

我将两手伸向头顶，夸张地比了一个心形的手势，他终于笑了。

"我没事了，你赶紧回去睡吧，明天一早还要出海呢。"

"嗯嗯，我这被吐得都快馊了，我得再去冲一次澡。"我拉了拉衣服，那酸臭的味道扑面而来，令人"心旷神怡"。

"嗯，明天见。"

"先走一步！"我噌噌噌小跑着进了大门，三步并作两步地上了楼。

刚要到达二楼，我听到了一个熟悉的声音传来："我还以为她会喜欢你，看来还是喜欢高湛。"

这是在说谁呢？

我本想缩回脚，可偏偏脚快，刚好就迈上了二楼。徐婧婧站在房间门外，看见我突然一下蹿上来，神情微微一怔。

紧接着就轮到我惊讶了，因为和她说话的人不是别人，而是方便面。

方便面的房间和她的房间刚好门对门。他立在房门口，看到我突然上来，神情也是略微一滞。

我挑了挑眉，道："不好意思，打扰你们聊天了，请继续！"

我转过身继续上楼。

方便面突然从背后叫住我，声音略冷："喂，我衣服什么时候还给我？我没有衣服穿了。"

"哦，马上拿给你！你等着！"我在心里死命呸他，不就是打断他跟他女神聊天了吗，至于这么对我吗？

我噔噔噔跑上楼回到房间，气愤地从行李箱里拿出方便面的黑色T恤又要出门。

赵君看见我说："咦？你怎么又要出去？"

"没事。就是不小心坏了人好事，被报复了！"

我拿着T恤冲下了楼，将衣服往方便面手里一丢，道："喏，还你。"

我转身就要上楼，他又叫住了我："哎！你就这样还给我？你不应该给我洗干净了再还我吗？"

我转过身，他一脸嫌弃地将衣服闻了闻，然后将衣服又抛给了我。我难以置信地望着他，他一本正经地说："给我洗干净了，再还给我。"

徐婧婧的嘴角微微上扬，露出一丝讽刺的意味。

气死姐了！不就套了一下吗，就嫌我脏。我是有多脏？嫌我脏干吗要借衣服给我？不就是打扰你跟你女神聊天了吗？非得当着你女神的面这样羞辱我，真是够了！

我紧紧攥着T恤，咬牙切齿地道："等下就给你洗了！"

这时，高湛上了楼梯，看见我杵在楼梯口，一脸狐疑。

我故意冲着高湛比了刚才的那个心形手势，笑眯眯地说："两米八！晚安！"

高湛笑了笑，道："晚安！"

我白了一眼方便面和徐婧婧，噔噔噔上了楼。就你们两人会你浓我浓，刺激人吗？谁不会啊？

怒气冲冲地回到房间里，赵君问我怎么了，我说没事。脱了衣服，我又重新洗了遍澡。洗完澡之后，我开始洗衣服，一边洗着方便面的黑色T恤，一边在心里咒着他，有异性没人性的家伙！

洗完晒好之后我终于疲惫地爬上床，已是夜里一点半了，望着隔壁床呼呼大睡丝毫没有被我影视的赵君，我幽幽地叹了口气。说好了出来是嗨皮放飞自我的，瞧这才第一天就够折腾的，还不知道后面要出什么幺蛾子。还有方便面那个见色忘义的家伙，明天我要是再搭理他一句，我就是猪！

明日要早起出海，我赶紧闭上了眼。

[*Chapter 19* 生病很甜]

可我万万没想到，早起是早起了，但绝不是为了出海。天已经蒙蒙亮，泛蓝的天空亮着点点稀疏的繁星，我的腹部突然开始一阵一阵绞痛。我辗转反复，慢慢地，腹部痛得越来越厉害，双手按着肚子已经不起什么作用。

也不知过了多久，赵君终于听到声响，迷糊地拉开窗帘，道："天已亮了，赶紧起床。"

我终于忍不住疼痛，爬起来奔向洗手间干呕，却什么也要呕不出来。

"你怎么了，晶晶？是不是吃海鲜吃坏了肚子？"赵君终于发现了我的不对劲。

"不知道啊……"我疼得已经没有力气说话，忍着痛刷完牙洗完脸，爬上床闭着眼又躺了一会儿，终于平复下来。不一会儿，小白和佳遥过来敲门，催促着下楼吃早餐。

到了楼下餐厅，闻着食物的味道，我突然又是一阵反胃，跑进洗手间干呕。等回到桌前，腹部的疼痛已经让我无法承受，我不由得哼出了声，额头开始不停地冒冷汗。

小白和佳遥也发现了我的不对劲，担心地问："呀，晶晶，你怎么回事？"

"你这个样子待会儿怎么出海？"

"我可能……没办法出海了。"我的腹部越来越疼，彻底没了力气，趴在桌子上像个死猪一样无法动弹。

魏雪冷哼一声："不是晕船就是肚子疼，可真是娇弱。"

我已经没有力气和魏雪争辩，于是对小白说："你们……去吧，我自己休息就好……"

小白说："你看你这疼得，衣服全都汗湿了，我们陪你去医院。"

方便面走了过来，用手探了探我的额头，我立即伸手毫不客气地打掉了他的手。腹部绞痛着，可也没让我忘了他昨晚当着徐婧婧的面是怎么让我难堪的。他强行又将手放在我额头上，我想赶走那只讨厌的手，但是疼痛让我的手只能顾着自己了。

方便面说："我陪你去医院，小白和佳遥你们去玩吧。"

我连忙说："不用你陪我，你们都去玩吧……"

"都什么时候了，还要强？"方便面厉声道。

高湛突然道："家伟，你跟大家一起去吧，我陪她去医院。"

熊帅也跑过来凑热闹，说："你们去玩，我来陪她去医院。"

魏雪冷哼一声："哈！大家好不容易出来玩一次，就她事多，不能吃海鲜就别吃呗，弄得现在大家都不要玩了，都去陪她看病好了。"

方便面突然沉下脸，拧着眉心，冲着魏雪吼道："你能不能闭嘴？！一路上就你不停地惹事，还爱说三道四，也不知哪儿来那么多废话。我陪她去医院，是我的事，你要去玩就去玩，没有人拦着你。"

一时间，所有人都惊住了，大伙儿从来没有见过这样疾言厉色的方便面，印象里他永远都是那个最和颜悦色的人。

魏雪像是被吓着了，结巴着说："我、我不是这个意思……"

"不是这个意思？那是什么意思？你还记得你昨晚喝得烂醉如泥，是谁把你扛回来的吗？你吐得人家满身，不省人事，你都还记得吗？"方便面很不客气地说。

"我、我、我不知道……"她着急地看着大家。

大家用眼神告诉她，昨晚那个活雷锋是我——许晶晶。

"是许……晶晶？"魏雪难以置信地望着我。

我腹部疼得满头大汗，哪还有心思搭理她，恨不得眼前的人全部都消失。

魏雪说："对不起，我不知道是你……我什么都记不起来了。"

小白也冷哼一声："既然什么都不知道、什么也记不起来就乖乖闭嘴。"

魏雪的眼泪唰一下飙了出来。

此时此刻，我只想一个人安安静静的，人越多，吵得我肚子越痛。

"好了，你们都别说了，赶紧走吧。"我有气无力地说完，摇摇晃晃地站起身，准备上楼躺一会儿。

方便面伸手扶住我，我下意识地甩开他的手，但是腹痛难忍，让我整个人向下坠去，好在高湛及时托住了我的身体。两个人一人拉着我的胳膊，开始相互较劲。

我终于崩溃地用尽我最后的力气，喊道："你们俩够啦！"

这时，徐婧婧站了出来，一脸平静地道："司机已经在外面等了我们很长时间了，不管怎么样这么多人的费用都已经付过了，如果大家都不去的话，费用也不会退回来。我建议留一个人照顾许晶晶，其他该玩的都好好地去玩吧。要出海的跟我走，不出海的留下照顾许晶晶吧。"

我难受地看着徐婧婧，我应该感谢她此时此刻站出来说句实在话，可她直直地盯着我的视线带着些许怨恨，令我发寒发颤。虽然她在极力地克制自己，但是我依然能感受她的不爽，只不过她不像魏雪那样直肠子直接表露出来。

眼下的局面，所有人都僵在这儿不动。如果我不做出选择，这次来玩的意义就没有了，我不能因为我自己一个人，弄得所有人都玩不好。

我伸手拉住方便面的胳膊，咬着牙道："你陪我去医院吧，其他人都赶紧出海捕鱼吧。"

高湛的神情明显带了失落，道："身上的钱够吗？"

方便面回道："够的。"

"到了医院给我们报个消息。"高湛拍了拍我的肩头，转身出了门。

徐婧婧看了一眼方便面，带着一丝不甘离开了。

大伙儿和我一一告别，终于都坐车离开了，整个大堂也清静下来。我咬着牙，连忙冲进了洗手间一泻千里。才站起来，又开始趴在水池干呕，总觉得胃里翻江倒海，可是就是什么也吐不出来。

方便面站在洗手间外，说："去医院吧。"

我点着头，如此迫切地想要去医院。然而刚点完头，我又冲进洗手间内，反反复复好几次，走路都开始打晃儿，身体仿佛已经不属于我，我已经得道升天了。

方便向客栈老板问明了医院地点，又找了一辆车，将我塞进了车内。

车子一颠簸，我又难受得想要吐，头也开始晕晕沉沉的。

他将我揽在身前，忽地伸手摸了摸我的头，说："好像发烧了……你忍着一点，很快就到了。"

我昏昏沉沉地点了点头。

等到了医院，我像头死猪一样靠在座椅上，冰凉的座椅成了我降温的好东西，我将脸颊贴在椅背上，感受那一丝冰凉透过皮肤传递开来，即使只有一小块的面积。

小镇医院并不大，偌大的大厅里挤满了人，很多都是像我这样的游客，方便面挤在人群里排队挂号。不知过了多久，他往我的嘴巴里塞了一个温度计，过了一会儿取出，喃喃地说："38.8度……"

38.8度的高温让我以为我的体温能煎鸡蛋了。

说完他又消失了，等再回来，他将一个软软黏黏的东西贴在我的额头上，清凉的触感从额头上扩散开来，让我一下子舒服了些。后来我才知道，那玩意儿就是我们经常看到生病的小朋友额头上贴的东西，叫物理降温贴。不得不说，这玩意儿在发烧的时候真是个好东西。

他轻轻地摇醒我："到我们了。"

我微微睁开迷蒙的双眼，视线一晃，身体腾空了，方便面瘦削的下颌近在眼前，他将我抱了起来。换作平时，我一定还会扭捏着挣扎，然而此时此刻我混沌的脑子里只剩下抱就抱吧，抱着很舒服……

好不容易见着了医生，一番询问，例如拉几次吐几次，我迷茫地看着医生，有气无力地道："好像拉了三次……记不清了……"我趴在医生的面前连伸手指的力气都没了。

"拉了四次，吐了三次，体温是38.8度。"他比混沌的我还要清楚。

很快化验结果出来了，急性胃肠炎，吃海鲜又吃冰饮的下场！嘴巴过足了瘾，身体却遭了罪。

方便面找了一辆轮椅将我推去了点滴室，这是我活了快十八年的人生第一次坐轮椅，感觉妙不可言。他就像是机器猫一样神通广大，又给我找了张病床，将病快快已经无法站立的我抱上了病床。

小护士替我扎好了针，冰凉的液体顺着针管流进我手背的静脉血管里，流向我的全身，让我滚烫的身体终于感受到丝丝清凉。折腾了许久，我终于可以安稳地沉沉睡过去。

我不知睡了多久，这一觉睡得极沉极舒服，直到耳边清晰地听到方便面叫唤护士换水的声音。我缓缓睁开双眼，方便面正好坐下来，温热的手掌很自然地握住了我插着针管冰凉的手，冰凉的胳膊上也盖着被子，正因为被他这样握着，才会暖暖的，并不觉得冷。

我动了下，他察觉到了。

"醒了？"他立即伸出手在我的脸颊上探了探，很快舒了口气，"应该退烧了，感觉怎么样？肚子还疼吗？"

我摇了摇头，烧退了，不那么热得难受了，四肢也不再酸疼，腹部也终于不再绞痛，别提有多舒服，只是有点冷，许是冰凉的液体在全身各处血管里游走的原因。这液体的量有些大，都冲上了我的鼻子，鼻子莫名酸涩，又冲上了我的双眼，我眼睛里开始有了点点湿意。

从小到大，我生病的时候，在身旁照顾我的人都是爸妈，现在竟然是方便面……回想着他从我在客栈上吐下泻到医院后的悉心照顾，我竟然有些想哭。

我原谅你了，方便面！

我抬起手臂盖住了眼睛，意图将溢出的泪花抹去，不想还是被他发现了。

"你怎么了？还疼吗？"

"没有，我想喝水……"

他立即从一旁拿出一个崭新的水杯，道："温的，可以直接喝。"

我慢慢坐起身，接过这个崭新的水杯，将水一饮而尽。

他不停地在一旁念叨："慢一点。"

我将空杯子交给他，然后很尴尬地一笑，道："我想上厕所……"

"我扶你过去。"他立即起身，一只手刚刚碰到我的胳膊，意图架起我整个人，但是不小心被我自己压着的针管拉扯了一下，令我倒抽了一口气，他索性将我整个人抱了起来。

我的耳根一下子滚烫起来，我确定，我这绝对不是在发烧。

我小声地说："我能走的。"

"这样比较快，怕你像早晨一样来不及……拿好点滴瓶，别掉下来。"他很平静地说着早上的实情。

我最疼痛拉得最惨烈的时候，内裤废了两条……真是不愿相信也不愿再提起今天这个噩梦般的早晨。

他抱着我，直到女洗手间的门前才将我放下，道："你一个人可以吗？"他这一句问话问得仿佛只要我有一点不可以的迹象，他就要跟着一起进女洗手间似的。

我烫着耳朵根说："可以。"

我好容易蹲下，又是一泻千里。医生说了，即使挂完了水也不一定就能立即止泻，可能得到明天。许是我蹲的时间有点长，便听到他在外面喊道："晶晶，你没事吧？"

"没事。"人生难以想象，我会隔着洗手间的门和他这样对话。

我一手拿着吊瓶，一手费力地提着裤子，好不容易才出了洗手间门。

他看着我，视线又忍不住瞄向我的短裤，关心地问："还好吗？"

我有点恼地道："往哪儿看呢？变态？知道什么叫非礼勿视吗？"

他接过吊瓶，笑着说："能骂人，看来是没有什么大问题了。"

我笑了起来，说："谢谢你。"

"你跟我还说什么谢谢？"他也笑了笑。

"对不起。"

"……"

"害你没法一起去海钓……"

"说什么傻话呢？又不是没去过。"

"他们玩得怎么样？"

"玩得很开心。收获不小，熊帅钓得最多，据说今天的中饭和晚饭都可以解决了。"

一听到他们玩得很开心，我终于安心地舒了一口气："唉，还好有你，不然害得大家都没法尽兴了，谢谢你。"

"下面要再循环说对不起吗？"

"啊？"经历了一上午的折磨，像条死狗一样的我终于能肆意地开心笑了。

下一秒他又给了我一个重击："明天还要来挂水。"

"……"

"我可以继续陪你来。"他笑着揉了揉我乱成鸡窝的头发。

"等一下，我的手有点疼。"

方便面拉着我的手抬起一看，不知何时我的手背已经又青又肿。估计是我方才上洗手间时将针头拉歪了，难怪这最后一瓶水吊得时间那么长。

他连忙紧张地叫唤起来："护士！护士！这边！"

小护士笑眯眯地走过来，很快又给我重新扎了针，叮嘱我再上洗手间时要万分小心。

最后一瓶点滴终于挂完了，等我们离开医院，已经是下午一点。方便面将我塞进出租车后座，自己跟着坐了上来，忽地，他又伸手将我揽了过去，我下意识地挡了一下。

他见了我的反应，叹了口气，说："靠着我你能舒服些。"

我犹疑了片刻，他直接将我的脑袋扣在了他的肩上。如他所说，舒服。

我闭着眼睛，咬着唇，静静地依着他的肩头。

前方的司机忽然操着一口东北口音说："你小女朋友吃坏肚子进医院了吧？"

"我不是他小女朋友，我跟他只是同学。"我立即辩解。

司机大哥笑了："同学？嘿嘿嘿，看你们年纪就不大。上大学了吗？"

我没吭声，方便面也没有说话。

司机大哥一个人兀自说着话："每天来我们这里旅游吃坏肚子进医院的人贼多，接下来几天没法再吃什么海鲜了，只能喝点白粥，老难受的。"

司机大哥你这是在人刀口上撒盐呢。

一回到客栈，方便面便让客栈的老板娘给我烧了一锅白粥。上楼梯的时候，他突然蹲下身道："上来。"

"干吗？"我不解。

"我背你。"

"你背我干吗？"

"背你上楼啊。"

"我自己能上。"

"拉那么多次你腿不软吗？"

"不软。"我抬脚上了几层台阶，结果两条腿不停地在打着晃，软也要说不软！

"快点上来。"他一眼就看破了。

"我真的没事。"

"那我抱你？"

"……"

"我知道了，你想我抱你。行吧。我抱你。"他笑了起来，说着作势就要抱我。

我去！谁想要抱了？！

"背背背！"一天之内我已经被他公主抱好几次了，那时意识不清醒的状态也就算了，现在意识清醒到数一亿羊都不会错乱，怎么可能还要公主抱，怕了他了！

他半蹲着身子，我趴了上去，身体一腾空，他背起我。一时间不能适应，我吓得连忙双手紧抱住他的脖子。他又低低地笑了，笑声的震动透过他的后背一直传递到我的心口处，整个心房都在扑通扑通地激烈跳动着。

"你要是累了，可以放下我，我可以摸着栏杆爬上去。"我听着他的喘息声，有些不好意思。

"就你这轻得跟小鸡仔似的，再爬一层就到了。"他顿了顿，将我往上托了托。

一股子像是灌了蜜糖一样甜丝丝的味道在我的心间扩散开来。我咬着嘴唇，将脸贴在他的发间，感受着那一份温暖。可是还没享受几秒，我的腹部突然一阵急流，一个不雅的声音传来，刹那间整个空气仿佛都静止了。

"你忍着！"他先出了声。

我咬着牙急道："快！快！快！"

他加快了步伐，三步并作两步冲上了四楼，将我放下。我急忙刷卡奔向房间的洗手间。隔着两道门，我都能听见他在门外笑得很肆意很大声。

我坐在马桶上，一会儿捏紧了拳头，一会儿捂着额头，今天绝对是我人生中大写加粗的黑暗日子。

未久，老板娘将清粥端了上来，万分同情我，道："来海边玩，就怕吃坏肚子。看着海鲜没法吃，想想就遭罪！"

呜呜呜，老板娘求你别再戳刀了。

老板娘离开之后，我便道："看病的钱我回去还你。手机坏了，身上现金不够，没法还你钱了。"

"没几个钱。"方便面在我的对面坐下，盛起一碗粥，挖了一勺不停地吹着热气。

"那可不行，我不能白白占你这个便宜。"

"我看你们女生整天为点钱算来算去，累不累？"

"这叫亲兄弟明算账，你懂不懂？不管，回去还你。"

"先欠着吧。等我缺钱的时候，你再还我。"

"你有个提款机老妈，等你缺钱，我要等到什么时候？"

"啊——张嘴！"他突然将吹凉的稀粥放在我的嘴边，成功堵住了我的话。

我原以为他是给自己吃的，没想着是要喂我。我害臊地道："我腿是有点软，但是我手又没残。"

"没残吗？不是肿得跟猪蹄一样吗？"他的视线瞟向我被扎肿的右手。

"我还有左手！"我嘴角抽搐，伸出同样有淤青的左手，"能好好说话吗？就你这说话的艺术水准，怎么会有那么多女生喜欢你？"

"没办法，谁叫我人长得帅呢？"他耸了耸肩，甩了甩他那头恣意飞扬的方便面式卷发。

"呃！不行，我要吐了。"

"忍着忍着。"他连忙放下碗勺，紧张地站起身将我抱了起来。

"你干吗呢？"我一脸蒙圈，他已经抱着我走到了卫生间门口。

"你不是说你要吐吗？"

这家伙是公主抱抱上瘾了吗？上厕所爬楼也就算了，这吐也直接给我抱上了。

我无力地翻了个白眼，道："我说我要吐，是因为你自恋得让我要吐了好吗？"

"哈哈哈！"他尴尬而诡异地笑了起来。

突然，房门被从外推了开来，赵君、小白和佳遥三人一脸惊愕地盯着我们俩。我和方便面都愣住了，和她们六目相对。

"Oh My God！"

"什么情况？"

"看来我们不该急着回来的。"

三个人叫完又将门给带上了。

门外又响起熊帅嚷嚷的声音："哎？你们把门关上干吗？我家荔枝晶怎么样了？哎！晶晶！"

"快放我下来！"我挣扎着。

方便面连忙小心翼翼地把放我下来，重新打开了门。我赶紧坐回凳子前，吃起了稀饭。

一行人相继走进来慰问我关爱我。熊帅拎着两个桶进来，向我展示了他们一上午的战利品，其中有很多是我不认识的海鱼，还有好多虾和贝类，竟然还有一条超大的八爪鱼。

"你今天没能去海钓，太可惜了！怎么样？是不是看着就眼馋？"熊帅嘚瑟地让我很想踹他一脚。

大鹏接着又说："晚上我们打算一半烧烤一半清蒸。"

"喊！"我恨恨地挖了一勺白粥放进嘴里。我心心念念的三日海岛游变成了医院游，望着各种诱人的美味海鲜却沾都别想沾一下，简直比十大酷刑还要令人难以忍受。

"瞧你这吃白粥吃的，我老心疼了。"熊帅操着一口东北口音在那儿不知死活地说着。

"你今天是不是想go die？"我冲着他举起了勺子。

小白和佳遥将他和大鹏轰了出去。

我看到魏雪从后面探了一个头，有些尴尬地冲我笑了笑："你没事就好。"说完一溜烟地跑走了。

高湛远远地站着，双手抱着臂，从头至尾不说话。徐婧婧一脸平静地立在他的身旁，脸上看不出神情。

我咽下稀粥，道："我没事，你们辛苦了一个上午，太阳又这么毒辣，都赶紧回房洗洗好好休息一下吧。"

高湛想说什么，可是话到嘴边又咽了回去，道："你好好休息吧。"他浅浅地笑了笑，神情放松地走出了房间。

我冲着方便面斜睨了下眼，说："你也累了，回去好好休息吧。"

他点了点头，离开前不忘叮嘱："记得把粥全喝完。"

徐婧婧跟着他一块儿出去了。

佳遥一见全是自己人就开始放肆了："哎哟喂！记得把粥全喝完！霸道总裁有没有？"

我喝着粥懒得理她。

小白也调侃我说："看来师傅没白留下，你这病也没白生啊。师傅都把你公主抱上了？啧啧啧！你们这是要登火箭啦。"

赵君围着我绕了一圈，说："我就觉得你跟康家伟有点什么，起初听到谣言的时候，我还不信，原来是真的啊！"

我喝完最后一口粥，道："我这还煮的呢！别听她们俩瞎胡说，满脑子里尽是龌龊的东西，人污看什么都污！人家康家伟是出于人道主义帮忙，要不是他，我现在估计就是一条死狗，别提什么喝粥了。"

"算了，咱也不戳破你那点小九九了。咱就等着师傅被妖精拐走，你跟在后面干瞪眼，啪啪啪打脸咯。回去洗洗睡吧！"小白和佳遥两个人手携着手，放肆地大笑着离开我的房间。

赵君摸着下巴，陷入了沉思。

"你可千万别被她们俩带坏了。"我擦了擦嘴，叮嘱完赵君，爬上床休养生息了。

[Chapter 20 看到她，我会连你一起恶心]

这一觉，醒来便已到了傍晚，大伙儿结伴去海边游泳。方便面和高湛都想留下来陪我，被我打发走了。我望着窗外，欣赏着城市里不多见的漫天的灿烂霞光，又进入思考人生模式。

未久夕阳西下，他们从海边回来洗完澡，继续去大排档享用美味的海鲜大餐，而我依然只能独自一个人寂寞空虚烟花冷冷地坐在客栈的天台上，观赏着那如钻石般在黑幕中闪耀的星光，以及品尝着方便面特地嘱咐老板给我煮的白粥，继续思考人生。虽然这粥平淡无味，但是一想到这是方便面的贴心，加了小菜后，我竟也觉得有点甜。

手机浸了水，我不敢开机，也只能等回去再处理。吃了药，又睡了一天，实在是太无聊，我决定下去走一圈。

巷口一家花园酒吧热闹非凡，满院的客人举杯欢闹。闻着爆炒过的海鲜味道，我又有些馋，可是一想着明日还要挂水，还有这时不时还有可能令我直奔洗手间的肚子，我也只能咽下口水。

就当我这几日假日是来减肥的吧！呜呜，我也只能这么在心里自我安慰了。

走了没多远，我便有些累。医生让卧床休息那绝对不是骗人的，我慢慢地向客栈走去。走着走着，离着客栈还有两三栋楼的距离时我便听到了两个人争执的声音传来，仔细一听，竟是徐婧婧和魏雪。

好奇心永远是驱动人类灵魂的其中一条鞭子。

我忍不住顿住脚步，贴着院墙拐角探出头，拉长了耳朵听两个人在说什么。

只听徐婧婧道："我怎么利用你了？你自己喜欢动不动就跟人掐架，关我什么事？"

魏雪道："关你什么事？我哪一次跟许晶晶掐架，不是你在背后教唆的？你一直以来都把我当成你的枪子使，别以为我不知道，你打心底就瞧不起我！"

"我教唆你？你脑子长我头上了？"徐婧婧冷哼一声，"你动不动就对许晶晶百般挑刺，难道真的只是为了我，而不是为了你自己？你要是真一心为了我，昨晚帮我买个卫生巾的时间，怎么会背着我去跟高湛表白？"

听到我的名字，我下意识地顿了顿脚步，这两人吵架怎么也不忘记我？

魏雪突然掏出手机滑开，指着手机上的内容，说："昨晚约高湛出去的是你吧？是你给他发的消息对吧？"

徐婧婧扫了一眼手机上的内容，看着脚下的影子，道："我不知道你在说什么？也不知道你从哪P来的这张图。"

魏雪厉声说："这是你和高湛的对话，是我今天从你的手机上拍下来的。昨晚明明就是你约了高湛，然后你又找借口让我去帮你去买卫生巾，你设计我？"

虽然我看不见魏雪说的那张照片的内容是什么，但是两人的对话却十分耐人寻味。徐婧婧约了高湛出门，又故意设计魏雪偶遇？魏雪借机表白？徐婧婧为什么要这么做呢？她跟魏雪不是好基友吗？

徐婧婧嗤道："我设计你？我为什么要设计你？还是设计你向高湛表白？你是昨天晚上的酒到现在还没有醒吗？神经病！"

徐婧婧骂完要走，魏雪又是一把拉住她。

"你别装了。这件事是不是你干的你自己心里清楚，是你把目标转移到康家伟身上，我才敢和高湛表白。我知道你也远远地看着呢，我做什么事情能逃过你的眼睛？刚才吃饭我不过就跟赵君问了下许晶晶的情况，你就对我冷言冷语。昨晚我喝醉酒，是她把我弄回去的，你呢？你明明远远地看着我难过，也没有想过伸手拉我一把，掉头就走，根本不管我的死活！其实在你心中，压根就没把我当成朋友吧。一直以来，你都在利用我。我没想到这次你会这样，你一直就当我是个炮灰白痴吧！"

徐婧婧甩开魏雪的胳膊，用力地指着魏雪的心口，道："我怎么没当你是朋友？如果不是我，你能经常见着高湛吗？你能一起跟着到这里来度假吗？可是我怎么也没料着，朋友会在你背后干戳刀子的卑鄙事。说我利用你，是你利用我才对吧？"

越听我越忍不住拧起眉心，原来这世上谁都不是傻子呢，大家都是明白人呢，只是有些人不说罢了。看着这两人闹成这样，我突然庆幸有小白和佳遥这两个好基友，交友一定得真心呢。

"徐婧婧，你够了！别再冠冕堂皇地说得自己跟圣人一样。别以为我不知道，高湛根本就没有喜欢过你，他也没有跟你在一起交往过。你给他写情书，阴差阳错，让他以为是许晶晶。你知道他喜欢许晶晶，你很恼，所以你利用他喜欢许晶晶的心理，故意向许晶晶示好，骗许晶晶，拉着她一起回家，让高湛以为你在帮他，其实你根本就是在为你自己铺路搭桥，后来被高湛识破了，高湛为了不让你难堪，才一直没有挑明罢了。"

我本来打算离开，不想再听这两人吵架了，可是没想到魏雪接下来的话让我倏然顿住脚步，心猛地咯噔一下。不是因为他们俩早恋要我替他们俩打掩护吗？怎么变成我被利用了？我才是那个被打着幌子要跟踪的人？所以说那么长时间来，我一直像个傻子一样好心地帮他们两人打掩护，根本就是徐婧婧在骗我，把我当猴耍，根本就不是她和高湛在一起……

我仔细回忆起来，难怪！他们两人每次放学回家的路线，总是会挑往我们家走的那条路上，早恋不是应该挑离家远的路才对吗？不是应该更加怕家里人看见才对吗？因为他们俩根本就不是在谈恋爱，所以根本不用惧怕。难怪！每次他们两人一起放学，没隔多久，总是会有熊帅和大鹏出来捣乱。那时候，我还会嫌弃熊帅和大鹏碍事，总觉得这两人很不识趣。其实根本不是他们俩不识趣，而是他们本来就是跟高湛一路回家的。所有事情联想起来，全都通了，而我竟然像个傻子一样被徐婧婧摆弄了近大半学期！

啪的一声，徐婧婧一巴掌打在了魏雪的脸上。这是第一次，我瞧见徐婧婧那温和的假面下暴露出真性。徐婧婧冷冷地道："你少在那儿胡说八道！"

"你竟然敢打我？"魏雪捂着脸一动不动，黑暗中又隔了些许距离，我看不清她脸上的神情，但听她的声音像是要哭出来似的。

因为暗恋被她这样摆弄，她还有理打人？顿时我的火气自下而上愤而涌起。我走出黑暗，出现在她们两人面前，瞪着徐婧婧道："魏雪刚才说的都是真的吗？"

两个人被突然出现的我吓了一跳。

徐婧婧惊诧地说："你怎么会在这里？"

"我不能在这里吗？"我没好气地回道，然后转向魏雪问："你刚才说的那些话都是真的吗？"

"我……"魏雪一时间犹豫了。

徐婧婧见我追问突然发了急，大叫了一声："魏雪！"

"徐婧婧，你敢不敢闭嘴？！"我冲着徐婧婧吼道。

不知是否被我的气势吓到，她顿时没了声音。

魏雪面部表情复杂，为难地看着我。

我盯着她，道："你别忘了她刚才打了你！我就问你，你刚才说的那些是不是真的？"

魏雪还在犹豫。

我走近她又道："昨晚你喝那么多酒，你都看见她看见你了，但是她呢？却弃你于不顾。你想想你一个女孩子要是在外面出了什么事，要怎么办？你还要继续帮她吗？"

"魏雪，你要是敢胡说八道，信不信我撕了你？"徐婧婧一改往日的淑女模样，有些疯狂。

魏雪被这话一刺激，立即道："我哪里胡说八道了？你一直以来当我是白痴一样，你以为我真的什么都不知道吗？那次在咖啡店里遇到许晶晶和康家伟在一起，你迫不及待地给高湛打电话，是你想要让高湛亲眼看到她和康家伟在一起。我们跟高湛并没有约好，那天高湛明明约了熊帅和大鹏他们一起打球，是你料准了高湛听到许晶晶在场一定会喊她一起玩。因为有熊帅在，你也料准了她一定去了就会走。"

"魏雪，你给我住嘴！"徐婧婧的表情狰狞而扭曲。

"徐婧婧，你给我闭嘴！"我气得浑身发抖，从来不知道自己的好心帮忙，成了别人利用的利器。

魏雪冷笑一声，道："徐婧婧，你就是一个彻头彻尾的绿茶婊！绿茶婊！论背后戳刀子的功力，谁都比不过你。"魏雪骂完，又冲着我道："还有你被李有晴围堵，也是她故意透露的消息。"

徐婧婧冲过去就要扇魏雪耳光，我立即挡在魏雪面前，一把抓住了她高高扬起的手："被揭丑了不让人说了？你跟我说你和高湛在一起，怕被你妈知道，让我陪着你一起回家，结果你一直以来都是在骗人。"

"骗你又怎么样？当初你听到能天天跟着高湛一起放学回家的时候，你脸上是什么样的表情？乐得都开花了呢。现在你知道了真相，你去啊！你跟她一样去跟他表白啊！"徐婧婧狰狞地笑着，第一次让人觉得她那张漂亮的脸蛋看起来如此的丑陋。

我用力地紧攥着徐婧婧的手腕，怒道："我喜不喜欢他是我的事，跟你拿捏我来骗我是两回事。"

"你想打我吗？"徐婧婧想要挣脱我的束缚，但却被我紧紧地抓住。

"我为什么不敢打你？从小到大，你借我妈的手，打我的次数少了吗？"

她突然伸出另一只手，一把扯住我的头发，道："是你自己差劲，你妈喜欢打你，跟我有什么关系？你不就学过点武术吗，有种你就打我啊？"

头发拉扯着头皮的疼痛让我差一点松开了抓着她的手，但我不甘示弱，拼着全身力气将她推向对面的围墙，按在墙上怒道："徐婧婧，你真以为我怕你不敢揍你？"

可我没有想到徐婧婧用头猛地撞向我的额头，我的脑袋嗡地一下像是炸开了。我松开了手，她狠狠地用力推开我，我重心不稳，一个趔趄摔倒在地，原本就虚弱的身体让我一时间躺在地上没有起来。

徐婧婧走过来便往我的腿上又用力地踩了两脚，我更痛了，抱着腿蜷缩着。

"许晶晶，你知道我有多讨厌你吗？从小到大我都讨厌你！凭什么你可以每天开开心心地活着，而我要去学这样那样？凭什么从小到大，大人们提到你就说你可爱讨喜，喜欢逗你玩，看见我除了夸我长得漂亮学习好还会有什么？凭什么你毫无特长还能跟我考进同一所学校，还在同一个班？凭什么他们男生喜欢跟你聊天跟你玩？凭什么高湛会喜欢你？凭什么？！你哪一点比我优秀了？你哪一点比我强了？我为什么总是要跟你这样的人相提并论？你为什么叫许晶晶，你知不知道你的名字有多恶心？每次听到别人叫你，我都会恶心！"

　　魏雪许是看我躺在地上，想着我还在生病，怕我出事，有些害怕，颤抖着声音说："你们俩……别打了！别打了！徐婧婧，你住手吧，她还在生病……"

　　"你给我闭嘴！"徐婧婧冲着她吼了一声，然后又给了我几脚。

　　我咬紧牙，捏紧了拳头，生生忍着被她踩过踢过的地方的疼痛。是的，我早上刚挂过水，身体还虚弱着，刚才的拉扯已经消耗了我不少力气，这会儿又被她推倒在地狠踹了几脚，痛得我差点爬不起来，但我内心绝不甘示弱，我不会被就这么被她打趴下的。

　　我看准了时机，伸出双手紧紧地抓住她的一只脚踝，用力将她掀翻在地。这一回轮到她痛苦地摔倒在地，我扑过去骑在她的身上，挥手就左右抽了她两记耳光，心中那团隐忍了十多年的怒火终于在这一瞬间燃烧了爆发了炸开了。

　　我揪着她身上的T恤，怒吼："你以为就你讨厌我吗？我不止讨厌你，我还恶心你呢！我许晶晶坐不改名，立不改姓，你不喜欢'徐婧婧'这个名字，你去改啊！"

　　徐婧婧愤恨地看着我，她瞪着我的眼神就想要撕了我。我骑在她的身上，压制着她，她只能拼命地挣扎着，挥舞的手好不容易抓到我的头发死命地拉扯着。拉吧，今天就是被你拉成秃子我也要出了这口憋了十几年的气。刚才又是踢我又是踩我是吧，我甩手又抽了她几个耳光，歇斯底里地吼道："我考试考得不好，你会假装不小心先告诉我妈。我要是哪一次考得比你好，你也会想法子把我在学校被老师批评或者把衣服弄脏弄破的事，装作不经意地告诉我妈。舞蹈课上被老师罚，你也会借他人之口告诉我妈，后来我偷偷跑去对门的武馆，你还是会让别人告诉我妈。小学毕业那年，舞蹈比赛老师明明选了我，但是你故意弄坏小宁的衣服诬赖在我的头上，让我和小宁起了争执，于是我们两人都被取消了参赛资格。小时候我不懂，直到上了初中之后，我才知道你有多坏，你从来都是为达目的不择手段的心机婊，背地里处处算计别人，表面却伪装成无辜又无害。没有想到，上了高中后，你更是变本加厉，你不仅利用高湛、魏雪，你竟然还能教唆李有晴来打我，她才是个初中生……你根本就不是人！"

　　我用额头狠狠地撞向她的脸。

　　"天哪，你们在干什么呢？！"

　　"别打了，快住手！"

他们终于回来了，看见我骑在徐婧婧的身上抽打她，他们都以为我疯了。

"许晶晶，你住手！"方便面直接冲过来将我从徐婧婧的身上拉了下来。

熊帅说："哎呀妈呀！吃个饭的工夫，你们两位小姑奶奶怎么好好的就打起来了呢？"

小白和佳遥拉着我的胳膊，不停地问："怎么回事？怎么回事？"

我摆了摆手说："没事，就是打了那个绿茶，姐舒服！"

"到底怎么回事？怎么好好的两个人就打起来了呢？"高湛问缩在一旁的魏雪。

魏雪带着哭腔说："我也不知道……两个人为了你吵着吵着就这么打起来了……"

魏雪这么一说，所有人都怔住了。高湛惊讶地看向我，仿佛这不是真的。

方便面拧着眉心，一脸不可思议地望着我，说："你是不是疯了？你知道你在干什么吗？"

"我没有疯！我揍她你心疼了吗？心疼你就过去啊，赶紧抱着她安慰她啊！"

"你知道你现在像什么样子吗？"

"我要像她那样吗？流着鳄鱼的眼泪博取同情吗？你知道什么？！你知道个屁！"我冷冷看着他，用力地甩开他的手。

小白和佳遥夹在我们两人中间不知道该劝谁。

徐婧婧好不容易从地上爬起来，身体晃了晃还没站稳，便又摔倒在地上。

大鹏忽然叫了一声："婧婧，你流血啦！"

两条鲜红的血流从徐婧婧的鼻孔里流了出来。她用手抹了一下，手指上沾满了鲜红的血，随即眼泪流了出来。

赵君摸出纸巾不停地给她擦着鼻血。

我看着她装就恶心，人前装弱从来都是她的强项。我冷冷地道："别在这么多人面前装，你有种把你刚才踩我、跟我对撕的那副嘴脸露出来吗？"

方便面突然冲着我厉声道："许晶晶，你先给我冷静下来！"

"我现在很冷静！"我难以控制地吼道。悲痛的酸涩从我的心底一下子涌了出来，我极力地克制着，绝不让那懦弱悲伤的眼泪从眼眶里冲出来。

高湛也跟着吼道："你们俩都给我冷静一下！"

大鹏忽然嚷嚷起来："不行了不行了！得送医院，这胳膊也破了好大一块皮。你们谁去找个车？"

熊帅二话不说奔出巷口找车去了。

徐婧婧仰着头，赵君和大鹏扶着她，慢慢地走了过来，当走到方便面的跟前，她忽然伸手拉住方便面的手，惨兮兮地说："家伟，你陪我去医院吧。"

我禁不住冷噍一声。这种事也只有她这种绿茶能做得出来。我冷冷地瞪了她和方便面一眼，转身就走。

方便面追上我一把拉住，说："这么晚了你去哪儿？"

我甩开他的手，望着他身后伪装得一脸楚楚可怜的徐婧婧，以只有他能听见的声音压抑着道："你给我滚开！我现在不想看见你，一看见你，我就想到你喜欢那个恶心的绿茶，我就连你一起恶心。"

他面部神情一滞，手也一下子松了。

我转身就往海边跑去。

"晶晶！"远远地，我听见高湛的声音。

高湛很快就追上了我，并拉住了我："晶晶。"

所有情绪在一瞬间爆发开来，悲伤的委屈的眼泪也随之涌了出来。我真的没有想到刚才还很坚强的我，就这样哭了出来。其实徐婧婧欺骗我的愤怒，早在方便面将我从她身上拉下来的瞬间转变了。我以为这么长时间，以他对我性格的了解，会相信我不是个主动攻击人的人，但是并没有，他站队的依旧是他心中的女神，而我只是那个帮助他减肥的朋友。

他拍着我的肩头安慰道："不管因为什么事因为什么人导致你们发生争执，我都不会问，如果你觉得委屈，想哭就尽情地哭吧。"

我低着头默默地哭泣着，眼泪顺着脸颊流向嘴角，那咸涩的味道透过嘴唇掠过味蕾满是苦，那种苦在我心底慢慢扩张成了网，又慢慢地收紧，越收越紧，勒得我都快要喘不过气。

高湛走近我，将肩头借给我："哭吧。"

不知哭了有多久，我终于哭够了，说："我想一个人去海边走走。"

他的神色微变，说："你身体不要紧吗？今天才挂的水……"

我赶紧说："你放心吧，我不会想不开去跳海什么的。只是好不容易来海边，我却已经一天没看见大海了。"

"这么晚了，你一个人不安全，我陪你吧。"他笑了，在路灯的照耀下那笑容依旧是那样的绚烂。

我点了点头，他陪着我往海边走去。

海滩的入口处很多人在往外走，收费的窗口已经关闭，门口的检票员也不知去向。到了海滩，踏在细软的沙子上，一阵海风迎面扑来，夹着的是那咸腥的海水味道。岸边灯光隐隐的照耀下，整个海滩已没有傍晚热闹非凡的景象，只是稀稀疏疏的人群，除了海浪缓缓卷流拍打着沙滩的声音，听不见其他。

深夜下的大海，就像沉睡中的孩子一样，平静，安稳。

在这静谧的夜晚，听着朵朵浪花规律的拍打声，我狂躁充满戾气的心也在一瞬间慢慢平静了下来。

今天一整天是愉快的还是悲伤的，是甜蜜的还是苦涩的，所有的感觉都随着风随着浪花被全部卷走了……

第二天一早，我便一瘸一拐地叫了车去医院挂水。没有人看见昨晚我双腿被徐婧婧又踩又踢的位置现在有好几块淤青，青中还泛着红黑点点，只要轻轻一触碰，就疼到让我头皮发麻。等到下午回客栈的时候，小白和佳遥跟我说早上方便面接了一通电话，便和徐婧婧一同提前离岛走了。本来他们还担心他和徐婧婧买不到回程的船票，后来他来信息说他们已经买到票上了船。

他们不知道方便面身上藏了一个万能的机器猫，什么事都难不倒他，那个说好了要继续陪我一起挂水的人，终究还是跟他的女神一起走了。

男生都是大骗子！

第三天下午，休养了两天的我又开始生龙活虎，只可惜蔚蓝的海岸线和美味的海鲜我都没有享受到，便跟着大伙儿离开了这里。

这真是人生中最糟糕的旅行！

[*Chapter 21* 伴随着悲伤的，总是离别]

回到N市，只休息了一天，残酷的补习班便开始了。虽然教育部门三令五申严禁各个学校在暑假期间办补习班，可是那全是针对低年级的孩子的，高三的孩子全都是待宰的猪羊。

原以为我跟方便面还会像从前一样，吵完之后两个人都会忘了之前的不开心，但是事实并没有我所想的那样，从那晚吵完架之后，我便没再和方便面说过话，他也没有主动跟我说过一句话。

以前每天晚上我和他都会整晚开着视频一起聊天一起学习，可是从回来之后，他的头像就再也没有亮过，不知是再也没有上线，还是对我隐身了。我有我的骄傲和自尊，我跟他之间就像是竖起了一道厚实的墙，谁也看不见谁。

他从老师心目中最优等的学生，一下子变成了自由散漫毫无组织纪律的坏学生，学校的补课他想来就来，不想来就不来。好不容易有一天他来上课，我发现他整个人消瘦了很多。一块五毛一见着他就劈头盖脸地骂了一通："不要以为成绩排第一，能想不来就不来上课，想不做作业就不做作业。你知道你这样给全班同学带来的影响有多坏？以后你要么按时来上课，要么就别来！"

第二天他准时来上课，高老师以为批评教训起了作用，然而到了第三天，他又变成了之前的样子。八月初的时候我还能见到他几面，到了八月中旬他的身影直接消失了。

短短的一个暑假，所有人都感到他有事，但所有人都不知道他究竟发生了什么事，而所有事情的转折点就是从他离岛那天开始。

小白和佳遥几次问我，其实我比谁都想知道他发生了什么事，但是骄傲和自尊让我不知该如何去开这个口。

这天补习班上，两个人又开始在我面前说。

佳遥说："晶晶，你真的不管师傅了吗？"

小白说："两个人就是幼稚，吵架又怎么了？你看徐婧婧，还不是和高湛好好的，正常说话。"

佳遥说："哎，你这么一说，我突然想到什么，她好像和平常一样，怎么就不奇怪师傅为什么不来上课？"

小白一拍桌子，道："对！她一定知道什么！"

徐婧婧就像个正常人一样，只是不同我和魏雪说话，也从不讨论方便面的事。

补习班放学后，我没再多想，背着书包坐了公车直接往方便面家去。到了他家，我站在门外敲了很久的门都没有人应声，打他的手机，也一直没有人接。

正当我丧气地意欲离开时，隔壁经常找康叔修水电的王阿姨突然走过来，问："你是家伟的同学吧？"

我连忙点头，道："对对对！是王阿姨吧，我叫许晶晶……那个家伟……好像不在家。"

"你不知道吗？他爸得了癌症啊，家伟最近天天都在医院照顾老康呢。"

"什么？！"我难以置信所听到的一切，感到全身一阵发麻，腿脚都开始有些发软，"阿……阿姨，拜托你能说得清楚一些吗？康叔他到底怎么了？好好的怎么会得癌症？"

"是胃癌。好像是上个月月初吧，老康突然倒在地上，后来送去医院，医生说他是胃癌晚期。"

上个月月初，不就是我们一起去岛上玩的时候吗？

"胃……胃癌晚期？！"可怕的医学名词让我浑身都开始发颤。

"对的。老康早就知道自己得癌症了，估计是怕影响他儿子学习，一直在隐瞒他儿子这件事，自己偷偷看病。那天实在是疼受不了晕倒在地，我们也才知道。大伙见着了，就赶紧把他送去医院了。"王阿姨一脸惋惜的表情，"老康这人就是命苦，一个人把家伟拉扯这么大，家伟也争气，眼看着明年就高考了，他突然得了这么个病。"

我的脑子嗡一下炸开了。原来我之前看到康叔吃药，说话的时候一直捂着胃，并非他所说的什么关节炎痛直不起腰，而是因为他得了胃癌。我真是个猪啊！我竟然傻得以为那是关节炎。

"阿姨，你知道康叔在哪个医院吗？"我急忙问。

"哦，知道知道。省人民医院的肿瘤科，但是具体哪一床我给忘了，我就记得是走道尽头靠最里倒数第三个还是第二个房间。"

"谢谢阿姨！谢谢阿姨！"我深深地向王阿姨鞠了个躬，转身撒腿就往公交站台跑去。

难怪方便面一个月来变了许多。在他为康叔的病情烦忧的时候，我却还在责怪他小气，怪他喜欢徐婧婧，跟徐婧婧走了，其实最小气的那个人是我，每次都是我各种无理取闹，说好了一起做伴，却一直善妒。即使作为朋友，我都不能细心地为他分忧，明明亲眼见到康叔偷偷吃药，可我却认为那不是什么大事。许晶晶，你根本不配当别人的朋友！

下班高峰期，路上各种堵车，省人民医院地处市中心，更是堵得水泄不通。我站在车厢内，心急如焚。

我不停地自责，好不容易到站下了车，我一路狂奔进医院，一路不停地询问，终于找到了住院楼。坐着电梯到了病区，当电梯门打开的瞬间，刚好碰见一个戴着帽子的病人一边咳嗽一边我的面前走过，我一路跟着他找到了护士站。

护士站内，有两名护士正在埋头专心地工作着。我拉紧了书包带，轻轻地喊了两声，但是没有人应我，我只好乖乖地站在柜台前，不敢打扰她们。我小心翼翼地四处看了一下，走廊里没什么人，只有一两个家属进进出出地忙碌着。护士站一旁的墙上像是挂着患者的进食卡，上面标明每位患者的名字。我扫了一眼，瞧见康叔的名字，却没有标明他在哪个房间。

许是我站的时间太久了，一直在埋首工作的护士终于发现了我，问道："你是哪位患者的家属？现在已经过了探病时间。"

"哦，我是康牧华的……"我突然不知道要怎么表达我跟康叔的关系。

护士抬头狐疑地看着我，说："你是康牧华的女儿？"

"啊？我……"我正在想着说是还是不是，谁知护士已经抢先说了。

"进去吧进去吧。"护士说完继续埋头工作。

"谢谢护士姐姐。"我转身就向一边走去。

"不是那边，是这边。1026床。"护士突然站起来说。

"哦哦哦，谢谢。"我又走回头。

隐隐约约，我听到两位护士开始交谈："老康的女儿怎么这时候才过来？"

"老康是离婚的，估计这女儿是跟着妈妈的吧，她妈不让她过来呗。"

"长得一点都不像啊。不像老康也不像他前妻啊，倒是他儿子长得挺像他妈的，很好看。"

"基因这个问题你得去六楼问郝主任。"

我暗暗舒口气，终于找到了1026号房。

透过门上的玻璃窗看去，病房里的灯是暗的。我轻轻地推开病房门走了进去。房间内一共有三张床，三张床上都躺着病人，家属已经在一旁摆开了陪睡椅。离门最近的一床是一位老爷爷，旁边陪睡椅上的应该是他的儿子。中间床的病人刚好是我在电梯间碰到那个戴着帽子的光头年轻人。他的妻子正扶他躺下，看我进去，有些迟疑，问道："你找谁？"

离窗最近的那张床上躺着一个人，背对着我，我不能确定是不是康叔。我轻手轻脚地走过去，果然是他。我轻轻地叫了一声："康叔？"

康叔听到我的声音，明显一怔，然后缓缓转过头来，难以置信中带着惊喜。

他虚弱地道："晶晶，这么晚你怎么过来了？"

眼前的康叔已经再不是我暑假前见到的那个意气风发、神采飞扬的中年男人，如今已经很瘦，面色枯黄，头发也变得稀疏，说话有气无力，再也找不到以前的模样，整个人就像是变了个人似的。他有一截小臂露在外面，肘窝之处插着针管，病床顶端的吊标上挂着两大瓶点滴，仅一瓶的点滴量就是我上次生病时的几倍多。实在难以想象这冰凉的液体流进他的身体里需要多久的时间，也难以想象全身上下都被这冰凉液体包裹的感觉。

顿时，我的鼻头一酸，眼泪就这么滚了出来："康叔……"

"丫头别哭。"他慢慢地撑起半个身体。

一旁的家属指导我将床摇起来，我连忙抹了抹眼泪将病床一点一点地摇高。我坐在病床前，眼泪又止不住地流了下来："对不起，康叔，我不知道你病了……到现在才来看你……"

"是我不让家伟说的，没事没事。"康叔笑了笑，但是笑容过后那眉宇之间还是落着淡淡的忧伤。

这时，病房的门再次被推开来，方便面拎着一个保温壶进来。他看见我坐在病床前，神情怔然。

大半个月没有见他，他比之前更瘦了，下巴也变得更加削尖，头发也长长了一些，弯弯卷卷的，遮住了眼睛。

他拎着保温壶慢慢地走过来。

"你怎么……你什么时候过来的？"他本想问我是怎么知道的，后又改口问我什么时候来的。

"刚到一会儿。我去过你家，隔壁王阿姨告诉我，然后我就过来了……"我难过地望着他。

他打开保温壶，将里面黑乎乎的中药倒进了床头柜上的茶杯里，然后递给康叔，道："爸，喝药。"

康叔接过杯子，喝了一口，眉心拧成了一条线。不知这药是否太苦，康叔足足喝了有十几分钟。喝了药，方便面扶着他睡下，替他盖好了被子，才领着我出了病房。

我跟着他一直走到病区外，电梯口处，他才停下，开始跟我说事情的原委。

原来那天晚上我和他吵完架之后，他陪徐婧婧去医院止血，刚好接到了省人民医院的电话，说是下午康叔就被送进了医院，当时没有联系到他。所以第二天一大早，他就花高价从别人的手中买了第一班船的船票。徐婧婧听到了电话内容，又因跟我打了架，不想留在岛上，便跟着他一起离开了。赶回来之后，医生让他选择是否动手术，他和康叔商量过后，抱着一丝希望在手术单上签了字。但是手术进行到一半，医生从手术室里出来告诉他，让他做好心理准备，康叔胃中贲门和幽门处各有一个肿瘤，幽门位置的肿瘤已经扩大到把连接肠道的位置差不多堵起来了，癌细胞像撒了芝麻粒种子一样扩散到整个腹腔内。

一系列陌生的医学名词，让我根本无暇反应，单听到癌细胞像撒芝麻粒种子一样便难以想象。

我现在看到的康叔，已经动完了手术，在做化疗，所以整个人看起来十分的虚弱。我眼见康叔花了十多分钟才将那碗药喝完，并不是因为那碗药很苦，而是因为他无法很快地喝下去，他不仅进食困难，消化更加困难。

"医生说，如果他精神意志各方面还很坚强的话，应该还能撑个半年到一年，"他顿了顿，深吸了一口气，才又接着说，"如果意志不坚强的话，可能最多只有三个月。"

"不是说胃癌是所有癌症当中最有希望治疗的吗？不是可以将胃切除吗？"

"医生说，我爸这种属于胃腺癌晚期，发生转移又无法手术，只能……等死。"

他哽咽而艰难地吐出最后两个字，我的眼泪顿时抑制不住地滚落出来。

他叹了一口气，道："你别哭了。"

可我实在是忍不住，捂着脸蹲在地上呜呜地哭了起来。之前在病房里，我不敢肆意痛哭，生怕让康叔见了心里会不好受。现在出了病房，又知道了他的情况，只要想到仅两个月不到的时间，他就变成了现在的模样，还有他所剩不多的日子，我便再也控制不住。

"晶晶。"他也蹲了下来，想拉开我的手，但我捂着脸，不敢面对他。

我呜咽着道："对不起……其实在三个月前，小白和佳遥也一起去你家吃饭的那天，我就已经看到康叔捂着胃很痛苦地在吃药，但是他跟我说，是因为关节炎发作站不直腰。我就天真地以为他真的是关节炎。对不起，如果那个时候我就告诉你，也许康叔就不会这样……都怪我！我是猪！我是猪！我是猪……"我拼命地抽自己耳光。

"晶晶。跟你没关系，"他强行拉开我的手，声音变得哽咽，"如果要自责的话，那最该自责的人是我这个做儿子的。我每天和他在一个屋里吃饭、一个屋里睡觉，却不知道原来他已经病成这样，还在为了我而忍着……"

我抬起头，望着他的眼睛已经泛红，哭着说："对不起……呜呜呜……"

他抱着我，轻拍着我的后背安抚着我，拍着拍着，他的手停下了动作，终于也抑制不住跟着我一起伤心落泪。

我是个多差劲的朋友——在朋友需要帮助的时候，我第一个想着的是我自己，只会想到自己有多委屈，只会责怪他，而在我看来差劲的徐婧婧却第一时间陪着他、安慰他。这一个多月来，他所承受的已经超过了一名高中生所能承受的压力。他甚至都没有想过，也不敢去想三个月，或者是半年、一年后的光景。

回到家后，佳人小姐焦急地问我去哪儿了，怎么这么晚才回来。见我眼睛哭得红红的，甚至有些肿，她吓了一大跳，以为我被人欺负了。

当我说出康叔得了胃癌晚期之后，她整个人都不好了，不停地念叨着明天要拉着老爸一起去医院做个全身检查。佳人小姐问我晚饭吃了没，我含糊地说了一句吃过了，其实我并没有吃，却感觉不到饿。

我进了房间，躺在床上，脑子里一片空白。手机屏幕突然亮了起来，是小白和佳遥在群里问方便面是什么情况，而我却什么也不能说，将手机关机。已经干了的眼泪再一次流了出来，我脑海里浮现的全都是康叔的身影。

"晶晶啊，你将来想做什么？想考什么专业？"

"我想像你一样当一名设计师。我要当一名桥梁设计师，在西部建很多很多的桥，让西部的公路发达一些，让那些深山里的孩子都能走出来。"

"哎哟，你这觉悟高啊。不像我们家伟，说什么能赚钱就做什么。"

……

第二天刚巧周末，不用补课，佳人小姐炖了营养汤让我送去医院。

我难过地说："康叔现在吃什么都很困难。"

佳人小姐也犯了愁，倒是老爸一语惊醒梦中人："你傻呀，家伟他爸不能吃，家伟不能吃吗？这孩子天天照顾他爸，能吃上什么好的？你过去看看这孩子有没有吃的，没吃的，就让你妈帮忙烧饭送过去。"

佳人小姐说："要不要我们陪你去？毕竟小胖对你很不错的啊。"

"不用，人太多了不好，康叔刚化过疗，而且其他病人也都需要休息。"

以佳人小姐那八卦劲儿，她去了铁定会影响康叔休息，再加上她自从见证了方便面从胖到瘦的"奇迹"，便整天在我面前念叨方便面如何如何好，偶尔听到她和老爸聊天我才知道她一直存着让方便面当女婿的心思。

我接过保温壶便匆匆坐车去了医院，到了1026病房，却发现康叔的病床上换了一个年纪大的爷爷。中间病床的家属告诉我，今天一早医院就给康叔换了病房，调到VIP单人间去了。

我拍拍胸口，走到护士站询问。护士告诉我房号，我谢过离开。

找到病房，我刚想推门进去，透过玻璃窗恰巧看到一个身穿洋装的女人立在病床前和康叔说着话。那个女人稍稍侧了身体，我看见了她姣好的容颜，是方便便的母亲刘云桦。

我收回手，退到一旁，立在病房门外，静静等候。

隐隐约约听到刘云桦激动的声音传来："康牧华，这么多年了，你为什么到现在还是这么顽固？我已给你找了美国最好的医生，明天他就会坐飞机过来会诊，我已经跟家伟说过了，可你为什么要拒绝？现在都什么时候了？我是爱钱，但是好歹夫妻一场，能帮你的我都会帮你。关于家伟未来的事情，你考虑清楚再给我答复。"

我刚想探头看看发生了什么事，病房门突然被打开了，刘云桦从里面走出来，看到立在病房门外的我，微微愕然。

她依旧还是大半年前我见到的模样，精致的妆容、得体的衣着，整个人看起来是那么美好，一点也不像是个十七八岁孩子的母亲。

我朝着她恭敬地鞠了一躬，正要推开门进去，被她轻轻叫住："你叫许晶晶是吧？"

我回过头，僵硬地点了点头。自从大半年前，被她冷暴力对待之后，我看到她就有些怵。

"你跟我过来。"她面无表情地说完，然后走到一旁的安全通道。

虽然很莫名其妙，但出于礼貌，我还是跟着她走向空荡荡的安全通道。

"听说，帮助家伟减肥的人是你？"

"嗯。"我点了点头

"那你跟我们家家伟是不是在谈恋爱？"她目光犀利地盯着我。

我微微蹙眉，咬了咬嘴唇，回道："没有，我跟家伟只是同学关系，是好朋友。"

"好朋友？嗤——"刘云桦不置可否地嗤笑出声，眼神里透着嘲讽，"你经常跟家伟回家，老康难道没有过问你们俩的关系吗？就相信你们俩是好朋友？"

我挺直了胸膛回道："康叔知道我们是同学，对我也很好，并不是每个家长都会像你一样往歪了想。如果没什么事，我要走了。"

"等一下！我话没说完。"她叫住我，"你很有勇气，没有谈恋爱最好。你想不想去国外念书？"

我疑惑地望着她，没有回答，不知道她为什么会突然问这样的问题。

"我就直说吧，国内的医学水平太落后了，我请了美国最好的医生，明天过来会诊。如果有希望的话，可以送家伟的爸爸去美国治疗，这样他还能多活几年。我已经跟家伟说过了，现在就看家伟爸爸的意思，我刚才也跟他说了，但他不想折腾。听家伟说，家伟爸爸很喜欢你，你帮我劝劝家伟爸爸吧，让他积极配合治疗。"

我默默地望着她，一言不发。

她看着我，补了一句："如果你帮忙的话，我可以送你去国外念书，美国或者英国，或者其他国家，随便你。"

"如果能帮助康叔的话，我会尽力。"我顿了顿又道，"出国就不必了。"

我说完转身离开了安全通道，快步走向病房。

康叔一个人静静地躺在床上，目光呆滞地盯着天花板，不知在想着什么，我轻轻地叫了他一声。他见我来，挤了一抹笑容，道："晶晶，你今天怎么又来了？"

"我妈给煲了营养汤，让我送来。"我将保温壶放下，下意识地扫了一眼这单人间的病房，住宿环境相较三人间好了太多，不仅有一张可以陪护的床位，还有电视机和冰箱等其他设备。

"替我谢谢你妈妈。"

我不知道要说什么，心中非常的难过，但是我知道我不能再让自己的情绪有所浮动，影响到康叔。

忽地康叔问我："晶晶，你喜欢我们家家伟吗？"

我惊讶地抬头望着他，不知如何回答。刚才刘云桦也问了类似的问题，不知道为何康叔也开始关心我和方便面的关系。

康叔说："别紧张，我就随口问问。"

我连忙说道："康叔，你放心好了。我跟家伟绝对没有早恋，我们两人一定会好好学习，努力考一所好大学。"

"我们家家伟性格有点内向啊，自从遇见你之后开朗了许多啊。"

我知道康叔在担心万一他有个三长两短，方便面又变得不爱说话，于是道："康叔你放心吧，即使以后不在一所大学，我也会天天拉着他说话的，说到他烦为止。"

"那就拜托晶晶了。"康叔笑着说。

"康叔，如果能去美国治疗，多活几年，你会去吗？"

康叔的笑容突然淡了下来，他顿了顿，反问我："晶晶啊，如果有机会去美国读书，你会去吗？"

我一怔，方才刘云桦也问过我同样的问题，虽然我不会因为她的提议去美国，但是我还是本能地回答："应该会吧……"

康叔沉默了，过了一会儿才道："是啊，最好的大学基本上都在美国了，美国是个好地方啊。在美国的话，就不会像现在这么苦了，不会有地沟油、添加剂、转基因食品和雾霾……美国好啊……"康叔自言自语地说了很多。

"康叔，我没有去过美国，不知道那里有多好，我想去的原因只是对资本主义国家好奇而已，想去看看，看完了就回来。而且，我听身边的人说那里吃不好，我想想，我这样的吃货应该还是适合待在国内。咱中国人有句老话，金窝银窝，不如自己的狗窝，我觉得我们大中国最好。你看现在的国际新闻，哪个国家有咱们国家好啊？到处乱哄哄的。我们没有种族歧视，大度又包容，社会安定，走在马路上绝对不用担心被人扛个枪当靶子打了。虽然我们国家有很多不足，但是我们国家还年轻么，还在成长，总有一天能成为世界最强。"

"晶晶啊，你这思想觉悟真高啊。"康叔笑了起来，但很快又拧起了眉心，叹了一口气，"唉，家伟是怎么都不想去美国……"

"爸，你在说什么呢？"这时，方便面突然推门进来。

"叔叔好。"与他一同来的还有徐婧婧。徐婧婧在看到我的瞬间，眼神变得十分不友善。

康叔道："哦，没说什么。闲聊。"

"药好了，先把药喝了吧。"方便面从保温壶里倒出刚熬好的中药。

"放着吧，我等会儿再喝，现在有些累了。"康叔像是耗费了许多精力似的，一下子变得很虚弱，拉了拉身上的被子，闭起了眼。

我便起身道："康叔，你好好休息，我改天再来看你。"

康叔睁开了眼，道："晶晶，替我谢谢你妈妈。你要好好学习、好好考试啊。"

我点了点头，眼角已经湿润，出了病房门，眼泪便抑制不住地流了下来。

方便面跟着一起出来。我便道："我妈熬了些营养汤，等康叔饿的时候，你记得给他吃。如果他吃不下，你记得吃了。"

"替我谢谢阿姨。"

"谢什么谢？你好好保重身体。"我望着他消瘦的脸庞，心里五味杂陈。之前结实健康的他，眼下看起来更瘦了，不仅瘦，人也很憔悴，年轻的面容上布满了哀愁。

"嗯。"

"我走了。"

可是我没想到我这一走，就再也没有见过康叔。

隔了一天，我又提着佳人小姐煲好的营养汤去了医院。这天下了好大的雨，等到医院的时候，我脸上挂满了雨珠。推开病房，病房里住着一位陌生的老太太，老太太的女儿一脸惊诧地望着我。我退出门，看了下门头上的号牌，确认房号并没有错，这时，我的心莫名地慌了起来。没等我开口，老太太的女儿便道："你是来看之前住在这儿的那位吧，他已经走了。"

"走了？"我昨天还和方便面联系过，康叔还好好的。

老太太的女儿看了一眼自己的母亲，像是怕触及老人情绪似的，走出来跟我说道："听说是昨天夜里偷跑出去的，然后跳河了，所以我们才有床位搬进来，具体的你去问一下前台的护士吧。"

我的脑袋嗡地一下炸开了，手中的保温壶掉落在地，不敢相信这位家属的话。

"谢谢。"我连忙从包里摸出手机，给方便面打电话，但是他的手机却不在服务区。

我冲到前台，向护士询问，护士的脸色不是太好看，支支吾吾不肯说。倒是一旁的一位家属听见了，告诉我一二："大约昨夜里十一二点的样子，那位病人趁着有家属进出，就跟着一起出去了，没多久他儿子醒过来，发现自己父亲不见了，就到处找。等找到人的时候人已经没了，说是从医院后面那条河跳下去的。"

顺着那位家属手指的方向看过去，电梯间横放着一排椅子，上面坐满了家属，两三个男人忧虑地抽着烟，他们的身后是一排开着的玻璃窗，玻璃窗下，就是他说的那条河。

"谢谢。"我的声音开始发抖，浑身也忍不住瑟瑟发抖。

为什么康叔好好的要自杀？前天明明还好好的。方便面在哪儿？他这会儿在哪呢？我不停地拨打着他的手机，却一直提示无法接通。我唯一能想到他可能会去的地方，也只有他家了。我匆忙离开医院，又打了车赶去他家。下了车，我一路狂奔，完全顾不得雨水飞溅。

终于到了，他家的大门敞着，里面进进出出全是人。王阿姨眼尖地看见我，急忙说："你来了正好，赶紧去看看家伟那孩子。"

听到家伟在家，我悬着的一颗心终于回到了原来的位置。

客厅里挤满了人，全都是来帮忙布置灵堂的热心邻居，每个人都在专心地忙碌着。我还没走进卧室，便听到一阵忧伤的小提琴音传来。

房间里乱成了一团，属于康叔的衣服都已经被打包收拾起来了。方便面站在房间连接着院落的走廊下，专注地拉着小提琴。屋外，雨滴落在紫藤花架上，落在树叶上，落在康叔亲自铺的青石砖上，噼啪作响。

作为一名乐盲，我并不知道这首曲子的名字，但听着这忧伤的旋律，我不禁悲从中来，眼泪也禁不住跟着一起涌了出来，就连再平常不过的雨声听起来都带着无尽的伤感。他一遍又一遍地拉着这首曲子，比起中国式的哀乐，这旋律让人更加忧伤无助。我也终于明白王阿姨为什么一见着我，就焦急地让我看看他。

我抬着蒙眬泪眼望着他，他脸上的神情是我从未见过的凝重哀伤，左手手指不停地在琴弦上飞舞滑动，右手的琴弓上上下下，带着他心中的悲伤随着这旋律一起流淌出来，又或许只是悲伤的旋律在流淌着，而他心中的悲伤还存积在原地，无法宣泄。

突然，琴声停止了，他僵直地转过身看着我，眼中的神情变得冰冷而陌生。

我从未见过他这样子，怯懦地喊了他一声："方便面……"

他看了我许久，神情慢慢恢复正常，道："如果有机会去美国，你会去吗？"

我拧眉，为什么都问我这个问题？

然而我还没来得及回答，他便道："算了。我没事。"他又将琴弓架在了弦上，继续拉着曲子。

直至三天后的葬礼上，我始终未曾见过他流下一滴眼泪，留在我心中的只有那首他从天亮拉到天黑的小提琴曲，和他破了皮流着血的手指。

多年之后的某一天，我再一次听到那首曲子，眼泪依然会抑制不住地掉落下来。我也终于知道了它的名字叫 *Song From A Secret Garden*。这是一首能伤感到将人杀死的曲子。正如音乐所表达的情感一样，那时的他，就像是一个孤独无助的孩子一样迷失了方向，看着空中不断落下的雨滴，究竟是他在忧伤地回忆，抑或是天空在悲伤地哭泣，都分不清了……

再后来，他离开了，一声招呼都没有打就离开了，所有人都不知道他发生了什么事情。那个我曾经喜欢过的、拥有一头方便面似的卷发的男生，就这样从我的人生中彻底地消失了。

有时候，我会望着西边的天空，想，他也许就在那个方向吧。

有时候，我从梦中醒来，脑海里深刻浮现出的那个胖胖圆圆的脸，甚至以为只是做了一场梦而已。

有时候，连梦都会变得遥远、变得奢侈，我甚至害怕终究有一天，我再也记不得他的模样，再也想不起那一段暗自心动的时光……

[*Chapter 22* 所谓，下个路口更好地重逢]

洁白的枕头、洁白的床单、厚重的窗帘、复古的吊灯和落地灯、经典的美式沙发……眼前所有的一切都告诉我，我正从某个星级酒店房间里的一张床上醒来。

我拍着脑袋从床上起来，好半天回不过神。

昨晚我做了一场梦，这一场梦做得很长很长，高中时期度过的每一个欢乐的痛苦的节点，我都记得如此清晰，甚至怀疑所有的事情只是发生在昨天。眼周围的皮肤甚至耳后、发丝都有些微湿，我伸手抹了抹，梦里流下的眼泪尚未干涸。

已经很久没有再为以前的事情如此忧伤了，想不到却是在梦里。

我自嘲地笑了笑。

床头摆放着我的手机，手机还连着充电器，这么贴心的举动不是小白就是佳遥。然而当我扫视了一圈周围的环境，我的心一下子揪了起来，呼吸也变得困难了，这装修怎么看得是五星级啊！这一晚怎么着都要睡了姐姐一千块出头啊！

我掀开被子，下了床，后毫不犹豫给佳遥拨个电话，结果这货关机，我又给小白去了个电话。

电话很快被接起，小白激动的声音一下子冲击进我的耳朵里："许大设计师，你酒终于醒了？是不是有什么特别激动的事情要跟我汇报啊？"

"激动？是挺激动的，差点没脑溢血了！我说你们两个败家娘们呀，找个快捷酒店给我住住就好啦，搞什么星级饭店？不知道我最近败多了东西手头很紧吗？"

"你要求真多！有地方睡觉还唠叨！昨天就该让你跟《夏洛特烦恼》里的渣男主一样，在马桶上过一夜。你知不知道，昨天佳遥挺着个大肚子找你有多危险啊？你说一句在洗手间，你知道饭店里有几个洗手间吗？近的你不去，你偏找那么远的……"

"昨晚被灌成那副德行，鬼知道发生了什么？我哪还分得清洗手间远近，以昨晚那状态我能安全抵达洗手间，我就该偷笑了，好吗？"

我扒着跟鸡窝似的头发走出房间，突然意识到有什么不对，寻常普通房间走出门就是走廊了，这走出去还有一间，哦不，前面还有……我狠掐了一下大腿！OMG！这两个小坏蛋居然给我开了个总统套间！这得多少钱？至少得三千块以上吧。

顿时，我一口老血从胸口之处涌上来，直接在电话里吼了起来："我昨晚不就跑厕所跑远了点让你们难找了吗，所以你们就给我开了个总统套间？我去！不找快捷酒店找个五星级我忍了，还给我开个总统套房，你们俩想死是不？"

我正咆哮着，前方客厅有个人突然从沙发里站了起来看了我一眼。我顺着望过去，竟是发型梳得一丝不苟的蒋精英小姐。

"蒋……蒋小姐？"我顿时在了！这蒋精英怎么会出现在我订的房间里？昨天才第一次见面，不过是一起跑了个工地而已，我跟她的关系好像没有熟到能告诉她我睡在哪里吧？况且我昨晚醉得跟条死狗一样。

当视线顺着她视线的方向看过去，我内心不再怒，而是羊驼集体呼啸狂奔而过。沙发里还窝着一个人，还是个男人，确切地说不是别人，正是我昨完梦了一晚上的男人。康家伟，哦不，人家现在叫康谨承。他的头发梳得一丝不苟，再也不像以前那样是一头自由奔放的卷发。他的眉峰微微挑起，一双幽黑晶亮的眼眸正凝视着我，竟然比上学时候还要深邃迷人，薄薄的嘴唇勾勒出一条上扬的弧线，性感的声音跟我很随性地打了个招呼："醒了？"

呵呵！如果眼前只有他一个人坐在沙发里我一定觉得要疯了，但是他和蒋精英小姐面对面坐着，我觉得这简直就是不可思议，甚至完全没可能。两个八竿子都打不着的人怎么可能同时出现在我的面前？除非我是在做梦，因为唯一的联系只有我。

"小白，你嗷两声让我听听，我要确定我现在是不是还在做梦？"如果小白嗷了，那么眼前这总统套房什么的一切都是在梦里而已。

然而小白破口大骂："嗷你个大头鬼！你昨晚喝的酒到现在还没有醒吗？师傅不在吗？师傅要是看到你这德行，还以为你这些年经历了什么，神经病又加重了……"

小白后面再说什么我已经听不进去了，因为我面前的蒋精英小姐突然收起面前的笔记本电脑，恭敬地对康谨承说："康总，我先回去，有事手机联系。"

"康……康总？"我看了一眼某个坐在沙发上很随性地交叠着双腿正在看戏的人。所以，康谨承，他就是昨天那个连五分钟上洗手间的时间都不给我的康总？我闭起眼睛，然后睁开眼，看到他微笑着冲着我点了点头。

我去——我简直不敢相信这都发生了什么事。那个消失了八年、让我魂牵梦萦了八年的矮胖，竟然成了我要去巴结讨好的万恶的房地产商。我这脸没洗牙没刷，最邋遢的模样就这么出现在他的面前。最要命的是，我居然还当着他和蒋精英的面为了快捷酒店房间和五星级房间、普通标间和总统套间的问题各种纠结，然而我却以为我在做梦，其实我是清醒的。我居然是清醒的！为什么我是清醒的？如果可以，我真想把自己敲晕过去。

我目瞪口呆地望着蒋精英小姐利落地收拾东西。

蒋精英非常礼貌地道："许小姐，麻烦借过。"

我下意识地往一旁退了一步，她微微颔首过向往门口走去。我心虚地叫了她一声："蒋小姐……"

"昨天康总走得比较匆忙，今天康总有时间，许小姐可以慢慢地跟康总介绍贵司。"她走了一半，又回头补充，"啊，请许小姐今天当没有见过我。"说完，她轻轻带上门出去了。

我去！这应该是我的台词才对啊。她不会以为我是个很随便的女人吧？下次见再谈公事得怎么办呀？

蒋精英走了之后，偌大的房间里一下子沉寂下来，我拿着手机的手不停地打着战，腿也发软地打着晃儿。我抬眸看向康谨承，所以，昨晚我是跟这货睡在一个房间了？根本就不是小白和佳遥为我单独开了房间，而是这那两个二货直接将我卖给他了？我扫了一眼手机，与小白的通话已经断了。

"昨晚睡得还好吗？"他忽然站起身。

"你为什么会在这里？"我想了想有些不对，"不，是我为什么会在这里？"

"昨晚某个人不知是出于什么原因，将一杯白酒当作白水硬喝了下去，然后倒在洗手间里向一位孕妇求救，我刚好出门接电话，刚好就遇到那位孕妇向我求救，出于爱心关爱孕妇的理念，我就将某个人从洗手间里救了出来。"

佳遥是个孕妇，挺着大肚子想要弄走我这个醉酒的人的确不是件容易的事，小白作为主持人忙着招呼同学，如果让她扔下一堆同学跑出来照顾我，那么我躲在洗手间里的电话也就白打了。只是我出来的时候，明明瞧见他和徐婧婧他们一桌人谈笑风生的，怎么就这么巧地遇到佳遥向他求助呢？虽然他平铺直叙，可我总觉得哪里不对劲，但是哪里不对劲又说不上来。

"那个……昨晚……你睡在哪里？"我小心翼翼地问完，不忘呵呵干笑两声。

"你说呢？"

我眼睛瞟了一下里间卧室，他毫不犹豫地点了下头，然后补刀说："本来我打算另开一间房，但是某个喝醉了的人一直拉着我的手，叫我别走，所以我就只好好心地留下来了。"

我挺直了胸膛坚定地道："不可能！我酒品很好的，喝醉酒除了乖乖睡觉，什么事都不会干。"好心地留下来了……好心地……多么云淡风轻的一句"好心"！这哪里是好心？分明是居心叵测！

我话音刚落，他就将手机屏幕划开，播放了一段视频。视频中我闭着眼睛

184

歪躺在床上，一只手却扯着他裤腰上的皮带口齿不清地道："不……许走……不让……你走……给我……留下……"

明明穿着酒店的软底拖鞋，我的腿居然还软了下，脚崴了下。我对我的酒品有绝对的自信，但是这段视频彻底毁了我的自信。

"昨……昨晚，没……没……没发生什么事吧？"我顿时变成口吃，手捂着领口，身上还是昨晚的洋装，看样子应该是没有被脱下。

"你是在期待有什么事发生吗？"

听他这么一说，那就是什么事都没有发生，我深深地吸了一口气："没有就好！"

他不知何时已经走到我的面前，我被他吓了一跳，条件反射地往后退了一步，防备地说："你！离我远一点！保持三米……不对，至少五米的距离！"

他摊了摊手，笑着说道："我以为八年不见，你会很想念我，没想到一夜又打回到解放前啊。"

一刹那间，回忆就像是空气里弥漫着花香的味道一样，一点一点地散开来，沁入心扉。我脑海里满满的都是当年我唾弃他、让他离我远一点的画面。

我不禁失笑，半嘲半讽地算是说了自己的心声："我想你你不想我，又有什么好想的呢？"亏他好意思问这个问题，八年的时间，他可以找着我，我却没法找着他，他可以联系我，我却没法联系他，整整八年了，他什么都没有做。

"我很想你。"他低沉着嗓音道。

很想我？我没料到他会这么直接地回答。我抑制不住干笑两声，对他的回答不置可否，然而他一脸真诚地凝视着我，倒不像是在说假话。

"晶晶，我真的很想你。"他又重复了一次，这一次却毫无预兆地一把拉过我，将我抱进他的怀里。

一瞬间，我的大脑一片空白，身体僵直着不知道该如何回应。

我万万没有料到，八年未见，再相见时，他竟会给我一个拥抱。梦里、记忆里，八年前我和他有过最亲昵的举动，也只是在生病时依靠过他宽厚的肩头和结实的后背，这个温暖而有力的拥抱对我来说是陌生的。我不知道他究竟想要表达什么，但不论是八年前还是八年后，他可知道这样的拥抱对我来说意义是不一样的？

我伸手将他挡开，略带尴尬地笑着说："果然是在美帝生活了八年的人啊，打招呼的方式都变得不一样了呢。"

"是吗？那还没有完呢。"说完他的双手按着住我的肩头，将脸凑了过来。

"你想干什么？你你你……你够了，咱中国人受不了美帝那一套。"我吓得连忙用双手捂住了脸，手机都扔了出去。

"你还是和以前一样逗。"他放开了我，双眸幽黑晶亮，眉眼之间的笑意更浓了，那神情仿佛在说"逗你玩呢"。

"哦，你比以前要狡猾很多。"

他笑了笑，不置可否，一只手随性抄着裤兜口袋，看得来又帅又随性，嘴角微扬的弧度格外魅惑迷人。不知是因为这酒店楼层太高还是什么，我越发觉得空气变得稀薄，仿佛随时都能窒息。

忽然，我的手机铃声突然响了起来，我心颤了一下，顿时回过神。这可不只是一通电话，而是氧气。我顿时觉得自己又鲜活了，深吸了好几口气，捡起手机。然而当看到手机来电显示的是公司的电话号码时，我内心一声哀号，一定是昨天的酒喝多了，以至于我竟然忘了上班这么重要的事。

我连忙接起，是Maple姐："晶晶啊，你怎么到现在还没来？刚大老板问你人呢？我就说你去客户那儿了。"

"谢谢Maple姐，麻烦转告一下李师兄，我正在跟奥美的人谈事，我忘了请假了。"我有些心虚，一边说着一边捋着头发，不忘偷偷瞄下站在对面的人，人是奥美的人，但是压根就没有在谈公事。

挂了电话，我望着康谨承呵呵干笑两声，索性聊一下公事吧："那个……不知蒋小姐有没有把我做的方案给你看过？"

他微笑着回道："看过，但是现在是我的私人休息时间，我不想谈公事。"

我面部肌肉微微抽搐。方才蒋小姐走的时候，明明说了他有大把的时间听我介绍，这才过了没几分钟啊，他就变了脸。资本家的嘴脸，就是典型的不要脸，骗子！

我咬着牙道："既然是私人休息时间，那我就不打扰康总了，谢谢康总昨晚的慷慨相助，至于房费……"

我话还没有说完，他便打断了我："不用了，没有多少钱。"

没有多少钱……多么轻描淡写的语气。我终于理解有钱人为什么这么招人讨厌了，因为动不动会发出那种"老子不想下凡"的讯息。

"OK！我也就不跟你客气了，厚脸皮占便宜了，多谢。我还有事，先走了。"我抓起包包，转身向客房门走去。

就在我走到门口的时候，他突然道："一起吃个午饭吧？"

我从鼻孔里冷嗤一声："哦，不好意思，现在是我的工作时间，不想谈私事。"老板最爱我这种上班不干私事的人。

他轻轻地笑了起来，声音温润而富有磁性："我点了午餐，从昨晚到现在你都没有吃饭，肚子应该饿了。"

恰巧此时客房的门铃响了，我顺手打开门，一位侍者推着餐车进来。侍者将所有餐盘摆放好后便又退了出去。偌大的房间里四处飘散着食物的香气，让我禁不住咽了下口水，肚子也跟着不争气地咕咕叫了起来。

"就算是工作，你也不急在这一会儿吧。很多时候，生意都是在吃饭的时候谈成的，我今天可以为你破个例。"他引诱着我，示意我坐下。

闻着食物的香气，我浑身上下每一个细胞都在蠢蠢欲动。人是铁，饭是钢，一顿不吃饿得慌！我不是被他的破例吸引，而是被面前的牛排所吸引。

我小碎步移过去，坐下拿起刀叉，正要切牛排，他忽然将我面前的盘子端过去，一刀一刀仔细地切着牛排。我静静地看着他切完之后，又放回我的面前，无比绅士，而我就像是被宠着的公主似的。他背着我去医院看病，温柔体贴地照顾我的回忆又一次涌上心头。八年了，这一点倒是一点儿都没有变。我手握着刀子，用力地按在我不停地扑通扑通跳动的胸口上。

"这里的牛排不错，多吃一点。"他看着我的姿势，不禁莞尔，"你这样子很让人费解。"

他是怕我一不小心将刀插在胸口上吧。我握着刀子的拳头在胸口上拍了两下，道："感谢康总的招待！"

七分熟的肉配着黑胡椒酱汁，超级棒。

他弯了弯唇角，道："你我之间就算是八年未见，也不需用'康总'这么生分的称呼寒碜我吧？"

"那我要叫你什么？方便面？可惜现在你的头发已经拉成了拉面，我总不能叫你拉面吧？叫你家伟吧，一想到你现在那洋气的名字，我就没法叫出口。"我揶揄他。不仅这么多年不联系，就连他改了名字我也是最后知道的那个人。作为当年暗恋联盟战队的一员，我现在还能如此平静地坐在这里和他吃着饭，一定是被他的美貌迷惑了。其实我很想问他，为什么一走这么多年，连招呼都不打一声？也不联系？然而内心骄傲又矫情的我，一如当年一样，他不主动说，我宁可埋在心底，也绝不问。

他笑了笑，忽地放下刀叉，正式地向我介绍："康谨承，健康的康，谨慎的谨，承让的承。"

我对上他墨黑的眼眸，眸底幽深如潭，清晰地倒映着我的影子。我深深吸了口气，不禁也笑了起来，方才的那些赌气，此时此刻也消失得无影无踪。我也微笑着自我介绍："许晶晶，言午许，亮晶晶的晶。"

他笑了，又道："你们公司的资质报告我看过了，但是根据公司的业务流程，甄选设计方案由我们公司后期工程部的马经理负责，所以竞标的事，请与马经理联系吧。他会根据公司业务流程，最后确定是否选择用贵公司的设计方案。"

我正享受着美味的牛排，被他这一番话说得一下子呛住了，别过脸猛地咳嗽。

他起身走过来，轻拍我的后背替我顺气，然后又给我倒了一杯热水。我好不容易平静下来，一脸不可思议地望着他，道："不是你亲自审核吗？我昨天去你们公司，就是找你们工程部的马总呀，可是前台又说转给了蒋小姐负责。昨天下午一直是蒋小姐带着我在工地进行现场测量的啊，蒋小姐不是你的秘书吗？"

他挑了挑眉，不以为然地道："是吗？也许他们弄错了吧。蒋小姐是我的秘书，也有可能是马总拜托她帮忙的吧。我通常只在确认的项目上进行最终审核签字，具体过程不过问，甄选设计公司是工程部的事。虽然是老同学，但是公司有公司的制度与流程，我可以给你精神上的鼓励与支持。"

我目瞪口呆地望着他。什么？精神上的鼓励与支持，这是在逗我玩吗？

"方便面，你让蒋小姐把我叫上楼，其实就是为了利用那五分钟提前看我一眼吧？"憋了这么久，我终于忍不住说出口。

他嘴角轻扬，不置不否地笑了笑。

这时，我的手机再一次震动起来，是高湛。我接起，高湛焦虑的声音随即传来："你总算是开机了。"

我看了一眼康谨承，站起身走向窗户边，道："手机没电了。"

"昨天你突然走了，我给你打了好多个电话，也发了好多信息，生怕你出事。后来佳遥跟我说你酒喝多了，打车回家了……你这性子什么时候能一改就好了，非得逞强。现在好一些了吗？头疼不疼？"高湛的语气从紧张到慢慢平缓温和下来。

"没事没事！睡一觉后就又生龙活虎了，还是一条好汉。"我捋了捋头发，看来佳遥为了让我和康谨承共处一室，做了不少工作。

"听到你没事我就放心了。不舒服就休息一天吧，别去上班了。"

"嗯。你什么时候走？"

"等下就走了。本来还想约你吃午饭，但你手机到现在才开机。"

我看了一下手机时间，已经是下午一点："对不起啦！我送去送你，你在哪个火车站？"

"不用了，你好好休息吧，昨天喝那么多酒。"

"嗯……那好吧，等你下次回来，我请你吃好吃的。"

"嗯。"

"一路顺风。"

我挂了电话，仔细一看，果然有十几个未接电话，全是高湛的。划开手机，微信上也全是他的留言："你去哪儿了？刚喝那么多酒，你没事吧？""佳遥说你喝多了，怕出丑丢人，所以偷偷跑回家了。""回家后给我信息。""睡了？醒了给我回个电话。""你手机怎么又关机了？""开机后给我回个电话。"

我的心就像是被什么东西狠狠地抢了一下。这么多年了，他还是像以前一样关心着我，然而我却没法给他任何回应，我自认是个心硬的人。上了大学之后，第一年的情人节他不远万里从北京赶回来向我表白，但被我毫不犹豫地拒绝了。我无法允许心中住着一个人却和别人交往。此后，每一年的情人节他都会不远万里从北京跑回来，就为了送一束玫瑰花给我，然而我一次又一次无情地拒绝他，直到毕业，他终于没再送花了。我以为他终于累了或是有了喜欢的人，然而，他不再送的理由只是不想我有负担而已。因为我，他都没有在大学里好好谈个恋爱。

我滑开手机，给小白去了个电话："你知道高湛几点的火车吗？在哪个站乘车？"

小白道："好像是两点半左右，在南站乘车。"

我挂了电话，还有一个半小时，现在打车去火车站能赶上。

"不是说工作时间不想谈私事吗？"康谨承略带嘲讽的声音突然飘来。

我转身看向他，这个万恶之源的男人，他平静的脸上看不出任何情绪。若不是我不想让自己显得太不要脸，我甚至会觉得他在吃醋。

"总裁大人，现在是下午一点，我私人的吃饭时间。"我挑眉瞥了他一眼，不忘补充，"再说了你又不是我老板。"

"我是你老板想要合作的公司的老板。"

"你赢了。"一下子戳中了我的死穴，算你狠！

我擦了擦嘴，背上包包，没时间跟他斗嘴，我得立刻赶去火车站送高湛。

"我送你。"他忽然拦住我道。

我质疑地看着他，"你送我？你才刚回来，N市早就不是八年前的N市了，你确定你送我？"

"有司机。"

"出租车更快。"

我再三推托，然而他用他那霸道总裁的气势力压我，硬将我塞进了他的车。黑色的轿车缓缓驶离酒店。

也不知怎的，明明不是高峰期，可路上的车子就像是知道我要去送人故意跟我作对似的，就连红灯也是一个接着一个。我时不时焦虑地看着手机上的时间，康谨承感受到我的焦躁，忽然道："还记得八年前，我们俩就是这样坐在车子的后座上。"

我怔了一下，偏过头看向他。我和他并排坐在后座，陌生而又熟悉的情景再一次重现……没想到他也还记得八年前。

"没想到你还记得。"

他深深地看了我一眼，对司机道："老赵，尽量快一点。"

司机点了点头，车速较之前快了一些。

没多久车子终于到了火车站，时间已经是两点。我急忙奔向售票窗口，办了一张爱心卡后，便一路狂奔向候车大厅。进了候车大厅，我便摸出手机给高湛去了电话："高湛，我在火车站候车大厅了，你在哪个检票口？"

电话里明显一滞，高湛用意外而惊喜的声音回道："27号检票口。"

挂了电话，我扫了一圈大厅内检票口指示牌上的数字，27号口在大厅的最里面。随着咱大中国的高铁技术越来越发达，这火车站造得都跟飞机场似的任性。

我一路狂奔，终于在27号口见到了高湛。

他立在行李箱旁，一脸惊喜地望着我道："你怎么来了？不是让你好好休息的吗？"

"送送你。"我平缓了气息，庆幸自己终于赶上了。

"熊帅和大鹏他们刚走。"他望着我的眼神里满是欣喜，"我挺高兴你能来送我。"

"瞧你这话说的，好像你哪次回来我不送你似的。"

时光在他脸上留下的痕迹相当美好，当年青涩的美少年长成了帅气迷人的精英人士，一如当年一样，一大把漂亮的妹子追着他跑。有的时候，我多么希望还能再回到当初那个美好的年代。

他深深地叹了一口气，刚想说话，双眸突然望着我身后的方向，脸上的神情微微一滞。

"高湛，好久不见！"熟悉的声音从我的背后传来。

我猛地回头，康谨承高大的身影就立在我的身后。我以为他送我到车站后就随司机离开了，但怎么也没料到他也买了爱心卡进了候车大厅。

"并没有好久不见，昨晚我们刚见过。"高湛一双浓眉深深拧起。

"但是没有来得及深聊。"康谨承伸出了右手。

高湛伸出手回握，乌黑的双眸却瞅着我，眼神略带哀怨，问道："你们……是一起来的？"

我紧握了一下拳头，心中一万个内疚，我真的没有想到康谨承这货会跟过来。一时之间，我不知道该怎么解释："我跟他……"

其实我刚想说我和康谨承在一起是因为工作的关系，可刚开口说了三个字，谁知康谨承突然抢先道："我们正在希尔顿谈公事，接到你的电话，晶晶想要来送你，所以我就送她过来了。"

我回眸狠狠地瞪了他一眼，什么叫在"希尔顿谈公事"？！谈公事就谈公事，为什么一定要说出在哪里谈公事？任谁听到"希尔顿"三个字，第一反应能是在谈公事吗？

果然，高湛双眉深蹙，目光锐利，神色瞬间黯淡下来。

我咬着牙道："他们公司是我们公司的客户。"

康谨承又道："目前还不是，只是你努力的目标。"

我去！这叫什么话？说得像是我在出卖色相拿到项目似的。我回首又恶瞪了他一眼，不说话会死吗？

高湛望着我们俩，面部生硬，神情尴尬，望着我的眼神充满了幽怨。

我咬着嘴唇，想解释，但是显然说什么都于事于补。我现在很后悔，也许我不应该赶过来送高湛。

这时，广播响起："旅客朋友们，请注意！开往北京的G×××次列车开始检票。请前往27号检票口检票……"

这一声广播，顿时化解了僵持的气氛。

高湛强扯了一抹笑意，对着我笑道："晶晶，我走了，下次回来再见。"

我连忙说："嗯嗯，等你下次回来，我请你吃好吃的。"

高湛拉起行李箱，就在我以为他要转身的时候，他突然放下行李箱拉杆，张开双臂，将我紧紧地抱入怀中，在我耳边轻轻低喃一句。

我顿时石化了。

很快，他放开我，重新拉着行李箱，潇洒地转身走向检票口。

而我目瞪口呆，僵硬着身体站在原地，像个傻瓜一样看着他冲着我微笑地挥舞着手走进检票口，直到那英挺的身影消失在人群之中。

我转过身，另一个高大英挺的身影挡在我的面前："他刚才跟你说什么了？"

"关你什么事？我跟你很熟吗？"我很生气地说道。

"作为曾经肩并肩作战过的老同学，我以为很熟。"

"呵！你以为？你以为就可以乱说话了吗？曾经那也是八年前的事。谈事就谈事，你为什么要说是在希尔顿？"我恼怒地说道。

"难道不是在希尔顿吗？我只是在陈述事实。"他耸了耸肩，装出一脸无辜。

没办法交流了，我深吸一口气，道："我原谅你在美帝待了八年，已经忘记了我泱泱中华的说话艺术。"我捏着拳头，生气地向出口走去。

他突然又追问："你这么紧张，他是你男朋友吗？"

我思绪微滞，倏然顿住脚步，很快恢复常态，道："是不是我男朋友跟你没关系。"说完我继续往出口走去。

走了没几步，我便被他拉住，道："去哪儿？我送你。"

"不用了。"我甩开他的手。

很快，他又一把抓住我的手，不容我挣脱，将我一路拖到停车场，将我塞进车内。自始至终我都没有吭声，直到车子停在了公司楼下。

我不知道他是怎么知道我公司的地址的，也许是之前提交的公司资料，他百忙之中记下了。我迅速下了车，快步走向大楼，但走了没有几步，我回过头，又走到车子跟前，他摇下了车窗。我微微弯下身，冲着他说道："康家……康谨承，谢谢你。很高兴，有生之年还能再见到你，而你也没有忘记我这个老同学。再见！"

说完，我深吸了一口气转身走进办公大楼。我从不知道我是这样一个执着的人，直到昨天在同学聚会上终于看到他，埋藏在心底的思念才从我的指尖微痛地一点一点渗透出来，原来他走了这么多年了，而我始终都没有忘记过他。昨天那并不是一场梦，而是藏在我脑海最深处的记忆。如今时过境迁，除了身份地位的变化之外，他再不是当年那个可以任我呼之即来挥之即去的熟悉的矮胖了。今日他还能逗笑，许是想重回当年的美好时光，然而我却发现，我也不再是当年那个可以随意逗乐的傻姑娘了……

八年，阻隔的不只是时间和空间，也许还有心间。

我自嘲地笑了又笑，心中却是无比酸涩。收拾好心情，我快步走进电梯。

刚到公司坐下，一个电话就进来了。盛世嘉廷的老板要求再改设计图，关于每平方米最低3000元的单价虽然无法再降，但是要求我必须花3000元一平方米的钱装修出5000元一平方米的效果。

我一边揉着我隐隐抽痛的太阳穴，一边没好气地回着电话："我说李经理，你们老板是不是觉得我五行缺心眼、命里缺根筋，所以无论怎样一定会接下这单？麻烦你转告你们老板，你们家这单姐姐我不接了，爱找谁找谁去！"

我叭的一声挂了电话，吓了旁边Maple姐一跳。

徐刚冲我竖起一根大拇指："有钱！任性！"

[*Chapter 23* 意外与巧合是对双生子]

市中心最豪华最高端最奢侈的商场对面的巷口，一家人气爆满的龙虾店里，我和小白、佳遥三个人坐在其间，埋着头奋力地撕扯着各种鲜美的龙虾。

突然，小白尖锐的声音划破了平静的吃食气氛："所以说，那天晚上你们俩连点火苗都没有擦起来？"

我唆着一只麻辣龙虾，赶紧又吸了一口冰可乐，缓了口气才道："说起这个我就窝火，你们两个到底是不是朋友啊，有没有考虑过我的感受啊？"

"小白当时在主持宴会，只有我一个孕妇嘛，我回头找人帮忙的时候，真的刚巧就碰到了师傅嘛。你醉得跟死狗一样，我一个孕妇怎么可能拖得动你？如果我大张旗鼓地找人帮忙，你不是白躲在洗手间里了打电话给我了吗？"佳遥一脸无辜地望着我，双手护着肚皮，嗲嗲地说着，"宝宝，你干妈骂我们。"

我又撕下一只龙虾头，道："少拿宝宝当挡箭牌！找他帮忙可以呀，但是你们俩怎么就那么放心地将我丢给他一整晚呢？一整晚啊！"

小白将一只龙虾塞进嘴里唆了唆，说："你不是暗恋师傅吗？师傅也中意你啊。你们不是刚好两情相悦吗？"

我举着两只油腻腻的手无语问苍天，哀号："你们俩哪只眼睛看到我们俩是两情相悦？"

"我们四只眼睛刚好都看到了。"小白和佳遥两个人同时用油腻腻的手向我比画了两根手指自戳双目的动作。

"那你们四只眼都瞎了。"

小白道："你才叫瞎呢，当年在嵊泗岛上的时候，任谁眼瞎了，都能看出来师傅喜欢你。可你偏偏作天作地，将师傅赶走了。"

佳遥说："还给赶去美国了，一赶就是八年。"

我翻了个白眼，道："你们俩唱双簧呢？还好意思说八年？你们也知道八年未见啊，八年时间美帝总统都换了。我承认，八年前我是喜欢他，但是那时候他不喜欢我啊，我能怎么办？难道要我明知道他喜欢别人，还硬扒拉他不放吗？"

佳遥突然激动地说："你看，我就说她喜欢师傅吧！"

"任谁眼瞎了也能看出来好吧——"小白举着一只龙虾，突然顿住了，"等一下！等一下！师傅喜欢的人不是你？不是你那是谁？我怎么不知道？！"

佳遥同样惊道："我也不知道。靠！那个女人是谁？！"

我叹了口气，感到失言，道："我答应过替他保密……"

"我去！这都过了八年了，就算是签约协议也有时效，你保的哪门子的密？到底是谁？"小白举着龙虾对着我。

佳遥踢了我一脚，道："快说啊。不说不让你当我们家宝宝的干妈。"

"就是当年我揍的那个啦。"我发誓，我以后再不要给人保守秘密。

小白刚喝进嘴的可乐便喷了出来："你逗我是吧？！"

佳遥捂着肚子，道："我宝宝都表示不相信！"

"呵呵，说真话你们也不信。"

小白捂着额头，道："所以当年你骑在她身上揍她，不是因为高湛，而是因为师傅？"

"哦，那倒不是，纯粹就是因为我看她不顺眼十几年了。"我陷入沉思，记忆突然有些模糊，我也分不清我当年揍徐婧婧是因为高湛，还是因为方便面，也许高湛只是一个诱因。

"哎，不对啊，师傅明明看起来就比较喜欢你啊，那天……嗷，你踩我干吗？"佳遥说了一半冲着小白埋怨。

小白瞪着她说："你自己脚伸得长怪谁呢？"

佳遥一下子噤了声。

"你们俩在这儿挤眉弄眼的当我是傻子呢？那天什么啊？"

"那天什么什么啊？我们俩要是知道这档子事，那天还能让师傅带你走？姐姐我纵横沙场这么多年居然也有看走眼的时候，来，我自罚一杯。"小白说完便自灌了一杯口乐，接着就问，"那晚你跟师傅真的什么事都没有发生？"

"当然没有。"我哼了一声，"庆幸没有，不然以后再见到都不知道怎么办。"

小白又道："我跟佳遥知道你这么多年心里一直藏着师傅，就连高湛都看不上，只是你不说，我们也就不问。本来昨晚想撮合你们俩，可是没想到……那你现在放下了吗？"

我深深地叹了口气，道："经过昨晚，我也想清楚了。毕竟都过了八年了，过去了就过去吧，我也准备寻找新的人生了。来，为我获得新生干杯吧。"

小白冲着佳遥努了努嘴。

佳遥立即举杯："来来来！干杯！"

正当我们三人举杯庆祝的时候，隔壁桌突然哐的一声传来酒瓶摔碎的声音。

我们三人吓了一大跳，看向隔壁桌，哐当哐当一大堆酒瓶摔地的声音传来。

隔壁相邻的两桌，两个男人本来在好好地喝着酒，因为两个人同时站起来想去上洗手间，你不让我我不让你，于是发生了口角，于是就这么一人操了一个酒瓶砸了开来，场面顿时一片混乱。

佳遥是个孕妇，我的第一反应是离开。我和小白拉着佳遥就往门外跑，谁知一个啤酒瓶刚巧冲着我们三人飞过来，眼看就要砸在佳遥的脑袋上，我眼明手快，替佳遥挡下，摔碎的啤酒瓶顺着我的手腕一直划到手臂上，鲜血顿时涌了出来。

"晶晶！"佳遥的泪水顿时飙了出来。

"别哭！快跑！快跑！"我龇牙咧嘴地用手按住手腕。

小白扶着佳遥往街对面跑去，然后报了警。待我们三个人好不容易镇定下来，我的血却好像越流越多。小白说："不行，你得去医院。"

我说："先把佳遥送回家，我不放心她这个大肚婆。"

佳遥哭嚷着不肯走，要陪我去医院。

"待会儿我们还要去派出所，你一个大肚婆先回去，要生了，千万别动了胎气。"我替佳遥拦了出租车，小白好说歹说地将她塞进出租车，她含泪离开。

直到警察来了之后，做完了询问笔录，小白才陪着我去医院。"别人打架我受伤"这种倒霉的事也只能让我遇到，回头我得去买张彩票。

到了医院，急诊中心黑压压的一片人，丝毫不比白天的人少。小白望了望排队挂号的人，说："你先去那边找个空位坐着，我来排队。"

我点了点头，捂着手臂往一边走去。旁人见我胳膊流了好多血，都面带惶恐地往一边走去，宛若我是个街头混混，生怕沾上了。也是，这大晚上的，能打得头破血流的，多半不是什么让人省心的人。

我四处张望，想找个空位坐下，但是整个大厅里都挤满了人，别说座位，能找个空地站着就算不错。忽然，我看见一个高大熟悉的身影，正摸出手机打着电话，对方似乎没有接听。我去！竟是康谨承！自打那天他送我回公司之后，我与他便再也没有联系，甚至与蒋精英也没再联系，而是找到肖师兄问了问竞标的情况，然后直接联系了奥美工程部的马经理。这么晚了，他怎么会在这里？这也太巧了吧。难不成是小白告诉他的？

我正这么想着，与此同时他也看到了我，神情有些惊讶，眼神里甚至还有些惊喜。我也不知道我怎么会从他的眼神里看到惊喜。

"晶晶？"

他快步向我走来，我想找个地方躲然而已经来不及了。

"好巧！"我只好冲着他友好地挥了挥手。然而我的右手举在半空中，满是鲜血，十分扎眼。

"你怎么受伤了？"他的视线落在我手臂的伤口上，那又长又深的伤口让他眉心一拧，伸手就抓住我的手臂。

"嗷嗷……痛啊！"我龇牙咧嘴地叫了起来。

"对不起！对不起！"

他连忙松了手，我立即用手护住伤口，他想再次抓起我的手臂，我本能地缩至一边。他的手扑了个空，尴尬地落在半空中。他自嘲似的笑了笑，问道："你怎么伤成这样？"

我叹了口气道："别人打架打的。"

"别人打架打的？伤到你？"

我一脸生无可恋地点点头。

他嘴角微抽，那表情仿佛在说别人打架也能打着你？这种事情也能让你碰上，真是奇葩。

"报警了吗？"

"嗯，已经做过询问笔录了。"

"你一个人站在这儿干吗？挂过号了吗？"

他这一问，我才想起来不知小白挂号挂好了没有。我向挂号处望去，却没有在队伍中看到小白："咦？小白去哪儿了？"

"小白陪你来的？那她人呢？"

"不知道呀，刚才还在队伍里。"听他这语气，好像也不是小白告诉他的呀。

他陪着我四处寻找小白，然而整个大厅里都没有小白的身影。他正要拨电话给小白，这时，一位医院的保洁阿姨走过来对我说："你是许晶晶小姐吧？"

我点了点头。

那位保洁阿姨将挂号单和病历给我说："刚才一位陆小姐让我把这个交给你，她说她有急事，先走了。"

"啊？哦……谢谢。"我连忙摸出手机，准备给小白拨电话，便看到小白发来的消息："亲，看你和师傅聊得很欢，作为基友不忍打扰，你就自己看着办吧，哈哈哈哈哈哈哈……"

什么基友？明明是坑友！我还担心她出了什么事呢？就在不久之前我还为同学聚会那天的事情忏悔着，结果……她又坑了我。

"走吧，我陪你。"康谨承从我手中拿过病历和挂号单，揽着我就往急诊室走去。

"那个……你怎么会突然来医院？"如果不是小白告诉他，他来医院应该有事才对。

他抿了抿唇，道："我先陪你看医生。"

急诊室门口站满了人，有从楼梯上摔下来的，有出车祸躺在担架床上的，有喝酒闹事打群架的，其中还有好几个男人头破血流……来来往往的人不停地从我的身边挤过，一不小心就碰上我受伤的胳膊，疼得我不停地倒抽气。

忽地，康谨承单手撑在我身后的墙壁上，将我整个人半圈在他的身前，又有路过的人直接撞在他的身上，再没有碰着我的伤口。我背抵着墙，一抬头双眼的视线便触及他坚毅的下颌，刚想往别处落，视线又不经意地落在他颈间突起的喉结上……

我眨巴着眼睛，竟然挪不开视线。

据说男人最性感的部分；不是八块腹肌，也不是人鱼线，而是喉结。生理卫生课的好学生佳遥曾经给我们普及过，男性的雄性荷尔蒙分泌量决定了男性第一性征与第二性征的大小。男性的第一性征是人都知道，而第二性征就是喉结和体毛等，雄性荷尔蒙分泌量多的男性，据说他的第一第二性征都不会小……

我盯着康谨承微动的喉结看了半晌，忍不住又瞟向旁边一个跟我一样被打伤了手臂的男人的喉结，呃，好像康谨承的比较大一些……

他忽然出声道："晶晶，到你了。"

"啊？"我顿时回过神，双颊滚烫。

"你怎么了？是不是哪里不舒服？脸怎么这么红？"

他的手指忽地贴上我的脸颊，我不由得打了个战栗，连忙错开，道："我没事我没事。"

我低下头赶忙走向医生的诊室，差一点撞上一旁那个伤了手臂的男人，又连忙道歉，然而视线一瞄，我去！又是罪恶的喉结处！我满脑子里都在想什么？要是被康谨承知道我当众YY他的性征大小，我的天哪！简直没脸活下去了。

见到医生，医生看了看我的伤口说得缝针。我一听要缝针，声音都开始发颤："啊？要缝针啊。医生，那……得缝几针啊？"

和蔼可亲的医生笑眯眯地说："至少得四针。放心！会打麻药的，一点也不疼。"

事实证明，医生说一点也不疼那都是骗人的，因为打麻药比打针还要疼，针头扎进我手臂的肉里时，我感觉我整个人的灵魂都出窍了。泪水顺着我的眼眶奔流而出，我原本咬紧着牙根，当麻药注射进我肉里的那一瞬间，我望着眼前皮白肉嫩的胳膊，啊呜一口咬了下去，然后灵魂彻底升天了。

"好啦，好啦，等麻药起反应，就什么都感觉不到了，把你男朋友的手臂咬得待会儿也要我给缝针就不好了。"医生依旧笑眯眯地说。

男朋友？我没有男朋友。不过这种情况下，我也懒得解释了。

我总算松了口，泪眼婆娑地瞅着我嘴下的那截手臂，白嫩嫩的皮肤上被我咬出来深深的两排牙印。我羞惭地对手臂的主人道："对不起，没咬疼你吧？"

"还好。"康谨承笑望着我。

我看见他手臂上一片水津津的，更加羞惭地伸手将上面的口水擦净。

麻药终于起效了。我瞅着医生一双巧手用剪刀夹着两个弯弯的小针，在我的伤口上穿来穿去，很快就打了个结完成了。医生一共给我缝了四针，我皮白肉细的藕臂上就这么张牙舞爪地爬上了一条丑陋的蜈蚣，我有些郁闷。

康谨承忽然问："医生，这样会留疤吗？"

"留疤是肯定的。你应该庆幸，幸亏你女朋友伤的是手背，这要是刚好割着手腕内侧，呵呵呵。"

"医生，你可真是会安慰人啊。"

等医生给我包扎完，我的左手臂就像是佩戴了一块白色盾牌。我跟康谨承说："像不像圣斗士星矢？"

他白了我一眼，道："缝了四针居然还能笑出来？"

"不笑难道要哭吗？"我瞅着伤口笑着说，"更何况又不是第一次被包成这样，想到当年有个胖子踩伤了我的脚趾，然后赵医生给我整条腿都包扎得像个粽子一样。第二天上学的时候，我像个瘸腿僵尸一样一跳一跳地跳进教室，然后又和那个胖子一起被卡在门上……"

我嘴角弯起的笑容在一瞬间僵住了，因为曾经的那个胖子就站在我的面前。

"你记得很清楚。"他凝视着我，一双深邃的黑眸似要直直看进我的内心。

我以为那天我收拾好了心情之后，从此往后都能若无其事地面对他，然而那些藏在记忆深处的东西，只要看着他或者只需要一句话，就会全部倾泻出来。

我暗吸了一口气，道："我先去上个洗手间，麻烦你帮我去药房排队拿药。"

我几乎逃似的离开了诊室。打了麻药的左手臂有些胀痛，我用右手半托着走向洗手间。不巧一个穿着牛仔短裤的小伙子正堵在洗手间的门口，也不知他怎么将点滴袋弄掉到地上了。我刚想说男厕所在隔壁，哪知他捡起点滴瓶便往里面走去。

我跟着他走进女洗手间，他拉开一间门，然后想将点滴瓶挂在里面的挂钩位置，然而正巧这间并没有挂钩。他正要换一间，一回头瞧见我站在他的背后，吓了一跳。

"你干吗？"这声音一出来，居然是个女生。

我还想着如今变态咋这么多呢？原来是个女生。

这女孩子看年纪约莫十七八岁，身材修长高挑，差不多一米七出头的个头，漂亮但不妖媚，英气逼人，有种让人喜欢的中性美，梳着一头染成奶奶灰的时尚短发，身上穿着军绿色的短衫T恤，下面配着一条宽松的牛仔短裤，脚踩一双人字拖。只看背影，我真以为是个骨感的小男生。

我本能地道："我可不是要跟你抢坑。"

她瞅了我的手臂一眼，不屑地冷哼一声，走向对面一间。

面前的空间也就便宜了我。庆幸我今天穿的是裙子，不然我得发愁提裤子的问题。解决完问题，我刚准备洗手离开，突然对面的门打开，那染着奶奶灰短发的女生突然叫住我："喂，你能帮我个忙吗？"

我惊悚地看着她："什么忙？"

"来帮我提下裤子！"她的语气特别生硬，像是在命令我，丝毫没有请求的意味。她走出来，一只手提着短裤，一只手举着点滴袋。我知道如果她将裤子提好，有可能就意味着，待会儿她要重新找护士再扎一针。

也许我遗传了我爹的圣母心吧，丝毫不在意她的态度，又本能地回道："我只能一只手帮你。"

"我提着，你帮我拉拉链就好了。"

"哦。"我按她的指示伸手拉向她裤子的拉链，可是偏偏这时候拉链好像卡上了布头，我怎么拉也拉不上去，"好像卡了个线头。"

她急了，说："你帮我提着，我来拉。"

"哦。"我又改用手帮她提裤子。

她费力地死命往上拉，可是拉链头卡在那个布线头里纹丝不动。

"还是我提着，你来拉。"

"哦。"

我们两个人就这样换来换去地折腾着，也没能将拉链拉上去。

"你帮我用牙把拉链头咬开一点点试试。"

"啊？我的牙哪有那么厉害？"

"不试你怎么知道？"

"那你站好了别动啊。"说着我低下头，用牙齿咬住那个拉链头试图将它咬松开一点，将布线头拨开。

谁知，这时，一位老太太刚好走进来，放声尖叫："啊？！你们两个大白天的这是在干什么？简直是伤风败俗啊！"

老太太进厕所时已经解了一半裤子，见我们俩这样，厕所也不上了，跑出去嚷嚷："哎哟我的老天啊，大白天的，一男一女在医院的厕所里就变态了，在那里……"

我去！这老太太的脑洞也太大了吧，比我还能联想呢。

老太太这一嚷嚷，洗手间门口一下子围过来一群吃瓜群众。

我和奶奶灰走出洗手间，老太太指着我们俩说："就是这一男一女啦。变态！"老太太又指着我的鼻子，一副我玷指了祖国花朵罪大恶极的模样，道："你看着年纪也不小啦，人家还是个孩子啊。"

我脸一黑，板着脸气道："我怎么了我？！"

奶奶灰说："老太婆，你说谁变态呢？眼睛不好就去配副眼镜。看清楚！我是女的！"

周围那些吃瓜群众，一起发出惊讶的声音。那位老太太的脸一阵红一阵白，不甘示弱地道："你们这些年轻人谁搞得清楚？谁让你弄得男不男女不女的。更何况，现在两个女的也不是不可以的！"

人群之中又爆发出声声惊讶。哎哟！老大妈你懂得可真多！

我嘴角抽搐："大妈你这么敢想敢讲，你怎么不去当编剧呢？"

"死老太婆，你敢再乱讲一个字，你信不信我把这个砸你脸上？"奶奶灰举起半瓶点滴袋。

"Grace！"这时，康谨承的声音从人群中传来。

我惊愕地回转头，康谨承正拎着一袋子药从人群里走过来。Grace？是谁？我疑惑地望着奶奶灰，他是在叫她吗？

老太太自知理亏，见状，挤出人群跑掉了。

"喂，康谨承，从我给你打电话到现在，都已经过去两个小时了，你就是开车从S市过来也该开到了。"奶奶灰一见到他便恼怒地说道。

我看看她，再看向康谨承，所以……他来医院，是来找这个名叫Grace的奶奶灰？刚巧遇上我，于是就陪着我看急诊，将这个小姑娘给忘了？

然而康谨承并没有搭理奶奶灰Grace，而是对我说道；"我拿了药等你半天也没见你出来，还以为你出事了。"

"的确是出了点小状况。"我浅浅笑道，眼睛却是不经意地看向Grace，这姑娘跟他是什么关系？他分明是来找她的，却陪了我两个小时，再想到奶奶灰在洗手间里的窘境，我突然觉得有些对不住她。

"你们俩认识？"Grace眉峰一挑，一双乌黑晶亮的眼眸上上下下扫视着我，"喂，康谨承！你别告诉我，你这两个小时就是顾着跟别的女人搭讪，所以把我给忘了？"

康谨承一本正经地道："我跟你说过多少次了，不许连名带姓地叫我，要叫我哥！"

Grace不屑地嗤道："哥什么哥？你妈又不是我妈，我爸又不是你爸。喏！赶紧给我拿着，抓得我手都累死了。"Grace将点滴袋丢给了康谨承。

康谨承接过，一只手高举着点滴袋，道："上个洗手间你也能闹事？"

Grace翻了个白眼，道："谁说我闹事的？根本就是那个老太婆有病！肯定是欲求不满！"

"你说什么呢你？！"康谨承伸手就在她的后脑勺上拍了一巴掌。

我忍不住说："你打她干吗？本来就是那个大妈眼花。她裤子拉链坏了，我不过用嘴巴帮她弄个拉链而已，那个大妈就在那儿YY我们两人那个那个。"

康谨承听完嘴角微微抽搐，瞪着Grace道："让你平时穿着注意一点，现在知道了吧？"

"啰唆！懒得理你！"Grace转向我，挑着眉问我："喂，靓女，你叫什么名字？"

"哦，我叫许晶晶，言午许，亮晶晶的晶。"

"你叫许晶晶？！"Grace的声调陡然拔高了几个台阶，斜睨着眼看着康谨承，康谨承面不改色，她便小声嘀咕，"难怪两小时见不着人影。"

我疑惑地看了一眼康谨承，难道他在别人面前提起过我？

康谨承轻咳两声，开始跟我介绍Grace："这是我妹，李格瑞，木子李，格调的格，祥瑞的瑞，也就是我继父和他前妻的女儿。Grace，这位是许晶晶，我高中同学。"

我本来以为李格瑞会是他同母异父的妹妹，没想到没有血缘关系。

李格瑞上上下下仔细地打量着我，又道："喂，许晶晶，你什么时候回家？"

"啊？"

"啊什么啊？我问你什么时候回家？"李格瑞口气很呛地道。

"哦，我已经没什么事了，就等拿了药，就可以回家了。"我瞥了一眼药袋子，还拎在康谨承的手中。

"那你等我挂完水，我送你回家。"李格瑞这句话一出，我和康谨承都震惊了。

我看着点滴架上还吊着的半袋点滴，嘴角抽了抽，李格瑞这霸道总裁的口气与康谨承简直是如出一辙。

"哦，不了，我自己回去就行了。"我对李格瑞笑着说。

"喂，我刚才跟你说了，让你等我挂完水，我送你回家。"

我咽了口口水，又道："我可以打车回去的。"

李格瑞指着康谨承道："喂，他是我打电话找来的，结果陪了你两个小时，现在让你陪我把这点水挂完不行吗？又要不了两个小时。"

"……"我居然被说得无言以对。

"你要是急着走，那我就不挂了。"李格瑞说着就要拔点滴管。

"哎哎哎！千万别！"我吓蒙了，完全不知道她想干吗，为什么现在的孩子比我们当年还要中二病？我求助地看向站在一旁的康谨承，冲着他使了使眼色，示意他帮帮忙。

"Grace应该是想要报答你吧。你要是忍心她不挂水的话，现在就可以走。"他弯了弯唇角，耸了耸肩表示爱莫能助，好像从头到尾，都不关他事似的。

我整个人都不好了。现在的人怎么一言不合就要报恩呢？小说是这个套路，电视剧是这个套路，怎么现实里还是这个套路呢？我不过是帮人提了个裤子而已。我奈何不了李格瑞，无比纠结要不要留。

康谨承弯着唇角又道："你明天上班吧？"

"不上。"

"那急着回家吗？"

"有点，"我看了一眼李格瑞，咽了口水，尴尬地笑了笑，"好像不是太急。呵呵呵……"

他笑着说："那好，那就陪Grace挂完水，我送你回去。"

"嗯？"我有答应吗？我明明没有答应，但是我莫明其妙地被他拉到一旁的椅子上坐下。我也是搞不懂我自己，明明没事了，明明可以打车回家，却要在医院陪别人挂水。罢罢罢，我霸占了康谨承两小时，现在陪她挂完水，也是理所应当。

我和康谨承面对面坐在椅子上，他的视线盯着我看了好久，我有些无所适从，错开视线看向别处。

他突然说："那天我给你发信息，你没有回我。"

"有吗？"我摸出手机，未读短信有17条之多。在这个垃圾信息满天飞的年代，我这种人正常一个星期才有可能翻下手机短信，然后不停地删删删。我打开这些未读短信，其中确实有一个陌生的号码发来的信息："很高兴，你也没有忘记我。"

顿时，我平静如水的心湖宛若投下了一枚石子，一圈一圈荡漾开来。信息是那天他送我回公司后没多久，他发来的。换作平常，我一定会觉得这是一条没头没脑的垃圾消息，但这是跟我说的同样的一句话。

"那是我的手机号。"

"哦……"

"喂，许晶晶，你加一下我微信。"李格瑞突然插嘴，摸出自己的手机，报了自己的手机号，强行命令我加她。

我一脸蒙圈地加了她之后，她掂着手机看向对面的康谨承，道："都回国这么久了，还像个ZZ一样，谁现在还发短信？"

"ZZ是什么英文单词的缩写？"康谨承忽然问道。

我差点没一口口水呛住。

李格瑞一脸嫌弃地看着他道："智障！汉语拼音！一个高三才出国的人比我这初中出国的人汉语拼音还要差，你简直够了！"

康谨承嘴角微微抽搐，估计差点因为这话呕出血来吧。这个李格瑞虽然有点中二病，但是也挺有意思的。

我咬着嘴唇，强忍着笑意望着康谨承。他望着我，如沐春风地笑着。

所幸李格瑞的点滴只有半袋，没一会儿便挂完了。护士拔了点滴头，让她在椅子上坐几分钟再走。但是李格瑞一秒钟都不想等，她伸手一把揽住我，径直往医院大门外走去，整个过程我都处于一种蒙圈的状态。

康谨承开着车子，没多久便开到了我家楼下。我正疑惑他是怎么知道我们家搬家了，这时李格瑞突然问："许晶晶，你有男朋友吗？"

我愣住了，没有看她，也没有回答她的问题，目光不经意地看向驾驶室的康谨承，与后车镜里他的视线相撞，他一脸平静，幽黑的眼眸深如潭，看不出任何情绪。

然而令我想不到的是，李格瑞突然很霸道地说："没关系，你要是有男朋友的话，就赶紧分了。"

什么？我十分惊讶。

"回家注意微信，改天我请你吃饭。"

"不用了。今天只是小事一桩。"我下了车。

"我说过的话一定算话。"

我嘴角微抽，似乎跟这个孩子没法正常沟通，只能答应："好吧。"

我刚转身准备离开，驾驶室的车窗玻璃突然摇了下来，康谨承微笑着道："晶晶，代我向叔叔阿姨问好。"

"哦。"

"再见。"

车子终于扬尘而去，消失在黑夜之中。我好半天回不过神，不知道今天晚上到底经历了什么？

回到家差不多快要十二点了，佳人小姐与父上大人已经安睡，他们知道今晚我和小白、佳遥聚餐，可能会晚归。但是我仍旧心虚，怕他们看到我的伤口有所担心。

因为今晚再次遇上康谨承，我辗转反复，无法入睡。我打开手机看了下时间，恰巧看到屏幕上满是小白和佳遥的信息，佳遥关心我的手臂如何，小白则沾沾自喜地说有师傅照顾她呢。

我恼火地立即回复："不怕神一样的对手，就怕猪一样的队友！"

小白还没睡，见我回复，又乐滋滋地问我进展如何？我便将今天晚上的事一一说来，小白听了我的奇遇，表情包张狂而奔放，甚至还说搞不好我被那个奶奶灰李格瑞看上了，如今同性才是真爱。我让她滚一边去，满脑子里整天不知道在想些什么。

正当我准备睡下，又来了一条信息，是李格瑞的。

"哎，许晶晶，你可千万别看上康谨承啊，喜欢他的女人，能从长江头排到长江尾。"

我瞪着这消息，不禁莞尔，手指敲下一行字："哦，那可真难为了那些排在长江头的女人。"

李格瑞："为什么？"

我："因为N市在长江下游啊，长江有6280米长。"

"哈哈哈哈哈哈哈。"李格瑞发来一个中二的表情包，狂笑很久，然后又追了一条信息："许晶晶，我很喜欢你。"

我被这句惊吓得将手机砸在鼻梁上，回道："嗯，姐姐也很喜欢你。"

"晚安。"

"晚安。"

我这才陪李格瑞聊完，又有一条请求加好友的信息，名字叫作"方便面"。想当初那熟悉的QQ名字伴我很久，八年中我一直盯着那灰暗的头像，期待着有一天它能重新跳动，但始终没有。如今换成了微信，我心中思绪万千。我犹豫半晌，还是通过了好友。

没多久康谨承便发来一条消息："还没睡？"

"刚要睡，你妹发信息过来。"

"她说什么了？"

"哦，她说你的女朋友们排起队来有6280米那么长。"

他发了个惊讶的表情，然后又打了一行字："早点休息吧。"

对于女朋友多少这件事，他没有否认，也没有承认，而是让我早点休息。

我立即回了两个字"再见"，便将手机扔向一边，抱着我的大狗熊闭上眼，然而更加辗转反侧。

[*Chapter 24* 八年后，他终于向我表白了]

夏季正值装修的旺季，每天上班我都跟打仗似的，只能庆幸我伤的是左臂。

人有时候就是犯贱，失去的时候才会知道对方有多重要。自打我拒绝了盛世嘉廷的项目之后，盛世嘉廷的李经理几乎隔三岔五地给我发个信息，联系下感情，某天说他们的老板突然一下子醒悟过来，决定将成本抬高，而且还指名要我全权负责，我真是受宠若惊。几位同事劝我，这真的是他们老板第一次拔毛，能给人台阶下就给人台阶下吧。于是乎，我也就顺水推舟地应了李经理，正式接下了盛世嘉廷的单子。

而奥美，我也重新将资料提交给了工程部的马经理，许是马经理得知我与康谨承乃高中同学，对我十分热情，让人有种此单"非你莫属"的感觉。

可没想到，工装的事刚忙上，又有一大堆同学找上门让我帮忙家装，上次同学聚会我甩了一圈名片之后，效果显著。这一下子忙开来，每天晚上回到家我觉得我都像条死狗一样。这些都不算什么事，最关键的是，我已经忙到菊花开成了向日葵，还要应付李格瑞大小姐。李大小姐正值暑假，这暑假可比咱们爽多了，长达三个月，偏偏这时候是我最忙的时候，每天中午还要找借口拒绝李大小姐的各种约饭。

许是有一天，大小姐被我拒绝得火大了，于是直接找上了公司，恰逢我留在办公室画图纸没有出门，被逮了个正着。虽然大小姐一副霸道总裁的傲娇姿态，可毕竟还是个涉世未深的小姑娘，被公司那些老油条三句两句话一套，就暴露了奥美大小姐的身份。

一下子，我便在公司内部扬名了。李银河师兄夸奖地拍了拍我的肩头，鼓励大家要像我一样对待客户就像对待上帝。事实上，我已经到了崩溃的边缘。

　　迫不得已，我只得拿起手机给康谨承打电话，那边电话正在占线中，李大小姐也不知怎的在我桌子上看到了奥美的竞标资料副本，指着项目图纸说："只要你今晚陪我吃饭，我可以让工程部把这单给你做。"

　　我一听，眉毛飞扬，道："真的？"

　　李大小姐斩钉截铁地点了点头，说："奥美是我爸创办的，虽然现在由我哥负责，但他并没有奥美的股份，因为我才是继承人，说白了他只是替我打工的。"

　　这时，康谨承的电话正好接通："喂，晶晶？"

　　电话另一端康谨承一直在叫着我的名字，而我拧着眉心思忖着李大小姐话语的真实性。

　　李大小姐也看出了我的疑虑，用嘴型比画着："不信的话，你可以去打听。"并竖起了三指对天发誓。

　　"没事，打错了。"我毫不犹豫地将电话挂了，决定牺牲自我陪伴李大小姐。

　　然而，康谨承并不是那么好糊弄的人，没五秒钟，他的电话又追了过来："你找我什么事？"

　　我挠了挠头，呵呵笑道："哦，没事，今天天气很好。"

　　电话中，康谨承沉默了三秒，道："嗯，暴雨过后应该会很凉爽。"

　　"我还有事，先忙了，Bye！"我挂了电话便长长地舒了一口气。

　　"你跟我哥说话的语气，透着浓浓的奸情味道。"

　　我斜睨了她一眼，道："不好意思，承蒙你前些日子6280米长的警告，奸情不起。"

　　李格瑞扬了扬眉，坐在我身侧专门为她准备的转椅上不停地旋转着，看得我头有点晕。终于她停下来了，一脸认真地道："今晚，你陪我去参加一个慈善宴会。"

　　"这算是今晚陪你吃饭吗？"

　　"算。那里有很多好吃的，你可以尽情地吃。"

　　"OK，成交。但是在下班前，你不可以打扰我工作。"

　　"OK，没问题。哦，对了，你三围多少？"

　　我斜眼瞪着她："关你什么事？"

　　"你不说我就自己伸手量了？"

　　我吓得连忙用双手护住我的胸部，道："你是变态吧？"

　　她将转椅滑至我离我半米的地方起身，手还没有伸过来，我立即用纸条写了三个数字给她。

她扫了眼字条，道："看不出来你这小身子板还有几两肉。我先出去一下，等到你下班的时候再来接你，对了你们几点下班？"

"五点半。"

"这么晚？"

"你以为呢？"谁能没事像她这样的暑假生这么闲得慌。

"我马上给你们帅哥老板打个电话，让他四点半就放你走。"

"你随意。"我见识过她的霸道不讲理，跟她说什么都犹如对牛弹琴，随她去了，手头的工作要紧。

李格瑞说完像阵风一样消失在办公室内，我总算可以安静地画图了。到了四点半的时候，李格瑞果然像龙卷风一样准时出现在我面前，拉起我就走。

当我问她宴会的地址，她却指责我身上的衣服不行。我看了看我身上一千多块的知性又优雅人人都夸好看的洋装，却被她指责不行，有些恼地道："抱歉！姐姐就是这个品位了。"

谁知这小丫头突然将一个大礼盒塞在我手上，道："喏，换上。"

"什么？"我打开礼盒，里面是件绣满了碎钻blingbling的晚装，标价牌还挂在上面，零头都比我身上知性优雅的洋装还要多。所以她问我的三围，是去准备衣服了吗？看来这个慈善晚宴的级别超乎我的想象。

"哦，还有这个，你也一起戴上。"她忽地又塞过来一个小礼盒，里面放着更加blingbling的项链和耳环。

眼下这情况有点让人无所适从。通常言情小说或者狗血言情电视剧里，只要有宴会场景，必会出现帅气男主角带着平民女主角购买华丽晚装和配饰的套路，男主角必定会将女主角打扮得跟天仙一样，闪瞎群众的眼，吊打各路看不起女主角的渣配们。

我也可以这么想象我即将成为麻雀变凤凰的女主角，但是明显画风有点不太对，以至于我不禁开始怀疑这李大小姐是不是真的看上我了。

"我有衣服。"李大小姐约莫是看出了我的疑虑，拿出另一个礼盒，里面摆着一套男士西装。

我瞅了瞅她身上宽大的T恤和短裤，从我认识她的那天开始，她一直都是这副"安能辨我是雄雌"的模样。我揶揄道："我能想象到你穿上这套blingbling的礼服后走路的模样。"

她瞪着我，表情凶狠地做了一个抹脖子的动作。

我笑靥如花："我当且仅当你穿男装习惯了，今天就帮你这个忙试一下衣服咯。要化晚宴妆吗？"

"嗯。等下带你去化妆。"

"你开心就好。"

按照晚宴要求，我换好了衣服，化好了妆。而李格瑞也化了个淡妆，看起来越发英气逼人。

李格瑞盯着我扬了扬眉，道："果然人靠衣装、佛靠金装。"

我学着古装电视剧里的女人，向她微微欠身行礼，道："谢主隆恩！如果没有李主赞助，小女不知此生能否有幸穿得这么华丽丽的。"

"阴阳怪气！作！"李格瑞冲着我翻了一个白眼，也忍不住笑了起来。

李格瑞换上那身灰色格子男装，倒也有一份中性的帅气。我不禁在想，这小丫头要是穿上我身上的这身洋装不知道会是怎样的情形，也许更加惊艳四座吧。

等到了金碧辉煌的宴会大厅，满眼衣香鬓影、觥筹交错，所谓各界上层名流都聚集在这里了吧。如此陌生的场景，璀璨的灯光照得我一时有些不能适应，我挽着李格瑞衣袖的手忍不住收紧，果然我们穷人家的孩子只能靠想象过日子。

"怎么，紧张了？还以为你当真什么时候都是一副天不怕地不怕的样子。"李格瑞明显感受到了我的紧张。

"只是觉得这种场合不太适合我这等小民。"

"你放心，我绝对不会像狗血电视剧里的男主角一样，把你丢在宴会厅一个人窝在角落里像个白痴一样吃着点心。"

她这么一说，顿时逗乐了我："那真是感谢李主你不套路。"

一位侍者端着酒瓶走过，她给我端了一杯果汁，然后又给我拿了碟点心，塞在我的手上，道："吃吧。说好了请你吃饭。"

我笑着丢了一小块精致的蛋糕在嘴里，觉得味道不错，便又塞了一块在她的嘴里，道："吃吧，别说我只顾着自己。"

"我真是越来越喜欢你了。"她望着我调皮地笑了起来。

我差点被口中的蛋糕噎住，赶紧呷了一口果汁。

慈善捐款活动开始，主持人按照流程邀请名流人士上台发表捐款感言。当我听到主持人口中报出的最后一句捐款人的名字竟然是"康谨承"时，我鼓掌的双手略顿。

"你哥……他也来了？"其实我该想到。

李格瑞道："那当然，装大款撒钱拉关系，是他的职责。"

他缓缓走到台上，远远望去，一袭质地精良做工考究的西装将他完美的身材展露无遗。头顶上方，万千水晶灯的光华照耀下，他就仿佛是一块上等的美玉，浑身散发着温润的光芒，让整个大厅所有人的目光都不经意地聚焦在他的身上。整个感言过程，他的声音沉稳干净，字正腔圆，频频引来各路掌声，直到他完成感言走下台，场内掌声依旧不断，仍吸引着众多目光。

我也忍不住看着他的身影在人群中掠过，这一眼却落在他身旁一位盛装打扮笑靥如花的女子身上，竟然是徐婧婧。上次同学聚会，听徐婧婧的语气我就感觉到两个人很熟悉，眼下看来，这关系可真是不一般呐。

这天下间估计很难找到像我这样一根筋的人。若是说医院那晚，他对我的悉心照料让我心底那团死灰有复燃的迹象，可今晚这一幕，真是如一盆冷水直接浇熄了我。再想想这么多年他从来没有联系过我，甚至就连他回国了，我都是最后一个知道的。许晶晶啊，八年前人家没有喜欢过你，八年后就算狗血言情剧似的重逢，也并不能代表什么。八年前他喜欢的人，八年后依然站在他的身边。

我紧握着手中的杯子，将果汁一饮而尽。

李格瑞突然冷嗤一声："扫兴！又是那个整容作女。"

整容作女？我顺着李格瑞的视线望过去，正是徐婧婧的方向。她是说徐婧婧整了容？同学聚会上匆匆一瞥，我曾思忖这女人比以前更漂亮了，但是感觉却没有以前灵动，原来是整容了啊。我还以为是时间太久，我脑子里模糊了她的长相。

许是徐婧婧感受到了我好奇的目光，忽地一个转头，刚好与我对视，脸上那像花一样盛开的笑容在一瞬间僵住了。与此同时，康谨承也看见了我，神情微怔。我冲着二人懒懒一笑。

康谨承迅速向我们走来，徐婧婧也跟着走了过来。

康谨承盯着我上上下下地打量了一番，一双眼眸墨黑如玉般温润，嘴角含笑道："你今天很漂亮！"

立在他身后的徐婧婧听到他赞美我的话，脸色微黯。

我挺直胸膛，道："谢谢！平日里我也很漂亮。"

康谨承嘴角的笑意更浓了，目光落在我左手臂的伤疤上。大半个月过去了，伤口恢复得很好，只留下几道蜈蚣脚，我用创可贴贴住了，不仔细看，几乎看不到。

他收回视线转向李格瑞道："你今天穿成这样倒是出乎我的意料，我记得你好像定做过礼服。"

我歪着脑袋看向李格瑞，道："既然你定做了礼服，干吗不穿上呢？你看我身上这件blingbling的多好啊，能闪瞎人的眼。"

李格瑞嘴角抽搐，白了我一眼，仿佛我是白痴。她又冲着康谨承道："我记得你今天是募捐嘉宾，不是服装大赛的评委吧。"

康谨承笑了开来。

被他晾在身后的许久的徐婧婧突然插话："Grace，你好！"

李格瑞瞥了她一眼，道："你怎么会来参加这种慈善宴会？"

我不知道徐婧婧是怎么得罪了李格瑞，李格瑞对她的口气可不像是在询问，而是在质疑她哪来的资格参加这种宴会。

"我跟着谨承一起过来的。"徐婧婧面对李格瑞倒是一副好脾气。

李格瑞冲着康谨承冷嗤一声，康谨承还没来得及说话，便被人拉走了，留下了徐婧婧。

李格瑞便拉着我的手说："走！我们俩换个安静的地方吃东西，这里又吵又倒胃口。"

"哦。"我挽着李格瑞离开，不经意地又回眸看了一眼徐婧婧，她目光如炬，气得似要射出火焰来。

"你好像很讨厌徐婧婧。"我跟着李格瑞离开，找了个角落吃东西。

李格瑞很惊奇，道："你认识她？"

我抿着口中的果饮，道："嗯。你哥跟她是高中同学，我跟你哥也是高中同学。"

李格瑞漂亮的双眼忽地一下子亮了起来，道："我怎么闻到了一股子狗血三角恋的气息？"

"不只是三角恋哦。"

"这么牛？"

"想听吗？"

"说来听听。"李格瑞拼命地点着头，眼巴巴地等着我说八卦。

就在此时，突然一个穿着烟灰色西装的男人站在我和李格瑞的面前："嘿！Grace！好久不见，你什么时候回国的？"

"走！我们换地方吃。"李格瑞白了他一眼，懒得搭话。

虽然这男人在跟李格瑞说着话，一双眯了缝的眼睛却紧紧地盯着我，那猥琐的目光落在我裸露的肩头以及半露的胸前。

"这位漂亮的小姐是……"

李格瑞立即拉下一张脸，道："关你屁事？"

李大小姐的直接，我在内心暗暗拍手叫好。她刚拉着我准备换地方，不想刚转身又是一个妆容精致的女人出现在我们的面前。她面带怒容盯着李格瑞道："Grace！你怎么跟Eric说话的？你怎么穿成这样？你衣服呢？"

听到这久违而熟悉的语气，记忆在一刹那间跳了出来，让我瞬间明白眼前这位正是康谨承的母亲刘云桦。八年过去了，时间似乎并没有在她的脸下留下太多岁月的痕迹，她依然还是像八年前一样美貌优雅，连同那副趾高气扬高人一等的气势也丝毫没有半分减弱。

她的视线很快落在我的身上，道："Grace，你的衣服怎么穿在她的身上？她是谁？！"

先前试衣服的时候，我就在想这身华丽的礼服是不是为李格瑞准备的，果不其然。刘云桦盯着我的目光几乎要烧了起来，若不是人多，怕是她能当众扒了我身上的礼服。

"她是我朋友。"李格瑞道。

"什么朋友？我怎么从来没有见过？"刘云桦锐利的目光上上下下地将我扫了个遍。

许是隔了八年，我又化了妆，刘云桦已经忘记了我是哪号人物。当然，我才不会自讨没趣地去做自我介绍。

"我朋友遍布全球各个角落，你要去全球各个角落都认识下吗？"李格瑞说完拉着我就要走。

我终于知道我为什么会喜欢李格瑞这个小丫头了，因为她总是能及时地给人有力的反击，十分痛快。

Eric也伸手打圆场："桦姨，Grace一向不喜欢这种正式场合，你就随她吧。"

"你不用给她说好话。"虽然刘云桦尽力保持着优雅，但是她略显尖锐的音调已经透露出她的忍耐到了极限，"Grace，我有话跟你说。"

我便对李格瑞道："我先去补个妆。"

李格瑞显然不想搭理她，直接拉着我离开。

刘云桦平静地又道："Grace，你给我站住，别忘了你未满二十岁。"

李格瑞终于停下了脚步，回头不情愿地看向刘云桦。

我不知道这个二十岁对李格瑞有什么样的限制，但是李格瑞显然是迫不得已。我拍了拍李格瑞的肩头，示意她放松。她咬着牙，这才随刘云桦离开。

Eric临走之前，还不忘回头看我一眼，那一眼瞬间让我浑身的鸡皮疙瘩都起来了，我搓着手臂赶紧走向洗手间。

进了洗手间，我补了个妆，对着镜子理了理发丝，刚准备离开，就发现走进来一个人，是徐婧婧。我当作没有看见她，径直向门外走去。然而，她却不能做到眼瞎没瞧见我，而偏偏要上演一场狗血言情剧的戏码。

徐婧婧拦着我的去路，问道："许晶晶，同学聚会那晚你后来去哪儿了？"

我本想学着李格瑞的口气说"关你屁事"，但上了大学之后我的脾气明显平和了些许，况且又是多年未见的老同学老邻居，怎么也得给点脸面，于是我面带笑容地回道："那晚啊，我有事先走了。不好意思啊，没来得及跟你们打招呼。"

然而，这位老同学老邻居俨然一副抓奸的模样："是吗？还以为你拉着谨承单独约会去了呢。"

我不禁嗤笑一声："你这语气，听起来好像很怕我跟他单独约会似的。怎么，那晚他也有事先走没跟你招呼吗？"

徐婧婧面部表情微僵，我甚至能清晰地看到她面部的肌肉因气愤而在抽动，不是说整了容的人都看不出来表情吗？

她换了个姿势，又道："许晶晶，你是怎么认识Grace的？是谨承介绍你们认识的吗？"

"徐婧婧，你三句话里有两句都离不开康谨承，你若这么想知道，干吗不自己去问他呢，何必从我这里套话？即便是跟你做了那么多年的同学和邻居，我好像也没有跟你熟到那种跟谁交朋友都要向你报备的地步吧……借过。"望着徐婧婧难堪的面容，我心情无比愉悦，昂首挺胸地走出了洗手间。

到了宴会厅，四处不见李格瑞的身影，说好了不将我一人丢下像个白痴一样躲在一旁吃点心的，结果他还是不见了人影。我给她打了电话，她并没有接，于是我又四处转了几圈，还是没有找到她的人影，所以以后谁再跟我说不放任我一个人像个白痴一样躲在角落里吃东西，我是决计不会再信了。

我又四处张望，企图找到刘云桦或是康谨承，或许能看见李格瑞，可也不见他们的身影。我正思忖着要不要一个人像白痴一样窝在角落里吃东西时，正好一个侍者端着酒水饮料从我身边走过。

我便问："请问有没有见到一个身穿格子西装，大概跟我差不多高的……"

"你说的是李格瑞小姐吗？"

"对对对！"

"她好像去了斜对面的休息室，你可以去看看。"

"谢谢。"我踩着近十厘米的高跟鞋向对面的休息室走去。

推开休息室的门，里面没有人，也并不光亮，只有斜对角的一盏顶灯亮着。许是对面的窗户没有关上，厚重的窗帘被风吹得此起彼伏，哗哗作响，肆意飘荡着。说起来这是个休息室，其实更确切地说应该是一个小型的会议室，中间摆着一张很大的会议桌，几乎占据了整个房间的一半，四周摆满了椅子。

踩了一晚上的高跟鞋，我的脚痛得紧，于是我随意找了个椅子坐下，将鞋子脱下来，拼命地揉捏着脚底的穴位。揉着揉着，却不想对面的一扇门突然打开，进来两个人，一男一女。我这才发现，原来这间会议室有两扇门，一前一后，我从后面这边的门进来，而那一男一女则是从前面的门进来的。两个人一进来便肆无忌惮地拥在一起，相互啃了起来。

哎妈呀，这什么情况？辣眼睛！对面顶上的光线刚好将两人的身影照得真切，这是一对借机搞事的野鸳鸯啊！借着光源，我看到那个女人身材高挑，前凸后翘，是个不可多得的性感尤物。她的长发妖娆一甩，大半张脸露了出来，竟是之前我和李格瑞闲聊的对象，李格瑞说她是个新红起来的模特，叫什么尹琳珊，最近应该是被人包养，打算进军演艺圈了。和她偷情的男人与她换了个位置，竟然是那个色眯眯的Eric。

我吓得赶紧低下身趴在了地上，缩在了会议桌下。

两人啃了没有几秒，女的突然推开那男的道："等一下，看看有没有其他人？"

"应该没有人。不过前面还有个门，我去关上。"Eric说完便放开那个女人向我的位置走来。

因为会议室里只有他们二人站的那个角落里亮着灯，所以我所在的位置，他们看得并不真切。但若是那个Eric走过来关门，就一定能看见我，于是我顺着桌子，往里面窗帘的方向爬了过去。爬着爬着，我突然像是撞到了什么东西，微弱的光线中我看到了一双男士皮鞋，吓得我差点叫出来，幸好那人及时以手封住了我的嘴巴，将我抱在怀里。

"是我。"他咬着我的耳朵轻声道。

我身体一僵，竟是康谨承。他什么时候在这里的？明明我进来的时候，一个人也没有。

"两扇门都关好了。"Eric又说道。

尹琳珊又问："刚才你听见什么声音了吗？"

我一听这话，吓得不敢作声，也不敢动，乖乖地窝在康谨承温暖的怀中，躲在窗帘之后。

"没有。是风吧。"Eric的语气变得十分轻浮，"小东西，我想了你好久。"

"讨厌！"

两个人肉麻的话让我打了个激灵。身后的康谨承似是感受到我的不适，便将我抱得更紧，他温热的气息轻柔地在我的耳畔撩拨着。

还好，这两人没有再继续叽歪下去，而是直接奔向主题。Eric将尹琳珊按在了会议桌上，虽然隔着窗帘，我看不见，但是那咚的一声，让我都替那被压在下面的人感到疼。此起彼伏的声音，让人听得面红耳赤。虽然大学里横扫过欧美亚非的成人动作片，但是面对着现场动作片时，我竟一时不能适应。最要命的是我身后还紧贴着康谨承，他的气息也随着那对狗男女的动作变得粗重而灼热起来，搁在我腰上的手也慢慢地开始收紧。

若不是怕惊动了会议桌上那对野鸳鸯，我想我早就要跳起来了。我咬着牙，紧紧抓住康谨承的手指用力向外掰，不让他有所动作，可怎么也敌不过他的力量。接着，他便将脸直接埋在我的颈窝里磨蹭，下一秒肩颈温润而柔软的触感令我不由得打了个激灵。呀！这货是在亲吻我的肩颈吗？我用力地掰着他的手指，意图让这货清醒一些。

所幸Eric没折腾几分钟就不动了，尹琳珊的叫声几乎跟所有动作片里的女优一样。阅片无数的高级指导员佳遥若是在场，一定会给我和小白普及知识说，像Eric这种没有几分钟就完事的，叫阳痿，而尹琳珊这叫声完全是为了配合他叫出来的……

两人收拾收拾终于滚出了会议室，我顿时舒了口气。我用力地拍着康谨承的手背，道："喂，他们走了，你可以放手了。"

然而，他一点也没有要放开我的意思。

我回头瞪他，微弱的光中刚好撞进他那双深不见底的眼眸。那挺直的鼻梁、那削薄的唇，都离我十分近，我下意识想离开，孰料他的脸突然压过来，下一秒我的唇便被堵住了。轰的一下，我的脑子里一片空白。他将我的身体扭过来，面对面地紧紧地抱着我，我几乎是半躺在了他的怀中。

"你……"我刚要说"你放开我"，但是微微一张口便给了他乘虚而入的机会，淡淡的酒气一下子充斥着我整个口腔。我双手抵在他的胸前拼命挣扎着，但他的双手十分有力，一只手紧紧地扣着我脑勺，一只手环着我的腰紧紧地将我束缚着，不容我动弹。

渐渐地，我失去了与之抗衡的力量，感觉全身像是着了火似的瘫软下来，无力再挣扎，任由他为所欲为。直到我快要无法呼吸时，他感受到了我的笨拙，终于放开了我。

新鲜的空气强势卷来，我大口大口地喘息着，贪婪地吸着空气。他却将头埋在我的颈间，趁我不备又轻轻地吮吸了一口，然后抱着我低声道："对不起，晶晶，我控制不住……"他缓缓抬起头，伸手抚了抚我脸上被他弄乱的发丝，道："你好些了吗？"

窗外的月光透过窗户映进来，我看到了他脸上的歉意。我不知道要如何表述当下的心情，惊、恼、怒、羞，都齐了。最初被他强吻的时候，我真的很想扇他一记耳光，不是矫情，而是真的恼，这不仅是姐的初吻，而且他这样的举止很无礼。而后吻着吻着，我竟也开始享受起来，甚至在内心庆幸把初吻给了他，若不是初次经验不足致使呼吸不畅，我想没这么快放手。姐姐保留了这么多年的初吻，就这样被夺走了，又不能表现出老娘活了这么久初吻还在的事实，唯有淡定地看着他说："刚才的事，我就当你酒喝多了，受了感官刺激，一时把持不住，所以不会跟你计较，你也别往心里去，别有什么心理负担，毕竟大家都是成年人。"

他双眉微蹙，沉默不语。

"离开这里，咱们就当什么事都没有发生过。好了，现在能放开我了吗？"我几乎是半躺在他的怀里，他坐在地上背抵着墙，身前的会议桌椅及身后厚重的窗帘将我们两人遮挡得严严实实的，就算有人进来，也绝对看不到我们，还真是个偷情的绝佳位置。

他似乎想明白了，纠结的神情终于放松下来，立即松开了我。解了束缚，我立即逃脱出他的气息范围。他的气息有毒，而且容易让我神志不清地沉沦。然而我的动作太大，想跑开却又因为空间太小，脚被椅腿绊了一下，重重地摔在地上跌了个狗吃屎，痛得我一下子嗷地叫起来。

"你怎么还是像以前一样走路不看路？"他连忙走过来，伸手扶起我。

我恼火地说："这里面黑灯瞎火的要怎么看路啊？我又不是猫！"

他将所有灯打开，又折回来，想要掀起我的裙子看看我的膝盖。我警觉地用手盖着裙子，道："你又想干什么？！"

"给我看看，有没有伤着哪儿？放心！我不会吃了你的。"他小心翼翼地掀起我的裙摆，庆幸这地上铺着地毯，我的右腿膝盖只是擦破了点皮。

哼！还说不会吃了我，刚才已经吃了我的嘴。一想到方才那个吻，我的脸颊便开始发烫。

"待会儿出去，问一下服务生有没有碘伏，擦一下。"他替我顺平了裙摆然后起身，看着我一脸窘态，伸手以指腹亲昵地在我脸颊处摩挲，"你的脸很烫。"

我打开他的手，想往后退一步，躲开他，可偏偏身后就是那张会议桌，无处可逃。我只好用手捂着脸，说："是你的手太凉。"

"是吗？"他顺势攥住我的手，指尖立即传来他手掌的热度，一点也不凉，反倒是我的手有些微凉。

"好了，我要去找Grace了。"

"我陪你。"

"不用。"

"嗯，不用跟我客气。"

"……"

我挣脱不掉他的力道，被他拉出了这个见鬼的会议室。他并没有带我去宴会厅，而是带着我去了洗手间。他将我推进女洗手间时，在我的耳边轻轻道："去补个妆吧，口红花了。"

我立即用手捂住了嘴，刚才那个吻……我想都没想便冲进了洗手间，他低沉又迷人的声音又在门外及时响起："你的手包。"

我又急忙跑出来，从他手中拿过我的手包，恶狠狠地瞪了他一眼，他的笑声十分爽朗，显示了他的好心情。

我对着镜子照了照，貌似不止唇角的口红花了，好像嘴唇还有一点微肿。都怪外面那个家伙！这货刚才吻得那样热切，鬼知道是不是初吻？再想着李格瑞那句他的女朋友从长江头排到了长江尾，我便有些生气。补完了妆，我对着镜子恶狠狠地道："下次再敢非礼姐姐，姐姐一定打爆你的头。"

等我走出洗手间，我以为他已经离开，没想到他却靠在门口的墙上，两只手斜插在裤子的口袋里，半眯着眼，看上去有些疲惫。他一见到我出来，便顺势拉住我的手。

一言不合就拉手。我想甩都甩不开。

"你这样，会让人误会的。"

"误会什么？你撩了我那么多次，撩完就跑，就不怕我误会？"

"我什么时候撩你了？"

"今天中午，突然给我打电话，说什么天气真好？"

"那是我不小心拨错电话了，总不能直接挂电话吧？那多没礼貌。"

"还真是好借口。"他拉着我进了宴会大厅。

"我要去找Grace。"我试图甩开他的手，然而他还是紧紧地攥着不肯松手。

"Grace现在应该焦头烂额，顾不上你。你就乖乖地待在我身边，等宴会结束我送你回去。"

"你不是有女伴了吗？"

"谁？"

"你说谁？"这家伙居然装死。

"又不是舞会，需要什么女伴？我是代表奥美捐款的……徐婧婧本身和主办方的人很熟。"

"人家可是说跟着你来的啊。"

他微微眯了眯眼，唇角微勾，道："许晶晶，你是在吃醋吗？"

我呵呵笑了开来，道："我犯得着吃她的醋吗？她若是瞧见你这样抓着我，该吃醋的人是她吧。所以，康总，为了避嫌，你还是放开我的手吧。"

显然，他当我的话是耳边风。

我只好跟他一路拉扯着，到了宴会厅的门口，正好撞见李格瑞和刘云桦从另一边走来。我一瞧见李格瑞就像是看到了福星一样，恨不得立即向她奔过去，然而这边手还被紧紧握住，想跑也跑不了。

越走越近，刘云桦犀利的目光立即定在我和康谨承彼此"交握"的手上，不，不是交握，是他强拉着我。

与此同时，李格瑞也看到了，说："喂，你拉着我朋友的手干吗？快放开！"

李格瑞永远是耿直的行动派，她不仅说，还意图强行走过来拆散我们。我内心在呐喊着快来解救我，可偏偏康谨承以一臂之遥将她挡在了半米之外，她前进不得。

刘云桦终于也看不下去了，说道："谨承！你这是在干什么？"

康谨承一脸认真地道："我拉着我的女朋友，你们也有意见吗？"

康谨承这一句话，让我们在场的几个人都震惊了。

"你搞笑的吧？"我瞪大双眼偏着头看他，他给了我一个谜之笑容。我再看向李格瑞和刘云桦，两人也是一脸的难以置信，尤其是刘云桦，她明明有些动怒，却一副不得不隐忍的模样。我不得不再次使出我吃奶的力道甩手，这一次终于甩开。

康谨承微笑着说："妈，Grace，正式向你们介绍，这是我的女朋友许晶晶。"

"许晶晶？"刘云桦一脸惊诧。

康谨承又道："对，你认识的，就是当年我爸住院的时候，经常跑过去送汤的许晶晶。"

我嘴角微抽，原来我是"送汤的许晶晶"啊！我脸上保持着微笑，内心却分分钟都想弄死康谨承。

刘云桦一双漂亮的凤眼盯着我看了又看，始终难以置信，语带嘲讽地道："真是女大十八变，差点没认出来。"

"阿姨好。"刘云桦当年的刻薄与势利，令我记忆犹新，但我依然礼貌性地回礼。

"不用客套了，之前你看见我，也没这般客气。"刘云桦嘴角冷哼一声。

忽然，李格瑞反讥道："之前你指责她穿着我的衣服，一脸嫌弃，换作是我，我也会装作不认识。"

"Grace！注意你说话的态度。"刘云桦气得捏紧了双拳。

"我就是这个样！"

李格瑞那一副"我就喜欢你看不惯我又干不掉我"的样子，令我着实佩服，也许这才是真正的有钱任性。

"晚宴差不多也结束了，我们走。"李格瑞拉着我就要离开，被康谨承一下子拦住了。

"她是我女朋友，送她回去的任务，交给我就行了。"康谨承又顺势拉住我的手。

我像个布偶人一样被他们两人拉扯来拉扯去，很明显，李格瑞身为女孩子家始终不敌康谨承的力道。可依李格瑞那性子，她一定不甘心。可我不想在这大庭广众之下跟人拉拉扯扯的，于是对李格瑞道："我先回去，你哥是我老同学，没关系的。衣服你帮我收着，改天给我。"

李格瑞认真地看了我一眼，终于放了手，道："到家给我信息，要是他欺负你，你跟我说。"

我笑了笑，这孩子真让人打心里喜欢。我礼貌地与刘云桦告别，虽然她冷脸回应，可我也不想做一个没有家教没有礼貌的人。

方一转身，我便看到站在后方不远处的徐婧婧。徐婧婧的脸色极为难看，不知刚才的对话她听到了多少，怕是这会儿是真的嫉恨上我了吧。

徐婧婧道："谨承，你去哪儿？宴会还没有结束。"

康谨承道："我先送晶晶回去，待会儿我会安排人来接你。"

我看了他一眼，兄台，你可真会安排。可用在女人身上，一个中心，两个基本点，两手抓两手都会软的。

徐婧婧又道："可是你喝了酒，不方便开车。"

我趁机说："对，你喝了酒，不可以开车，我自己打车回去就行了。"

"放心，有司机。"然而，康谨承却不给我抗争的机会，他拉着我便往电梯处走去。到了酒店大门门外，果然他的司机已经开着车子在门外等候。

"康谨承，现在已经出来了，你也不要口是心非了，该忙什么就忙去吧，我可以自己打车回去。"我在做最后的垂死挣扎，搞不明白这家伙今天是怎么了？李格瑞拿我当挡箭牌，我能理解那孩子不想穿晚装的心理，但他这样子看着也像是拿我当挡箭牌，明明徐婧婧是个更好的选择啊。

然而，他并不理会我，直接将我塞入后座，自己也跟着坐了进来，并告诉司机我家的地址。司机依旧是上次那位送我回公司的小哥，他丝毫不吃惊，稳当地将车开到我家小区楼下。

我迫不及待地要回家，可刚下车，他又忽然一把拉住我，道："晶晶！"

我深吸了一口气，道："康谨承，你今晚有点喝多了，所以今天晚上发生的一切，你就当是做了一个梦，等明天你酒醒了之后，一切都当没发生过。乖！快回去吧。"

我挤了个自认为非常能安慰且哄人的美丽笑容。

"这点酒量我还是有的。"忽地，他执起我的手，在我的手背上轻轻印上一吻，脸上漾着迷人的微笑。

手背被亲吻的位置就像被烫了烙印一般，那温润的触感一瞬间从一个点扩散到我的整个右手、右手臂，直达我的心间。我听见胸腔内我的心脏在扑通扑通地跳动，望着他的笑容我突然有些眩晕，我怕我再跟他这么面对面地站下去，就会休克。我用力地收回手，结巴着说道："你……你在美帝待了八年，可……可真是花样百出。"

"这不是在美帝学的，而是我喜欢你。"他一脸认真地道。

我的身体再一次像是被点了穴似的僵住，难以置信耳朵所听到的。他是在跟我表白吗？八年未见，八年后不过见了两三次面他突然就跟我表白……

"我喜欢你，晶晶。"他重复了一次，眼神里透着严肃与认真，"做我女朋友，怎么样？"

我瞪大眼看着他，仿佛听到了天方夜谭似的，一下子没忍住，扑哧一声笑了出来："你的幽默细胞比八年前丰富了不少。"

我的反应让他眉宇之间多了一抹挫败："我是认真的。"

望着他真诚的眼神，我渐渐敛了笑容，道："可听起来，怎么都像是恶作剧。"

"晶晶！"

"你先别说话。"我需要冷静冷静！

他就这样站在我的面前，看着我低垂着头，双手拉扯着裙摆沉思。

我深吸了一口气，静静地看着他说："康家伟，哦不，康谨承，你凭什么觉得八年后的我就愿意当你女朋友？我万一要是结过婚怎么办？又或者有男朋友怎么办？"

他挑了挑眉，一副我在侮辱他智商的模样看着我："你结过婚吗？"

"当然没有。"

"有男朋友吗？"

"当然也没有。"话一出口我就想咬掉我自己的舌头，只好补充强调说，"目前虽然还没确定的男朋友，但是追我的人很多，不排除明天我就突然有了。"

"小白和佳遥跟我说过了，目前你还是单身。没事，就算你有追求者或者有男朋友也没关系。现在我回来了，我会告诉那些追求你的人，我才是你的男朋友，让他们以后不要再烦你了。如果你有男朋友，我也会想办法让他成为前任。"他霸气地回道。

OMG！这货是在copy李格瑞吗？不愧是做了八年的兄妹啊。早晚我要杀了小白和佳遥这两个卖友求荣的小崽子。

"你哪来的谜之自信，觉得你一定能成为我男朋友？"我觉得不是我疯了，就是他疯了。

"因为我喜欢你。"

我的心仿佛被什么击中，再简单不过的四个字，也许是这世界上最动听的情话。为什么这句话就这么受用呢？为什么这句话听起来就那么的顺耳又动听呢？我内心是欢欣的，但是理智与防御系统告诉我必须得压抑着心中的小雀跃。

"你真的好奇怪啊。八年前说消失就消失，甚至连句告别的话都没有，八年后回来了突然就跟我说喜欢我。你要是真喜欢我，八年前你干吗不说呢？如果我的记忆没有混乱的话，我记得八年前你可是喜欢徐婧婧呢。人家为了你不仅也去了美帝，而且到今天也一直站在你的身边。感觉哪怕你上天入地，她都会跟着你一起，俨然一副你女朋友的架势。你就这样跟我表白，真的好吗？"

他一脸认真地说："喜欢徐婧婧是当年每个男生都有可能会做的事，就像你们女生当年都会喜欢高湛一样。但我确认，我真正喜欢的人是你。八年前，我们两个都未成年，你一直念叨着大学以前不可以谈恋爱……后来我走了……现在我回来了，大家都是成年人了，年龄已经不是问题了。"

我撑着额头，以上对话让我一时间无法消化。这八年，这家伙到底经历了什么？太奇怪了。我忍不住问他："你是不是有什么难言之隐？"

"什么难言之隐？"

"其实你是喜欢男人，但是以你现在的身份和地位，你没法跟你的爱人在一起，所以你回来了，拉我这个当年的好基友做一下挡箭牌。如果是这样，我可以帮你。"

"我确认我是异性恋，我对同性没有兴趣，我只想你做我的女朋友。"

我陷入了沉思。

"晶晶！"

"得！我觉得你今天已经做过有失理智的事了，所以眼下这件令人匪夷所思的表白就暂缓吧，也许是你喝多了。"

"我知道我现在说什么，你都不会相信，那么，就等到明天早上吧。明天早上我来接你上班。"

"别！别明天早上！我需要一个星期的时间消化，不，一个月，一个月后再说。"

"好，一个月就一个月。反正一个月后不管你答不答应，都不会改变这个结果。"

"这一个月，你不要找我，也不要联系我，让我好好想想。再见！"我提着裙子逃似的跑回了家。

佳人小姐见我穿着如此华丽，吓了一大跳。我解释朋友不想穿女装，于是请我代劳。佳人小姐一副见了鬼的模样。她惊奇我为什么总是隔三岔五地就能整些幺蛾子出来。前阵子是吃饭时别人打架我受伤，今天是别人不想穿衣服我帮忙，是不是哪天别人不想生孩子也可以找我代劳？这个问题……有点深奥。我已经没有脑容量去思考或者辩解。

我现在需要的是静静！

静静！

我逃似的进了房间，迅速换下衣服，进了卫生间，颤抖着手在牙刷上挤了牙膏，开始刷牙。刷着刷着，我捏着牙刷开始像个疯子一样又蹦又跳，不停地在心里对自己说：方便面不仅回来了，他还跟你表白了！就在刚才跟你表白了！表白了！许晶晶，方便面说他喜欢你！喜欢你呀！他说要你当女朋友啊！当女朋友啊！

"啊——啊——"　　我激动地捂着脸，压抑着声音叫着，嘴里的牙膏糊满了脸。我是在做梦吗？我一直在不停地问自己这个问题。我用力地捏了捏我的脸颊，结实的痛感让我确认，我是醒着的，没在做梦。对着镜子，我竟然看见我的眼睛里泛起了泪花。曾经青春年少时，我跟我自己说过，暗恋一个人只要暗恋了就好了，享受的是暗恋那份煎熬又甜蜜的心情，不求什么回报。但是，真正遇到喜欢的人向自己表白，原来是这样的，原来真的会喜极而泣。

可是下一秒，我又像个神经病一样患得患失的。当年他一声不吭就这么走了，连一句话、一个纸片儿都没有留给我，为什么八年后回来却突然跟我表白说喜欢我？而且他如今的身份也不一样了，确定不是在逗我玩么？那徐婧婧跟在她身后这么多年算什么啊？一起去美国留学，一起回国，这么多年一直守在他身边，不离不弃，算什么呢？我要是答应了他，我是小三吗？我该怎么办？

我突然没了力气，有些颓丧，蹲在浴室里，纠结着这货八年后回来到底是干什么来了。

[*Chapter 25* 我们不要再蹉跎又一个八年]

说什么期限一个月，我是给自己下套。我也不知道我为什么要提出一个月的期限，搞得好像一个月后，我就一定会拒绝了似的。这一个月算是有史以来我最受折磨的一个月，做什么事情都提不起兴趣，动不动便会走神。好在一年一度的家装博览会终于要开始了，除了手上的一些活之外，我还能将注意力分散在家装会上。

本想找小白和佳遥聊聊这事，可是想着这两个惯性卖友的小崽子，知道康谨承跟我表白后一定会各种劝诫让我从了，我便放弃了。

于是我想到了李格瑞。其实宴会过后第二天，我将礼服干洗过后，便随配饰打包还给了李格瑞。李格瑞却说礼服是按我的身材改好的，所以送给我了，包括配饰和鞋子，全部都送给我了，就当是我帮过她两次的礼物。

这日，李大小姐又闲得慌，跑来找我喝茶，我只好挤出午休的时间陪她唠嗑。因为实在是烦扰，我便也忍不住问她："若是有一个你喜欢了很多年又消失了很多年的人，回来后突然向你表白，你会接受他的心意吗？"

李格瑞是个极其聪慧的姑娘，一听我这话，立即说："你说的那个你喜欢了很多年又消失了很多年的人，不会刚好是我哥康谨承吧？"

我一怔，脸一红，道："谁说是他？"

李格瑞对康谨承突然当着他母亲刘云桦的面承认我是他的女朋友感到意外，念叨着说："你可千万别喜欢上他，长得帅的男人都靠不住。关键是他跟我一样，都将会成为商业联姻的一枚棋子，婚姻由不得自己做主，所以千万不要随意将心交出去，知道不？"

对于一个十七八岁的孩子能说出这样的话，我着实震惊。可是她不知道，我已经喜欢他喜欢了八年。若是他在八年前就告白，我肯定会接受了，八年后，这之间隔着的时间与地域的障碍，是让我变得患得患失，没有轻易接受的原因，我就是不想到头来受到比暗恋无果还要大的伤害。

李格瑞从小就看不惯她的继母刘云桦，可是偏偏有时候非得受刘云桦管制，而她之所以忍气吞声，就是因为她父亲留下的遗产，她在二十岁之前都没法处置。

原来这就是那个"二十岁"啊。有钱人家的世界反正我这种穷人不懂，只能靠想象。

她又跟我吐槽，说那天见到的色眯眯的Eric就是她将来有可能要联姻的对象之一。在美帝的时候，Eric还对她毛脚毛脚过，当年她只有十二岁，所以她超级恶心他。对一个未成年下手，已经不只是恶心的事了，只是我没想到那个Eric竟然还是李格瑞将来可能要联姻的对象，我可是用耳朵听了一场很不怎么样的成人动作片呢。

相较而言，在婚姻这件事上，虽然佳人小姐偶尔会叽歪几句，但是不至于强逼我去嫁一个像Eric这样的人。这一点，我倒是有些同情她。我不禁好奇康谨承当时是怎么想的，毕竟那位是极有可能成为自己未来妹婿的人。

李格瑞这孩子这么对我肝胆相照，我怎么也不能看着她落入虎穴，于是我告诫她，这色字当头的男人因为纵欲过度，会导致那方面都不怎么样，婚后的性福对女人来说是很重要的，要想性福，可千万别挑Eric这样的男人。

我这理论一说完，李格瑞瞪大了双眼，简直难以置信我这样一个正经人能说出这样的真理，那惊诧的小眼神仿佛我是个久经沙场、百战不殆的老手。

若不是长期受早熟的佳遥的熏陶，我哪里会知道这些，要知道孕妇的生活经验可是比咱这种初吻才丢的人要丰富得多。更何况，那天我听到的现场直播的确很不怎么样……想着想着，我便又想到了被康谨承强吻的事上，真是叫人含羞带怯，欲说还休。

　　唉，人生为什么会有这么多的执念？

　　与李格瑞分手之后，我便回到公司，收心准备工作。当没一会儿，肖师兄便跑来交代，说是明天的家装会他可能要出差去不了，让我多担待些。

　　到了家装会当天，人流量特别大，前来咨询的人更是数不胜数。虽说国家一直在努力调控房价，但房价仍是居高不下。中国人的思想很传统，有了自己的房子才叫有了家。咱D大建筑系的两位高才生李银河和肖乾，也正是看准了这个市场需求，所以才会毫不犹豫地走向这行，而我也受着物质的诱惑，抛弃了当年一心要去西部修桥铺路的理想，平日里也只能靠捐款什么的去弥补这一遗憾。

　　一天下来，我发宣传单几乎发到手软，嘴皮说到干，一直到中午那些大爷大妈或者情侣们回去吃饭了，才得空闲喘口气。我们公司的美女助理何丽娜和隔壁展位的一位姑娘周小美吃完了饭，便相约去了隔壁服装展厅上转悠，而我已经累成了狗，只想眯会儿。

　　到了下午展会开始，还是不见娜娜回来，原来这两妞又跑去了机器人展厅。等到这两人一回来，便两眼放光地同我说："许晶晶！隔壁机器人展会上不仅有各种稀奇古怪的玩意儿，最关键的是各类帅哥云集啊。"

　　"咱这展会上也有不少帅哥啊。"毕竟男的多啊。

　　"不不不！人家那都是IT界的高端精英，跟咱这种搞家装的不一样。"

　　"我们搞家装的怎么了，都是艺术范儿！"

　　"不一样不一样！有家公司的那个主讲师简直帅爆了，堪称全场极品啊。我和小美可是挤了半天才挤进去的，等一下你一定要去看看。"何丽娜说得眉飞色舞。

　　周小美在她身边频频点头："没错没错！最初我还以为是什么明星呢，真是太帅了！"

　　这两人一唱一和，不仅激起了我的好奇心，更激起了周围其他展位上的小姑娘们的好奇心。

　　找了个空闲，我便也随着她们一去混去了机器人展厅。正如何丽娜和周小美说得一样，机器人展厅里满是稀奇古怪的东西，像正常家用扫地机器人、煮饭机器人、陪聊机器人什么的，在那里都只能算芝麻小菜，最吸引人群的还是仿生人型机器人。当看到人型机器人的时候我总觉得离《终结者》和《机器战警》里的时代不会太遥远了。

　　不过我个人觉得最奇葩的还是手机贴膜机器人……这玩意儿要是推广起来，让那些整日在天桥上以贴膜为营生的人怎么办哟。比起这个手机贴膜机器人跟人抢饭碗什么的，隔壁这个灾后援救机器人就比较受欢迎。

一路走下来，相较于家装的接地气，这高精尖的机器人行业几乎是超出了我们普通老百姓的想象，但场内的人气比起家装那块有过之而无不及，而来参展的人年纪更加年轻化，遍地都是兴奋的小孩子们和青少年们。

我和两位同行终于找到那所谓人气爆棚的展位，前面的确有不少女同胞们围观。

一位身材挺拔修长的男人正在台上讲解着什么医疗纳米机器人，他正好背对着我站立的方向，完全看不清他长啥样，单看背影还是挺帅气的。

我翻看着手中的宣传资料，这种医疗纳米机器人可以进入人的血管，将镇痛药物运输到身体需要的特定部位，我忽然觉得研究这些高科技的人真的特别伟大。

视线从宣传册再次转向台上那位讲解的工作人员，他一个回转身，熟悉的容颜映入眼帘，我不禁瞪大了双眼。怎么会是康谨承？！他怎么会在这里？他不是奥美的副总裁吗？莫非这也是奥美的产业？但是他怎么会来做讲解人员？

身旁两位同行捧着心直叫"好帅"，而我的脑袋里满是问号。

许是感受到我的视线，他忽然向台下我的位置看过来，当看到我的时候，那一瞬而过的惊讶很快被那温暖迷人的微笑替代，并冲着我欢快地挥了挥手，像个大男孩一样，一点也不像我认识的那个沉稳内敛的康谨承。

两位同行惊讶地问我："那帅哥认识你？"

我点头："嗯，是以前的高中同学。"

两位同行羡慕不已。

他将咨询的客人转交给另一位工作人员，交代了几句，便向我走来，问："你怎么过来了？"

他抢了我想问的问题。

"哦，我在隔壁家装展会。"我忍不住问出心中的疑惑，"你怎么会在这儿？这……也是奥美的产业？"

他微笑着对我说："想知道？晚上请我吃饭。"

我嘴角抽搐，若是拒绝，显得我舍不得钱很小气，若是答应，又感觉像是在约会，这一个月的期限还没到呢。

他又笑着说："算了，还是我请你吃饭吧。"

"等下展会结束，如果不忙的话……可以考虑。"等下展会结束，说不定我会先逃，我在心里这么跟自己说。

"好，一言为定，我先去忙了。"他说完微笑着离开，显然将我的"可以考虑"认为是OK。

回到展位，经两位同行一宣扬，大伙儿都知道机器人展馆的那位帅哥是我的高中同学了，开始向我八卦。

"哎，你同学今年多大了？"

"他有女朋友了吗？好帅啊。"

"好想认识啊，能介绍一下吗？"

我呵呵笑道："跟我一样大……应该有了吧……我跟他八年没见了，关系一般吧……"

我终于没有为我的不要脸而感到羞耻，我也不知道为什么，我必须要用我的不要脸打败他们的厚脸皮。我决定今天展会结束后不逃了，我要跟他去吃饭。

康谨承是个相当守信的人，机器人展会那边还没结束，他便提前到了家装展馆，找到我们公司的展位，自然又引起了一阵小骚动。当同事询问他和我的关系时候，他直接厚脸皮地说："晶晶是我的女朋友。"

于是先前那些追问我的女性同胞们一个个送来鄙夷的目光。

这真是尴尬了。

好不容易等到展会结束，我便赶紧拉着他出了展厅。一出展厅，我便道："你怎么突然跑过来了？说好了一个月之内不许找我的。"

"是你先找的我啊。"

"我什么时候……"我那是被同行拉去机器人展厅看帅哥的呀，鬼知道那个帅哥就是他啊，"我那是路过，正好去机器人展厅玩玩的，谁知道你在里面呀？"

他笑了笑，道："这也许就是传说中的缘分吧。本以为真的要等上一个月才能见到你，可这才过了一星期，你就先找到了我，连上天也在帮我呢。"

我无言以对。

"走，带你去一个地方。"

"去哪儿？"

他没有应我，拉着我走向停车场。

到了停车场，他将我塞进车内，我重复了一遍："去哪儿？"

"还记得以前我们俩经常去跑步的体育公园吗？就在这个展馆附近。"

"你还记得啊？"我有些诧异。我不会跟他说偶尔我还会去那个体育公园转悠，独自一个人追忆当年的似水年华。

"很多东西我都记得，并没有忘记。"他一脸认真地看着我。

我凝视着他真诚的脸，忽然之间什么话也说不出口。

忽地，他探过身子来，我惊吓道："你干吗？"

他微笑着望着我，伸手拉过安全带替我系上，身体贴着我很近，我身体下意识地向窗户边躲，生怕他像上次一样突然亲过来。

"天色还早，我们去转一圈吧。"

"哦。"我坐正了身体。

开出展馆转了方向，车子便向原来的体育公园开去。只过了两条街便到了，车子开进公园内的停车场，许是黄昏时分，很多人都回去吃饭了，前来运动或者散步的人并不多，只有操场上还有几个年轻人在踢着足球。待到天黑后，这里的人会渐渐多起来。

我们两人绕着足球场慢慢地走了一圈。

他指着操场周围的树，说："这里的树，比以前茂盛多了。我记得八年前，体育公园刚建没多久，所有树都很细。那边的休息椅换了，全都换成新的防腐木了。还有那个小卖部还在。"

随着他的指向，八年前的情景一点一点模糊地拼凑起来，我惊讶，他居然都记得这样清楚。

他忽然顿住没有再前进，拉起我的手，一脸认真地道："晶晶，你想清楚了吗？"

我望着他真诚的双眼，道："康谨承，你确定你不是在开玩笑吗？"

"我确定，我没有在开玩笑。"

我望着他，一时之间不知道要说什么好，低着头，用鞋子踢弄着足球场上的杂草。

"可我就觉得是个玩笑。算了，你还是别逗我了。再说了你如今是奥美的副总裁，咱们之间有条很大的鸿沟。"我硬生生地挤出一抹微笑，可是心里却别提有多苦涩了。

"许晶晶！"他突然一把扳过我的肩头，神情十分严肃，"你为什么会这样畏畏缩缩的？你不是等了我八年吗？你明明喜欢我喜欢了八年、等我等了八年，现在我回来了，你为什么还要将我推开？"

我惊诧地抬眸看着他，满脸的难以置信，颤着唇问道："谁跟你说的？"

"谁跟我说的不重要。但是我知道你真正喜欢的人是我，我就不会放手。我对你是认真的，你到底在犹豫什么？"

埋藏在心底的眼泪一下子控制不住地涌了上来。

"你知不知道你这样很莫名其妙？八年前都不给我一句话，突然就消失了，一消失就消失了整整八年，一回来就跟我表白说你喜欢我，你要我怎么相信你？更何况你身边还有个徐婧婧，你忘了当年你暗恋的人是她吗？你忘了当年在岛上你是怎么为了她跟我吵架的吗？"

"我之前说过喜欢徐婧婧是当年每个男生都有可能会做的事，可自从和你相处之后，我发现我真正喜欢的人是你。"

"你如果真的喜欢我，这八年来，你为什么从来就没有给我写过一封信、打过一个电话？现在网络那么发达，你发一条QQ信息会死吗？好，我承认，八年前我就喜欢上你。自从你走了之后，你的QQ头像我每天都会盯着看一遍，整整八年了，但是它从来就没有亮过。这八年来，我没有换过手机号、没有换过QQ号，就是在期待着有一天你能联系我。可事实呢？你能联系了熊帅他们，为什么就不能联系我？就连你改了名字，终于要回国了，我也是最后一个知道的，你却跟我说你喜欢我？！你要我怎么相信你？"

我几近声嘶力竭地吼完，泪水就像是决堤似的不断地涌出来，布满了我整张脸。

他沙哑着声音说："QQ号被盗了，所有人的号码我都没有了。我打过你好几次手机，但你并没有接。大二那年我回来过，我去D大找过你……当时，你跟高湛在一起，我以为你终究还是跟他在一起了。大四毕业那年我也回来过，我想着毕业了你们或许会分手，我也许有机会，可我还是看到你跟他在一起。晶晶啊，我一直以为你喜欢的人是高湛啊！"

听到他这样说，我难过得什么话也说不出来。低下头，我捂着脸呜呜呜地哭了起来。

他捧起我的脸，拉开我的双手，用拇指轻轻替我抚去泪水，吻住我的眼睛，然后紧紧地抱着我。他的手轻轻地拍着我的后背，低沉着嗓音说："晶晶啊，对不起，我不知道你一直在等我，我真的不知道……如果我知道你在等的那个人是我，我不会等到今天才跟你说我喜欢你。我们已经错过一个八年了，我不想再错过又一个八年。"

"都怪你！都怪你！都怪你！呜呜呜……"我举起拳头在他的胸前气愤地捶打了几下，便紧紧地抱住他，在他怀里哭得就像个孩子一样伤心，任凭心中埋藏了多年的秘密与委屈发泄出来。

这八年我们到底错过了什么？这该怪谁？我好像也没有资格怪他，因为他以为我喜欢的人是高湛，就像我以为他喜欢的人是徐婧婧一样。

不知哭了多久，我终于哭累了、哭够了，才从他的怀里抬起头来。

属于黄昏的柔美已然被宁静的夜幕取代，一旁微弱的路灯亮着，我眯着刺痛的双眼凝视着他，他漂亮的眼睛也有些微红，可是依然像宝石那般夺目吸引人。

他伸手替我温柔地擦了擦泪痕，道："饿不饿？"

我点了点头。

"走，先去吃饭。想吃什么？"

"随便。"

他宠溺地揉了揉我的头发，道："那就牛排吧，附近有家西餐厅还不错。"

他开着车子载我去那家西餐厅，环境幽静，装修典雅。作为一个职业病重症患者，日常生活中我都习惯观察各种装修，然而今天我却没有什么心情关注这里的装修风格，满腹的心思都在对面坐着的男人身上。

我忍不住问他："你究竟什么时候回国的？"

"大二那年的圣诞节，还有大四毕业那年夏天。"他说他看见我和高湛在一起，手里还捧着一捧玫瑰花，脸上挂着幸福的笑容。

"怎么可能是幸福的笑容？你眼花了吧……"不过，他的回答让我沉思了很久，我不禁开始回忆大二那年的圣诞节，好像高湛的确是千里迢迢从北京回N市来陪我过圣诞节，因为考虑到寒冬腊月从北京往返N市挺作孽的，我若是拒绝陪他吃顿饭什么的，难免会有些太残忍。所以，高湛临走的时候，我千交代万交代，以后圣诞节不许回来看我，但是这话好像对高湛也没什么用。他依旧是大小节日都会赶回来，以回家做借口，其实每次都会跑来找我。最要命的是除了清明节回来高湛没给我送过花以外，好像其他节日他都会送花给我。所以换位思考下，我若是在圣诞节瞧见徐婧婧陪着康谨承一起，手中还抱着玫瑰花，肯定也会认为两人在一起了。就在一星期前的那场慈善宴会上，我看到他俩肩并肩地站在一起，我心里还一直酸酸的，以为两人是情侣呢。

我嘟囔着："你为什么非要在圣诞节回来？其他时间不能回来吗？"

康谨承笑着说："老外过年啊。"

也对，忘了这茬儿。

我又问他什么时候给我打过电话，细问之下，才发现当年我好像经常接到什么莫名其妙的一连串奇怪的数字的电话，当时我还以为是骗子呢，谁又能反应过来那是他打过来的，毕竟那几年电信诈骗特别猖獗，总喜欢电话、短信一起轰炸，电视新闻里每天都在播，看到那奇怪的号码我当然会挂掉。

这样一说起来，除了他被盗了QQ号之外，其他的好像都怪我。唉，也许上天看我小日子过得太舒坦，偏要弄些坎坷的经历来让我修行一番吧。

吃完了晚餐，他开车送我回家，到了小区门口，我要下车，他伸手拉住了我。

微弱的光线中，我疑惑地看向他，他的神情莫名地有些紧张、有些迟疑。他松开安全带，伸手替我顺了顺发丝，顿了顿才道："晶晶，你睡一觉之后，不会反悔吧？"

我忽地笑了，没想到他会这般紧张。

"你怎么就这么肯定，先反悔的人不是你，而是我呢？毕竟你现在的身份不同了。Grace跟我说过，她和你的婚姻，只是商业利益最大化的一枚棋子。"

"我既然向你表白了真心，就不会允许自己沦为一枚棋子。"

我十分认真地说："但是，你应该知道，八年前的我就很敏感，现在的我比八年前更加敏感了。虽然我看上去有些神经大条、有些小白，但是对待爱情，我不是个会主动的人。若是遇到困难，我会退缩，受了伤，我一定会缩回我的壳里躲起来。"

"只要你相信我，我不会让那些会让你受到伤害的事情发生。"他在我的额头上轻轻一吻，然后又抱了我好一会儿，"明天早上上班我来接你，一起吃早餐。"

"可我一般都在家吃。"

"那我去你家？"

"那铁定吃不好早餐了，不要。"佳人小姐正愁我没有男朋友呢，每天着急得很，这要是将他领回去，那还用吃早餐吗，一定成了"十万个为什么"盘问大会。

他拍了拍我的手，一本正经地道："那我明天早上八点来接你，你可以先在家里少吃一点……咱得把逝去的八年都给补回来。"

"噗——"

"还有，我喜欢你叫我方便面。"

"可是你现在成了拉面了。"我笑着拨弄着他又黑又直的头发。

"改明儿再烫回去吧。"

"那你得有一个好的发型师，你以前的头发，有时候很像狗窝，哈哈哈……"

他深深地凝视着我，嘴角挂着深情的微笑，看得我有些不好意思。

"我先回去了，明天早上见……再见，方便面。"

告别了康谨承，我慢慢走回家，心情无比舒畅，很想对着夜空大喊许晶晶喜欢的人也喜欢许晶晶啦。

若说暗恋一个人的心是苦的，那暗恋得到了回报，就是苦尽甘来，像是灌了蜜似的甜，这种甜到幸福的感觉是任何东西都无法取代的。

[*Chapter 26* 生活，总是带来惊喜]

佳遥和小白得知我跟康谨承在一起，顿时在群里炸了，两个人不停地发各种什么捂胸口捂嘴巴捂大脑"我快要窒息了"的表情包。

"八年了，你终于不矫情不作妖啦！"

"师傅的一番苦心终于没有白费。"

"突然莫名心疼高湛十秒钟啊。"

"……"

"你们两个老实交代，是谁跟方便面说我喜欢他的？"我一边笑着一边打字追问二人。

谁知两个人直接装死。

"此用户因欠费已停机，请尽快充值……"

"此用户不在服务区内，请稍后再拨……"

"你们俩给我站住，不许走！"

"此用户已下线……"

"此用户已下线……"

后来在我的连番轰炸下，两人总算交代了。同学会那天，我因为误饮了一杯白酒，醉倒在洗手间向佳遥求救。当时，康谨承的确正好在走廊外打电话，佳遥挺着肚子，唯有找他求救。小白知道我打电话给佳遥便是不想引起太大的动静，便留下主持会议，替我找了借口开脱了。等康谨承赶到女洗手间的时候，我已经醉得不省人事。佳遥说他十分紧张地抱着我直接到了酒店楼上的总统套房。虽然我在洗手间里醉得不省人事，可是一将我放在床上，我便睁了眼，一见到康谨承便抱着他的脖子不肯撒手，嘴里不停地呓语："你为什么到现在才回来？你知不知道我等你等了多久？你为什么一句话不说就离开……"

按小白和佳遥的说辞，也就是说，是我自己招供我喜欢康谨承的。她们两人看得出康谨承对我余情未了，作为多年的好基友，不想看着我再为情所困，这般痛苦下去，所以顺水推舟一把。可谁知道，那天晚上我和康谨承啥事也没有发生。就在二人以为我和康谨承之间没希望之时，恰好我因路人打架而受伤进了医院，小白瞧见康谨承十分紧张我，于是再次丢下我跑了。

得知以上种种，我真是感激得要痛哭流涕，此生得此两神助攻挚友，别无他憾啊。这俩货可知道当时她们丢下我就跑，我的处境有多尴尬啊？假如方便面根本就不是如她们俩所想……那我许晶晶就只能找个地缝钻进去。

翌日早上，我假装要提早去公司，叼了一个小小的馒头便急急地出了门。

等下了楼，康谨承已经倚在车旁等我，我像只放飞自我的小鸟一样无比欢快地奔向他。

偷偷摸摸这种事情只要做过一回，就会上瘾，有第一回就有第二回，一回生二回熟，所以接下来的日子，每天早上我都会找各种各样的理由和康谨承一起吃早餐。佳人小姐好几次提出质疑，可是每每被我说成是装修旺季，她也就信了，后来索性就不再弄我的早餐，乐得清闲。有时候，我也会深深地愧疚，这女大不中留，不但心思飞了，人也飞了。可这内疚的心理只要在见着他或是听到他的声音后，就会立即消失得无影无踪。

到了晚上，我若是不加班或是他不太忙，我们会像大多数情侣一样看看电影吃吃饭、牵牵小手逛逛街什么的，周末还会约着一起去郊游。我突然感觉有个男朋友宠着的感觉很是美妙，以至于佳遥总是在我和小白的耳根子边念叨：错过早恋也就罢了，千万别再错过了早婚和早孕。

不知是不是因为恋爱的关系，我突然发现整个世界都变得十分美好，就连接下最抠门的盛世嘉廷的一单生意，也突然有了一种想要年终大甩卖大赠送的欲望。

仗着李格瑞的保证以及康谨承这层关系，我对奥美竞标一事十分有信心。这天马总联系说，只要康总签字便可以拟合同了。我连番道谢，马总突然神秘兮兮地问我和李格瑞是什么关系？这一问，倒是将我给问住了。马总说是李大小姐在他办公室里缠了他整整三天，把其他竞标单位的信息资料搅得一团糟，总之就是不签了咱公司，等她李大小姐上位后，第一件事就立马开除他。弄得我好不尴尬，我还以为李大小姐使了啥厉害的大招出去，没想到竟然是一哭二闹三上吊。

我只好跟马总不停地道歉，麻烦他多担待了，只要合同一签，咱一定自掏腰包请他大吃一顿。马总客气地回话，哪敢私相授受。

我灰溜溜地挂了电话，深深地叹了口气，还好李大小姐回美国了，不然我可不知如何是好了。但不管怎么说，李大小姐毕竟是个守信之人，虽然方法过激，但人家的确说到做到了。

正当我郁闷之时，收到了康谨承的微信："今天晚上有空吗？"

都是这家伙，若是他肯给我开个后门，至于让李格瑞那样折腾吗？等到李格瑞心智再成长一些，回想起这一茬儿，一定会后悔认识了我这个狐朋狗友。

我对着手机念念有词，发了一连串的问号表情："怎样？"

"来我家，我做饭给你吃，可好？"

我似乎闻到了一股子奸情的味道，于是手指在屏幕上轻敲，对他做饭的能力表示怀疑："一个吃了八年洋垃圾的人会做饭？"

"你真是太小看我了，好歹我也是得到我爸真传的人。"

他这一回信，倒是勾起了我对当年康叔手艺的回忆。

"好啊，我倒要瞧瞧你有多厉害。"

"你这话很有争议，很容易让人想歪啊……那今晚就让你尝尝我的厉害吧。"

"噗——哟，老司机啊，车驾稳了！"居然好意思说我的话让人想歪，他自己说的话简直要买强力去污粉了。

到了下班时间，康谨承开车来接我一同去了超市。别的不行，对于吃我真的很在行，大手一挥买了五六样菜后，我们欢天喜地地离开了。以前跟佳人小姐一起逛超市，也没见我这么欢快。

车子开了没有多久，便到了他住的公寓，是位于河西一个高档的星级酒店式公寓，离我们以前经常去的体育公园并不太远。

我不禁惊讶："你住这儿？"

他挑眉，道："怎么，不能住？"

"像你这种'霸道总裁'身份的人不应该是住很牛的别墅区吗？屈居于这种酒店式公寓也太寒酸了吧。"我忍不住吐槽。

他笑了笑道："别墅在城东，偶尔会回去，主要是我妈会住在那边，Grace也会住那边……而我一个人住在这里够自由够舒心。"

"嗯，的确很自由舒心，适合金屋藏娇啊。"

"哦，那你要不要考虑来做那个许阿娇？"

我呵呵一笑，道："咱有房有车，不差那钱。"

"听你这意思，是打算包我做康阿娇了？"

"哦，真是没见过你这么厚脸皮的男人。"

忽地，他一脸认真地道："说真的，我要是什么都没有了，你还会要我吗？"

228

"哦，那可就得慎重考虑考虑了，总不能两个人有情饮水饱吧？"

"OK！我知道该怎么做了，我可以卖身。"他忽然将手中的菜全部丢掉，身体压了过来，就在电梯里肆无忌惮地吻住了我。

我瞪着眼，这卖的是哪门子的身？我刚想说"有人会进来"，却给了他攻城略地的机会，就短短几秒钟的时间，他热情的吻已经将我撩拨得心如火焚。

忽地电梯叮的一声响，他迅速推开了我，装模作样地弯腰拾起刚才随手乱扔的蔬菜。而我，则像个傻子一样紧贴着电梯的墙壁，目光呆滞，喘息未定，还在回味着那个激情四射的吻，怎么突然就消失了？

电梯里走进来一个人，奇怪地瞄了我一眼，道："小姐，你是不是哪里不舒服，脸这么红？"

我回过神，道："哦，没事……我没事。"而我当时的内心却真是怒了，没事乱按什么电梯，下就下好了，乱按什么上？

"听说现在很多人有幽闭恐惧症。"康谨承佯装不认识我。

那人道："对！你要是不舒服，得及时就医。"

"哦，谢谢，我真的没事。"我瞪着康谨承。这个坏家伙，就是故意的。

他偷偷地冲着我挑逗地挤了挤眼，嘴角噙着笑，直到电梯再一次叮的一声响，他伸手拉我，道："走咯。"

那人目瞪口呆地看着我们，总算反应过来刚才的情况。

我低着头赶紧出了电梯，真丢人！

出了电梯，便是一个精致的入户花园。这间星级酒店式公寓为一梯一户，让住客有足够的隐私，当然，无论是售价或是租价，在N市也绝对是顶级的。

"主人，你回来啦？！"刚进门，突然一个半人高的东西嘎吱嘎吱地走过来，兴奋地叫着，吓了我一大跳。

我定睛一看，原来是个长得圆溜溜的小机器人。我不禁想起在展会上遇见康谨承的事，我斜睨了他一眼，寻求答案。

"主人，你今天回来得很早。主人，这是你的拖鞋。"小机器人忙前忙后，递拖鞋的动作麻利又迅速，忽地扫描到我，"主人，这位美丽的小姐是……"

没等康谨承回答，那小机器人突然拍了一下脑门，一副了然的模样向我九十度弯腰，十分客气地道："这位小姐，你好，我叫荔枝晶，水果荔枝的荔枝，谐音励志，晶就是水晶的晶，你可以像主人一样叫我一声晶晶，也可以叫我的大名荔枝晶。"

我盯着面前的机器人，嘴角开始抽搐。

荔枝晶！这可真是个久违的名字。

荔枝晶接着道："这位小姐，请问你最近是不是受了寒凉？有点面瘫的迹象，尽早治疗比较好。"

康谨承的嘴角微微抽搐："荔枝晶，你今天废话有点多，赶紧去玩吧。"

"主人，你这是嫌弃晶晶了吗？晶晶是因为第一次看到主人突然带女孩子回家，有些激动有些兴奋罢了。"荔枝晶捂着胸口，一副受了伤的模样。

我冲着康谨承勾了勾手指，示意他过来一下，道："能好好解释一下吗？"

他面若桃花，耳朵有些微红，道："平时没事，养个宠物，一时之间找不到好听的名字，觉得'荔枝晶'这个名字很可爱，所以就用了。"

"我应该谢谢你这么惦记我啊。天天喊着我的名字，指使着人家做仆人，很欢快吗？"我呵呵笑道，给了他一记大白眼，然后冲着荔枝晶伸出了手，"你好，荔枝晶，我叫许晶晶，言午许，亮晶晶的晶。"

荔枝晶忽然捂住了嘴，盯着康谨承惊道："OMG！OMG！OMG！主人，原来你是个变态！"

荔枝晶一边不停地嘀咕着，一边不停地在原地打转转，忽然说了一句："我要去思考一下人生。"

我目瞪口呆地看着荔枝晶嘎吱嘎吱地滑走了，自行进了房间，并锁上了门，不禁有些莞尔。

"这小家伙好有意思，没有想到现代的科技已经发展成这样了，以前都只是在电影里才能看到这样的东西。"

"嗯，应该说科技比想象中的还要先进。如今机器人的应用已经非常广泛，而且会越来越成熟。你目前所看到的、接触到的，都还只是比较低端的机器人。现在各个国家都在研制各个领域更高端的机器人，有的机器人的皮肤触感已经跟人类差不多，跳起舞来，肢体动作也跟人类一样流畅，未来的世界应该会是一个意想不到的时代。"

"话说，你到底是做什么的？为什么那天你会出现在机器人展会上？难道那天展会上的机器人也是奥美公司的产品吗？"我深深地望着他，对他越来越好奇。一聊到机器人，他那幽黑的眼眸如宝石般闪着夺目的光彩。

他扬了扬眉，道："其实那都是我自己公司的产品，跟奥美一点关系都没有。"

"你自己的公司？"我愕然。

他又道："嗯，那天你在展会上看到的K-Robot，是我跟我在美国的两位同学合开的一家公司，主要研发医学机器人，这类机器人会应用在诊断、治疗、康复、护理和功能辅助等诸多医学领域。而你今天看到的荔枝晶，则属于家庭智能陪伴机器人。早些年前，大家都熟知的早教机就是最简单的陪伴机器人。荔枝晶是我们公司目前最先进的陪伴机器人，仅此一台，不对外销售。"

他在说这些的时候，和那个我见过的奥美的霸道总裁完全不一样，就像是一个大男孩一样，对自己感兴趣的东西特别兴奋，眼睛里一直闪着热情的光芒。

"我总觉得现在站在我面前的你，是个假的康谨承，跟我之前所认识的完全不一样……你这样会不会分裂？"

“开始的时候有点，接手奥美并不是我所想，但后来慢慢找到平衡也就好了。”

　　“那你做这个，你妈和Grace知道吗？”

　　“也许知道也许不知道。就算知道了，也没什么要紧的。你真是个好奇宝宝，改天一定要带你去我们国内的研究基地去看看，你会发觉这一行特别有意思。”

　　他将菜全部拎到厨房，然后我又在那里看到了一个新奇的玩意儿——一口自动炒菜的锅。

　　他又向我演示了一下，那口锅的机器伸缩臂上下蹿动着，将锅内的菜自动翻炒着，上端还有一个锅铲，定时翻动着锅里的菜，锅的前端还有一个感应锅温度的自动喷水龙头，另有几个小型的机械臂负责添加作料等。

　　我笑着说：“你们在研发这些东西的时候，有没有想过研制这种玩意儿，会让很多厨师失业的？”

　　“人类的发明只是为了取得更大的进步。这种烹饪机器人早在几年前就已经有了，那你看到现在的厨师都失业了吗？且不谈人工炒菜的质量受各种因素的影响，关键是机器的使用在于他们不知道疲倦，可持续性，而人容易疲倦。在一些大型的社会活动中，就有了这些机器人存在的必要。还有，有了这种自动炒菜锅，会造福很多残疾人以及那些偷懒不想自己烧饭的人。”

　　他这么一说，似乎很有道理，我无法反驳。

　　“不过你放心，我今天亲自下厨，绝对不会偷懒。”

　　“哈？”我被他逗笑了。

　　这时，荔枝晶突然打开房门跑了出来，开始埋头打扫卫生，语音系统也不知是怎么了，一直叽叽咕咕地响个不停，但听不出来他到底在说什么。

　　康谨承皱了皱眉，探出头对荔枝晶道：“你打扫卫生就打扫卫生，能闭上嘴吗？”

　　荔枝晶显得很委屈：“主人，你经常慈爱地摸着我的脑袋或者拥抱我，其实脑子里想的是晶晶小姐吧？还有每次你说晶晶我好爱你，其实那也都是对晶晶小姐说的吧？”

　　康谨承嘴角抽搐，脸色也挂不住了，有些恼地威胁荔枝晶：“你要是再不闭嘴，我就把你立即归零。”

　　“晶晶小姐，你可得小心了，这个男人是个变态啊，每天对着我YY你呀！呀呀呀！救命啊！杀人啦！”荔枝晶见康谨承操着菜刀，吓得双手抱着头嘎吱嘎吱地跑走了。

　　“这东西被我宠坏了，有点欠收拾。”康谨承面红耳赤地说。

　　我捂着嘴巴笑弯了腰。那个感觉高高在上、一本正经的男人，现在被一个机器人揭穿了内心，意图掩饰，却是那样的蹩脚。我内心是欢喜的，原来这八年里不只是我一个人在单相思，饱受思念的折磨而已。

"晶晶小姐，你要咖啡还是茶？"荔枝晶刚跑走却又跑了回来，但这回它只敢待在厨房外，生怕他的主人真的火了拿着菜刀劈向它。

"来杯铁观音吧。"我越来越喜欢这个讨喜的小东西。

"稍等。"荔枝晶圆溜溜的小身子立即滑到另一台机器身边，发出语音指令，不一会儿一杯热腾腾的铁观音就泡好了。

"谢谢。"

"要不要我带你参观一下屋子？"荔枝晶又问道。

"可以吗？"我看了一眼正在忙碌的康谨承，他冲着我微微笑道："去吧，我没有什么特殊的小秘密。"

"等下来帮你哦。"我便跟随着荔枝晶在这屋子里转悠。

康谨承的卧室一如他的人一样，干净清爽整洁，回想起佳人小姐每天不断吐槽老爸的脏乱差，这里真的太整齐了。

然而我刚想表扬，就听荔枝晶道："可别表扬他，整个屋子都是我收拾的。"

我扑哧一声笑了起来，拍着它的小脑袋，道："可是他创造了你呀，所有程序指令都是他给你的呀。"

荔枝晶脸上的显示屏中出现两个叉叉一条波浪，有些不甘地回复："好吧。"

当我站在窗户前时，窗帘自动拉开，我一转身窗帘又自动合上。走进卫生间，更是高档华丽的装修，硬件更是智能——立在马桶前，马桶盖会自动翻盖，站在洗脸台盆前时，镜前灯会自动亮起……这些感应化智能应用，虽然现在很多人家的装修里都已经用到，但是在康谨承的住所里，除了这些以外，最大的区别就是，所有一切需要人工去操作的东西，都会由荔枝晶发出指令去完成。这突然让我觉得自己有点智障，现代的高科技，让我身为人类一点点自豪感都没有了。

吃完了饭，荔枝晶将桌子上的餐盘收拾好，送进厨房里的洗碗机清洗。而我和康谨承则像佳人小姐和老爸吃完后一样，窝在沙发里，一边看着电视一边聊天。

"你为什么会突然改名字？一直想问你，但不好意思。"

他耸了耸肩，道："我妈嫌'家伟'两个字比较土，找人给我重新算了命，说'谨承'会给我带来好运。"

"你这让我这个'许晶晶'情何以堪？我以前一直跟我妈闹着要改名字呢，我妈说让我把她和老爸都换了就能改了。"

他笑了起来，道："许晶晶挺好听的呀，我就很喜欢你这个名字，多闪亮！"

"喊！去了美帝很会哄女孩子开心嘛！"

"我从不哄女孩子开心。"

荔枝晶忽地端了一盘水果出现，道："因为都是女孩子哄他开心。"

"回自己屋里充电去，别待在客厅里碍事。"康谨承接过水果，示意荔枝晶赶紧滚。

荔枝晶脸上的屏幕上立即显示了几个字："真是×了狗了！"

康谨承立即操起沙发上的抱枕，砸了过去。

荔枝晶非常敏捷地躲过了攻击，嘎吱嘎吱地滑回了自己的屋子里。

那"真是×了狗了"几个字让我捧腹不止："你这不是造了一个机器人啊，你这是造了一个儿子，正值叛逆期。"

"嗯，儿子还缺少一个妈管教。"他深情地望着我。

"你这样子，我会误认为你想求婚。"

"如果你要鲜花和钻戒，我早就准备好了，只等你点头同意。"

我冲着他摇了摇食指，道："虽然我错过了早恋，但我并不想太早结婚。我们俩从确认男女朋友关系到现在，交往也就才一两个月的时间，鬼知道你还有什么怪癖没有暴露。"

"可我们八年前就认识了，那时候我们天天腻在一起，算交往的话也有一年了吧。"

"你怎么不说我们俩还分开了八年呢？恋爱都还没有好好谈呢，别想其他的。"

"是你说的。"他忽然将手伸过来，扣住我的后脑勺，双眼直视我的眼睛，"好好谈恋爱。"他温暖的唇就这么压了过来。

"喂！你真不要脸。"

他的唇抵着我的唇，含糊地说："是你说的要好好谈恋爱，这可是恋爱必修课。"

"呸！"

嘴上骂着呸，我的身体却很诚实。很快，我便被他吻得晕头转向，几番要窒息在他的怀里，连什么时候被他压在沙发上都弄不清楚，只觉得这是顺理成章的事情。

"虽然很想你能留下来，但是我必须得送你回去。"他抵在我的耳边，轻轻地咬着我的耳垂，沙哑的声音里带着微微喘息。

我拍着他的脑袋，道："嗯。乖，早晚你会被我吃干抹净。"

他低低地笑了起来，在我嘴唇上轻啄了一下。

我手指绕着他的发丝，松开，开心地把玩着。

"国庆节我要去海南出差，那边有项目，要好几天，你要不要跟我一起去玩玩？全程包吃包喝包住。"他引诱着我。

"这么爽！可以看海，还可以吃海鲜。"我惊呼，然后来了个转折，"可是不行啊，前段时间有个朋友给我介绍了一单家装，赶在国庆节启动。"

他一下子笑了起来，道："瞧你这说话大喘气的。那算了，我自己去好了，不拉着你陪我了。等我回来，我想去拜访叔叔和阿姨。"

"这么快？我都还没准备好呢。"

"又不是拉你见我妈，你要准备什么？"

"你妈我见过了，你以为你见我妈容易吗？"

"这么多年，一直都没有来得及去感谢叔叔阿姨，我爸生病的时候他们对我十分照料顾……有时候想想，时间过得真快。还好，我回来了，不然你该怎么办？"

"哎哟我去！你要是不回来，估计我这会儿得左拥右抱。正因为你回来了，阻碍了本姑娘去猎美男呢。"

"死鸭子嘴硬。"

"哪里嘴硬了？明明又软又糯。"

"这个得要证明。"

"什么证明？"

他的眸光微敛，双眸突然之间像迷了层雾，在我还没有反应过来，这不要脸的家伙又一次将我扑倒，再一次攻城略地。

男女之间的感情说不清。爱情来了，大约就是这样。喜欢一个人，哪怕就是跟他坐在一起，无聊地只呼吸空气，也觉得是种幸福，恨不能每时每刻都腻在一起，因为总觉得相处的时间太过短暂。

[Chapter 27 爱情是一种疯病]

当我哼着小曲回到家的时候，佳人小姐正好出来倒水，瞧见我满面春风的模样，一双锐利的眼睛跟装了X光线似的，将我上下扫个遍。

"死丫头，你是不是谈恋爱了？"

佳人小姐犀利的问话让我先是一惊，然后我便毫不掩饰地点了点头，回道："嗯，如你所愿，恋爱了。"本来我还想等一阵子再告诉她，可是今天和方便面腻在一起之后，我忽然想明白了，明明是一件很开心的事，为什么我要遮遮掩掩的？

"上个月的事？"佳人小姐显然对我的诚实感到意外。我也才知道原来佳人小姐不是不聪明，而是一直在装糊涂。

"嗯。"我点了点头。

"姓什么叫什么？有房有车吗？家住哪儿？"佳人终究还是没忍住与一般父母一样俗套了。

"哦，你认识的啊，就是我高中同学。"

"高湛？"

"不是。"

"那是谁？"

"康谨承。哦，不，那时候他叫康家伟。"

佳人小姐刚喝进一口水，直接像洒水一样喷了出来，道："就是原来那个天天跟你视频辅导你功课的小胖子？"

"人家早就很瘦了好吗？"

佳人小姐放下茶杯，冲着房间就叫唤起来："老许！你出来！你女儿谈恋爱了！对象是以前那个姓康的小胖子。"

"什么？！"老爸亢奋的声音从卧室里传来，"我早就跟你说了吧，那小胖子当年肯定喜欢我们家晶晶，你还非不信，现在信了吧？你看看！你看看！"

这回轮到我一口水喷出来。

佳人小姐和老爸两人开始你一句我一句，隔着房间的门我听得一清二楚。

佳人小姐："哦，你以为当时就那小胖子喜欢我们家晶晶啊？我们家那缺心眼的也喜欢人家好不，不然能整天屁颠颠地往人家家里跑？"

老爸："你这话说得，我当时就看那孩子不错，人老实又本分。要不是那孩子，咱家晶晶能考上D大吗？"

佳人小姐："知道！当时我不过觉得两个孩子年纪太小了，哪知道那小子高三就出了国，给我气个半死！瞧那丫头在人家走了之后失魂落魄的死样！"

老爸："这不回来了吗？"

佳人小姐："你忘了那个叫高湛的孩子了吗？我以为死丫头忘了那个小胖子，会跟高湛在一起，哪里知道这么多年，也没见她跟高湛擦出点什么火花。高湛那孩子，不但人长得俊，工作好，家世也好，听说现在还有北京户口。你说说看，那小胖子刚从美国回来，就……"

老爸："北京有什么好的？雾霾那么重，你让晶晶以后嫁过去当绿萝啊？"

佳人小姐："那小胖子有啥好的？去了美国八年，鬼知道干吗了？万一以后带着晶晶去了美国，难道我们都要千里迢迢地跑去啃炸鸡吗？"

我嘴角不停地抽搐，原来当年我的心思那么明显啊！惹得这爹娘早就在脑子里建立过各种小剧场了？这才刚开始恋爱呢，他们两个人怎么就能想出那么多事来？

不一会儿，两人来敲我的房门，还好我知道两人的尿性，早就提前在房门上贴上了一张纸，上面写着："无可奉告！"

等到天亮了，我起床刷牙洗脸，两人眼巴巴地瞅着我，我只好拿笔又在脑门上贴了一张纸——"还是无可奉告！"

佳人小姐就差没将脚底板的脱鞋扔在我脸上，幸亏我反应速度快，躲过了暗器，顶着符条像个僵尸一样快速地跳出了门。

下了楼，老爸从窗户探了个头冲着我喊道："丫头，改天带小胖子回来吃饭啊！"

我回头哦了一声，开心地离开了。

康谨承说了国庆节去海南出差，但是二十九一大早就走了。他一走，我便觉得了无生趣。其实我白天很忙，国庆节前交付的房子很多，所以在国庆节前后忙装修的顾客犹如过江之鲫。白天里忙了一天，不仅身体上虚脱，精神上也不怎么振奋，晚上下班之后突然没了你侬我侬的爱情滋润，我有些无所事事。和他腻在一起的一两个月的晚上，我感觉那时间都跟搭了火箭似的嗖一下就没了。但他才离开一天半，我就跟度日如年一般，果然习惯是种很可怕的事！

好在三十号晚上，熊帅约了以前的老同学下班后一起去温莎唱歌。因为佳遥预产期就在这一两天，提前住进了医院待产，我便和小白两人相约一同过去。到了温莎，进了定好的VIP包间，看到一张张熟悉的脸，仿佛一下子又回到当年的高中时代。

刚坐下没多久，门外忽然走进来一个身材修长的人，竟是高湛。

"不好意思来晚了，刚下飞机，我立刻赶过来了。"他一脸风尘仆仆的模样，一看见我，灿烂的笑容立马堆满了脸。他旁若无地走过来给了我一个大大的拥抱，道："晶晶，我回来了！想不想我？"

包间里的其他同学开始起哄："哎哟？！重色轻友！一回来就知道抱晶晶！"

熊帅立即跑过来调侃，伸出双臂："人家也要抱抱，要抱抱。"

我目瞪口呆，一下子无所适从："抱什么！你要不要小拳拳砸胸口？"

坐我旁边的小白刚喝了一口啤酒就差点喷出来，看了我一眼，便转过头，当作什么都没看见，继续跟旁边的魏雪喝着她的啤酒。这两人以前不对盘，但是自打徐婧婧那个障碍物没了之后，两人似乎有了很多话要聊。

我只好也爽快地拍了拍高湛的后背，然后迅速推开他，道："咦？你不是一般都过两天才回来吗？"

高湛在我身边坐下，还没来得及开口，周大鹏便暧昧地笑道："人家不就是想早点回来见你吗？你这怎么一副被抓奸的样子啊？"

我嘴角抽搐，瞪了一眼周大鹏，啐道："狗嘴里能吐出点象牙来吗？"

我跟康谨承在一起的事，除了小白和佳遥之外，并没有告诉其他人。康谨承那边当然也没有大嘴巴到处去宣扬。毕竟谈恋爱是两个人的事，有的人喜欢高调炫耀，有的人喜欢低调奢华。这么多年来，高湛对我的心意真的可以算得上是天地可证、日月可鉴，所以老同学之间向来都是毫无顾忌地乱开玩笑。我倒不是心虚周大鹏说我被抓奸，而是我突然和康谨承在一起，不知道要怎么跟高湛说。一直以来，我都不敢对高湛太过亲近，就是生怕有一天会伤害他至深。

高湛笑眯眯地看着我，跟着调侃道："大鹏说得也不无道理啊……"

所有人又一起发出一声怪叫："哦哦哦！"

"在一起！在一起！在一起！"

我好不尴尬，道："你们这么多年真是一如既往地喜欢起哄瞎闹啊！"

熊帅跳出来说："你还好意思说呢，上次同学聚会才来没多久，你就又跑回去公司加班了，亏得人家高湛为了你千里迢迢地从北京赶回来。你就是不知足，等哪天人家高湛被北京的姑娘拐走了你就哭吧。"

高湛维护我说："夏天是装修旺季，晶晶忙是很正常的事。"

熊帅说："大伙儿看看，我这恶人做的。"

小白说："你快闭嘴吧，就你话多！"

熊帅忽地拿了瓶啤酒到我面前，说："上次你跑了，今天你不把这瓶啤酒干了，就别想跑。"

高湛还想护着我，熊帅和大鹏都伸手拦着："走开走开！这儿没你的事，跟你没关系，这是晶晶那天欠的酒，必须得喝了。"

其他几位同学也都跟着一起起哄。

"罚酒！罚酒！罚酒！"

"就知道你这头死狗熊不会饶了我，等哪天你找了个'女光头强'来磨你，哼哼哼，你给我等着！"我硬着头皮抓起酒瓶。

"必须一口闷！不然再罚一瓶。"

"得得得！你可以闭嘴了。"我抓着酒瓶开始喝，不一会儿便将整瓶啤酒灌下了。

"好！爽快！"熊帅满意地给我鼓掌，终于放过我，拉着小白搭着她的肩去对歌了。

我放下空瓶，坐回沙发，长舒了一口气。

高湛关心道："你没事吧？"

"没事，"我摆了摆手，"一瓶啤酒而已。"

"你国庆节打算出去玩吗？"

"我得陪一个客户，他们等着装修开工。"

"一天也不休息？"

"可能等节后吧。"

我和高湛聊着聊着，又被熊帅强行塞了话筒，开始对唱。每次聚会，我俩都是这般强行被凑CP，亏得他们一个个乐此不疲。虽说私下里，我会跟高湛说抱歉，但是当着大伙的面，我也不会太驳他的面子，反正不过是对唱情歌而已。差不多半小时，啤酒的酒劲上来了，我这嗓子也跟破锣似的，完全不在调上，而高湛的声音一如以前一样低沉而富有磁性，整个包间的女生都陶醉在他醇厚优美的歌声之中，跟少女时期一样花痴般地兴奋尖叫，气氛达到高潮。

最美好最纯粹的时光，全部都在那三年之中，令人无限怀念。

忽然之间，不知谁叫了一声："唉，可惜了，今天的人还是不够，除了佳遥那个大肚婆要生娃以外，还少了康谨承和徐婧婧啊。"

熊帅接话说："他们俩在海南度假呢。"

我感觉到我上扬的嘴角慢慢地缓了下来，面部松弛的肌肉也在忽然之间变得僵硬起来，右手不由自主地抓起面前的啤酒瓶。

小白看了我一眼，然后冲着熊帅说："你怎么一天到晚无所事事，跟个女人一样八卦，怎么什么事都知道？"

熊帅回道："哎，来之前我也邀请了他们两人啊，但他们俩都说没空，要去海南办事。徐婧婧早上还给我发了照片，她跟老康在一起呢，两个人一起面朝大海，春暖花开。"说着，他将手机微信打开来，将照片展示给大伙儿看。

照片中，康谨承侧面对着镜头，而徐婧婧十分亲昵地举着剪刀手比画在眼角。

蒋皓猥琐地嘿嘿一笑："这两人一起去海南办事，办的是那档子事吧？"

小白操起啃完的鸭骨砸了过去，骂道："你脑子里能整天不想那档子事吗？上面下面装反了吧？"

"唉，我说他们俩，你激动个啥？你这是喜欢康谨承呢，还是喜欢徐婧婧啊？"蒋皓不明白了。

小白骂道："放屁！"她骂着就要举着满盘子的鸭骨头去砸蒋皓。

只有我知道，小白这是在替我出气呢。

熊帅说："哎哎哎，你们聊个天也能闹。他们俩一起度假也没什么稀奇的吧，两个人在美国都待了那么久了，关系早就不一般了，爱的火花早就擦出来了。"

魏雪冷嗤一声："那可不一定，就是擦不出火花来，有的人也会制造出一些火花来。"

魏雪这话一出，大家都沉默了，都偷偷地瞄了我一眼，她口中讽刺的人大家都知道是谁。当年她和高湛的事，也因为我和她的那一架而浮出水面。魏雪差不多也是从那之后，便再也没跟徐婧婧好了。虽然女生对徐婧婧的行为十分不齿，但是男生们依旧把徐婧婧奉为女神。

"都看着我干什么？"我强扯了抹笑容，其实五根手指早就将酒瓶抓得更紧了，而且已经默默地举瓶喝了几口。

高湛看了我一眼，用手肘碰了我一下。

我疑惑："干吗？"

"没什么，喝酒。"他举起酒瓶与我手中的碰了一下。

我领了意，碰了下酒瓶，继续喝酒。

熊帅突然又道："徐婧婧一听大伙都在，约我视频了。"

这货一点开视频之后，徐婧婧娇笑的声音立即传了过来："呀，熊帅你也真是的，非要把聚会定在今天，真讨厌。大家今天玩得开心吗？我和谨承来不了好遗憾哦。"

嗲嗲的声音，听在我这个女人的耳里都觉得骨头要酥，跟她比起来，我一定是个假女人！

周大鹏、蒋皓立即贴了上去，道："你不来，咱就不开心。"

徐婧婧开心地直笑，然后问："都来了哪些人啊？"

熊帅将镜头对着整个包间扫了一下，徐婧婧突然叫了起来："呀？高湛和晶晶也在啊？我好嫉妒。"

高湛冲着手机镜头里的徐婧婧微笑着挥了挥手，打了招呼。

我抬了一下眼，扯了一抹笑，如果我能自己看到自己，我想那一定是很可怕的冷笑，我真想让她快点滚。

"你嫉妒什么啊！你身边不有老康吗？"熊帅笑骂着。

"你不懂，高湛是人家的初恋。"徐婧婧撒娇的声音，让全场的男生浑身都酥了。

我歪着头盯着高湛，学着徐婧婧撒娇声音，嘲笑他："哎，初恋，人家跟你告白呢。"

高湛伸手捏着我的脸颊，道："那你的初恋也是我吗？"

手机镜头不知在何时，换成了康谨承。熊帅正好将手机镜头对着我和高湛，道："老康，还记得当年在岛上吗，这两人就有奸情了。看见没有，两个人正在打情骂俏呢。"

我正要打断高湛的手，在视频里反倒变成像是握着高湛的手一样。

视频镜头里，康谨承一脸平静，淡淡地说了一声："你们玩得开心。"

徐婧婧挤了过来，对着镜头甜甜一笑："玩得开心，下次等我们回去再聚。"

这无聊的视频终于结束了，我也成功地拿下了高湛的手。高湛忽地反握住我的手，目光如炬地瞅着我。

没有两秒钟，我的手机震动起来，屏幕上显示"方便面"来电。我立即缩回手，将手机反扣过来，任凭手机在茶几上震动。

高湛见到，便道："你手机响了？怎么不接？"

我笑着说："这里这么吵，听不清的。"

"去外面接吧。"

"不是什么重要的电话。"我拿过骰子，对大伙儿说，"有玩骰子的吗？猜点数，猜错的人罚酒啊。"

大伙儿一听，聚了过来。熊帅想玩，被我拒绝了："你今天的任务就是负责唱歌，让小爷开心。"你这头笨熊勾引徐婧婧视频，惹得本大小姐极度不爽，还想跟大伙儿一起玩游戏，做梦吧！

大伙儿一致赞同我的提议，将熊帅赶一边儿去。

手机一直在震动，我索性将手机扔进包里。不一会儿，小白的手机响了。小白有些为难地看了我一眼，出去接电话了。没过多久，她走进来，喊我接电话，我摇着骰子冲她挥挥手表示没空。她只好又转身出了包间门，过了好一会儿才进来，这一次电话挂了。

这一晚上，一包间的人兴奋得折腾到夜里三四点，接着又转战到胖子龙虾那里吃到差点吐，到了清晨终于散了场。

高湛充当护花使者，将我送回家。我刚准备进单元门，他忽然拉住我，将我抱在怀里，道："晶晶，做我女朋友好不好？"

多么熟悉的场景！

夏天的时候，方便面也是这样跟我告白的，我又哭又笑，像个孩子一样欢欣。可是面对高湛，我却是满怀歉疚之情。

我伸手拍了拍他的后背，淡笑道："高湛，你今天喝多了。"

"我没有喝多。"他抱着我不肯松手，"今天再不说，我就感觉我要失去你了。"

我暗恋了一个人八年，八年苦苦等候的那种蚀骨噬心的滋味我知道，我不想他落入比那个还要痛苦的境地，所以一直不给他希望，不停地拒绝他，可是我却低估了他对我的心意。

高湛沙哑着嗓子问我："你是不是一直在等他？"

我不说话，因为不知道要怎么说。

"会叫他方便面这个外号的，只有你一个人。"他抱在我腰间的手收紧了，"我看到你手机上的来电显示了……我是不是就要失去你了，晶晶？"

"对不起，高湛……"一股酸涩自心间直涌上我的眼眸，"我不想骗你。我曾经喜欢过你，但是后来我发现我真正喜欢的人是方便面。从高二升高三那年的暑假开始，一直到他离开，我从来都没有忘记他。我想忘记他，但是一直以来都做不到。我不想伤害你，我最不想伤害的人就是你。"

他将头埋在我的发间，勒着我的双臂十分有力，像是要将我揉进他的身体里，隔了好久好久，他终于慢慢地放开了我。他抬起头，我看到他的眼圈红红的，鼻头又是一酸，泪水不禁落了下来。

如果没有那个被踩破脚的开始，没有卡门，没有被压在那个书堆下……没有后来，我也许就不会伤了眼前这个男人。可是我的心房就只有那么大，没有办法一分为二，装下两个人。

他伸手抚摸着我的脸颊，笑着安慰我，道："哭什么？傻瓜，被拒绝的那个人是我啊。"

"高湛……"泪水顺着我的脸颊不停地往下流。

他有些不知所措，然后摸出纸巾，手忙脚乱地给我擦着眼泪。

"唉，我知道我这时候说这句话不是太合适，或者是嫉妒，或者是其他……但是康谨承这次回来，与以前有很大的不同……你和他之间，不论是身份地位，还是什么，日后不管发生什么事，你都不要委屈自己。你要好好的，我也会好好的。"

"嗯。"我吸了吸鼻子。

"你好好休息，我也回酒店了。"他冲着我笑了笑，转身离开。

那个灿烂笑容曾经是让我如此着迷的，而今却带着淡淡的忧伤。

高湛走了之后，我一个人蹲在楼下哭了很久，不知是因为看着高湛忧伤地离开，还是因为看到方便面和徐婧婧在一起。我回到家的时候，眼睛十分刺痛，半眯着眼冲了个澡，就倒在了床上。

翌日，就在我睡得迷迷糊糊的时候，佳人小姐忽然跑进来摇醒我："晶晶，你醒醒！"

"妈，今天国庆，不用上班呢。"我将被子拉上，继续蒙头睡觉。

佳人小姐也不知怎的，就是不死心，拉开被子说："人家小胖子来找你了。"

"什么小胖子小瘦子，不认识！现在不管是谁找我，就是阎王爷找我收魂，也让他等我睡醒了再说！"我闭着眼吼了一声，将头埋进枕头里。

"你男朋友找你，你起不起？不起拉倒！"佳人小姐甩下一句话，出了门。

什么男朋友？真是见了鬼！

我闭着眼，迷迷糊糊地又继续睡了会儿，脑子里却一直弹跳着"男朋友"三个字。忽地反应过来，我掀了被子，拉开门说："妈，你刚才说谁找我？"

客厅的沙发上坐着一个人，那人正十分礼貌地从我爸手中接过茶杯，不是康谨承还是谁。

康谨承冲着我微笑，这一笑真是一笑倾城，再笑倾国："晶晶，你醒了？"

"你怎么突然回来了？你不是在海南玩得很开心吗？"我面部的肌肉有些僵，昨晚在视频里看到他跟徐婧婧那般亲热，就算其中有什么误会，他也别想让我现在有好脸色，更何况，我这会儿没睡饱，起床气很重。

"你昨天没有接我电话，所以我坐了最早的班机回来。"他严肃又认真地道。

佳人小姐和老爸从我们二人的对话里，似乎听出了一点闹别扭的苗头。

我爸聪明地问："哎哟，这最早的班机得几点啊？"

"六点多。"他礼貌地回道。

我扫了一眼墙上的钟，指针指着十点半，他这赶得挺急的呀。再看门口的地上，摆着一大堆礼盒和水果，玄关之处全都被占满了。没想到他急急忙忙地赶回来，却也不忘见长辈的礼数，这小小的细节，特别暖心。

他走过来，刚要和我说话，我突然想起来，我还没有刷牙洗脸，于是将房间砰地关上，将不知所措的他关在了门外。我急忙奔进洗手间，一照镜子，果不其然，昨夜洗完头之后也没吹头发，倒床就睡，这下可好了，头发就跟个鸡窝一样。还有我这才睡了三四个小时，顶着一对黑黑的熊猫眼，不知道的还以为我是在哪儿渡劫呢。

啊！这人真讨厌，为什么要在人家最丑的时候回来？

我连忙洗脸刷牙，对着镜子好好地收拾了一番，化了个淡妆，这才又打开房门。

康谨承坐在客厅的沙发里，正在接受着佳人小姐和老爸的盘问。也不管佳人小姐的脸有多黑，我二话不说地拉着他便出了门。

到了楼下，我立即甩开他的手。

他主动拉起我的手，一脸认真地道："晶晶，我真的是去海南工作。"

"你不用跟我解释，我又没说你不是去工作。"

"你从昨晚一直不接我电话，刚才看见我又有些别扭，你是不是还在为昨天晚上的事生气？"

"哎哟，怎么可能？你想太多了。昨晚你跟徐婧婧在一起，我刚好也跟高湛在一起呢。"我有些赌气地说道。

他深深地闭上了眼，叹了口气道："你还说你没有生气？就是因为怕你这样，所以我才会赶第一班飞机回来。我们已经浪费了八年，我不想再为一些子虚乌有的事情浪费我们现在的时间。"

我咬了咬唇，抬眸看着他，一脸严肃地道："好！我问你，你为什么会跟她一起去海南？那么晚了，你为什么还跟她单独在一起？你明知道她对你的心思，那是司马昭之心路人皆知，你为什么还不避嫌？！"

"昨天晚上不只是我跟她在一起。酒店的宴会结束后，我还和其他合作商在交流，她只是刚好在场，旁边还有其他人。当时我在接电话，不知道她在跟你们视频。当我接完电话，就看到视频里的你……跟高湛坐在一起。"他说到最后也控诉我跟高湛。

"可真是巧。我跟高湛是受熊帅之约去KTV，这件事你是知道的，可是她去海南刚好就是跟你去谈一个项目不成？"

"她公司是我们公司的合作伙伴，这次海南项目的合作人她也认识，也一同邀请了她。"

其实早在知道他坐第一班飞机回来的时候，我就已经不生气了，只是想听他的解释而已，我想知道徐婧婧为什么会跟他在一起。望着他幽黑的眼眸，眸底尽是难掩的紧张与在乎，我不禁笑了。

"好了，我相信你了。"

他如获大赦，将我紧紧地抱在怀里，道："待会儿你跟我一起去海南吧。这样，我也不用担心，我不在，高湛机会把你拐走了。"

我抬眸看他，道："可是我后天有个客户，约了一起去看房呢。"

242

"不能推了吗？"

"不大好吧……我这个人最讲诚信了。你也知道咱们N市的房价都飞上天了，人家好不容易在N市买了一套房子，肯定是急着装修搬进去呢。"

不过，话虽如此，在他的软磨硬泡下，我还是给客户去了电话。其实我的内心深处也是特别盼望着能出门度假的啊，只是职业的关系，每逢长假短假，都会被客户拉去看房子，然后出图纸。渐渐地我也习惯了，客户休假就是我加班，只有客户过年，我才能过年。

我给客户拨了电话，还没开口，对方先道："对不起，许小姐，老家出了点事儿，后天可能我们不能去房子了。正要给你打电话呢，结果你先打过来了。"

"哦，这样啊……那你们什么时候有空？大后天？"我心里明明乐开了花，但是我还是故意装作一副为难的模样。

"大后天恐怕也不行，你看看时间能不能改在节后？"

"节后啊？行行行，你们的事重要，我这里随时都可以约。"

"太感谢你了，那就等我们回来再约。"

"哎，好的好的。"我愉快地挂了电话，"搞定！可以陪你去海南了。不过，还有我爸妈那关……"

不知道佳人小姐突然得知我要跟方便面去海南，会是什么反应。

康谨承在我的唇边安慰似的轻啄了一下，道："你还没吃早餐，正好先回去吃早餐。我来跟阿姨和叔叔说，你去简单收拾些衣服。"

我狐疑地看了他一眼，道："你好像很有把握似的。我在房里的时候，你都跟我爸妈聊了些什么？"

他笑了笑，道："也没什么。就问我现在是做什么工作的，在N市有没有房和车。"

果然佳人小姐和我爸还是俗到不能再俗的人。我以为以平日里他们那视金钱如粪土的豪气，也许并不在乎这些，没想到一切都是假象。

"你是怎么回答的？"老实说，我其实很怕佳人小姐知道他是奥美的副总裁之后，并不看好我们的恋情，毕竟身份有些悬殊。中国人还是很讲究门当户对的，像他这样太有钱的有钱人，与我们这些平民并不适合。

他笑着说："哦，我说我现在回国在做医学类机器人。阿姨和叔叔听了很高兴，一直询问那个什么扫地机器人和煮饭机器人。我答应了改天把家里的几台机器人改装好了，都送来给她用。"

看来我是白担心了，这家伙可真会谄媚！居然要用机器人来拉拢我爸妈，真是个心机boy！

"你舍得把荔枝晶奉献出来？"我揶揄他。

"只要是阿姨叔叔喜欢，没有什么不可以……我可以再弄一个荔枝晶升级版。"

我立即摆手道："不行，荔枝晶不能送过来，那家伙落在我妈手里，那还得了？我可不想每天回家听见两个人一起对着我哔哔哔地训话。"

康谨承大笑，没想到我平日里看着天不怕地不怕的，原来死穴是佳人小姐。

我们两人牵着手回到家里，康谨承便向佳人小姐道："阿姨，我想让晶晶和我一起去海南，让她陪我一起去海南待个几天，这样我能安心工作，她也正好顺便去玩一玩。"

话一说完，他的两只耳朵全都红了，我看着暗暗发笑，还以为他真的一点不担心呢。

佳人小姐扫了我一眼，爽快地道："好啊。正好我和她爸待会儿要飞九寨沟，正愁她这几天饭怎么吃呢。"

我一听，惊道："我怎么不知道你们俩待会儿要飞九寨沟？你们现在好啊，出门旅游都背着我，都不跟我说一声。"

佳人小姐冲着我翻了个白眼，"哎哟，你这话说得真是，你谈男朋友的时候，不也偷偷摸摸地背着我们谈了一两个月嘛，还说什么加班，骗鬼呢……我们有说你半句吗？"

"我……"这话说得我一点反驳的理由也找不到呀。

"赶紧收拾衣服，滚吧，别在家里碍事了。"佳人小姐冲着我潇洒地挥了挥手。

老爸站起身，拍了拍康谨承的肩，道："现在的年轻人都有自己的玩法，我们做长辈的都out了，如果干涉太多，那也就是倚老卖老，太不识相了。"

"谢谢阿姨叔叔！"

老爸瞪了我一眼，佯装凶道："你呀，肯定是又乱耍小性子，才让人家折腾得来回不停地飞。"

"……"为什么又是我的错？！

在佳人小姐的极度嫌弃之下，我简单收拾了几件衣服，便提着箱子出了门。

"我怎么觉得我这是被赶出家门？"那种被嫌弃的味道让人很不爽。

"阿姨和叔叔真叫人喜欢，都是神助攻！"康谨承露着雪白的牙齿，心情十分好。

"是傻吧，也不怕自己女儿被人拐卖了！"

[*Chapter 28* 选择你，而放弃所有不幸]

上了飞机，很快我便倚着康谨承睡着了，直到飞机降落在三亚凤凰国际机场，我才醒来。下了飞机，虽然已是黄昏，但是夏日的气息扑面而来。虽然不是第一次来三亚，可我依旧十分兴奋，因为对于一个吃货来说，海鲜是绝对的诱惑，即便吃到上吐下泻，此生也不后悔。

前来接机的是蒋精英小姐，在见到我的时候，她明显有些小意外，但长久以来处变不惊的习惯让她很快便恢复镇定。

我冲着蒋精英笑眯眯地招手，道："好久不见！蒋小姐又变漂亮了。"

"好久不见，许小姐也一样变漂亮了。"这一次，蒋精英的嘴角不再是公式化的上扬，而是发自内心的笑。

蒋小姐笑起来的时候真的很漂亮。有时候，我会忍不住想，方便面身边放着这样一个大美女，怎么就没能发生点什么呢？这事我说给他听的时候，他伸手便弹了一下我的脑门，说："少看点霸道总裁的狗血网络小说，都是骗人的。"

的确，偶尔闲得慌的时候，我会翻翻什么总裁在上秘书在下、霸道总裁的贴心小秘书这类狗血网络小说数不甚数。

我揶揄他："你是不是平时偷偷看了？不然你怎么会知道霸道总裁是狗血网络小说的最爱？"

他笑着说："我不是什么霸道总裁，但我有一个号称霸道女魔头的女朋友，不过我就爱她虐我。"说完，还讨好我似的各种卖萌抛媚眼。

我瞪眼，咬牙，没两秒便忍不住失笑。他趁机偷吻我，让我想虐他都找不着机会下手，反倒被他吃干抹净。这货最爱扮无害的小白兔，其实就是一个富有心机的大灰狼。

康谨承将我安排在酒店的套间里，便匆匆离开。临走前，他不忘嘱咐我有什么需要尽管找蒋精英。据蒋精英说，奥美负责投资的项目不在三亚市，方便面还需要再乘坐一两小时的车子才能达到项目地。

听蒋精英说完，我这心里突然揪得难受，心疼康谨承。只差坐船，就是完美海陆空了，若不是真的在意我，他怎么可能这般费劲地来回折腾呢？

"待会儿许小姐想去哪里？我安排车子。"

"哦不用，我就在这里看看海就好了。如果方便的话，帮我准备一把小铲子。"酒店出了门没多远便是私人沙滩，我可以一个人挖很久的沙子。我就是这样一个无欲无求天真又浪漫的少女！

本以为她只是为我找了一把铲子，却没想到，她一直陪同我到了沙滩。

"其实你不用陪我，你要是忙的话，你就去忙吧。我这么大的人，三亚也不是第一次来了，不会丢的。"我有些不好意思。

蒋精英淡淡笑道："没事儿，康总身边有另一位助理跟着，我跟着你，他会比较放心。等他谈好项目回来，我就可以功成身退，所以这两天我都会陪着你，你也不会觉得寂寞。"

她这一说，让我再一次感受到康谨承的暖心，有这样一个事事为我操心的男朋友真好。

蒋精英穿着尖细的高跟鞋，腿上裹着薄透的丝袜，站在通向沙滩的台阶上。我留意过，即便是在N市最炎热的盛夏时节，高达三十七八度的高温，她依旧是这般，梳着整齐的头发，化着精致的妆容，身穿得体的职业装。如同她这个人的性情一般，一丝不苟。我私下里偷偷问过方便面，她是不是一个有故事的女人？方便面说应该是，但是他从来不八卦身边人的私生活，这是对别人的尊重。

而我，上身随性的一件oversize T恤，下身一件简短方便的小热裤，脚底拖着的人字拖，早在跳入沙滩的那一刻起，全部一脚踢飞了。

我冲着她兴奋地招了招手："蒋婉，你也下来吧！"

我一直暗戳戳地在背地里"蒋精英蒋精英"地叫她，差点要忘了她还有个好听的名字叫蒋婉。

蒋精英皱着眉心，犹豫了半晌，终于脱下尖细的高跟鞋，走下了沙滩。

我像个小孩子似的，疯狂地到处挖沙子。从小生长在长江三角洲附近的内陆城市，我对大海有股莫名的狂热，每年都会抽空到各地的海边玩耍。小的时候我还有个傻瓜一样的梦想，就是想要在海边盖一幢房子，这样我就可以天天住在海边，等着我的美人鱼王子上岸，然后过上幸福快乐的生活……等到长大了我才明白，对于平凡人来说，有时候梦想就跟童话一样，虚幻而缥缈。

我挖了一个超级超级大的坑，坑里蓄满了海水。我最爱干的事，便是坐在一旁，将双脚放进坑中的海水里浸泡着，然后看着远处的浪花一直在不停地追逐着浪花，聆听着这醉人的潮声，直到夕阳西下……

"来！把你的丝袜脱了吧，把脚放进来，超爽的！"我冲着蒋精英招了招手。

蒋精英一阵犹豫，终于在我的引诱下放开了，顾不得身上黏着的沙子脏与不脏的问题，在我挖坑的位置坐了下来，扯了丝袜，和我一样自由奔放地将白皙的小脚放进海水里。

"回去我送你一双袜子。"我笑望着她。

"一双袜子而已。"她露出浅浅笑容，一双漂亮幽黑的大眼凝视着我，"本来我很好奇，素来自律的康总一向公私分明，怎么会为了许小姐接二连三地破例，比如在酒店里办公，比如还没下班就找个借口偷偷溜走，这次更厉害哦，就连出差也要带你。昨晚他跟客户聊着聊着，就让我买次日最早的航班回N市，还将今天约好的行程推到了刚才，现在我算是明白了。"

我托着腮，道："你这话我听着，莫名有种误国美人的自恋感爆棚啊。"

她笑了起来，笑声格外动听："跟你在一起很放松、很快乐。康总可以遇见你，何其幸运。"

我抱拳："谢谢蒋大美女的赞美！其实我也很羡慕你这样的精英生活。可是我这个人自小散漫惯了，就是做不到啊，所以这辈子都不太可能成为一个有出息的大人物吧。"

"其实像你这样很随性地生活，才应该是人生的终极目标。大多数的人都是被各种各样的不得已捆绑着。"

"哎哟，你再这么夸下去，我的尾巴都要翘上了天呢。"

其实，女人的天性就是爱八卦，即便是蒋精英这样的女子也会忍不住对我和康谨承的交往过程感到好奇。当听说我们俩是高中同学，曾经为了各自追求自己心目中的男神女神互帮互助时，蒋精英有些难以置信，甚至不敢相信康谨承曾经是一个体重为迷的大胖子。不过，我没有跟她说，如今一直贴在康谨承身边的那个徐婧婧就是曾经的他心中的女神。

"偷偷告诉你，他以前的外号叫方便面，我给他起的，因为他的头发是自然卷，一长长了，就乱蓬蓬的。"

蒋精英一脸惊诧，道："难怪康一年总有好几次要去沙龙，每次都要好久，我还奇怪为什么男的剪个头发要那么长的时间，甚至怀疑他是不是在偷懒，睡了一觉。"

"其实是去拉直的。哈哈哈，我突然很想看看他现在没拉直是什么样子，哈哈哈……"说完我忍不住哈哈大笑起来。

蒋精英望着我这个上司的女朋友哭笑不得，很快也被我感染了，忍不住跟着笑了开来。

"你应该多笑，其实你笑起来真的很漂亮。"

女人不仅爱八卦，也爱交换心事，许是我用我的青春打动了蒋精英，她终于也说出了她的故事。相比我和方便面的抽风青春，蒋精英的青春简直就是国内青春电影和小说里一成不变的疼痛的青春。蒋精英有个青梅竹马的男朋友，不仅高富帅，还是个妥妥的学霸。两个人从小一起长大，一起去美国念书。也许是天妒红颜，老天爷看不得蒋精英如此美好的人生，在大二那一年，两人和朋友们一起旅游，途中出事故，车子翻下了山，她的男朋友为了救她和朋友，死了……

十多年过去了，她还是没有办法从那场灾祸里走出来，没有办法像个正常人一样再去谈一场轰轰烈烈的恋爱，因为她的心也随着那场车祸一并死了……

"对不起，我无意让你难过。"

"没事儿，事情过去这么多年了，我早就能够坦然面对。虽说我没办法再去谈一场恋爱，其实只是再也遇不到像他那样对我好的人罢了。"她浅浅地笑着，抬眸望向黄昏中的大海，目光宁静而悠远。

我们俩面对着大海，感悟人生真谛，直到夜幕完全降下，才回到酒店。

蒋精英问我吃什么，我阻止她要为我单独点餐的想法，拉着她一起去了一家海鲜大排档。高精奢的生活方式不适合我这种平民，即便我的男朋友是个霸道总裁，我也不会因为他有钱，而去改变我的自我追求。因为我就是一个没有追求的吃货，对于大排档式的海鲜完全没有抵抗力。如果人生不能敞开怀嗨吃，那便不是人生。

然而吃海鲜大排档这种小事，蒋精英也得汇报给康谨承。康谨承一听我要吃外面的海鲜大排档，立即给我来了视频电话，不停地念叨："找家店面干净点的，让人家给你弄熟了再吃。最好少吃点，你肠胃不好，要懂得节制，别又控制不住嘴馋吃挂了。"

我厚颜无耻地回道："怕什么？反正吃挂了有你呀。"

他叹了口气，也不知该拿我怎么办是好。

"你什么时候回来？"

"今天晚上可能不能回酒店。"他又是一番啰唆，要我玩的时候注意安全，简直比佳人小姐还要啰唆。

"知道了，知道了，你怎么比我妈还啰唆。我要吃东西啦，拜拜——"我迅速挂了视频电话，好不容易排上队等到我的烤生蚝。

挂了电话，我忽然想到一件事，便问蒋精英："对了，向你打探一个事，马经理上次说奥美楼盘的装修设计我们公司应该可以做，但是我们公司的标书送过去很久很久都没有声音，你有没有听康总提过？"

蒋精英微微凝眉，道："这事许小姐应该亲自问康总才对。"

"我知道这事我应该直接问他，可是每次他好像都能找个理由搪塞过去，所以我想问问你知不知道什么内情？"

"对不起，抱歉，公司内部的决策不能从我的口中随意透露，而且这件事我也并不是太清楚呢。康总既然安排你出来度假，就放松放松吧。"

"好吧……"

接下来的两天我都没有见着方便面，他依旧忙着工作。说起来蒋精英是一位超级贴心的助理，而我更像是她的向导。这两天我带着她从三亚湾一直玩到了海棠湾、蜈支洲岛。所有能玩的能疯的，我都带拉着她疯了一遍。本想着她是一个优雅的女子，谁知道玩起沙滩摩托和冲浪，她可是个中高手。她说她以前在美国的时候和她的男朋友经常玩。一个不小心，我又让她忍不住想起和她那位完美的男朋友在一起的日子了。

疯玩了两天，我低估了三亚十月的紫外线，手臂、胸前、后背都不幸被灼红了一大片。蒋精英给我找来了晒后修复芦荟凝露，我洗完了澡之后，一个人坐在床上，慢慢地涂抹着。

直到有个脚步声走过来，我以为是蒋精英，背对着她道："婉婉，你过来帮我涂一下后背。"我吃力地反伸着手臂，试了好几次，有些地方根本够不着。

我将头发全部拉到了身前，露出后背来，将晒后修复凝露递给她。

她的手沾着芦荟凝露从我的后肩颈开始慢慢一点一点向下涂抹，到了浴巾包裹的位置，我明显感觉到她的手顿了一下。我低着头问："是不是比昨天晒伤得厉害？你等下，我把浴巾往下拉一点。"我拉低了浴巾护着胸前，趴在了床上。

她的掌心顺着我的后背慢慢地将凝露涂抹开来，我感觉她涂抹的动作跟昨天不太一样，至于哪里不太对劲我又说不上来。昨天她帮我抹的时候，都是快速地打圈，今天就像是在擦什么古董瓷器似的，对，就像在擦古董瓷器，小心翼翼的，生怕一不小心打碎了似的。

当她的手摸着我后肩胛的时候，我明显感觉她的手指微微颤了颤，指尖轻轻划过。我不禁奇怪她今天是怎么了？一回头，却看到康谨承捧着芦荟凝露耳朵通红地帮我涂抹着被晒伤的皮肤。

我惊得一下子坐了起来，手将浴巾拼命地往上拉了又拉，结巴着说："你……你什么时候回来的？"

"刚才……"他沙哑着声音回道。

"你……怎么进来的？蒋婉呢？"

"我刚好在门口碰见她，她把这个和房卡给了我，就走了。"他指了指手中的芦荟凝露。

"你进来也不说声，我以为是蒋婉呢。"我感觉我的耳朵和脸颊也烫了起来，这情况真是叫人不好意思。

他忽地离我很近，双手撑在我的身侧，低沉的嗓音迷惑着我："两天不见，有没有想我？"

我抬头，他的脸近在咫尺，无论是他还是我，只要有个人向前一厘米，我们就会吻上。

我的视线直落在他饱满而诱人的唇上，下意识地舔了下唇，轻声道："想……"

"我很想你。"他的双眸紧紧地锁着我，话音刚落，他的唇便压了过来。

许是两日不见，彼此的思念就是这样浓烈。缠绵激烈的吻几欲让我断了气，他的手臂紧紧拥着我，像是恨不能将我揉进他的身体内。他将脸埋在我的锁骨间，呼吸声粗重而急促，却又忍不住细细地吸吮啃噬。隔着浴巾，我清晰地感受到他下身坚硬的触感。

"晶晶……"他低哑着声音唤着我，一双眼睛像是蒙了雾似的。

"嗯？"

"我……想了你整整两天……"他再一次吻住我的唇，不让我开口反对，这个吻焦急而灼热，差点让我没了气息。

我好不容易找着机会开口，不停地大喘着气："可是……你澡还没有洗……臭死了……"

"你陪我一起洗。"他有些耍赖地咬着我的耳垂，我浑身就像是触了电似的痒起来。

"我洗过了……"我听到自己的声音都在控制不住地颤抖。

"再洗一次。"他不由分说地将我抱起。

我的手臂紧紧地环着他的脖子，生怕自己掉下来，可是身上的浴巾早已不知卷到什么地方去了。没了浴巾的阻隔，我所有的一切都一览无余地呈现在他的眼前。

我望进他的眼里，满满的都是情欲。他抱着我不由分说地进了浴室，将我抵在浴室的墙壁上，冰凉的墙壁让我瑟缩着，不由自主地贴近他滚热的肌肤。

温热的水自上而下地冲刷着，他紧紧地拥着我，温热的唇却没有停止过。我不知道那个澡究竟是怎么完成的，等到我意识稍稍有些清醒的时候，我和他已经躺在床上。他的吻和手，就是两个火点，所到之处，都像是在我的身体上撒的火种，顿时燃烧起来。我感觉我似要疯了，直到空空的身体被他完完全全地填满，那种不停坠落进深渊里的感觉才慢慢停缓平稳，可是还没等我适应，那一次次的撞击，又让我再一次沉沦，而最终犹如坠入水里，水从四面八方涌过来将我包裹起来，沉沉浮浮……

那一夜之后，我和他待在酒店的房里，两个人窝在床上黏腻了一天一夜。到了第二天傍晚，客房服务送来晚餐，我想下床开门，可是两脚刚着地，腿不禁发软。就在我差一点要和柔软的地毯来一个亲密kiss的时候，他稳稳当当地捞住我，将我抱在怀里。

他在我的唇上轻啄一口，笑道："这就腿软了，不行呀。"

我瞪了他一眼，道："我这是饿得头晕眼花了。"

"行，等下吃完了，看你还有什么借口。"他将我放回床上，在我的唇又亲了一下，穿好衣服去开门，将晚餐推了进来。

我看着他衣冠楚楚的模样，瞅着自己身上到处是他留下的痕迹，再想起这一天一夜的奋战，觉得这货简直就是一个衣冠禽兽。

他一边细心地为我切着牛排，一边笑眯眯地望着我，道："要不要我过来帮你穿衣服？"

"不要脸！"

"干大事的人都是不要脸的！来，我帮你穿。"他放下了刀叉，跑过来替我扣内衣，扣着扣着，双手又溜着摸了上来，然后整个人又压过来。

"你够啦！我今天一天都没瞧着大海呢。"

"我就是大海。"

终究是抵不过这个色胚子，等到我终于能坐在餐桌前吃上牛排的时候，那块肉又冷又硬，一点也不好吃。他倒是乐不思蜀。

我推开牛排，道："我要吃炒螺肉。"

有些意外，这一次他竟然没有阻止，拉着我的手说："好，我们去吃海鲜。"

穿戴整齐，虽然说腿有些软，可是一想到有海鲜吃，我就跟打了鸡血一样，拉着他去了前两日和蒋精英吃的那家大排档。

吃完了之后，我和他手牵着手，脚踩着松软细腻的沙子，在沙滩中的人群里慢慢地散着步。

"都怪你！你看蒋助理刚才看我的眼神……真是羞死人了！我的脸都被你丢尽了！"从他回来之后，我和他就一天一夜没出过那道门，偏偏蒋婉也住在那间酒店里。方才我们准备出门吃海鲜的时候，蒋婉正巧回来，看到我们一脸惊奇，仿佛在说你们两人终于出门了。

"你想太多了，说到丢脸，早在大半年前你第一次从我床上醒来的时候，就已经丢完了。蒋助理向来处变不惊。"

"我大半年前什么时候从你床上醒来了？"

"咦？你忘了同学聚会那次吗？"

"康谨承！"我抡起拳头就要揍他，可他反应极快地躲开了。

我气愤地弯下身捧了一把海水泼在他的脸上。看他被我泼了满脸海水，我得意地哈哈大笑，他却趁我不注意，伸手用力拉了我一把，正巧一个浪过来，我的一个重心不稳，直跌入海水里，四周溅起高高的水花。

咸涩的海水渗进嘴里，滋味销魂。那货站在一边，不仅不拉我一把，还站在一边嘲笑说："啧啧啧，你瞧瞧你这身子板，砸下去的水花比人家海浪滚过来的还要大。"

周围的人听着，都跟着乐了起来。

我从海水里挣扎着爬起来，抹了脸上的海水，骂道："康谨承，你最好别让我抓着你！"

"来追我，追上我，我就让你嘿嘿嘿！"

"你个死不要脸的家伙！"

我笑骂追着他，可是却怎么也追不上，他就像一条狡猾的鱼一样，在我快要捉住他的时候，他又迅速地溜走。

跑着跑着，我却和他跑散了，岸边的灯光从远处传来，照着海滩上密实的人群，可我却找不着他了。

正要开口叫唤他，我的身体突然被腾空抱起。我吓得尖叫，随即他爽朗的笑声传来。他抱着我就像疯了似的转着圈，我双手紧紧地勾着他的脖子，从放声尖叫到开怀大笑。

听着海浪声，吹着海风，吃着各种爆炒的海鲜，和自己喜欢的人，每天做着爱做的事，也许就是人生中最大的乐事，十分满足。

我们俩在海边疯够了、闹够了，衣服从干变湿再变干，这才相携离开，叫了一辆车回酒店。

老天爷有时候就是看不得人太逍遥太自在，特别是在你最开心的时候，总是喜欢给你找些不痛快，刺一刺你。

下了电梯走了没几步，远远地就瞧见徐婧婧站在酒店客房走廊的正中央。她在瞧见我的刹那间，化着精致妆容的脸蛋一下子暗了下来。

原本我和康谨承只是手牵着手，在见到她的一瞬间，我便将手指打开，插入康谨承的指间，十指相扣。

徐婧婧愤中带忍地问我："你怎么会在这里？"

我耸了耸肩，笑着说："国庆节啊，来度假啊。"

"我是问你为什么会跟谨承在一起？"徐婧婧追问。

"晶晶是我女朋友。"康谨承没有给她太多发挥的功能，简明扼要地回道。

"谨承，你说在什么？！她怎么会是你女朋友？"徐婧婧一脸的难以置信，一张漂亮的脸蛋面部神情有些扭曲。

我拉下康谨承低低地道："你跟她之间没什么不清不楚的事吧？"

"没有。"康谨承一脸认真地回道。

我望进他的眼底，没有最好，这货要是敢跟她有什么不清不楚的，还来招惹我，我一定会扒了他的皮。

"OK！我先回房，她，你赶紧处理了回来。"我握拳，给了他一个加油的姿势，向房间走去。

我还没进房间，远远地就听见徐婧婧冲着康谨承质问："你什么时候和她在一起的？"

"别在这里吵，不要影响其他客人。"康谨承转身往电梯的方向走去。

在别人看来，我大多时候处于神经大条的无脑状态，其实更多的是因为我的性子是懒，怕麻烦。可是如果有一个讨厌你的人想要夺走你的爱情时，我却又不能那么懒。我表面上看起来要大度，可是心里真的没法大度，我想只有恋爱过的人才能体会那种滋味吧。东西被抢了，可以气愤，甚至可以表示，行，你拿走，我可以再买，但若是爱情被人抢走，那种绝对不会是无所谓的态度。

他们两人刚消失在电梯里，我便冲向电梯迅速按向电梯按钮。电梯门一打开，蒋精英瞧见我，便道："这么晚了你去哪儿？"

"走走走！"我将蒋精英推进了电梯，按了一楼。

还好瞅着两个人远远的身影穿过大堂走向室外泳池的方向。

"你这是干什么？"蒋精英拉着我。

"嘘，有个女人要跟我抢男人，我要去捍卫我的爱情。"我拉着蒋婉悄悄地走到泳池边。

夜深人静，所以徐婧婧的声音听起来十分清晰："你怎么会和她在一起？如果她是你女朋友，那我算什么？这么多年，我从国内跟着你到美国，再从美国跟着你回国，我算什么？八年了！整整八年了！所有人都知道我是你的女朋友。"

康谨承一直沉默着不说话。周围只有泳池边上一圈矮矮的路灯，光线昏暗，远远的看不清楚他的神情。

黑暗之中，只有徐婧婧一个人急怒而尖锐的声音，我躲在一边的树丛里都替徐婧婧焦虑万分。

康谨承失笑："他们为什么会认为你是我的女朋友？那是你说的，不是我说的。那天你明知道是同学聚会，你还故意给熊帅打视频电话，你是什么意思呢？如果你真的是我的女朋友，你觉得你有必要这么做吗？你是心虚还是什么，你自己清楚！"

要不是处在一个偷听的角色，我真的好想给我的男朋友鼓掌，简直太帅了！

"那你也没有澄清。"

"我没有澄清，是我不想做无谓的解释，在我看来，并不是所有人都认为你是我的女朋友。"

"那为什么一定是许晶晶？明明八年前你喜欢的人是我，虽然那个时候我喜欢的人是高湛，但是我后来是真心喜欢你呀。"

"对不起，我想你搞错了，如果你指的是我曾经暗恋你，暗恋是年少无知的时候才会干的蠢事。八年前我喜欢的人就是许晶晶，现在也是，我自始至终喜欢的都只是许晶晶一个人。"

听到康谨承这样暖心的话，我真是打心里甜蜜。死小子，幸好你没有骗我，不然我一定剐了你！

"我想我该跟你说的事，都跟你说清楚了，请你以后不要在同学面前表露出你是我女朋友的样子。"康谨承说完，转身意欲离开。

徐婧婧忽然道："你难道忘了八年前，你爸是怎么死的了吗？！"

听到这话我不禁诧异，八年前康叔忽然自杀，一切都是那么猝不及防、毫无预示，我甚至不愿相信，对待生活那样富有激情的人怎么就那么轻易地被病魔打倒，现在听徐婧婧这话，难道当初另有隐情？

康谨承顿住了脚步，缓缓转过身，隔了许久，他冰冷的声音响起："不要跟我提八年前的事，你没有资格，你做过什么你自己心里清楚。"

康谨承转身离开。

"谨承！谨承！康谨承！"徐婧婧追着他，不停地叫唤。

她脚下的高跟鞋不停发出笃笃笃的声音，许是太黑，她走得又急，一不小心崴了脚，就听见她尖叫一声，跌进了泳池里，溅起了一大片水花。

康谨承又一次顿住脚步，望着泳池里的她，转身离开。

徐婧婧在泳池里又是尖叫又是哭闹，不停地拍打着泳池里的水。

康谨承在经过大门旁的树丛时，酒店大堂门口的灯光刚好投在他的脸上，他脸上那种阴冷愤怒的表情，我曾在八年前见过，当时他看我的眼神，我一辈子都忘不了。

他忽地瞧见了我，立即变换了神情，眼神变得温柔起来，道："你不是在上面吗？"

我立即指着一旁的蒋精英道："啊！婉婉说想游泳，让我陪她下来游泳，于是我就来了。"我用眼神示意蒋精英，对不住她了。

蒋精英看我的眼神里，透满了"×了狗了"的意思。

"蒋助理，你早点回去休息吧。"康谨承伸手拉过我就往酒店大堂走去。

我频频回头，对蒋精英用口形无声地说："对不住啊，害你背锅了，改天请你吃饭。"

直到进了电梯，康谨承才道："怕我被徐婧婧拐走了，就直说嘛，干吗让蒋精英给你背锅？"

"这是种本能，反正你一眼就会看穿我，不会怪她的。"

"一眼看穿你，你还要说？"

"那我总要在蒋婉面前要点面子吧。"

"蒋婉现在一定很后悔认识你这个坑队友。"

我耸耸肩，不以为然。

进了房间，他开始脱衣服，准备洗澡。我无意中又瞧见他一脸的凝重，脑海里不停地浮现他和徐婧婧的对话。

直到熄了灯，窝在他的怀里，我终于还是忍不住问出口："我听到你和徐婧婧的对话了，康叔他……的死是不是有什么隐情？"

"没有，她的话你不用放在心上。对了，关于奥美楼盘精装项目，我要对你说声抱歉，项目决策没有选中你们公司，而是选了另一家有资质的公司，已经签约了。"

他主动跟我说起这事，出乎我的意料。我从蒋精英那套信息失败的事，想来他应该知道。这事拖了这么久，我心中本就一直不安，本以为有康谨承在，或许能凭着裙带关系竞标成功，可是没想到到头来还是黄了。这事我也并没有太怪他，没有选择我们公司，他应该有自己的考量，或许他是想避嫌吧，我只觉得这事他应该早些告诉我，让那个马经理那么拍马顺溜地忽悠到现在，也确实不爽。只是师兄李银河那儿我不知道要怎么交代，单凭资质，我们公司是决计不会输给竞标成功的那家公司的，但若是因为裙带关系，致使公司失去了资格，我是十分愧疚的。

"你是因为我是你女朋友，为了避嫌才选择别的公司吗？"

他叹了口气，道："算是吧。或许你会恼我，但是你要相信我，无论发生什么事情，你只要记着我对你是真心的就够了。"

"真心？值多少钱啦？"

"可值钱了，千金难买。"

我扑哧一声笑了起来："原谅你了。"

他在我的眼睫上轻轻烙上一吻，道："快睡吧。"

我抬眸望着他，黑暗之中，却什么也看不见。那一句"既然你从来没喜欢徐婧婧，可是你为什么还要这样跟她在一起八年，不清不楚的"藏在我心底，始终没有问出口。

[*Chapter 29* 钱少了，可砸不动我]

短短的长假一晃而过，这几日，我宛若置身天堂。

回到N市，面对一堆电脑图纸，我的懒病又发作了，可是又不得不跟着客户一起奔走新屋。

师兄李银河对奥美的竞标失败表示遗憾，可也没有责备我，反倒是过来劝我，生意多的是，别伤了两人之间的感情。冲着这句话，我也得加倍努力才对。

忙了一个下午，我头晕眼花的，忽然看到我和小白、佳遥的小群不停地闪动，我点了开来，只见小白和佳遥一连发了好几条消息。

"晶晶，快看我们的班级群！"

"我去！我猜一定是那个徐婧婧在搞事。"

"晶晶，你人呢？"

"你死哪儿去了？快点出来！"

"群里现在私下传你是插足康谨承和徐婧婧的小三，他们不敢在群里公开说，都私下里呢。"

我一看到最后一条消息，心中便是×了狗的感觉。我点进班级群里，果然原本大家聊股票聊得好好的，突然冒出来一张照片，照片上正是我和康谨承在海边嬉戏，夕阳下我们两人相拥着自拍了一张，照片中隐隐约约可以辨认出是我。

下面开始有同学不停地质疑。

"这是刚才康谨承在朋友圈里发的照片，照片上的女人好像是许晶晶呀。"

"真的哎，真的是许晶晶。"

"康谨承的女朋友不是徐婧婧吗？怎么变成了许晶晶？"

"到底怎么回事啊？"

接着有人刷各种表情包，将那张照片刷没了，再接着群里便平静了。

我立即翻看了康谨承的朋友圈，果然他刚刚发了一条朋友圈，上面还有一行文字："执子之手，与子偕老。"

我不由得开心笑了起来，然后给这张照片点了个赞。

回到三人的小群，小白便道："看到没有？现在他们私底下都在传你是小三，刚才有好几个人跑来问我和佳遥，都让我们给怼回去了。"

佳遥："我看这就是徐婧婧看到师傅发朋友圈了，狗急跳墙，找同学故意截到群里来挑事。"

我："其实我在三亚碰到她了。随她吧，反正我一点也不care。他们爱怎么说怎么说，嘴巴长他们身上，耳朵长我身上。"

小白："你这是浸在师傅的蜜糖里出不来了吧？"

佳遥："老实交代，你把师傅办了吗？"

我："我很忙，没空跟你们扯，下线了下线了。"

佳遥："啊，你个不要脸的！"

小白："不用问了，铁定办过了。"

佳遥："哎哟哎哟，师傅跳出来澄清了，好man啊！居然敢说八年前就是，啊啊啊！不愧是师傅。"

我一瞧见，立即又跳进班级群里，果然瞧见康谨承冒泡了："感谢各位同学的厚爱，许晶晶从八年前就是我的女朋友。"

康谨承这一澄清，群里立即又炸开了锅，各种祝福全都飘了出来。

小白和佳遥在小群里连连呸了这群人。

康谨承用微信给我发了一个比心的表情，然后就消失了。

我的嘴角一直挂着微笑，正要继续工作，就看到微信上来了一条信息，是李格瑞："你国庆节跟着我哥一起去了海南？"

"嗯，咋了？"估计这也是看到照片来询问了。

"你是不是已经被他吃干抹净了？"

"……"为什么大家一上来就喜欢问这么污的问题？我的小心脏扑通扑通地跳个不停。

"我就知道，美色当前，你就是个挡不住诱惑的废柴。我一走，就把我的话都当放屁、当耳旁风了。"

"……"美色当前，谁能挡住诱惑，咱广大女同胞也是有生理需求的嘛。

"心虚不说话？"

"李大小姐，你这三更半夜不睡觉，尽打听我和你哥的私事，就是为了数落我？这是想搞事呢。"

"我这是关心你，好心当作驴肝肺。"

"是是是，我权当你想我了。"

"那你想我了吗？"

"想想想！"

"我哥要是敢欺负你，你跟我说，我打飞的回来，替你教训他。"

"这句话真暖心！我一定会带给康谨承的。"

正和李格瑞聊着，忽地接到一个陌生的电话。我以为是客户，可我没想到竟然是刘云桦。

"是许晶晶小姐吗？我是康谨承的妈妈，我们以前见过几次面。"

"阿姨你好，不知……找我有什么事？"

"晚上有时间吗？想跟你一起吃个饭，聊一聊你和谨承的事。"刘云桦也不绕弯子，开门见山地道。

我看了一下时间，还差几分钟就是四点半，虽然手中还有一大堆事没有弄完，但是我和康谨承的事也算是个大事，于是回道："可以。"

"南洋公馆，六点半我们在那里见。"

"好的。"挂了电话，我长长地舒了一口气。虽说恋爱是两个人的事，可是在中国，父母干预也属正常，何况像奥美那样的大企业。身为奥美的总裁，她的亲儿子不经她的允许就交女朋友，在她看来那肯定是件大事。

李格瑞的消息一直在不停地弹出来，我便回了一句："你们家刘总约我吃晚饭。"

李格瑞一瞧见，立即敲了一行字："哟！慈禧太后亲自出马，看来我哥那张照片可真是炸出来不少潜艇呢，叫你们嘚瑟秀恩爱！你可得小心了，我那后妈一出马，就没什么好事。你能搞定不？搞不定的话，我给我哥打个电话。"

"不要。能有什么事？就算不懂什么叫豪门，这狗血豪门偶像剧也不是白看的好吗？最多拿钱砸我呗，这要是砸的钱多了，把我脑袋砸破了，分手我也是可以考虑的。"

"这话可是你说的啊。你开价吧，说你要多少？我马上打给你，你赶紧跟我哥分了。"

"噗——我怎么觉得你是刘总派来的无间道呢？打入敌人内部，从内部对敌人进行打击和瓦解。"

"你话只说对了后一半。"

"你哥以前到底把你怎么了？感觉他找个女朋友也是不容易。"

"你这话又错了。我可是一心向着你，他要是找别的女人，我才懒得管她们。我要是个男的，你就是我女朋友了，那就没我哥什么事了。"

"噗——"头一次，我才知道我这么招人喜欢。

到了五点半下班时间，我便开车去了约定的南洋公馆，据说这里有全N市最好最贵的牛排。

台阶是旋转的精致的木制楼梯，墙壁上悬挂着极具民国特色的装饰画，我在心里忍不住地赞叹，这民国的味道，可是典型小资范的最爱啊。上了楼梯，更浓的民国古朴味道扑面而来，留声机、琉璃和紫砂陶等传统的装饰古朴大气，却又搭配着欧式的奢华风格，让人一下子思维跳跃起来。

刘云桦还没有到，我在预定的卡座里等她，顺便研究着这家的装修风格，连洗手间都没有放过。有时候职业病真是一种可怕的病症。

服务生拿来菜单，我打开一看，中英文交织，一块牛排，四百起价，菜单的最下方还有一行蚂蚁般的小字，服务费15%……其实在来的路上我就想过，无论是否跟刘云桦谈崩，我都会把自己的餐费结了。可看到这菜单上的价格，我的内心是无比挣扎的，放下菜单，我让服务生先给我来一杯柠檬水压压惊。

本来我和康谨约了晚上一起共进晚餐的，但为了见他的母亲我便撒了个小谎，他也没说什么。

不一会儿，刘云桦到了。这么多年，她依旧保持着特有的高贵典雅。

我想我要是个男人，第一眼也一定会为她吸引。每一次见到她，她的妆容都十分精致，这让我不禁联想到蒋精英，同样是将自己拾掇得特别精致的女人，可是刘云桦却多了一份精明与势力。

刘云桦拿起菜单，不一会儿就点好了，然后看了我一眼，道："许小姐想吃什么，尽管点，这顿我请。"

我浅浅笑着，拿起菜单，重新看了一遍，然后问服务生："我第一次来，请问有什么可以推荐的？"

于是，服务生向我推荐了他们的特色牛排以及客人点的最多的饮品糕点，我按着推荐很快做了决定点了单。

服务生一走，就剩下我和刘云桦面对面，她不说话，我也不说话。

顶上的琉璃吊灯散发着淡淡的光晕，将这小小的卡座烘托出一种温馨宁静的氛围，此时此刻却因为卡座里的两个人，气氛有些凝结。直到服务生将餐前果酒端了上来，才打破了这份尴尬。

刘云桦淡淡地道："尝尝吧，他家的餐前酒和小点心都是挺不错的。"

我端起杯子，尝了一口，一点儿也不像酒，反倒是像饮料，酸酸甜甜的，十分好喝。于是我便张口喝了大半杯，杯子本就不大，这一口下去，杯子里只剩下一点点。与刘云桦两人大眼瞪小眼地干坐着，着实难受，我便将杯子里剩下的一点点餐前酒也喝完了。

我放下空杯，便瞧见刘云桦嘴角扬起一抹轻蔑的笑意。她端起餐前酒，红唇轻抿，浅尝了一小口，将杯子放下。这一对比，她刚才那轻蔑的笑容似在讽刺我是大老粗，不懂就餐礼仪，显得没有教养。

不过，我本就是个自由奔放的人，有着烂泥扶不上墙的性子，玩不来那一套什么规矩，奢华高端的宴会本来就不适合咱小老百姓。

"听说，许小姐国庆节跟我们家谨承一起去了三亚？"刘云桦自始至终都称呼我为许小姐，这生分的意味更是明显。

"嗯。是的。"我实话实说。

"谨承是在正式跟你交往吗？"

之前的慈善宴会，康谨承已经当着刘云桦的面，承认我是他的女朋友，可是刘云桦今天依旧用了"正式"二字，明显是不相信康谨承。

我扯了一抹笑容："这男女交朋友还有正式与非正式之分吗？"

"正式，就是经过家长的同意；非正式，就是家长不同意。"刘云桦的意思明显就是告诉我，作为她儿子女朋友的我，她不同意。

"啊，原来还有这种说法呢。目前，我跟谨承还只是在谈恋爱，还没有想过谈婚论嫁，似乎只谈个恋爱并不需要家长同意吧？"

"许小姐，听过中国有句古话叫作门当户对吗？我是不反对年轻人谈恋爱，只是我们家谨承，以他目前的身份与地位，不是跟谁都可以随便谈恋爱的。"

我轻笑一声，道："门当户对是有必要，只是我以为大清国都已经亡了一百多年了，没想到现在还有包办婚姻啊。"

牛排还没有上，但是这昂贵的牛排估计是没有办法吃下去了。

"许小姐现在还年轻，若是跟着我们家谨承这样耗着青春谈下去，最终却不能结婚，到时候吃亏的还是许小姐。我就是不想看着许小姐这样为了爱情盲目，所以今日才约了许小姐前来，让你看一看，我们家谨承一边交着女朋友，还一边跟别的女孩子相亲的场面。"刘云桦说完，下颌微微一抬。

我顺着她指示的方向看过去，大厅另一端靠窗的位置面对面坐着两个人，一个自然是我的男朋友康谨承，另一个则是个衣着鲜亮、浑身堆满奢侈品牌的貌美姑娘。

"看见了吗？相亲的对象就是我说的门当户对的姑娘。"刘云桦轻啜了口餐前酒。

所以，今天她约我来，根本就不只是跟我在嘴皮子上打击几句，而是直接想让我死心，这套路深得……我突然替康谨承感到一阵悲凉。

我若是当场气愤地冲过去，或是走人，那也便是上了刘云桦的当。

"刘总，我觉得你想的太多了，我跟你儿子在一起，压根就还没想到结婚那一步。两个人在一起一天，就开心一天，谁能想着明天会怎么样？你的担心根本就是多余的。"

"一切不以结婚为目的的恋爱都是耍流氓。或许你现在不想结婚，但是有可能过了没几天你就想着要结婚，这也说不定。"

"刘总，你也别这么含蓄了，我都替你累得慌。我替你直白地说了吧，你无非就是嫌弃我家里穷，没背景，觉得高攀不上你们家，觉得谨承适合更好家庭背景的女人，需要一场能够为奥美的未来带来最大利益的豪门联姻。你不用说，我都知道，这狗血电视剧里都不知道演了多少年了。若是到时候，我想嫁他，他不娶我，我倒霉命苦，那也是我的事，我爸妈都不操心，你替我操哪门子心呢？"我从包里掏出十张崭新的大红钞票放在桌子上，道："刘总，这一顿，算我请你。按照你们有钱人的套路，若是你担心到时候我会纠缠着谨承，那你就准备好钱来砸我呗。我这人只要被钱一砸，头一晕，那就好办事了。但是你要是真准备拿钱砸我，记得多拿点啊，少了，可砸不动呢。"

我今儿可是特地去银行取了一叠鲜红的钞票，为的就是这一刻。这一招我可是跟客户学的，皮夹子一打开，厚厚的一叠红钞票多扎眼，而要是掏个手机出来问服务生"请问你们可以支付宝或者微信吗"，这气势立刻就输了一大截啊！该出手的时候就该用红艳艳的人民币！

许是动静大了，周围的人一个个投来奇怪的目光。我也不避讳，只是刘云桦那张漂亮精致的脸蛋倒是挂不住了，嘴角的肌肉已经开始抽搐。

我从包里拿出手机，随手拨了康谨承的电话。他在瞧见手机来电的时候，眉心微挑，可是不超过两秒便接了。

我一面看着他英俊的侧颜，一面笑眯眯地对着手机里的他说道："康总，在哪儿忙呢？"虽然我的语气听起来好似漫不经心，但是我的内心却满是浮躁。之前约了共进晚餐，他可是丝毫没一点迹象表露今晚一场相亲会啊。

他轻笑一声，道："在相亲。"

他的回答让我陡然一怔，我没料到他会这么直接而诚实地回答我。在拨通电话之前，其实我的内心已经挣扎了好多遍，我告诉自己，就算他用在开会或者是其他的理由糊弄我，我也一定要镇定，或许他有什么苦衷，事后会解释给我听。可是我真的没想到他就这么坦荡地直接回答我，这让我内心十分感动，就连手指也都跟着微微发颤。有那么一刹那，我的眼泪都快要从心底涌上来了。康谨承啊康谨承，真是不枉本姑娘喜欢了你八年！

我放松地笑了起来："挺厉害的啊！在相亲都敢实话实说，勇气可嘉啊。"

电话那一端，他也轻笑了起来："这有什么不敢实话实说的？你要来看我吗？"

我站在大厅的另一端，望着他微笑的侧颜，道："我过去干什么？替你参谋吗？"

"不是应该领我走吗？"他略带孩子气地撒娇道。

我被逗笑了，道："你在相亲，我跑过去算啥？给人家姑娘下马威吗？你慢慢相亲吧，回头再给我跪搓衣板慢慢说吧，我先回家了。"他既信任我，不瞒我，我也不介意他被逼着相亲。

他忽然道："你在哪儿？我这边差不多结束了，等一下我去接你。"

他不瞒我在哪儿在做什么，这弄得我想安静地走开也不行了。

"哎，你这不是才去相亲没多久吗，怎么就完事了呢？"我与刘云桦坐下来，也就喝了杯餐前酒的时间，最多不超过二十分钟，他这比我晚来的，这就谈好了？

"你怎么知道我才相亲没多久？你在哪儿？"

"行，你电话别挂，三秒钟我就到你眼前！"

刘云桦的脸更挂不住了，双手不自觉地握成了拳。我冲着她微微一笑，便向拐角临窗的位置大踏步走过去。

"你也在南洋公馆？"康谨承惊讶，回头四处张望，终于看见了我。

"哦，得感谢你母上大人！"挂了电话，我也站在了康谨承约会的桌前。

近看他的相亲对象，是个不可多得的美人，大眼睛长睫毛，看着和我的年纪差不多大，脸上微施了点薄粉，比起时下的网红脸锥子脸，这位相亲对象的标准鹅蛋脸，可是出挑许多。作为一名女性，我都不禁开始羡慕康谨承，这相亲对象可真是个标准的白富美。

白富美傻愣愣地望着我，一脸的不知所措，问康谨承："你朋友？"

康谨承站起身，向她抱歉地鞠了一躬，道："对不起，何小姐，这位就是我刚才跟你提到的，我的女朋友许晶晶小姐。"

我有些后悔刚才一时冲动给他打了电话，其实，我真的不该来这样的场合，这无疑是给人家女孩子难堪。我微微颔首，表示歉意。

何小姐看得出来受过良好的教育，涵养很好，虽然我能感觉到她的不悦，可人家依旧十分礼貌地回礼，然后对着康谨承说："我很庆幸你说了实话，说实话总比说谎话好。要是日后你一面跟我谈着恋爱，一面跟许小姐在一起，那就太恶心了。"

康谨承真诚地道："对不起，我无意伤害你。按理来说，我不应该来相亲才对，可是我觉得那样更加无礼，当面道歉会显出我的诚意。"

"好吧，我接受你的诚意。"何小姐看了一眼刘云桦，礼貌地鞠了一躬："桦姨，今天这事，我会回去和我爸好好说的。"

何小姐走了之后，刘云桦满眼怨恨地望着我，可又不想在大庭广众之下发火，只能瞪着康谨承道："你跟我过来。"

康谨承拉着我，我有些抗拒，道："你妈叫你，你拉着我干吗？"

"你在，会让她认清这个事实。"

"合着我是你的挡箭牌啊。"

他硬是拉着我跟着他的母上大人一块去了车库。刘云桦见我也跟来，有些气急败坏，怒道："康谨承，你到底想怎么样？"

挂在康谨承嘴角的笑容也渐渐隐去，他一脸严肃地回道："之前我就已经跟你说过了，除了奥美的事，我的任何私事都与你无关。许晶晶现在是我的女朋友，将来也会是我的妻子，请你以后不要再做一些无谓又无聊的事。"

"康谨承！你眼里到底还有没有我这个妈？"刘云桦拼命压低了嗓音，不想自己的怒气在这地下车库里四处回荡。

"有，不仅眼里有，心中也有。"

"那你为什么事事跟我作对？"刘云桦气得浑身都在发抖。

"很快我就会告诉你答案，只是不是现在。"康谨承拉着我，将我塞进了汽车副驾上，然后自己上车，无视刘云桦的追问，发动了引擎，扬长而去，留下刘云桦一个人站在空荡荡的地下车库里干瞪眼。

出了地下车库，他一边开着车，一边解释："其实今晚，我是打算过来跟她解释清楚就离开的，没想过要跟她共进晚餐。只是没想到，今晚是我妈约了你。"

这解释也让我很安心。

我叹了口气，道："我刚才把一千块甩你妈面前，是在维护我的自尊，可是看见你为了我，跟你妈这样……是不是有点……有点太狠了？"

他注视着前方和后车镜，然后对我说："她把你拉过来，让你看着我相亲，给你难堪，你居然还替她说好话？"

"你是觉得我圣母白莲花了？"我深深叹了一口气，"唉……其实，我是不太能理解偶像剧里，那些为了女人或者男人跟自己父母杠上的人，只是这突然轮到自己头上，感觉很矛盾……"

他伸手摸了摸我的脑袋，笑道："你不必内疚，我对她这态度不是一天两天的事，不完全是为了你，所以，不管她说什么做什么，你只要好好地做我的女朋友就行了。"

我倚着窗户，歪着脑袋看着他，道："我觉得我应该听李格瑞的话，远离你。"

"她又骚扰你了？"

"你们这对异姓兄妹也是好笑，明明相互关心，可又总是互相拆台。"

"人与人的相处方式有多种，跟Grace相处，得用真诚和真心。所以，你才会招她喜欢吧。Grace不是一个轻易接受别人的人。"

"那你这个哥哥怎么就能被接受呢？"

"我可是花了整整一年的时间，才不用受她的白眼。"

"说得好像她现在不会给你白眼似的。我在来见你妈之前，就告诉她了，她已经鄙视过你了。她可说过了，你要是欺负我，她一定替我讨回去。"

他笑了起来，道："哟！你们这姑嫂关系处得不错。"

"什么姑嫂？谁要嫁给你了？臭美得很！"

他半开玩笑地道："假如我不是奥美的副总裁，只是一个小公司的职员，你会嫁给我吗？"

"哟，那我可就要考虑一下了。刚才我还跟你妈说，要想我跟你分手，让她多备些钱来，最好把我的头砸破了。李格瑞也说了，只要我跟你分手，她来出分手费，只要我开口，立即打我卡上。你说我要不要跟你分手？毕竟两边都会给我钱呢。我正琢磨着开多少为好呢？"

忽然，他手中的方向盘一转，车子一个急刹车，刚好停进了路边的停车位上。

"你干吗？这又要去哪儿？"我歪过头看着他。开得好好的车，怎么就停下了？

他解了安全带，双手捧住我的脸，笑着说："帮你清醒一下，让你知道什么叫作饭可以多吃，白日梦要少做啊。"

说完，他的唇毫无预示地压了下来。

"唔……这是……马路……上……"

我的抗议无效，很快便被吻得晕头转向，直到一个停车收费的大爷骑着电动车过来，敲了敲窗户，他才匆匆结束这个短暂的疯狂kiss。

康谨承被迫放开我，摇下窗户。

那位大爷立即道："要停多久？"

"哦，对不起，对不起，马上就走。"康谨承连声对不起。

收费的大爷探过头瞅着我看了又看，然后指着康谨承的嘴角比了比，我才发现他的唇角沾了我唇上的口红。我迅速别过头，从包里摸出化妆镜，果然，我嘴唇上的口红上花了一块。

而康谨承毫不在意，厚着脸皮冲大爷道："谢谢啊！"

大爷一副很懂的表情，笑了笑，骑着电动车离开了。

大爷一走，我立即摸出纸巾和唇膏，补上了唇色。

康谨承将脸伸过来，笑道："帮我擦一下。"

我咬着牙，道："都怪你！脸都要丢进长江了。"

"大江东去浪淘尽，那你这脸一时半会儿是找不回来了。"他趁我替他擦唇印的时候，又趁机在我的唇上轻啄了下。

"专心开你的车！"我推了他一下。

然而他并没有发动车子，一只手又覆在我的手背上，低沉着嗓音道："晶晶，可能接下来两三个月的时间我会非常非常忙，估计没什么太多的时间陪你。"

我一听，扬了扬眉道："完了！你这话说得，让我一下子想到今天早上微博上的一个吐槽帖。"

"什么吐槽帖？"

"吐槽自己的男朋友啊。题目名字叫'新郎结婚了，新娘不是我'。Po主的男朋友也是像你一样，突然说接下来的一段时间会很忙，忙着去装修新房准备结婚用，结果婚是结了，但新娘不是Po主。阿kei苦力呼呀呼奔，嘀哒鲁工嘎呼哒嘿。"说着，我便忍不住唱起了那首印度歌《新娘嫁人了，新郎不是我》。

他忍不住喷笑出声，道："看不出来你这印度歌唱得挺溜的。你平时都上网看什么八卦呢？我是在跟你正经地说事呢，以后要少看这些负能量的东西。"

"我也是很正经的呢。这怎么能是负能量呢？这叫生活经验分享。"

"谢谢你的生活经验分享，我会牢牢记住的。"他抓着我的手捏了又捏，"不管接下来几个月发生什么，你只要记住，这里有你，我对你是认真的。"他将我的手放他的心口。

感受他心脏的跳动，我心里就像是灌了蜜糖似的甜。最近他总是动不动就会抛出这句话来，让我总是有种错觉，他会忽然之间拍拍翅膀飞走了似的。一想到这个可能，我心尖莫名地一颤。大概这就是爱情的滋味，让人患得患失，不得安生，所以世间才会有无数痴人为之甘之如饴。

我探过身在他的嘴角轻轻烙上一吻，道："知道了！好好开车。"

"还没吃饭吧，一起吃饭吧。"他笑着，终于重新发动了车子。

可是车子开了没多久，他便接了个电话，说是要处理一些事情，没法陪我吃饭了，于是将我送到小区大门口，便驱车离开，临行前不忘给我个安慰吻。

所以这顿晚餐，我们俩终究没有吃上。虽然没吃上，但我的心情却十分好，挎着包包，就像是童话里的公主一样，假装拎着自己的裙子，沿着小区里昏暗的小径，一路踩着自己的影子，慢慢扭着猫步走回家。

反正夜这么黑，也没有多少人会注意到我这样的神经病。这个念头才闪过，便听见一个熟悉的声音叫道："许晶晶！"

我去！差一点被惊吓地崴了脚。我站好，抬眸看向正前方的身影，是徐婧婧。

以前的老房子拆迁过后，分的新房偏偏还是同在一个小区，只不过相隔得比以前远了很多。高中毕业之后，加上她留学美国最近大半年才回来，并不随父母住在这里，所以我几乎就没在小区里见过她。看她的样子，这应该是要离开，反正我跟她之间没什么好交流的，索性当眼盲看不见她。

"许晶晶！"她再一次出声叫住我。

我顿住脚步，没好气地望着她，道："干吗？"

刚怼完刘云桦，这又对上徐婧婧，这事情都赶在一天来了。

"许晶晶，你不觉得你很不要脸吗？"她的声音变得尖锐起来。

我冷笑一声："呵呵，不觉得呀。"

昏暗路灯照耀下，依稀能看到她脸部肌肉的僵硬。

"你的脸皮果真跟八年前一样厚！八年前，你每天霸占着康谨承，心里却只想着跟高湛在一起。现在高湛黏着你，你为什么不跟他在一起？偏偏要霸占着康谨承不肯松手？"

我不由得轻笑出声："徐婧婧，我真心挺佩服你的。这论谁的脸皮厚，我许晶晶还真敌不过你。你若称第二，就没人敢称第一呀。说到这八年前，你该不是老年痴呆了吧？忘了那个一直霸占着高湛的人是谁？若不是你最好的朋友魏雪揭露了你的真面目，高湛和我还都被你蒙在鼓里呢，结果呢，你转身就将目标转向康谨承了。"

她的脸色难看，强撑着道："八年前，开始的时候我并没有错。高湛误以为写情书的人是你，但是他接受我之后并没有明说。而康谨承在我最难堪最无助的时候向我伸出手，换作任何一个女孩都会喜欢他。"

有一种人永远都觉得自己没有错，错的总是别人。这类人，你别总是试图和他说道理。

我伸出手打断她，道："得了，你别再诡辩了。八年前的事，你我心知肚明。徐婧婧，你老实跟我说真话吧，是不是我喜欢谁，你都要去插一脚？其实你对我才是真爱，对不对？"我忍不住欺近她的跟前，伸手替她整了一下垂在胸前的卷发。

"哈——"徐婧婧嘴角抽搐，打掉的我手怒斥道，"你是不是有病啊？你以为你是谁啊？你以为你对康谨承了解吗？整整八年的时间，没有人比我徐婧婧对他更了解。为了他，我放弃了我最喜欢的舞蹈，跟去美国。在这八年里，是我每天陪伴他。他爸死后，你知道刚去美国的那一年，他是怎么熬过来的吗？他难过的时候、他无助的时候、他寂寞的时候，你许晶晶在哪里？你正在跟高湛玩暧昧，玩欲擒故纵呢。"

徐婧婧那一声声"他难过的时候、他无助的时候、他寂寞的时候，你在哪里"，像一根刺一样深深地扎进我的心里。我紧抿着嘴唇，双拳紧握，指甲深深地陷进掌心。

"我才应该是他的女朋友。而你，不过就是一个偷了别人精心培育成果的小偷罢了。你现在喜欢他，无非就是看上他的身份，因为他比高湛更有钱罢了。"

听到她说我爱他的钱，我便忍不住笑了："你不用为了贬低我，而将你的一厢情愿说得那么伟大。你说你喜欢他，守了他整整八年，我告诉你，我从喜欢他到等到他的时间绝对比你徐婧婧更久。这世界上，不只是你徐婧婧有爱情，我也有。你跟他在美国的那八年，发生了什么事，都跟我无关。只要他现在喜欢的人是我，想要在一起的人也是我，就够了。"

我越过她，不想再跟她扯下去。

"许晶晶，突然听到你那么喜欢他，我开始替你感到悲哀。"她的声音在我的身后再一次响起，夹杂一丝讽刺的笑，"你当真以为康谨承是因为喜欢你才跟你在一起的吗？"

我顿住脚步，缓缓转过身看向黑暗中的她，道："你什么意思？你到底想说什么？"

她讽刺地笑道："你应该还不知道他爸当年自杀的真相吧？"

我心头一惊，不禁想起来在三亚的时候，她也这么说过，我还问了康谨承，他却一笔带过了。

"康叔的死还有隐情？这和我跟他在一起有什么关系？"

她走近我，蕴藏着讽刺笑容的漂亮眼睛紧紧地盯着我，道："许晶晶，我特别期待你知道真相的那一天。不知道到时候，你还会不会像刚才那样坚定地说话。到时候，你若还能跟我说你有爱情，我就真心佩服你。"

她疯狂地笑着转身离开。

望着她消失在黑暗中的背影，我抬起手按住胸口，那里跳得十分快。

那个晚上，我睡得极不安，甚至又梦到八年前，康谨承在狂风暴雨声中一遍一遍地拉着小提琴，他回眸看我时，那眼神陌生得令我从心底开始发寒……

[Chapter 30 是报复还是爱情]

康叔自杀有什么隐情，我始终没向康谨承问出口。我不停地告诉自己，不要没事找事，那都是子虚乌有的事情，两个人之间的嫌隙往往都是因为猜忌而产生的。于是我将徐婧婧的警告抛诸脑后，可我万万没想到，这只是所有事情的开端。

临近新年，天气越来越寒冷，许多工人都会提前回家过年。虽然十二月是装修的淡季，但是开发商喜欢在新年来个大礼包夜售楼盘，所以作为一名合格的设计师，我也不能闲着。

我差不多有两个月没有见到康谨承了，甚至圣诞节我都是和小白一起度过的，虽然在圣诞节这天我收到了超大捧的玫瑰花，可是我的心情还是非常失落，好在他之前给我打了预防针，不然我真的要怀疑我这个男朋友是不是跟别的女人私奔结婚去了。

虽然每天微信联系视频通话，可是有时候我还是会忍不住想念他，想念他的吻、想念他温暖的怀抱，想念他的一切……也许这就是一个女人陷入爱情之后都会患得患失的病症吧。

"晶晶，你快过来看！奥美集团出事了。"

我正埋头忙着核算给客户的报价，对面的Maple姐突然指着电脑屏幕叫唤着我。我停下手中的工作，迅速滑着转椅到了Maple姐的跟前，看向电脑屏幕。屏幕上是一条被转发的微博，标题写着"开发商资金链断裂，甲级高档写字楼楼盘被迫烂尾"，配图照片第一张便是奥美集团的大楼，其余几张都是奥美在N市商业圈的在建商业楼盘的停工照片。

同事也都围了过来，一个个看着电脑屏幕上的微博七嘴八舌地说开了。

"这个楼盘的规模不小呢，两幢甲级写字楼、三幢LOFT公寓，还有一幢是综合商业楼。除了我们公司，国内好几家知名装饰公司都在跟工装呢。"

"奥美那么大的公司，怎么会突然爆出资金链断裂的新闻呢？"

"你说之前的楼盘咱们没有中标，是不是不幸之中的大幸啊？这要是中了标，到时候装修工人结不到款，咱们也要跟着受累啊。"

……

我点开那条新闻，一行一行地往下翻开。新闻的内容大致是说，奥美开发的锐奥国际广场项目因资金链断裂，已经停工达两个月的时间，并拖累多家金融机构深陷其中。S市人民法院以财产保全的名义将在建的锐奥国际广场查封，该项目已不允许销售。

怎么会这样？

一旦在建工程被法院查封，开发商就无法进行预售登记。不能开盘销售，资金也就无法回笼，那就无力支付银行贷款和各项工程款。如果再加上高额借贷，再大的企业也会被拖垮。

我匆匆看完了新闻，连忙拿出手机，拨打康谨承的电话，但是他的手机关机了。

难怪两个月不见他人影，出了这么大的事，他人到底在哪里？

我坐在办公桌前，坐立不安，联系不上康谨承，我的心里就跟少了什么似的。两个月前他跟我说他会忙碌一阵子，可是谁能想到他忙碌的却是这样的大事。

我能想到的第一个电话便是打给蒋精英。没一会儿，手机里便传来蒋婉轻柔的声音："喂？"

"蒋婉……康谨承在公司吗？"

"晶晶，很抱歉，在三亚的时候我没有跟你说，其实在三亚那几天，是我最后工作的日子，回来之后我就离职了。所以康总现在是什么情况，我也不清楚……我现在人在美国。"

"什么？"我的心猛地一沉。

蒋婉安慰我道："放心吧，康总不会有事的。"

放下手机，我的心更乱了。

回到家中，刚进门，佳人小姐便追问我："小胖的公司是不是叫奥美呀？是不是那个房地产公司？"

我点了点头。

老爸拿着一张报纸走过来，指着上面的消息问："今天报纸上有一整版都是有关奥美的报道。"

佳人小姐又道："你联系过小胖了吗？他怎么说？这报纸上的消息都是真的吗？他们公司怎么突然就资金链断裂，成了烂尾楼了呢？这延迟交房，老百姓掏出去的钱可就倒霉了呢……"

我紧锁着眉头，强行打断佳人小姐的追问："妈，我不是奥美的人，他们公司到底是什么情况，我并不清楚。"

"哎？可是你跟小胖不是男女朋友吗？他们公司什么情况你怎么会不知道呢？"

联系不上康谨承，我耳朵里听见的、眼睛里看到的，全部都是在批判奥美集团。我已经被烦扰了一整天了，可没想着回家还要被家里人追问，情绪一时之间控制不住，我便冲着佳人小姐发了火："他是我男朋友没错，但是没必要什么事都跟我报告吧？"

"你跟我说话是什么态度？我身为你的母亲，关心一下你的男朋友怎么样了，有错吗？"佳人小姐的脾气也上来了。

老爷见势立即过来打圆场："哎哎哎，都好好说话，不许发动战争。"

"不是我要发动战争，而是这丫头一回来，就没好气。我不就是关心她和小胖吗，这也有错？"

"爸，妈，我很累，我先回房休息了，有什么事情明天再说吧。"我只想清静，于是甩了门便进了房间，将自己摔在床上。

门外，佳人小姐的吼声震天，不一会儿，她便被老爸拖出了门。

与此同时，同学群里也炸开了锅。

小白和佳遥相继发来消息，也是追问奥美的情况，我如实说，联系不上康谨承。

佳遥忍不住在三人的小群里说："你说师傅会不会跑路了呀？那新闻不都说开发商资金链一断裂，就会跑路？"

小白跟了一行消息："呸呸呸！你赶紧给我呸三下，这当妈的人了，还口没遮拦得。什么跑路？你当香港枪战片呢，只要能找着企业接盘，这楼盘就能复工。"

佳遥连忙用语音呸了三声，然后又道："晶晶，你也别着急，现在师傅一定为这事焦头烂额呢，没时间联系你，说不准睡一觉师傅就联系了。"

"嗯。"

"你早点休息吧。看你这样，也累了。"

"嗯。"

我洗了个澡，躺回床上，翻看手机，依旧没有收到康谨承的任何消息，倒是高湛发来了消息："你和康谨承还好吗？"

我犹豫了半晌，回道："嗯，还好。"

"我听说……他联系不上……"他艰难地打出一行字，带着许多省略号，我能够想象出他欲言又止的样子，他不想伤害我，却是真实地关心着我。

我回了个笑脸："他们公司出了这么大的事，他应该有很多事情要忙，所以没办法联系吧。"

"要我回来吗？"

我对着手机深深地叹了口气，心里五味杂陈，手指没敲几个字便又删去，再写几个字又删去，还没回复，却又收到了他的消息。

"你不要有负担，我没有别的意思……只是希望你好好的。"

"刚才在弄东西，我没事，我很好。能有你和小白、佳遥这样的朋友，我很欣慰。"我加了一个大大的笑脸。

他发了一个吐气的表情，似是松了口气："早点休息吧。难受的话，尽管给我电话。"

"嗯。"我放下手机，可是怎么也睡不着，时不时翻开手机。

这一夜半梦半醒的，第二天一睁眼便看到手机屏幕上康谨承回我的一条信息："我很好，我没事，我很想你。"文字之后还跟一个比心kiss的图案。

可我再回过去，那边却一直没有反应。

资金链断裂的新闻才过了没两天，又一条重磅消息出现："奥美集团拖欠民工工资，民工为追讨工资围堵奥美办公大楼，主要负责人从后门逃离……"

接着，一条条揭露奥美内幕的消息不断涌现出来。

"奥美某楼盘车位配比不足，旗下物业公司公然拍卖车位，价格高达70万……"

"奥美连锁百货存在严重消防隐患，被停业整改……"

"奥美不断陷丑闻致股价连跌，引股东不满……"

新闻里，奥美集团大楼前，刘云桦戴着墨镜刚从车子里走出来，便被一群记者围堵，一个个犀利的问题迎面扑向刘云桦，刘云桦在保安护送下穿过记者群进入大楼。

几乎是每两三天就爆出一个新闻，所有新闻里康谨承都没有露面，而我依旧联系不上他。

那天佳人小姐同我怄气之后，几天没跟我说话，老爸每天从报纸上电视上看到消息，会代表她旁敲侧击地追问我，然而我真的什么也不知道。

身心疲惫，但每天下班后，我都会去他的房子里等他，然而他一直没有回来。我想向"荔枝晶"打探他的下落，可是"荔枝晶"只会为我准备晚餐、替我按摩、陪我闲聊，对于康谨承的事情却闭口不答。有时候，我不禁产生错觉，这不是个机器人，而是一个人精。它应该知道康谨承的下落，可是让我一个程序白痴去撬开一个机器人的嘴巴，这显然比我去立即掌握一门外语还要不现实。

无奈之下，我给李格瑞发了消息，没想到李格瑞很快便回我："我打他的手机也一直在关机。"

我犹豫了半晌，终于忍不住追问了一句："你看到新闻没有？"

李格瑞沉默了许久，都没有说话。

隔了许久，我小心翼翼地发了条消息追问："你还在吗？"

"在。"她迅速回了一条信息，"你等一下，我正在打刘云桦的电话。"过了没多久她又发来了消息，"刘云桦的手机也关机了，她秘书的电话也打不通。我已经定了明天最早的一班飞机回国。"

"你要是联系上你哥，让他给我来个电话。"

"嗯。"

"你早点休息吧。"

"如果找不到企业接盘，奥美可能会破产，我作为继承人要是还能睡得着，也真是心大。"

看到手机上最新的一行字，我不由得震惊，立即回道："别瞎说！怎么可能会破产？"

"微信里一时说不清，我回来了再跟你仔细说。"李格瑞似乎知道些什么，可又不愿跟我多说。

这时，我的手机震动起来，屏幕是一个陌生的来电。虽然这些日子以来，我不停地接到各种推销电话，但我内心依然期待这个电话是康谨承的。我毫不犹豫地接起："喂？"

虽然这电话与他有关，但对方一开口便令我失望了。

"许晶晶，康谨承在不在你那儿？"是刘云桦，她的语气听起来气急败坏。

我吸了一口气道："刘总，我已经很久联系不上他了。"

"你联系不上他？你骗谁呢？如果不是因为你，他能把奥美搞成今天这个样子？你让他给我接电话！"刘云桦厉声道。

我一下子蒙了，奥美发生这些事，跟我有什么关系？康谨承究竟做了什么？

"我不知道他在哪里。从相亲那天后，我就再也没有见过他，差不多也大半个月没有接到过他的电话了，他现在人在哪里，我真的不知道。你在找他，我也在找他。还有，你说他为了我把奥美搞成今天这个样子，是什么意思？请你把话说清楚！这跟我有什么关系？"压在心底大半个月的情绪终于爆发出来，我抑制不住地冲着电话大喊起来。

　　电话的另一边，刘云桦沉默了半晌，道："许晶晶，你是真的不知道，还是假装不知道？奥美今日会变成这样，都是他精心策划的。他从八年前就开始策划了，目的就是报复我。他怪我当年不顾康牧华的身体状况强行带他去美国，毁了康牧华活下去的信念，致康牧华自杀。他的目的就是要毁了我和Grace她爸一手建立起来的奥美。你以为网上那些负面消息都是谁放出去的？我也不知道自己究竟造了什么孽，生了这样的一个儿子。"

　　我握着手机的手开始颤抖，声音也跟着颤抖起来："那……这整件事跟我有什么关系呢？"

　　刘云桦在电话里冷笑一声："跟你有什么关系？你还记得当年，我让你帮我劝劝康牧华，让他早点放弃对谨承的监护权，让谨承早点跟我去美国吗？康牧华就是在和你聊完天之后自杀的。"

　　康牧华就是在和你聊完天之后自杀的！这句话就像是一道雷电无情地劈向我，令我整个身体动弹不得。

　　我喃喃地道："我没有劝过康叔……"

　　"许晶晶，他为了他爸的死，今日能这么对我这个母亲，你觉得他会怎么对你？"刘云桦在电话里气得声音都在发抖，突然手机里传来嘈杂的声音，似乎发生了什么事，她匆忙挂了电话。

　　手机从我的指尖滑落，我脑袋里不由得浮现出那晚徐婧婧脸上讽刺的笑。

　　"你当真以为康谨承是因为喜欢你才跟你在一起的吗？"

　　"你应该还不知道他爸当年自杀的真相吧？"

　　"许晶晶，我特别期待你知道真相的那一天。不知道到时候，你还会不会像刚才那样坚定地说话。到时候，你若还能跟我说你有爱情，我就真心佩服你。"

　　我双手抱住头，不知所措，只觉得这所谓的真相来得这么突然、这么不可思议，像是跟我开了一个很大的玩笑。康叔难道真是因为我的话才自杀的吗？可我没有劝康叔放弃监护权，我没有啊……为什么我不记得我这么做过？

　　我拼命地回想着八年前的那天晚上，我跟康叔说了什么话，可是我怎么想也想不起来，脑子里一片空白。

　　刹那间，我眼前浮现出八年前康谨承在雨声中一遍一遍地拉着小提琴的样子，忽然琴声停止了，他僵直地转过身看着我，眼中的神情变得冰冷而陌生。

　　"如果有机会去美国，你会去吗？"

　　我记不起我和康叔聊过什么，但是我却清晰地记得康谨承八年前离开时看我的眼神和问我的话。所以，那个时候，他就是在怀疑，不，或许是质问我，是不是我害死了康叔？

全身的力气仿佛在瞬间被抽走了，我倚着门，不断地向下滑落。整颗心像是被铁链紧紧束缚着，越勒越紧，似要将我整个心脏分裂成碎片。

不是这样的！不是这样的！我没有做过！康叔不会是因为我的话才自杀的。我真的没有做过……

我在心中一遍一遍地跟自己说没有做过的时候，心中却有另一个声音一遍一遍不停地在耳朵回荡：许晶晶，你真的没有说过吗？真的没有说过吗？你确定吗？你真的确定吗？

有那么一刻，我抱着头，特别无助，因为我不确定……

我不知道是怎么离开康谨承的住处，像缕游魂一般回到家中的。

我内心煎熬了整整一天一夜，躺在床上犹如一具死尸一般，到了饭点，也不想出来吃饭。佳人小姐以为我为奥美集团的事烦扰，叫了我几声，见我不应声，便也没理会我。

忽地，一阵急促的手机铃声惊醒了我，是小白："晶晶，你快看邮箱！不知道什么人给我们发了两段视频和一段录音。"

"什么视频？"我的心猛然沉了下去。

"你自己去看吧，我说不清楚……不过，你做好心理准备，这可关系到你和师傅的未来。"

我一脸茫然地打开电脑，打开邮箱，果然有一封邮件，题目标写着"高二（1）班绿茶女许晶晶为出国，不惜害死同学之父"。

我深深蹙眉，点了下载，点开第一段视频，画面是我和刘云桦面对面站在应急通道处说话，而偷拍者应该是躲在某个角落里。

"你想不想去国外念书？"

我疑惑地望着刘云桦，没有说话。

"我就直说吧，国内的医学水平太落后了，我请了美国最好的医生，明天过来会诊。如果有希望的话，可以送家伟的爸爸去美国治疗，这样他还能多活几年。我已经跟家伟说过了，现在就看家伟爸爸的意思，我刚才也跟他说了，但他不想折腾。听家伟说，家伟爸爸很喜欢你，你帮我劝劝家伟爸爸吧，让他配合治疗。"

我依旧默默地望着她一言不发。

她看着我，补了一句："如果你帮忙的话，我可以送你去国外念书。美国或者英国，或者其他国家，随便你。"

"如果能帮助康叔的话，我会尽力。"

看到这段视频，记忆就像是打开的匣子，里面的东西刹那间全部涌了出来。

这段对话之后，我拒绝了刘云桦去国外留学的提议，但是拒绝国外留学的话却被偷拍者截掉了。

第二段视频是那个有心的偷拍者从病房的门缝里偷拍到的，是我和康叔最后的对话。

"康叔，如果能去美国治疗，多活几年，你会去吗？"

康叔反问我："晶晶啊，如果有机会去美国读书，你会去吗？"

我回答："应该会吧……"

康叔沉默了，过了一会儿才道："是啊，最好的大学基本上都在美国了。美国是个好地方啊。在美国的话，就不会像现在这么苦了，不会有地沟油、添加剂、转基因食品和雾霾，美国好啊……"

看完这段视频，滚烫的眼泪倏然从我的眼眶中滚落出来。不只是因为在视频里看到康叔难过，还因为那天的对话我都想起来了。我想了整整一天一夜都没有想起来的八年前的对话，在看到这个视频之后，我全部都记起来了。

我根本就没有劝过康叔放弃对谨承的监护权，在那之后，我和他聊了留在国内的好处，聊了出国也只是为了满足自己的好奇心，我一定会回来的。

这两段视频都是偷拍的，而且截得都别有用心。

我又点开音频，音频相对简单了一些，只有刘云桦一个人的声音，似在跟对方说，希望对方能劝康叔放弃对康谨承的监护权，如果他不放弃，那么康谨承是不会跟随她去美国的。然而这段音频会让人觉得另一个人是我，是因为刘云桦第一句就叫了一声："许晶晶？"

我深深地闭上眼，眼泪一颗一颗地滚落下来。有这三样别有用心的证据，我纵然有一千张嘴也说不清，而且时隔了整整八年，记忆都变得遥远而模糊，就算当时有人听到，谁又能将八年前的事都记得那么清楚？

三人的小群里，小白和佳遥两人将同学之间私下骂我的截图一一发在群里给我看。

有的人直接骂我贱，为出国竟然害死同学爸爸，结果还是没有出国。有的人骂我是不要脸的绿茶，做小三抢了徐婧婧的男朋友，这就是做三的报应，活该被甩。还有人说就奇怪康谨承怎么会抛弃徐婧婧看上我这种人，原来是复仇啊，真是大快人心……

小白："现在班级群里私下已经传疯了，说你当年受金钱诱惑，劝康叔放弃监护权，害康叔自杀，所以师傅和你在一起，可能不是真心的，而是想报复你。"

佳遥："晶晶，我不相信康叔是因为听了你的话自杀的。"

小白："我也不信。"

佳遥："可是……我们相信晶晶没有用啊，要师傅信才行。"

小白："晶晶，你说句话啊。"

我吸了吸鼻子，回了一个字："在。"

小白："晶晶，我和佳遥都信你，但我还是要问你一句，视频中的话是不是你说的？还是说你被陷害的？"

我吸着鼻子，哽咽地发了语音："视频里的话是我说的，但是被人故意截了，后面我和康叔说还是觉得留在国内好，就算出国也只是因为好奇出去看看，看完了还是要回来的。而康叔说谨承不想出国。至于音频，我从来没有听过，我也不知道刘云桦为什么要叫我的名字……"

佳遥："晶晶，你别哭。你没有说过就是没说过，这说明有人故意要陷害你，然后把视频和音频发给师傅。"

小白："如果晶晶真的是被陷害的，我差不多能猜到是哪个贱人。"

佳遥："徐婧婧！错不了，就是她。"

小白："晶晶，我今天还听周大鹏说，奥美出事可能跟师傅有关，说是为了向他妈报复。"

我："昨晚刘云桦给我打了电话，她说奥美的事是谨承做的……"

佳遥在语音里叫了起来："完了！完了！没想到师傅这么狠！"

小白："要真是这样，师傅是因为信了视频和录音，回来找你报复，在你深陷爱情的时候甩了你，你准备怎么办？"

佳遥："晶晶，你得跟师傅好好解释一下啊。"

眼泪又抑制不住地流了下来，我艰难地敲了三个字："不知道……"

小白："我知道这个问题想起来有点扎心，可是你也得好好想想啊。"

我："不好意思，我想先静静……"

在和小白和佳遥说话的期间，手机屏幕上端不停地弹出高湛和熊帅发来的消息，一连串的关心与追问，然而我统统都不想理会。

放下手机，我用被子将脸埋住。

刘云桦和徐婧婧的话相继在我的脑海里回荡，小白的问题也在这一刻在我的脑海里扎了根，怎么拔也拔不掉。我不敢想象，若是康谨承信了视频和录音，若是他和我在一起的原因是为了报复……我该怎么办？我该怎么办……

李格瑞终于回来了，约我见面。

"别墅那边已经被查封了，我现在住在我哥的房子里，方便的话你过来一趟吧。"

"嗯。"

挂了电话，我便收拾收拾，换了一身衣服，匆忙出门。到了康谨承的小窝，李格瑞见着我，吓了一大跳。

换衣服的时候，我便在换衣镜里看到了我的模样，没了彩妆的妆扮，我苍白的面色就像是个鬼一样，哭了一夜的眼睛肿得像个核桃，黑重的眼袋也挂在了眼下。从知道爱美开始，我几乎没有这般邋遢地出现在别人面前。

她笑着安慰我："我一个要破产的人都没有你这样忧郁呢。"

从看到那两段视频和那段录音之后，我便再也笑不出来，面部的肌肉完全僵掉了。

我深吸了口气，哑着嗓音道："格瑞，你跟我说实话，你是不是早就知道你哥从美国回来接近我的目的不单纯？"

李格瑞脸上的笑容渐渐敛了去，道："晶晶，你先别胡思乱想。"

"你是不是早就知道他根本就不是真心喜欢我，而只是回来找我复仇的，因为我间接害死了他爸？所以从一开始，你就不停地劝诫我不要跟他在一起，甚至还开玩笑说要拿钱砸走我？"

李格瑞垂下眼眸，咬着嘴唇，一副欲言又止的样子。

"你要是不说话，我就当你默认了。"

"他刚到美国的时候，我就听说他很喜欢一个女生，叫许晶晶。起初我以为是那个绿茶徐婧婧，后来才发现，是另一个人……这件事我不知道该怎么说。"李格瑞抓了抓头发，隔了许久，才看着我一脸认真地道，"大概是在一年半前，他让我签署了一个文件，将他名下的K-Robot的一部分股权无偿转让给我。我问他为什么好端端地要将一部分股份转让给我，他只是笑着说，以后我会需要的。所以当我看到奥美出事的新闻，我就知道，他说的我会需要，是因为他搞垮了奥美，心存内疚，所以他才拿自己公司同等市值的股权补偿我吧。前段时间你一直找不到他，是因为他回了一趟美国，不过并没有告诉我。前几天律师联系我，说他把他名下的所有不动产全都给了我，除了这套房子。我联系了其他股东后才知道，他一直在暗中操纵，并利用这次事件大量收购了奥美的股份，如今奥美的大股东不是刘云桦，而是他。他最近一直在联系一家浙江企业，打算把奥美转手。奥美一旦被别家企业接盘，刘云桦这么多年为奥美付出去的心血也就全部白费了……这大概就是他的目的吧。"

李格瑞抬眸环视了一圈这间屋子，深深吸了一口气，道："他刚去美国的时候，我特别讨厌他，他阴郁得可怕，每天都顶着一张死人脸。我那时候就想不就是死了爸吗，我还死了妈呢。他为了向刘云桦复仇，隐忍了整整八年，将我爸和刘云桦一手建立的奥美，只用了一年半的时间就全给毁了，一点儿余地都不留……他可真是了不起呢。"

李格瑞半讽的语气中央杂着哭腔："晶晶，对不起，我要是知道他真的会这么做，我一定会想尽一切办法不让你跟他在一起……对不起……"

我强扯出一抹笑意，道："不关你的事。告诉我，他现在人在哪儿？"

"他已经回国了，这会儿估计在公司跟浙江的企业谈收购的事。我下飞机的时候，给他发了消息，说约了你在房子里见面，他说他会抽空回来，你是等他还是去公司找他？"

"不必了。"

从沙发上起身，我的两条腿麻木得快要失去知觉一般，我像一具僵硬的木偶，一步一步地走出这个曾经给我带来过很多欢乐的房子。

离开之后，我望着蔚蓝的天空，烈日悬挂在高空，我拼命压抑的眼泪如决堤的洪水一般疯涌了出来。我不知道要去哪里，也不知道要不要去找他，从李格瑞口中得到证实后，似乎一切都没了意义。

浑身的力气像是全部都被抽走，我蹲在马路边，抑制不住心中的难过，痛哭出来。

不知过了多久，一道阴影从我的头顶上方压了下来。

我抹了抹眼泪，准备起身离开，可是刚站起来，便看到康谨承站在我的面前。消失了大半个月的他，终于出现了，他清瘦了许多，下颌处冒着青青的胡茬儿。

眼泪控制不住地流了出来，我咬着嘴唇，紧紧地凝视着他。

他张开双臂将我紧紧抱住，下颌抵着我的肩头，低沉着嗓音道："之前，我去了一趟美国，才回来，让你担心了。"

我僵直着胳膊，想拥抱他，可是手臂却变得无力。

"你怎么了？"他察觉到我的异样，伸手替我抚了抚了眼泪，"你怎么哭了？"

我本能地错开。

他僵着手，道："你到底怎么了？"

我抬起刺痛的眼眸紧紧地凝视着他，同学群里都"热闹"成那样了，为什么他还可以装得那么若无其事？明明他等了八年，就是为了摧毁我的爱情，可为什么还要像现在这样装得若无其事呢？

我深吸了口气，道："别装了，好吗？"

"你在说什么？我怎么听不懂？"

"那两段视频和录音，我都看到了。"

他顿时沉默了，拥着我的双手也终于垂了下去了，凝视着我的眼神也变了："你都看过了？"

"是你发邮件给每个同学的吗？"

"不是我发的。"

我直直看向他，道："我还记得八年前，康叔离开之后，你对着雨一直不停地拉着小提琴，把手指都拉破了。你问我如果有机会去美国，你会去吗？但是你没有给我回答的机会，你便离开了。那个时候，你是不是就开始怀疑是我害死康叔的？"

他低垂着眼眸不说话。

"你回答我，是还是不是？"

"是。"

听到答案，我的心彻底凉透了，双手紧握成拳，指甲似要掐进掌心的肉里，我还是强忍着问出了一直想要问的话："所以，你想着回来向我报复是不是？"

他再一次沉默了。

我抑制不住地吼道："是不是？"

"是。"

眼泪顺着我的脸颊不停地向外流出，可我忽地像个疯子似的笑了起来："怎么报复？让我爱上你，深陷爱情的泥潭中无法自拔，然后再甩了我吗？万一我没有爱上你，你准备怎么报复我？我可没有奥美那么庞大的家产让你去摧毁呢。"

他深深蹙起眉头，道："那视频里的话，是不是你说的？"

我一边流着眼泪，一边笑着回道："是我说的……你信了对不对？"

他沉默不语，望着我的眼神变得复杂而忧伤起来："你为什么要这么做？"

原来他真的相信了。

我以为我守了整整八年，终于守到了爱情，可是没想到却是一场蓄谋了八年的报复。

"你居然真的信了！好了，就这样吧。"我抹了眼泪，笑着转身就要离开。

他伸手拉住我，手掌捏着我双臂的力道很深："是，没错，当初我是相信那段视频和录音。八年来，激励我在美国待下去的意志就是要摧毁我妈亲手建立的奥美。如果不是她，我爸不会选择自杀。他认为他多活一天对我来说都是拖累，只有他死了，我才肯放下一切跟我妈去美国，但是他不明白，我根本就不想去，我只想陪着他走完最后的日子。哪怕以后就是一个人在国内苦死累死，我都不想去美国，不想跟我那个从来没有尽过责任的母亲在一起。我在美国的每一天都想着，你为什么要对我爸说那些话，你就那么想出国留学吗？我是可以毁了奥美，但是我不知道要怎么对你。回来之后，一见到你，我发现自己就如同八年前一样，心一直落在你的身上就没有离开过，我根本无法忘记你……但是只要一想到我爸的死，我就不知道要怎么样对你。"

我看着他，冷冷地道："八年前那两段视频是谁给你看的？是徐婧婧吗？是不是她？"

他抿紧着薄唇，深吸着气，不说话。

"是徐婧婧对不对？你妈不可能傻到录那样的视频和录音给你看。当时会去医院看你爸的除了我就只有她，一直处心积虑地想要坑我的也只有她。八年前，在嵊泗岛上，你就是选择相信她，而不信我；康叔的死，你也是选择相信她，不相信我……你口口声声说你八年前喜欢的人是我，可是为什么你总是宁可相信她，却始终不相信我？康叔对我怎么样，我是有多忘恩负义才会要他放弃你？"我歇斯底里的追问一声比一声高。

"我没有完全相信她！"

"但是你怀疑了！"

"八年前，在嵊泗岛上那是因为我嫉妒高湛，而不是相信她。我受不了你为了高湛，而像个疯子一样失去理智去打人。我爸的死，我开始是怀疑过你，但我没有全信她，如果我真的想过报复你，我应该把奥美的样板房全部都交给你做，但是我没有这样。"

"但是你怀疑了，你怀疑了！你如果怀疑，为什么不亲口问我？"

"我怎么问你？不管我是信你还是不信你，这件事你要我怎么跟你开口？难道我要赤裸裸地问你，许晶晶，八年前你是不是为了想出国所以害死我爸？我这样问出口，你就不会觉得受到伤害吗？"

"你如果问了，怎么就觉得我一定会受到伤害？你跟徐婧婧的关系，才更加让我受到伤害！那两段视频不是你群发的邮件，又是谁发的呢？她已经不是第一次这么做了。八年前是这样，八年后还是这样。上一次在背后煽动我是小三，抢了她的男朋友，你出来澄清了，但是这一次呢？就凭那两段视频和那段录音，我就是有一千张嘴都说不清楚。连你都曾经怀疑过我，又何况其他人？"

"我早就跟徐婧婧说清楚了不是吗？在三亚的时候，你也听到了不是吗？关于她所做的一切，我并没有放任，你很快就会知道。"

我用双手捂住耳朵。

"够了！你不要再说了！不管那两段视频和录音是不是徐婧婧给你的，八年前，我没有要康叔放弃你，我也没想过要出国。那两段视频都是被动过手脚的，信不信随你……从现在开始我都不想再看到你！"

他拉下我的手，道："我相信你！我从头到尾就没有想过要伤害你。这么久以来，我是真心爱你，还是虚情假意，难道你感觉不到吗？许晶晶，你看着我！你看着我！"

我用力甩开他的手，狠狠地瞪着他，转身就走。

"晶晶，你冷静点，你听我说。我爱你，我爱你啊！我是真的爱你。我从头到尾都没有想过要伤害你。"

他拉着我，紧紧地抱着我不肯放手。

"如果你介意我怀疑过你，我跟你道歉，我错了，我错了。"

我拼尽力气挣扎着，不停地用脚踹他，但哪怕是用牙齿咬他的手，他依旧是不放手，我像是疯了似的在路边和他抗争着。

不断有路人走过，开始对着我们指指点点，有的人拿出手机拍摄视频，直到有人要报警，他才不得不松了手放开我。我狠狠地踹了他一脚，转身就跑。

刚巧来了一辆出租车，我上了车便催司机快开车。

"晶晶——"

他跟在车后追了一段距离，直至车子离得越来越远，才终于放弃。

我报了家的地址，对着窗户哭成泪人。

出租司机师傅看着后车镜，安慰我："小姑娘，你这是跟男朋友吵架了？哎哟，小情侣之间吵吵闹闹是正常事，没事的，没事的，过两天让他哄你几句，让他好好地赔个不是，就又好了。"

我捂着脸，抑制不住地号啕大哭。

司机师傅吓了一大跳，立即停车，从一旁拿出面巾纸盒递给我，然后默默地开着车再也不敢说话。

正月的天气阴冷潮湿，寒风肆意刮在脸上犹如刀割一般，而我觉得自己已经麻木了，比起肢体的冷，我的心已经感受不到温度。

我唯一的一场爱情、我等了八年的爱情，却将我伤得这样重，比起八年前他跟徐婧婧一起离开嵊泗岛那一次带来的伤痛更重。

我没有想象中的坚强，也没有想象中的神经大条，其实更多的是细腻而敏感。受了伤害，我只会缩回我的壳里躲起来，拼命地舔自己的伤口……

［ 尾声 ］

康谨承没有对我纠缠，按李格瑞透露的消息，他现在一直在忙着奥美收购的事情，大概事情结束之后还要来找我谈清楚。我已经身心疲惫，短期内都不想再听到有关康谨承和奥美的任何消息。但是他每天都会在早、中、晚一日三餐的时间给我发来信息，叮嘱我按时吃饭，不要饿坏身子。

每当看到他的消息，我都会忍不住流泪。有好几次我都想将他拉黑，可是每一次我都流着泪看完，直到眼泪模糊眼，看不清屏幕，也就放弃了。

面对佳人小姐的追问，我选择避而不答，还有半个月的时间就过年了，我却买了张机票，直接飞去了贵州。

马岭河大桥、坝陵河大桥、南昆铁路清水河大桥……

在向导的带领下，我一路开车沿途仔细看着、走过，往事一幕幕浮在眼前，脑海里也不禁回想起当初和康叔聊天时的情形。

"晶晶啊，你将来想做什么？想考什么专业？"

"我想像你一样当一名设计师。我要当一名桥梁设计师，在西南部建很多很多的桥，让西南部的公路发达一些，让那些深山里的孩子都能走出来。"

"哎哟，你这觉悟高啊。不像我们家伟，说什么能赚钱就做什么。"

……

远远地望着这些雄伟壮丽的世界之最，一座座长桥气势如虹，横锁群峦，正是建造这些的伟大的设计者们、能工巧匠们，让天堑变成了通途，让大山里的人们都能走出来。他们的胸中装的一定不是我这样气量狭小的情爱。

也是这一座座桥梁配上沿途壮丽山河的绝美风景，令我的心渐渐平静了。

小白和佳遥每天都会问我在哪里，我却什么也不说。

最初的两三天，她们两人只敢在群里汇报一些消息，比如奥美即将被浙江的一家公司收购，这两天就要签订收购协议；比如刘云桦已经辞去董事长职务，在家颐养天年；再比如重点消息，徐婧婧因为涉嫌行贿被请去调查了，简直大快人心……

到了第四天，两人见我不反感，便追问我去了哪里。平静之后，我便告诉她们我去了一个山高水远，曾经想要实现自己梦想的地方。

两个人得不到确切的消息，开始每天轮番给我洗脑，不停地替康谨承辩解，因为我性子太倔，不仅自己不肯解释，还不给他解释的机会，之后我又离开得太突然，而他一直在忙着奥美的收购事宜，没法找到我向我解释。

邮件里的两段视频和录音证实是徐婧婧发的，录音中刘云桦叫的那一声许晶晶，是她将徐婧婧误以为是我，向徐婧婧提出的利益要求，可后来才知道平凡无奇的我才是康牧华喜欢的那个真正的许晶晶。

至于徐婧婧是否有劝康叔放弃监护权，当时说了什么，我无从得知。

八年前，徐婧婧就将这两段视频和录音给康谨承看过，失去父亲的悲痛令他有一段时间无法正确思考。他是怀疑过我，但在美国待了一段时间后，他的头脑清晰了，更多的是选择相信我，他相信我不是那样的人。否则在竞标工程的时候，他大可让我的公司中标，一旦奥美破产，我便会给师兄的公司惹来一堆麻烦，但是他并没有这么做。

让他苦恼的是，他要怎么样才能向我问清当时的真相，因为没有人比他更了解我。我的外在看起来大大咧咧，实际内心是个倔强又懦弱、害怕受到伤害的胆小鬼，只要感受到一点点伤害，我就会缩回自己的壳里不愿出来。他本是想在奥美事件都尘埃落定之后，再找机会向我询问的，却没有想到徐婧婧会将那两段视频和录音以群发邮件的方式告诉所有人。

他所谓的"没有放任徐婧婧，用不了多久，你便会知道"，便是指徐婧婧涉嫌行贿被抓。

最让我哭笑不得的是徐婧婧，她锲而不舍地给我打了一天电话我不接，然后她给我发了十几条消息，都是在辱骂我是个恶毒的心机婊。

"许晶晶！我徐婧婧得不到的东西，你也休想得到！"

什么才是得到，什么又是得不到？有时候你自认为得到的东西其实离你很远，有时候你一直追寻的东西，却一直都在你的身边。

这天是年二十九，我在外边流浪了大半个月，越是接近年关越是想念家里，本担心自己的任性有可能导致人生中头一次回不了家过年，也多亏了向导，帮我买到了最后一张头等舱的机票能让我回家过个年。

登上了飞机，在头等舱的座位坐下，我的脑子里便又忍不住想起康谨承，想起了上一次坐在头等舱的时候，我是多么幸福地依偎在他的身边，一起飞往三亚。

其实在贵州四处游荡的这大半个月的时间里，除了小白和佳遥给我洗脑之外，康谨承每天依旧是早、中、晚都会给我发消息。

　　"在外记得按时按点吃饭，不要饿坏身体。我爱你，晶晶！"

　　"今晚的月亮特别圆，不论你在哪里，记得出来看看月亮。晚安，我爱你！"

　　"今天早上晨跑的时候，我遇见一个萨摩耶，它笑起来的可爱模样，让我想到你。我爱你，许晶晶！"

　　"今天N市下雪了，你在外面一定要注意保暖，如果没钱买衣服，我给你发个大红包。"这条消息之后，跟着两个红包，一个是520，一个是1314。

　　"回来吧，晶晶，叔叔和阿姨都很担心你，我也很担心你。晚安，我爱你！"

　　……

　　起初，我无视他给我发的那些消息，可是每一天，他的每一条消息都让我感受到他是真心的。我本以为我已经平静了，可是每天晚上看着他发来的这些消息，我都会情不自禁地流着眼泪，哭成狗。

　　我深深地叹了一口气，从包里拿出眼罩戴上。

　　不一会儿，我感觉到身边的位置有人坐下，我下意识地靠近了窗户，拉开了距离。

　　飞机起飞后，没多久我便进入梦乡，直到空姐推着餐车走过来询问："先生，请问您需要鸡肉饭还是牛肉饭？"

　　"牛肉饭。"熟悉的声音让我恍然。

　　"好的。那您的女朋友呢？"

　　"让她自己选吧。"

　　我迅速拉下眼罩，当看到身边的人是康谨承，我的鼻子忍不住一酸。

　　"小姐，请问您需要鸡肉饭还是牛肉饭？"

　　我哽咽着嗓音回道："暂时不饿，谢谢……"

　　身上不知何时已经盖上了薄薄的毛毯，而我却丝毫没有察觉到。

　　他伸手摸了摸我的发丝，指尖触碰着我的脸颊，道："你瘦了，也黑了。唉，一看你就是没有好好吃饭。怕你过年回不了家，我过来接你。"

　　我的眼泪毫无征兆地掉落下来。

　　他轻轻地替我抚去了眼泪，将我揽在怀里，声音柔浅如风："不想吃饭就继续睡吧，还有两个小时才到。"

　　我窝在他的怀里，眼泪一滴一滴地滚落出来。

　　他拥着我，亲吻着我的发丝，在我耳边低声道歉："都怪我，如果我能早点向你解释清楚，也就不会这样。对不起，都是我的错。"

　　我摇了摇头，任由这半个月的情绪宣泄出来。

我介意的不过是他曾经的怀疑，可是若这事换作是我，我又是否能理智地活过这八年？我是否一定一点儿也不怀疑他呢？这大半个月，每一天晚上入睡的时候，我都会问自己，而我得到的答案始终是否定。

我做不到。

这件事，我和他都没有错。

只是，如同山里那些在建的桥梁一样，我和他心间的那一座桥并没有完整地拼接好……

回到N市，我才知道，小白和佳遥是他的情报员，想尽一切办法探听我的下落，正是我那句"一个山高水远，曾经想要实现梦想的地方"出卖了我。他知道我曾经的梦想。

向导那好不容易买到的最后一张票，也是他安排的，只是特别叮嘱向导千万别让我知道了。也不知道他是用什么方式联系上那位向导的，不仅是这一张机票，还有这半个月的行程。难怪向导一路都在旁敲侧击，说看我的面相就知道我一定有一位贴心的男朋友，当时我只是一笑而过，觉得男朋友是浮云。

向导为我安排的住宿餐饮都是当地最高标准的，让我在感受大山里的人的穷苦生活的同时，却又能好吃好住的，当时我内心罪恶了很久。向导还在不停地解释，都回家过年了，谁来旅游？我给的钱已经达到当地淡季的最高标准了，令我不禁怀疑自己掏出的是美元，而不是人民币。

奥美被浙江知名企业注资并购后，之前停工的楼盘也在年后没多久复工了。完成并购之后，虽然收购的企业一心想挽留康谨承继续担任奥美的总裁，但是被他婉言拒绝了。

李家之前被查封的别墅也终于回到李格瑞的手中，周末，我陪着康谨承前去探望他的母亲刘云桦。这次见到她，我觉得她一下子老了至少十岁，没了精致的妆容，再也不是那个气质优雅雷厉风行的女人，而是一位上了年纪的普通妇女。

她看到康谨承，并没有怒火冲天，而是十分平静。

"从你爸身边离开，和李叔叔走到一起，我从未后悔。也许我唯一后悔的事情，就是当初放弃了你。我之所以非要带你去美国，是想证明我不是一个差劲的母亲，可是事实证明，恰恰相反，我是这个世界上最差劲的母亲。"

刘云桦看了我一眼，目光没了往日的犀利，缓缓转身上了楼。

我的手被康谨承紧紧地攥在手心里，那紧握的力道，让我感受到他内心的挣扎、矛盾与痛苦。

刘云桦对谨承的爱，是用错了方法，她以为给足了金钱就是母爱。谨承虽然为她追求金钱注重名利所不齿，但同样也敬佩她有强烈的事业心和上进心，奥美之所以有不凡的成就，与她的辛勤付出不无关系。康谨承在事业上的严于律己、恪尽职守，无形之中都受到了刘云桦的影响。

如果他们能很好地沟通，也许今日将是另一个局面。

亲情之间的伤害，永远都是伤敌一千自损八百。

我将手指插进他的指间，与他十指紧紧相扣。

他偏过头笑望着我，道："赔了K-Robot的股权，又离开了奥美，我以后得努力赚钱了，你可千万不能嫌弃我这个穷鬼啊。"

我拧着眉头，故作一脸纠结，回道："原来你现在这么穷啊？！那我得去问问李格瑞，之前她说的分手费还算不算数？"

"哦，你去要吧，顺便问问她买回国的机票还缺多少钱？"

"哎哟，你还是不是人啊？这么对待自己的妹妹。"

他抬眸望着街头在清风中摇曳的香樟树，笑了笑道："春天是我最喜欢的季节，因为有我最喜欢的樟木树花香。知道香樟树的花语是什么吗？"

一阵清风送来，香樟花淡雅沁脾的香气随风散开，让人忍不住闭上双眼静静感受这股味道。

"它的第一个花语是纯真的友谊，好比八年前你我刚开始的时候。"

"这树蛮妖的嘛，竟然还有第二个花语，第二个花语是什么？"

他神秘地笑了笑，卖了个关子："自己去查。"

我不屑地翻出手机，输入"香樟树的第二个花语"。

我想和你在一起，永远守护你，因为我知道你就是我的唯一，谁也不可能替代你。

【全文完】

［ 后记 ］

　　终于又到了敲"后记"二字的幸福时刻，这本耗费了我七个月才终于写完的青春校园+现代都市轻喜剧小说，到了结局这一刻，我不禁热泪盈眶。

　　本该在三月就交稿的，但因为另一本仙侠玄幻小说《半莲池》的连载，而耽误了交稿。从今年二月开始，我一直在《暗恋》和《半莲池》之间交叉赶稿，俗称双开，这大概也是我懒惰的写作生涯里第一次如此勤奋。

　　这个文没有在网络上连载，也是第一次在完全没有和读者交流情节的情况下慢慢完成的，其实有一些小遗憾。

　　我个人对这个文特别有爱，不论是自己写的时候，还是在修文的时候，一边看一边会忍不住笑喷。当然，有的地方我自己也会写哭，比如写康爸得胃癌的那一段。因为我母亲在八年前也是因为胃癌去世的，所以不论是写的时候，还是修文的时候，只要涉及康爸去世的地方，我都会忍不住泪目。当年我母亲也是选择了和康父一样的方式，想要跳湖自杀，最后全家人找了她一天，才将她从湖边拉回来，然而还是逃不过病魔，十七天之后，她去世了……

　　本来我想写个悲情一点的结尾，想让方便面就是憎恨女主、报复女主，再虐一点，再虐一点……可是到最后，我竟然还是不忍心收了手。我想我要是全文写得都很欢乐很搞笑，到了最后的结局，我告诉你们这其实是个悲剧，一定会被打死的。

　　文章的前一半和后一半，男女主的性格截然不同，每个人在成长的过程中，多多少少都会有些变化。女主将高中时期的逗乐精神一直延续到工作后，欢乐开朗，曾经的敏感却演变成更多的防备。我个人比较偏爱高中时期的方便面，胖胖的圆圆的，真诚又暖心。八年的时间，让他变得城府很深，我甚至在写他摧毁他母亲一手建立的奥美时，都能感觉到他的阴狠。这也是我一直以来感到最矛盾的地方，所以最后没有虐成悲剧，因为从我的内心深处，不想把他变成一个卑鄙的男人，我更多的还是期望他是那个圆圆的暖暖的矮胖方便面。徐婧婧大概是我写过的所有小说中最讨厌的女二号，我自己都没有想到会写出这么一个让我自己都恶心的女二号。如果问我最爱的配角是谁，我会选小白、佳遥和熊帅。为什么不是高湛？因为男神永远只能用来驻在心里，时间久了，就啥都忘了。哈哈哈，看到这段话，你们有没有想要打死我？

步入社会，成家之后，让我最怀念最念叨的就是被爸妈养的日子，没有任何压力与负担。老公嘲笑我，说我就是一个长不大的巨婴。

也许我的青春早已离我远去，可是偶尔回想起来，最真挚美好的一定是那段青葱岁月。有时我不禁感慨自己出生得太早，特别羡慕00后这一代，如果我还能有一次青春，我一定会好好把握住那短暂的时光。所以我也希望，正在度过美好青春的你们，一定要把握好这段时光，千万不要虚度光阴。

感谢我亲爱的编辑大大暖暖，感谢她的体贴。她是位对内容超级负责的编辑，在与她的交流当中，我学到了不少东西，非常敬佩。

花清晨

二零一七年五月八日于宁

图书在版编目（ＣＩＰ）数据

我有个暗恋想和你谈谈 / 花清晨著. -- 南京 ：江
苏凤凰文艺出版社，2017.9
ISBN 978-7-5594-0917-1

Ⅰ. ①我… Ⅱ. ①花… Ⅲ. ①言情小说－中国－当代
Ⅳ. ①I247.5

中国版本图书馆CIP数据核字(2017)第175822号

书　　　名	我有个暗恋想和你谈谈	
作　　　者	花清晨	
出 版 统 筹	黄小初　　沈浍颖	
选 题 策 划	北京记忆坊文化	
责 任 编 辑	姚　丽	
特 约 策 划	暖　暖	
特 约 编 辑	虾　球　　单诗杰	
责 任 监 制	刘　巍　　江伟明	
封 面 绘 图	卜若梨	
封 面 设 计	80零·小贾	
版 式 设 计	段文婷	
出 版 发 行	江苏凤凰文艺出版社	
出版社地址	南京市中央路165号，邮编：210009	
出版社网址	http://www.jswenyi.com	
印　　　刷	三河市祥达印刷包装有限公司	
开　　　本	670毫米×970毫米　　1/16	
字　　　数	365千字	
印　　　张	18	
版　　　次	2017年9月第1版，2018年4月第2次印刷	
标 准 书 号	ISBN 978-7-5594-0917-1	
定　　　价	35.00元	

影视版权抢订热线　　　010-57194853
江苏凤凰文艺版图书凡印刷、装订错误可随时向承印厂调换